인생 책 북클럽

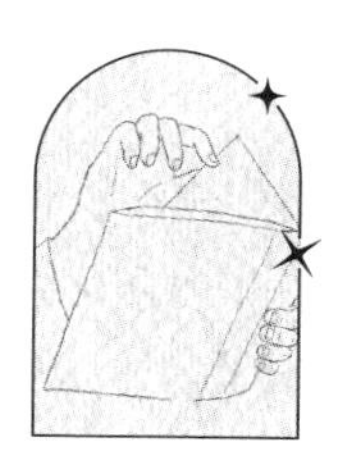

인생 책 북클럽

The Book That Matters Most

앤 후드 장편소설
김소정 옮김

하나의책

옮긴이 김소정

생물학을 전공했고 과학과 역사를 좋아한다. 동네에서 꾸준히 하고 있는 독서모임과 번역계 동료들과 함께하는 번역 공부로 하루하루를 채워간다. 오랫동안 번역을 했으면 하는 바람이 있다.
옮긴 책으로 마커스 초운의 『이 작은 손바닥 안의 무한함』, 『만물과학』을 비롯해 『원더풀 사이언스』, 『세상에서 가장 재미있는 생물학』, 『길 위의 수학자를 위한 무한 이야기』, 『호수, 비밀의 세계』, 『완벽한 호모 사피엔스가 되는 법』, 『허즈번드 시크릿』, 『아홉 명의 완벽한 타인들』 등이 있다.

인생 책 북클럽

초판 1쇄 2023년 9월 25일

지은이 앤 후드
옮긴이 김소정

펴낸이 원하나
교정·교열 김동욱
디자인 정미영
일러스트 정기쁨
출력·인쇄 금강인쇄(주)

펴낸 곳 하나의책
출판등록 2013년 7월 31일 제251-2013-67호
주소 서울시 관악구 남부순환로 1855 통일빌딩 308-1호
전화 070-7801-0317 팩스 02-6499-3873
블로그 blog.naver.com/theonebook

ISBN 979-11-87600-22-0 03840

책값은 뒤표지에 있습니다. 잘못된 책은 구입하신 곳에서 바꾸어 드립니다.

당신을 위한 책입니다.

목차

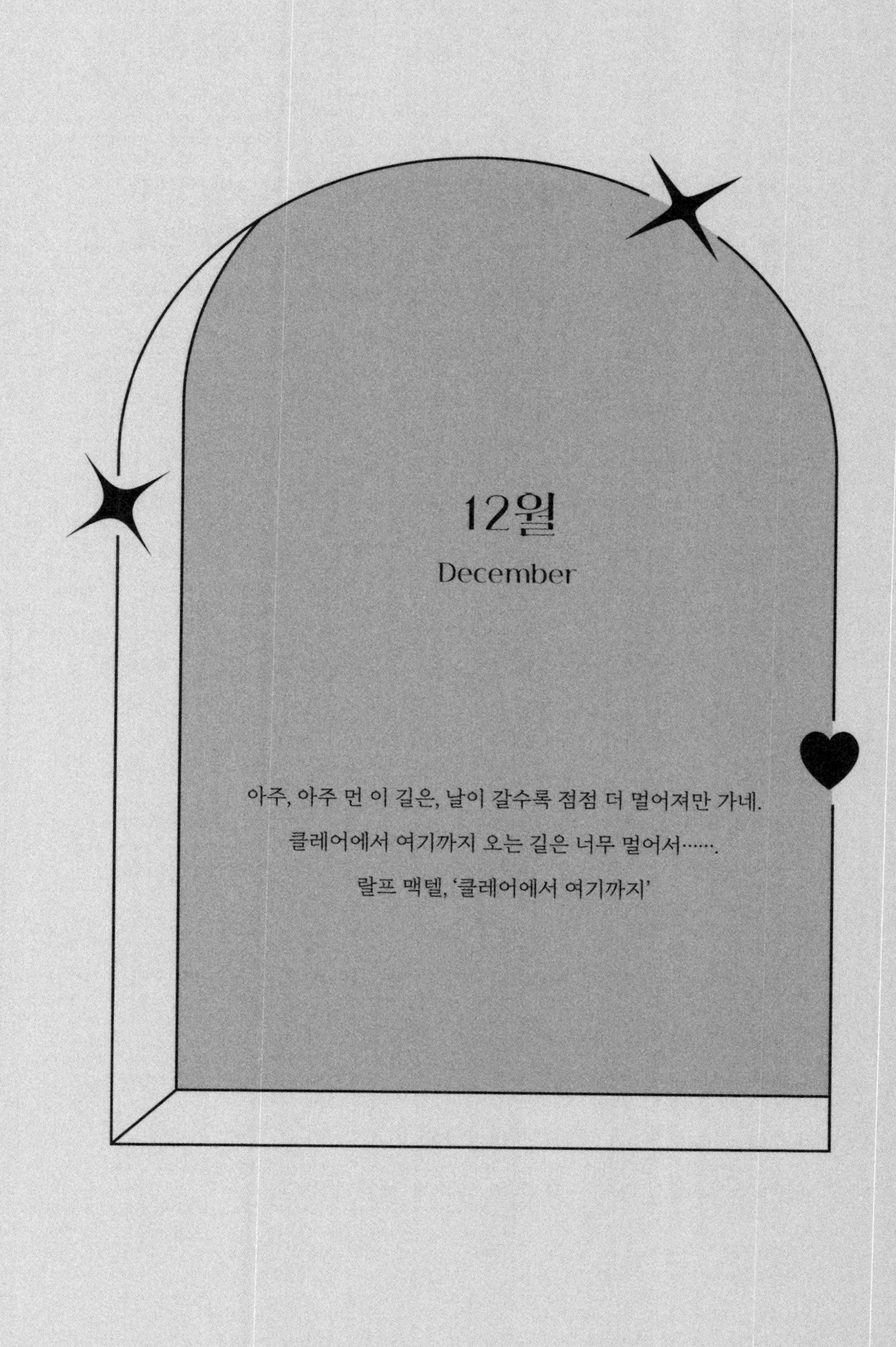

12월

December

아주, 아주 먼 이 길은, 날이 갈수록 점점 더 멀어져만 가네.
클레어에서 여기까지 오는 길은 너무 멀어서…….

랄프 맥텔, '클레어에서 여기까지'

에이바

모퉁이를 돌자마자 눈에 보였다. 걸음을 멈추고 에이바는 눈을 가늘게 떴다. 눈앞의 광경이 바뀌기라도 할 것처럼. 크리스마스를 한 주 앞둔 프로비던스 시내의 웨이보셋 거리였다. 오후 다섯 시밖에 되지 않았는데도 거리의 크리스마스 전등은 밝게 빛나고 있었다. 무척 어둡고 칙칙한 날이었기 때문이다. 커다란 쇼핑백을 들고 큰 소리로 떠들면서 돌아다니는 사람들, 차가운 공기, 지나치게 많은 장식, 모퉁이에서 크리스마스트리를 파는 남자가 풍기는 유쾌한 휴일의 감성이 공기를 가득 메우고 있었다. 하지만 그녀는 유쾌하지 않았다.

에이바는 가만히 서서 프로비던스 공연 예술 센터의 현수막을 뚫어지게 바라봤다. 원래는 라이온 킹 공연을 소개하는 검은색 글씨가 흰색 바탕 위에 빛나고 있었다. 어젯밤에 왔을 때만 해도 그랬다. 프랑스어과 동료가 기운 내라며 티켓을 줬기 때문에 안다. 하지만 지금은 라이온 킹이 보이지 않았다. 현수막은 스웨터를 입은 것처럼 빨간색과 녹색 케이블 니트 실에 덮여 있었다. 물론 에이바는 현수막이 스웨터를 입은 게 아니라는 걸 알았다. 프로비던스 공연 예술 센터의 현수막은 뜨개 폭탄을 맞은 것이었다.

현수막 아래에는 크리스마스트리와 같은 색 모자와 스카프, 장갑 차림의 케이트가 서 있었다. 에이바의 가장 친한 친구이자 이웃인 케이트는 난처한 표정으로 손을 심하게 떨고 있었다.

"몰랐어."

케이트가 차가운 공기를 향해 말을 내뱉었고, 입에서 빠져나온 숨은 하얀 연기가 되었다.

"미안."

에이바는 그 단어가 싫어졌다. 미안이라는 단어 말이다. '작년에는 그 단어를 몇 번이나 들었을까? 천 번? 만 번? 아이들이 어렸을 때 가장 큰 수라고 생각했던 게 뭐였지? 무진장 큰 수. 그래, 그거야. 무진장 많이.' 에이바는 '미안해'라는 말을 정말 무진장 많이 들었다.

이제 케이트는 에이바에게 걸어오고 있었다. 하지만 에이바는 꼼짝도 하지 않았다. 왠지 그곳에 붙잡혀 버린 것 같았다. 에이바에게는 장갑도 모자도 없었기에, 추웠다. 너무 추웠다. 그녀는 모자와 장갑을 들고나와야 한다는 사실을 늘 잊어버렸다. 은행에 갈 때는 현금카드를 챙기지 않았고, 자동차를 탈 때는 차 열쇠를 잊고 나왔다. 식료품점에 가면 사야 할 물건을 까먹어 버렸다.

"미안해."

친구는 또다시 말하고 앞에 서더니 장갑을 낀 따뜻한 손으로 에이바의 차가운 두 손을 꼭 잡았다.

"내가 알았다면……."

케이트는 말을 시작했지만, 끝을 내지는 않았다. 그럴 필요가 없었으니까. 말로 하지 않아도 자신의 마음을 에이바에게 충분히 전달할 수 있었으니까. '프로비던스 공연 예술 센터의 현수막이 뜨개 폭탄을 맞았다는 걸 알았다면, 절대로 이곳에서 만나자는 말은 하지 않았을 거야.' 하지만 케이트는 몰랐고, 그래서 두 사람은 이곳에 서 있어야 했다.

"완전 괜찮아."

에이바가 말했다. 당연히 전혀 괜찮지 않았다. 현수막을 다시 올려다보았다. 한 땀 한 땀이 완벽했다. 잿빛 오후를 배경으로 빛나는 뜨개실의 색은 아주 선명했고, 새끼줄을 꼬듯 위로 올라가는 뜨개실의 모습은 굉장히 힘찼다.

"도대체 왜 경찰은 그 여자를 안 잡아가나 몰라."

케이트도 친구의 시선을 따라 고개를 돌리며 말했다.

사람들이 조금 모였고, 현수막을 뚫어지게 바라봤다. 모두 재미있어했고, 감탄했다. 감탄했다고? 무엇 때문에? 그 여자가 대담해서? 에이바가 직접 봤지만, 그 여자의 대담함에는 조금도 감탄할 만한 점이 없었다. 그렇다면 재능에 감탄한 걸까? 그렇게 큰 뜨개 작품은 완성하기가 너무 힘들어서 불가능한 일을 해낸 것만 같다는 걸, 에이바도 인정할 수밖에 없었다. 게다가 잘 뜨기까지 했다. 하지만 정말로 감탄한다고? 암을 치료하는 일은 감탄할 만하다. 올림픽에서 10위 안에 드는 일도. 퍼지지 않는 수플레를 만드는 일도. 가라앉는 배에서 사람을 구조하는 일도 감탄할 만하다. 대학교 입학 자격시험에서 800점을 맞는 일도 감탄할 만하다. 하지만 저 뜨개 폭탄에 감탄한다고? 어처구니없었다.

케이트가 친구의 팔꿈치를 잡고 에이바가 왔던 길로 걷기 시작했다.

"정말 몰랐어."

케이트가 계속 말했다.

"괜찮아."

에이바가 대답했다. 물론 짐이 떠난 뒤로 정말로 괜찮은 건 하나도 없었다. 뜨개 폭탄이나 만드는 여자 때문에 나를 버리다니. 에이바는 고개를 돌려 뒤를 봤다. 수십 개의 카메라에서 터지는 플래시가 마치 희망을 주는 반딧불처럼, 반짝이는 별처럼 보였다.

"이 밑에 있는 바에서 마티니를 잘 만든대. 석류 마티니인 것 같아."

케이트가 웃으면서 말했다.

"어, 허."

에이바가 대답했다.

"한잔하고 가자."

케이트는 바의 출입문을 열었다.

어두운 내부는 시끄럽고 붐볐다.

"안락하네."

케이트가 유쾌하게 말했다.

따라가면서 에이바는 친구의 탄탄한 등과 넓은 어깨를 물끄러미 쳐다봤다. 케이트는 겨울에도 매일 아침 일찍 일어나 수영을 했다. 자전거를 타고 터치 풋볼을 하는 그녀는 언제나 라켓을 집어 들거나 공을 던질 준비가 되어 있었다. 짐이 떠나 버린 뒤로는 에이바에게도 함께 수영도 하고 요가도 배우자고 졸랐다. 하지만 에이바는 운동에 도통 소질이 없었다. 짐과 해변에 갔을 때도 두 사람은 파도를 타지 않았다. 그저 줄무늬 비치 의자에 누워서 쉬거나, 물이 빠져

나간 해변을 거닐면서 조개껍데기나 유리 몽돌을 주웠다. 그렇게 주운 수집품들은 지금도 다양한 그릇과 병에 담겨 집 안 곳곳을 장식하고 있다. 술집에서 붐비는 사람들 속으로 파고드는 동안 에이바는 선크림의 코코넛 향, 자신의 손을 감싸던 짐의 커다랗고 따뜻한 손등을 떠올리며 날카로운 통증을 느꼈다.

바텐더의 시선을 끌려고 애쓰던 케이트가 친구에게 "사람이 너무 많아."라고 속삭였다. 그 말에 동의하면서 에이바는 문신을 새기고 피어싱을 한 사람들을 둘러봤다.

어쩌다가 짐과 내가 이렇게 된 걸까? 에이바는 생각했다. 아직은 온전한 모양이지만 부서지기 쉬운 연잎성게 껍데기를 집어 들던 짐을 떠올렸다. 성게 껍데기를 손바닥에 올려놓고 내밀면서 짐은 말했다. "여기, 가운데 별 모양 보여? 동방박사를 말 구유로 안내한 바로 그 별이야. 이 구멍들은 예수를 십자가에 매달려고 뚫은 못 자국이고." 짐은 살며시 껍데기를 뒤집었다. "이쪽 면에는 포인세티아가 있어." 에이바는 까치발을 하고 짐에게 입을 맞추면서 말했다. "당신은 내 전용 백과사전이야."

정말 그랬다. 아니, 그랬었다. 에이바는 고쳐 생각했다. 짐은 들어도 들어도 질리지 않는 기이한 사실과 불가사의한 정보를 사랑했던 사람이다. 그날, 집으로 가져온 연잎성게 껍데기는 만지자마자 바스스 부서져 버렸다. 마치 몇 달이 지난 어느 날 밤, 잠을 설친 에이바가 아래층으로 내려왔다가 남편 핸드폰에서 문자를 알리는 번쩍이는 빛을 보게 되리라는 걸 예고하려는 듯이 말이다. 도착한 문자는 "보고 싶어, 자기야."였다.

에이바는 문자를 뚫어지게 쳐다보면서, 지금 보고 있는 게 도대체 무엇인지 이해해 보려고 애썼다. 당신도 아니고 '자기야'라니. 모든 것이 너무나도 혼란스러웠다. 믿을 수 있다고 여겼던 남자를, 의심하게 되리라고는 추호도 생각해 보지 않았던 남편을 흔들어 깨웠다. 문자의 의미를 도저히 이해할 수가 없었다. 잠결인 그의 얼굴에 핸드폰을 들이밀고 흔들어 대면서 이게 무슨 일이냐고, 설명해 보라고 고함을 지르기 전까지는 말이다.

그런 에이바에게 남편은 끔찍한 대답을 했다. "그 사람을 사랑해. 사랑에 빠졌어." 그 끔찍한 밤에 에이바는 자신의 목소리를 들었다. "우린 이겨 낼 수 있어. 이 상황을 바로잡을 수 있어." 하지만 온통 헝클어진 머리로 제대로 눈도 뜨지 못하는 짐은 천천히 고개를 저으며 말했다. "난 그 사람과 함께하고 싶어." 남편은 자신도 몰랐던 사실을 이제야 발견한 사람처럼 말했다.

부드럽게 쿡 찌르는 케이트 덕분에 에이바는 초조한 얼굴로 자기 앞에 서 있는 바텐더를 발견할 수 있었다. 레몬을 넣은 그레이구스 마티니를 주문했다.

케이트는 "나는 석류 마티니로 한 잔 줘요."라고 했고, "프로즌(과일과 얼음을 갈아 만든 형태-옮긴이)으로요."라고 덧붙였다.

케이트가 주문한 건 크리스마스 스페셜이었다. 술집 벽에 걸린 칠판에는 빨간 분필로 **프로즌 석류 마티니**!!!!!라고 적혀 있었다. 대나무 꼬치에 꽂은 크랜베리가 장식된 살얼음이 담긴 분홍색 마티니가 나왔다. 케이트는 잔을 들어 친구의 잔에 부딪쳤다.

"이 밤을 위하여!"

"그래."

에이바도 자기 잔을 친구의 잔에 툭, 부딪쳤다.

케이트에게 파울라 메리노가 클리블랜드로 이사를 가 버리는 바람에 도서관에서 진행하는 독서모임에 자리가 생겼다는 말을 들었을 때부터 에이바는 오늘 밤을 고대했다. 도서관은 공간도 협소했지만, 참가하는 사람 모두가 책을 고르고 마음껏 발언할 수 있도록 인원을 열 명으로 제한하고 있었다. 따라서 독서모임 참여는 쉽지 않았다. 에이바는 20년 동안이나 자신이 운영하는 독서모임이 얼마나 특별한지를 설명하는 친구의 말을 들어야 했다. 함께 책을 읽는 사람들은 서로의 결혼식에 참석했고, 사랑하는 사람이 세상을 떠나면 음식을 가져다주기도 했고, 모여서 임신 축하 파티를 했다. 가끔 독서모임의 누군가가 이사하거나 탈퇴하면(탈퇴하는 경우는 드물었지만) 케이트는 에이바에게 같이 책을 읽자고 말했다. 하지만 에이바는 그래야 할 필요를 느끼지 못했다. 남편이 떠나기 전까지는 말이다.

사실 이번에 혹시라도 누가 독서모임에서 나가면 제발, 제발, 잊지 말고 자신을 넣어 달라고 부탁한 —정확히는 애걸한— 사람은 에이바였다. 물론 절실해 보이지 않으려고 애쓰기는 했다. 사실은 무척이나 절실했지만……. 에이바에게는 함께 대화할 사람이 필요했다. 남편이 떠난 버린 뒤에 갑자기 나타난 텅 빈 시간을 채울 방법이 간절했다. 함께 있어 줄 사람을 이렇게나 애타게 바라게 되다니, 놀라웠다. '아니야.' 에이바는 마티니를 홀짝이면서 생각했다. 그냥 함께 있을 사람을 바라는 게 아니야. 더 깊은 무언가를 원하는 거야. 더 깊게 사람들과 함께할 방법을 원하는 거야. 그런 유대감을 왜 그렇게 쉽게 짐에게 바랐던 걸까. 어째서 지금은 이렇게도 비참하게 다른 사람들에게 갈망하는 거고.

오래전에, 여동생 릴리와 어머니가 1년도 되지 않은 짧은 간격으로 세상을 떠났을 때, 책은 그녀에게 피난처가 되어 주었다. "좋아하는 책과 보낸 하루보다 더 충만한 시간을 보낼 수 있는 어린 시절의 날들은 없단다." 에이바가 『나니아 연대기』, 『초원의 집』, 『작은 아씨들』 같은 책에 푹 빠져 있을 때면 어머니는 누군가의 말을 인용해 그렇게 말하곤 했다. 그것도 '우리 딸이 아주 자랑스럽구나' 하는 표정을 지으면서. 책을 좋아하는 건 릴리에게는 없는, 에이바만의 특성이었다. 어머니처럼 금발에 파란 눈인 릴리는 상냥하고 매력적이어서 길 가던 사람들이 걸음을 멈추고 바라보는 아이였다. 그에 반해 잔뜩 헝클어진 갈색 머리카락에 파란색 안경을 쓴 에이바는 잘 토라지고 비아냥거리는 성향에 성격은 까탈스러웠다. 어머니를 기쁘게 하는 일이라고는 맹렬하게 책을 읽는 것뿐이었다.

"좋아하는 책과 보낸 하루보다 더 충만한 시간을 보낼 수 있는 어린 시절의 날들은 없단다."라니. 누가 한 말일까? 궁금했다. 어머니는 아주 오래전에 돌아가셨고, 에이바는 그 말을 했다는 사람을 기억해 낼 수가 없었다.

"시간이 흐르면서 좀 변했어."

케이트가 말했다.

"원래는 젊은 엄마들뿐이었어. 생떼 부리는 아이들 이야기 말고 다른 대화가 절실한 사람들이 모인 거지. 보통 아이들이 낮잠을 자는 오후에 모였어. 그러다가 저녁에 서로 집도 찾아가고, 책에서 읽은 요리를 함께 만들게도 된 거야. 그러니까 좋은 방향으로 변한 거라고 생각해. 읽는 책이랑 어울리는 간식을 만들어 보기도 하고, 가끔 소설 속 시대 배경에 맞는 옷을 입기도 해. 그냥 재미로 말이야. 지금은 다양한 연령대 사람들이 모여."

케이트는 에이바를 보고 웃더니 덧붙여 말했다.

"모두 네가 좋아할 만한 사람들이야. 장담해."

에이바가 걱정하는 건 자신이 독서모임 사람들을 좋아하게 될지가 아니었다. 진짜 걱정은 그 사람들이 자기를 좋아하게 될지였다. 그녀는 사람들과 잘 어울리지 못했다. 늘 사람들과 어울리는 게 힘들었다. 열 살 때는 걸스카우트에서 쫓겨난 적도 있었다. 크로락스 병으로 헤어 롤러 가방을 만드는 데 실패하는 바람에 바느질 공훈 배지를 받지 못했기 때문이다. 한 살 어린 릴리는 바느질 공훈 배지, 요리 공훈 배지, 식물 가꾸기 공훈 배지 등 녹색 걸스카우트 리본 가득히 배지를 달고 또 달았다. 심지어는 뉴잉글랜드주에서 쿠키를 가장 많이 팔아 특별 공훈 배지를 받기도 했다. 에이바가 걸스카우트 시상식에는 참석하지 않겠다고 했을 때, 담당 교사였던 V 부인은 에이바는 나쁜 아이고, 다른 단원들은 좋은 아이들이라서 누구하고나 잘 어울리고 명랑하다고 했다. 릴리처럼 말이다. "너에게는 그런 특성이 하나도 없어, 에이바." V 부인은 그렇게 말했었다. 지금 자신을 보면 자기가 옳았다고 좋아하겠지. 내가 뭐랬니, 에이바!

거울 너머에 있는 전구들이 번갈아 가며 파인애플과 야자수가 되어 깜빡이는 빛을 보냈다. 바 뒤의 벽에는 소리가 꺼진 작은 텔레비전이 있었는데, 화면에 익숙한 얼굴이 나타났다. 에이바는 모든 것을 알아볼 수 있었다. 화면 속에는 프로비던스 공연 예술 센터의 현수막을 덮고 있는 빨강과 녹색 케이블 니트로 짠 뜨개천이 있었다. 얇은 분홍색 코트를 입고 창백한 피부에 어울리지 않는 립스틱을 바르고 바들바들 떨고 있는 '뉴스팀 10'의 앵커 헤일리 모로우가 있었다. 옆에는 요란하게 옷을 입은 여자가 있었다. 어깨까지 오는 헝클어진 머리카락, 인조 표범 모피 코트, 무릎까지 오는 부츠 차림이었다. 시커먼 아이라인을 한 눈에 도서관 사서를 떠오르게 하는 두툼하고 커다란 검은색 안경을 쓴 그 여자는 카메라를 바라보며 능글맞게 웃고 있었다. 자막으로 그 여자의 이름이 나타났다가 사라졌지만, 에이바는 그것을 읽을 필요도 없었다. 지금 자신이 보고 있는 사람이 누구인지 정확하게 알고 있었으니까. **뜨개 폭탄 전문가, 델리아 린드스트롬**. '남편 착취범이기도 하지.' 에이바는 속으로 덧붙였다.

"이런, 에이바. 보지 마. 그냥 나가자. 알았지? 그게 좋겠어."

케이트는 바텐더에게 허공에다 글을 쓰는 듯한 몸짓을 해 보였다.

하지만 에이바는 보지 않을 수가 없었다. 왜냐하면 그곳에는, 그러니까 뜨개 폭탄 전문가인 델리아 린드스트롬의 바로 뒤에는 남편인 —이제 곧 '전'남편이 될 남자인— 짐이 완전히 바보처럼 웃고 있었기 때문이다. 짐은 뜨개 폭탄 전문가이자 가정 파괴범인 여자친구가 자랑스러워서 활짝 웃고 있었다. 심지어는 그 여자의 어깨를 손으로 짚고 있었다. 그건 내 거야! 구역질이 올라오는 와중에도, 에이바는 속으로 외쳤다. 저 남자가 끼고 있는 가죽 장갑은 더없이 순진했고 행복했던 에이바가 작년 크리스마스에 사 준 선물이었다.

"계산서 좀 빨리 줘요!"

케이트가 필사적으로 말했다.

정확히 말하면 행복한 건 아니었지. 그저 지금보다는 행복한 거였지. 에이바는 다시 생각했다. 그렇게 오랜 세월을 함께 보낸 뒤에 정말로 행복할 수 있을까?

"바텐더!"

이제 케이트는 고함을 지르고 있었다. 에이바는 마티니를 단숨에 들이켰고, 울음을 터트렸다.

프로비던스 도서관은 1838년부터 베네피트 거리 위 높은 곳에 있었다. 그곳에서 지금은 브라운 대학교와 로드아일랜드 디자인 학교의 학생들, 그 건너편 법원을 찾아온 변호사와 범죄자들, 박물관 안내인들, 가죽이나 털로 만들어진 옷을 입고 아이들과 함께 걸어가는 멋쟁이 아빠들, 쌍둥이 유모차를 움켜쥔 채 어쩔 줄 모르는 엄마들, 그곳에서 살고 있는 다채로운 영화 제작자와 예술가들 그리고 작가들, 교수들이 움직이고 있는 모습을 굽어보고 있었다. 아래쪽으로는 식민지 시대에 지어진 건축물답게 파란색, 빨간색, 노란색으로 칠한 기울어진 18세기 주택들이 보였다. 위쪽으로는 경영주와 은행장들이 살고 있는 웅장한 빅토리아풍 주택들이 보였다. 거리에는 조약돌과 벽돌이 깔려 있었고, 가스등을 흉내 내어 만든 가로등이 있었다.

에이바는 케이트를 쫓아 베네피트 거리에 있는 도서관 옆문으로 들어갔다. 그 거리에 있는 회원제 사교 클럽 가운데 하나인 호프 클럽이 보이는 곳이었다. 클럽에서 열린 행사 때문에 거리는 자동차로 붐볐다. BMW와 메르세데스 옆을, 가끔은 포르셰 옆을 지나가며 에이바는 다짐했다. 부드러우면서 다정하고 긍정적인 모습을 보여 주겠다고. 와인도 지나치게 많이 마시지는 않을 생각이었다. 와인을 마시는 건 남편이 떠난 뒤에 생긴 나쁜 습관이었다. 친구를 사귈 것이다. 아니, 적어도 다른 사람의 기분을 상하게 하지는 않을 것이다.

"좋~아요."

도서관에 들어가자 친구는 도서관장으로 변신했다. 독서모임 회원들이 모인 방의 문을 열면서 경쾌한 목소리로 말했다.

"모두 오신 것 같군요!"

케이트의 비서, 에마가 서둘러 다가왔다. 피어싱을 한 통통한 에마는 두 팔과 가슴, 등에 만화영화 '곰돌이 푸'에 나오는 장면들로 문신을 새겼다. 에마는 볼 때마다 머리색이 바뀌었다. 오늘 밤에는 피오르드와 빙산을 떠오르게 하는 얼음처럼 차가운 파란색이었다. 오늘처럼 추운 밤에도 —일기예보에서는 이런 추운 날씨를 극소용돌이라고 불렀는데, 에이바와 짐은 그런 새로운 기상 용어를 들을 때면 무척 행복했다. 두 사람은 기상학이 품고 있는 모든 것을 함께 사랑했던 사이였다— 에마는 검은색 탱크톱을 입고 있었다. 아마도 사람들에게 문신을 보여 주고 싶어서일 것이다. 아니면 출렁이는 커다랗고 부드러운 가슴을 보여 주고 싶었거나.

"안녕하세요, 에이바. 잘 지내셨죠."

에마가 말했다. 그녀는 에이바의 대답은 듣지도 않고 고개를 돌려 케이트를 봤고, 무덤덤한 말투로 흰색 아마천을 깐 탁자 위에 놓아둔 와인과 치즈를 설명했다. 탁자의 정중앙을 가로지르며 호랑가시나무, 레드베리, 빨갛고 흰 꽃들, 무성한 푸른 잎이 크리스마스 분위기를 내며 깔려 있었다.

독서모임 회원들은 플라스틱 와인 잔을 손에 들고 탁자에 앉아 카망베르 치즈와 포도를 먹고 있었다. 긴장을 풀어. 에이바는 마음을 가다듬었다. 크게 숨을 들이마시고 탁자로 걸어갔다. 에이바가 와인 잔을 들자마자 마른 몸에 베이지색 샤넬 정장을 입은 나이 지긋한 금발 여인이 다가오면서 말했다.

"파울라 대신 들어온다는 사람 맞죠? 케이트의 친구라는?"

"네, 맞아요."

에이바가 대답했다.

"만나서 반가워요. 페니 프로스트예요. 이분들은 나를 그랜드 데임이라고 부르는데, 그건 그냥 내 나이가 여기서 가장 많다는 뜻이에요."

페니가 에이바의 손을 잡고 흔들었다. 손아귀 힘이 깜짝 놀랄 정도로 셌다.

"저는 에이바라고……."

"에이바! 매기 어머니 맞으시죠?"

미처 말을 끝맺기도 전에 젊은 여자가 소리치듯이 끼어들었다.

"저기, 오너예요. 오너 플래트. 내가 베이비시터로 매기와 윌을 돌봐 줬었는데, 기억하시나요?"

10여 년쯤 전에, 믿을 수 없이 큰 배낭을 메고 다녔던 진지한 표정의 브라운 대학교 학생이 희미하게 떠올랐다.

"오너라고요? 잘 지냈어요? 그동안……."

오너가 또 에이바의 말을 막았다.

"매기가 그때 일곱 살인가 여덟 살이었죠? 윌이 열한 살이고. 에이바의 집에 가는 건 언제나 좋았어요."

오너가 부드럽게 마지막 말을 마무리했다.

"그랬어요?"

상실의 아픔이라는 감정이 스멀스멀 기어 나왔다. '망할 짐. 들었지? 사람들은 우리를 좋아했어. 우리 집에 오는 걸 좋아했단 말이야.'

"냉장고에는 항상 맛있는 음식이 있었고, 가족들도 재미있었죠. 에이바도, 터커 씨도요."

오너는 분명히 기억한다는 듯이 웃었다.

"윌은 정말 사랑스러운 아이였잖아요. 매기는……, 음, 뭐, 정말 정신을 바짝 차리고 있어야 했던 아이라고만 말할게요."

"그러니까, 오너 플래트군요."

에이바는 나지막하게 중얼거렸다. 대학생이었던 오너는 헐렁한 청바지에 맨투맨을 입고 머리카락을 높이 올려 하나로 묶고 다녔다. 얼티미트 프리스비를 하면서 윌과 매기에게 완벽한 아치를 그리며 원반 날리는 법을 가르쳐 주었지. 그랬던 오너가 지금은 부드러운 적갈색 머리카락을 쇄골에 닿을 정도로 기르고 왼쪽 콧방울에는 작은 파란색 보석이 빛나는 피어싱을 한 여인으로 자라 있었다.

"모두 어떻게 지내나요? 매기와 윌 말이에요."

오너가 밝게 웃으면서 물었다.

“잘 지내요. 잘 지내고 있어요.”

에이바는 그런 질문을 받을 때면 늘 마음속에서 피어오르는 걱정을 떨쳐 버리려고 애쓰면서 대답했다. 그렇지 않아. 그 애들은 잘 지내고 있었어. 속으로 생각했다. 적어도 윌은 잘 지냈다. 매기는…….
에이바는 마음을 장악해 버리겠다고 위협하는 의심을 떨쳐 냈다. 매기는 괜찮았어. 에이바는 마음을 다잡았다. 그러지 않았다면 두 사람이 이번 학기에 매기를 피렌체로 보내지는 않았을 것이다.

“다 컸어요.”

“믿기지가 않네요. 지금 매기 나이가 얼추 내가 그 아이를 돌봤을 때 나이일 거 같아요.”

오너에게 고개를 끄덕이고 와인을 홀짝이면서, 에이바는 마음을 비집고 들어오려는 딸에 대한 걱정을 애써 밀어냈다. 물론 쉽지는 않았다. ‘드디어 그 말썽꾸러기가 앞으로 나가겠구나’ 하고 생각했다가 결국에는 놀라거나 실망했던 시간이 비일비재했으니까. 하지만 이번에는 진짜로 앞으로 나가고 있었다. 마침내. 다행스럽게도.

“요즘엔 뭘 해요?”

화제를 돌릴 수 있다는 사실에 기뻐하며 에이바가 물었다.

“브라운 대학교에서 학생들을 가르쳐요. 영어과에서 여성학을 가르쳐요. 종신교수고요.”

“우와, 대단하네요.”

“우리 독서모임에 오셔서 정말 기뻐요. 대학원을 졸업하고 여기로 다시 온 게 저에게는 축복이었어요. 사람들과 교류하게 됐고, 아파트랑 논문에서도 벗어날 수 있었으니까요.”

오너는 에이바의 팔을 재빨리 잡았고, 손에 살짝 힘을 주더니 팔을 놓고 떠나 버렸다.

"파울라를 대신하는 건 쉽지 않을 거예요."

페니가 말했다. 에이바는 그녀가 아직도 옆에 있다는 사실을 잊고 있었다.

"작년에 우리 모임 주제는 '고전'이었는데, 파울라는 『잃어버린 시간을 찾아서』를 택했어요. 믿어져요?"

'아, 맞아. 프루스트였어.' 에이바는 어머니가 거듭해서 인용하던 문장이 프루스트의 글임을 기억해 냈다. '좋아하는 책과 보낸 하루보다 더 충만한 시간을 보낼 수 있는 어린 시절의 날들은 없단다.' 에이바는 그 문장을 자신을 물끄러미 쳐다보고 있는 여인에게 읊어 줄까 생각했다. 자신이 이곳에 있을 가치가 있다는 걸, 파울라를 대신할 만한 사람이라는 걸 입증해 보이려고.

"그 작품을 모두 읽은 사람은 파울라밖에 없을걸요. 영문판 세 권을 전부 다 읽은 사람은 말이에요."

페니가 계속 말했다. 에이바는 갑자기 이 모임이 너무 벅찰 수도 있겠다는 생각이 들었다. 프루스트 책을 세 권 다 읽는단 말이야?

"아, 네."

"무슨 뜻인지 알죠? 마크 트웨인은 '고전이란 사람들이 들어는 봤지만 읽지는 않는 책'이라고 했잖아요. 마크 트웨인 양반이 파울라 메리노를 만나지 못한 건, 그 때문일 거예요."

에이바는 웃어 보려고 했지만, 입에서는 신음 비슷한 소리가 흘러나왔다. 웃는 법도 잊어버린 걸까? 에이바는 자신을 꾸짖었다. 어떻게 이럴 수 있어? 들고 있는 와인 잔을 비우고 케이트와 회원들에게 사과하고 집으로 돌아가는 게 나을 것만 같았다. 벌써 새로 장만해 침대에 깔아 놓은 분홍색 꽃무늬 시트가 그리웠다. 혼자 사는 여자라면 당연히 그런 시트를 덮어야 한다고 생각했다. 그래서 사 온 거였다. 남편이 나가 버렸을 때, 부부 침대를 덮고 있던 은백색 시트를 버려 버렸다. 부부 침대라니! 에이바는 단호하게 빅토리아 시대 사람처럼 발음했다.

백랍 같은 은백색, 짙은 검은색, 짙은 회색 같은 칙칙한 아마천을 좋아한 사람은 짐이었다. 그 시트들을 자선 단체에 보내거나 가치 있는 일에 사용하지 않고 쓰레기통에 처박아 버렸다는 걸 알면 짐은 분노할 것이다. 그 남자는 쓰레기통에서 찾은 딱딱한 빵을 손에 들고 "새들한테 주는 게 좋지 않을까?"라거나, 망가진 가전제품을 들고 와서 "기술 학교에 보내는 게 어때?"라거나, 마분지 조각들을 잔뜩 가져와서 "이걸로 뭘 좀 만들까, 에이바?" 같은 말을 하는 사람이었으니까. 전에는 지구를 조금 더 나은 곳으로 만들고 싶다는 그 남자의 소망이 사랑스럽다고 생각했다. 아이들이 어렸을 때는 네 식구가 양동이를 들고 좁은 해변에 나가거나 길모퉁이에 있는 버려진 공원에 가서 쓰레기를 줍곤 했다. 에이바는 이 작은 가족이 그렇게 소소한 일을 함께 한다는 것이 좋았다. 하지만 짐이 점점 더 엄청나고 시간을 많이 써야 하는 선행을 하게 되면서, 에이바는 뒤에 남겨졌다는 기분을 느낄 때가 많았다.

에이바는 플라스틱 와인 잔을 —잔이 정말 작았다— 들어 올렸고, 이미 잔이 비었음을 알았다. 한 잔만 더 해야지. 잔을 채우면서 생각했다. 그리고 집으로, 내 침대로 가야지. 그런 생각이 떠오르자마자 에이바는 마음을 고쳐먹었다. 침대에, 그것도 홀로 누워 있는 건 절대로 하면 안 되는 일이었다. 맞아, 젠장. 이곳에 오게 해 달라고 애원한 사람은 에이바였다. 이 모임이 절실하게 필요한 사람은 자신이었다. 게다가 이 방에 스며 있는 책 냄새는 친숙했고, 평온했다. 이 방에 있는 사람들은 모두 무엇이든지 받아들여 주고, 함께할 준비가 된 것 같은 표정이었다. 무엇보다도 에이바에게는 순수하게 책 이야기를 나누고 싶어 하는 사람들이 주는 위로가 필요했다.

케이트는 사교 시간은 독서모임이 끝나면 가질 수 있을 거라며, 모두 자리에 앉으라고 했다. 에이바와 눈이 마주친 케이트는 친구가 이곳에 있어서 무척 행복하다는 표정을 지어 보였다. 에이바도 같이 웃어 줄 수밖에 없었다. 에이바는 하바티 치즈를 올린 크래커를 재빨리 입에 밀어 넣고 자리에 앉았다.

"환영해요."

페니가 검버섯이 핀 손으로 에이바의 팔을 토닥였다.

놀랍게도 독서모임에는 남자가 둘이나 있었다. 한 남자는 플란넬 셔츠를 입고, 서른 살 미만의 남자라면 누구나 쓸 것 같은 포크파이 모자를 쓰고 있었다. 구레나룻도 길었는데, 에이바는 그런 남자를 대학 다닐 때 빼고는 본 적이 없었다. 또 다른 남자는 에이바만큼 나이가 들어 보였다. 밝은 노란빛이 도는 녹색 플리스 조끼를 입고 이렇게 추운 날씨에 맨발로 낡은 탑사이더 신발을 신고 있었다. 희끗해지고 있는 금발 머리에 나이는 들었어도 동안인 얼굴을 보니 젊었을 때는 여자들 마음을 꽤나 녹였을 것 같았다. 약지에 낀 결혼반지를 빙글빙글 돌리던 남자는 고개를 숙여 반지를 보더니, 이내 고개를 돌렸다.

에이바는 한숨을 쉬고, 입 안에 있는 하바티 치즈를 씹어 삼켰다. 먹을 때마다 느끼는 거지만 하바티 치즈는 정말 아무 맛이 없었다.

"먼저 새로 오신 분들을 환영해야겠어요. 존과 에이바예요."

케이트가 말했다. 사람들이 일제히 두 사람을 쳐다봤다.

"존? 먼저 간단하게 자기소개를 해 주시겠어요?"

플리스 조끼를 입은 남자는 선생님에게 호명된 학생처럼 자리에서 벌떡 일어났다.

"네, 네, 알겠습니다."

남자는 정말로 좋은 사람인 것처럼 상냥한 목소리로 말했다.

"예전에 학교였던 건물에서 살고 있습니다. 저기, 존 스트리트에 있는 건물입니다."

남자는 서글픈 표정을 짓더니 웃었다.

"몇 달 전에 이사 왔습니다. 이스트 그리니치에서요. 그러니까……, 어……, 그게, 아내가 작년에 세상을 떠났고, 잘 견뎌 내려고 애쓰고 있습니다. 새로운 일도 해 보고, 새로운 사람도 만나면서요."

사람들이 모두 이해한다는 듯이 고개를 끄덕였다.

"그래서 여기 있는 겁니다."

남자가 소리 내어 웃으며 말했다.

"떨리네요."

그 말을 끝으로 남자는 앉았다.

"와 주셔서 정말 기뻐요. 우리 모두가요."

케이트는 사람 좋은 목소리로 말했다.

"에이바?"

"어?"

에이바는 화들짝 놀라며 대답했다.

"자기소개를 해 주셔야죠."

케이트가 재빨리 말했다. 에이바는 작은 종이 접시를 탁자 위에 내려놓고 일어섰다. 존이 그랬듯이 일어나야 할 것 같았다. 긴장했는지 배에서 아주 작게 꾸르륵하는 소리가 났다.

"아, 어, 저는 케이트의 친구인 에이바예요. 케이트는, 그런 친구예요. 진짜 친구. 진정한 친구. 제 말은, 지금 제 인생은 망가져 버렸는데, 케이트가……, 케이트가……."

에이바는 자신이 울음을 참느라 애쓰고 있음을 알았다. 남편에게 버림받았다는 굴욕감이 거대한 모습을 드러냈다. 누군가 헛기침을 했다. 에이바는 숨을 들이마시고 계속하라고, 정신을 차리라고 스스로에게 말했다.

"파울라가 신시내티로 이사했다는 소리를 들어서……."

에이바는 다시 입을 열었다.

"클리블랜드예요."

누군가 에이바의 말을 정정했다.

"네, 클리블랜드요."

제발, 어떻게 해야 하는지 알잖아? 에이바는 다시 자신을 다독였다.

"그래서 온 거예요. 앞으로 나가려는 노력을 해 보려고요. 새로운 일을 하고, 새로운 사람을 만나 보려고요."

이런, 이거 방금 존이 똑같이 말하지 않았나?

"존처럼요."

에이바가 덧붙였다. 깜짝 놀란 눈으로 존이 고개를 들어 쳐다봤다. 에이바는 멋쩍은 표정으로 웃었다.

"아니, 존을 만나러 왔다는 뜻은 아니에요. 물론 만나서 반갑기는 해요. 무슨 뜻인지 아시죠?"

에이바가 존을 보고 웃자, 그는 황급히 다시 고개를 숙였다. 에이바는 다시 크게 숨을 들이마셨다. 여태껏 그녀는 강의실 앞에 서서 언제나 확신에 찬 태도로 학생들을 이끌어 왔다. 그런데 지금은 왜 이렇게 긴장하는 걸까?

"전 책 읽는 걸 사랑해요. 음, 적어도 사랑했어요. 왜냐면, 어머니와 이모가 서점을 운영하셨거든요. 올란도 서점인데, 아세요? 세이어 거리에 있었어요."

'나 알아요' 하는 표정은 그 누구도 짓지 않았다. 당연했다. 올란도 서점이 폐업한 지도 벌써 40년이 넘었으니까. 에이바는 다시 한번 크게 숨을 쉬고 계속 말했다.

"어머니는 심지어 글도 쓰셨어요. 70년대 초반에는 「레드북」에 단편을 몇 편 싣기도 하셨고요. 가정이 배경인 이야기들이었는데, 아주 문학적이지는 않았지만 그래도 소설이었어요."

도대체 나는 지금 어디로 가고 있는 걸까? 어머니 이야기는 왜 꺼낸 거야? 케이트는 조금 난처한 것처럼 보였고, 포크파이 모자를 쓴 남자는 에이바를 보면서 능글맞게 웃고 있었다.

"저는 책 읽는 걸 사랑해요."

에이바가 다시금, 자신 없는 목소리로 말했다.

"그건, 좋네요. 여기는 독서모임이니까요."

고맙게도, 사람들의 관심이 다시 케이트에게 돌아갔다. 모자를 쓴 남자는 여전히 에이바를 보며 웃고 있었지만, 이제는 그 웃음이 자신을 동정하는 것처럼 보였다. '이런, 불쌍한 사람 같으니'라며. 에이바는 그 남자를 미워하기로 결심했다.

"자, 12월이니까, 이제 이번 모임에서 내년에 읽을 책을 정해야 해요. 존과 에이바는……"

에이바를 보고 케이트가 얼굴을 찌푸렸다.

"에이바, 이제 앉아도 돼요."

케이트는 교사 같은 목소리로 말했다. 에이바는 자신이 계속 서 있었다는 사실조차 모르고 있다가, 급하게 앉는 바람에 플라스틱 와인 잔을 엎었다. 다행히 잔은 비어 있었다.

"아무튼,"

케이트는 요가 교실에서처럼 마음을 가라앉히는 호흡을 했다. 요가도 케이트가 꼭 해야 한다고 강요한 활동이었다. 요가를 하면 기분이 훨씬 좋아질 거야. 친구는 장담했지만, 에이바에게는 효과가 없었다.

"존과 에이바, 두 분에게도 내년 '독서모임 주제'를 보내 드렸죠……"

뭘 보냈다고? 에이바는 내년 독서모임 주제를 기억해 보려고, 아니, 적어도 그 주제에 관해 케이트와 나눈 대화를 떠올려 보려고 애썼다. 하지만 기억나는 것은 친구에게 이 모임에 넣어 달라고 조른 말들뿐이었다. 이번 한 번만 가입 규정을 조금 완화해 주면 안 될까? 에이바는 계속 빌었고, 케이트는 끈기 있게 독서모임은 모든 사람이 책을 선정해야 해서 소규모로 진행할 수밖에 없고, 모임 공간도 너무 좁아서 많은 사람이 들어갈 수 없다는 말을 반복했다. 게다가 지금 인원을 유지해야 모임에서 모든 사람이 충분히 발언할 수 있다고도 했다. 에이바가 주제를 기억하지 못하는 이유는 어쩌면 “독서모임에 자리가 났어!”라는 케이트의 이메일 제목만 보고 안심한 나머지 내용을 읽지 않았기 때문일 수도 있다.

에이바의 앞줄에 앉아 있던 오너가 뒤를 돌아보며 속삭였다.

“괜찮으세요? 홍조가 올라온 거 같은데요.”

오너는 에이바가 ‘홍조’라는 단어를 모르기라도 한 것처럼 양손으로 자신의 두 뺨을 쓸었다.

“괜찮아요. 고마워요.”

에이바가 대답했고, 오너는 어깨를 으쓱하더니 다시 고개를 앞으로 돌렸다. 오너는 옷을 여러 겹 겹쳐 입고 있었다. 커다랗고 조금은 애매한 색상의 에스닉 스카프를 두르고, 블라우스를 여러 벌 껴입고, 수많은 팔찌를 차고 있었다.

“저는 내년 주제가 매우 마음에 들어요.”

케이트가 말했다. 그녀의 뺨도 빨갛게 달아올라 있었다. 갱년기 열감 때문일 수도, 내년 주제 때문에 정말로 흥분해서일 수도 있었다.

“물론 올해 읽은 고전들도 좋았어요. 오디세이, 캔터베리 이야기,

심지어 프루스트도요."

케이트는 모두가 고개를 끄덕이면서 미소 짓거나 웃을 수 있도록 잠시 기다려 주었다.

"파울라에게 신의 축복이 있기를!"

페니가 말했다.

"그리고 여기 계시는 많은 분이 그때도 함께하셨으니 아시겠지만, 작년 주제였던 19세기 미국 문학도 정말 좋았어요. 트웨인, 포의 작품 말이에요. 하지만 내년 주제는 우리 자신을 드러내고, 서로가 서로를 알아가는 데 더욱 도움이 될 거라고 생각해요. 정말 개인적인 주제라서, 저는 좋아요."

다시 한번 케이트는 사람들이 자기 의견에 동의할 시간을 주었다. 에이바는 와인과 치즈가 있는 탁자를 쳐다봤다. 문신을 하고 얼음처럼 차가운 파란색으로 머리카락을 물들인 에마가 탁자를 지키고 서 있었지만, 와인을 더 가져온다고 해서 막을 것 같지는 않았다. 혹시, 막으려나? 에이바의 마음을 읽은 것처럼 에마가 에이바를 보면서 얼굴을 찡그렸다.

"다시 한번 짚어 보자면, 에이바와 존에게도 이메일에서 말씀드린 것처럼 8월에는 모임이 없어요. 12월 모임에서는 책을 읽지 않고요. 오늘처럼, 그다음 해에 읽을 책을 골라야 하니까요."

케이트가 계속 말했다.

에이바는 최대한 소리를 내지 않고 탁자로 걸어갔다. 케이트는 참가자들이 내년에 읽을 책을 선정해야 하고, 자신은 책을 추천하지 않지만 실제로 지금까지 선정된 책은 모두 읽고서 ―프루스트까지도!— 독서모임을 이끌었다는 말을 하고 있었다. 엎어진 플라스틱 와인 잔이 의자 밑 어딘가로 사라져 버렸다는 것을 떠올린 에이바는 새 잔을 하나 꺼내고 와인병으로 손을 뻗었다.

"제가 따라 드릴게요."

에마가 조용히 속삭이더니 에이바의 잔에 와인을 따랐다. 그녀의 문신에서 호랑이 티거가 뛰고 있음을 표현하는 발밑의 곡선이 보일 정도로 에마는 가까이 손을 뻗었다.

"고마워요."

에이바가 말했다.

뒤쪽에서 기척이 느껴져 고개를 돌리고 쳐다보니 포크파이 모자 씨가 보였다. 와인을 더 마시려고 온 것이다. 그의 턱에는 아랫입술부터 턱까지 이어진 짧고 우스꽝스러운 수염이 있었다. 에이바를 보고 씩 웃는 포크파이 모자 씨의 치아는 아름다웠다. 에이바는 그에게 웃어 주지 않고 그냥 자리로 돌아갔다. 의자에 앉는 에이바의 발밑에서 그녀의 부츠에 밟힌 플라스틱 와인 잔이 요란한 소리를 내면서 으스러졌다. 누군가 한숨을 쉬었다.

"내년의 주제는, 당연히 '내 인생 최고의 책'이에요."

케이트가 신나서 말하자, 사람들이 환호했다.

"여러분 모두가 인생에서 가장 중요한 책을 선정해 주시면, 매달 한 권씩 읽어 나갈 거예요. 존과 에이바는 가장 끝 달의 책을 선정해 주셨으면 하는데, 괜찮죠?"

에이바는 몸을 똑바로 세우고 앉았다. 그걸 내가 해야 한다고? 책 선정을? 그냥 아무 책도 아니고, 나에게 가장 중요한 책을? 자신에게 중요했던 책을 마지막으로 읽은 게 언제였는지도 기억나지 않았다. 사실 에이바는 의도적으로 중요하지 않은 책만 골라 읽었다. 여름이면 짐이 꾸준하게 로버트 카로의 두꺼운 『린든 B. 존슨 전기』를 읽는 동안 에이바는 페이퍼백을 골라잡고 해변에 앉아서 즐겼다. 읽었던 미스터리물, 여행서, 너무 뻔해서 곧 잊어버리고 말 소설들은 오랫동안 에이바 곁에 머물지 않았다. 에이바는 그저 바로 이 도서관 책장에서 아무거나 몇 권을 꺼내 읽은 뒤에는 곧바로 잊어버렸다. 그런 책들은 에이바에게 조금도 중요하지 않았다.

독서모임 사람들은 파우치나 가방에서 펜을 꺼내더니 비싼 몰스킨 공책을 펼쳤다. 이것도 에이바가 놓친 것일까? 오늘은 몰스킨 공책과 자신에게 가장 중요한 책을 가져왔어야 하는 날인가? 매기와 윌이 어렸을 때는 9월마다 아이들이 학교에서 쓸 물건을 사러 다녔다. 학용품 목록은 길고도 상세했다. 아이들은 다양한 크기의 3공 바인더와 온갖 종류의 펜과 마커, 연필을 준비해야 했다. 에이바는 두 아이를 위해 해야 했던 많은 일, 오이와 당근을 얇게 썰고, 숙제를 검사하고, 아직 열기가 남아 있는 빨래를 개고, 병원 침대처럼 침대 모서리의 각을 잡았던, 그 모든 일이 그리웠다. 오늘만 해도 열 번, 아니 백 번, 아니 천 번이나 생각했다. '도대체 왜 그랬어, 망할 짐.'

부스럭거리는 소리가 사라지고 케이트가 다른 이야기를 하고 있었기 때문에 에이바는 다시 독서모임으로 주의를 돌렸다. 독서모임이 이렇게 복잡하다는 걸 누가 알았겠어? 케이트 앞에는 유골함처럼 보이는 커다란 청동 단지가 있었다.

케이트는 단지 안에 손을 집어넣더니 접혀 있는 종이 한 장을 꺼내고, 밝게 웃었다.

"페니. 페니가 1월의 책을 정해 주세요."

샤넬 정장을 입은 나이 지긋한 금발 여인이 일어났다.

"많은 분이 아시겠지만, 나는 래드클리프에 다녔어요. 47년에 졸업했고요."

페니가 자랑스럽게 말했다.

"대학에 다닐 때 나는 제인 오스틴과 사랑에 빠져 버렸답니다. 그 분의 소설을 출간 순서대로 읽었죠. 1811년에 출간된 『이성과 감성』을 시작으로……."

에이바는 페니의 말에 집중할 수가 없었다. 떠오르는 생각이라고는 한 달 안에 제인 오스틴의 소설을 읽어야 한다는 사실뿐이었다. 지금까지 제인 오스틴의 책을 읽어 본 적이 없었다.

"오스틴 책 가운데 무엇이 당신에게는 가장 중요한가요, 페니?"

케이트가 물었다.

"현대 작가 애너 퀸들런이 거대한 흰 고래를 쫓을 때만이 아니라 거실에서 소담을 나눌 때도 자아를 찾는 여행이 가능하다는 것을 처음 알려 준 위대한 소설이라고 했던 작품이에요."

페니는 극적 효과를 연출하려고 잠시 입을 다물었다. 에이바의 눈에 포크파이 모자 씨를 비롯해 여러 명이 애너 퀸들런이 했다는 말을 적는 모습이 보였다. 다행히도 존은 어리둥절한 것 같았다. 페니가 발표했다.

"『오만과 편견』이죠."

몇 사람은 손뼉을 쳤고, 적어도 한 사람은 웅얼거리면서 기쁨을 표현했다. 몰스킨 공책이 없는 에이바는 손바닥에 제목을 적었다. 케이트가 다시 단지에 손을 넣어 종이를 꺼냈다.

"루크, 2월의 작품을 뽑아 주세요."

포크파이 모자 씨가 일어나더니 사람들을 봤다.

"위대한 미국 소설이죠. 『위대한 개츠비』예요."

루크는 덤덤하게 말했다. 그가 자신을 똑바로 바라보는 것 같아서 에이바는 재빨리 고개를 숙이고 손바닥에 제목을 적었다. 누군가 어깨를 톡톡 치더니 종이 한 장을 내밀었다. 에마였다. 에이바는 소리를 내지 않고 입을 움직여 고맙다고 말했지만, 다음 이름을 기다리느라 바빴던 에마는 보지 못했다.

"3월이네요. 가장 중요한 책은 뭔가요, 다이애나?"

에이바 또래의 여자가 일어섰다. 왠지 낯익은 사람이었다. 검은색 시가렛 팬츠에 오버핏의 검은색 터틀넥 스웨터를 입은 그녀는 진한 아이라이너를 그리고 짙은 빨간색 립스틱을 바르고 있었다. 머리에 두른 엄청나게 화려한 스카프는 이마에서 하나로 묶여 있었는데, 스카프 아래로는 머리카락이 한 가닥도 보이지 않았다. 케이트의 말이 생각났다. 독서모임에 유방암을 앓는 사람이 있어서 회원들이 순서를 정해 항암 치료실에 데려다준다고 했다. 다이애나가 깊고도 부드러운 목소리로 말했다.

"케이트에게 희곡을 택해도 되는지 물었어요. 셰익스피어 작품 가운데 하나를 읽고 싶었거든요. 어쨌거나 나에게 가장 중요한 작가는 셰익스피어니까요. 하지만 케이트가 안 된다고 했어요. 소설을 골라야 한다고. 그래서 선택한 나에게 가장 중요한 책은 『안나 카레니나』예요."

이쯤 되자 존의 얼굴은 공포에 사로잡혔다.

"당신은 정말 너무나도 아름다운 안나였어요."

페니가 말했다. 허리를 숙여 우아하게 절을 하는 다이애나를 보면서 에이바는 비로소 그 여자를 어디에서 봤는지 생각해 냈다. 이 지역 레퍼토리 극단(언제든지 많은 연극을 공연할 준비를 하고 있는 극단-옮긴이) 소속 배우였다. 예전에는 해마다 정기 관람권을 끊어서 모든 작품을 관람했다. 금요일 밤 공연을 특히 좋아해서 케이트와 그녀의 남편 그레이와도 함께 가서 보고는 했다. 그런데 왜 극장에 가는 걸 그만뒀을까? 에이바는 궁금해졌다. 언제부터 가지 않게 된 거지?

케이트는 벌써 4월의 책으로 넘어갔고, 루스를 불렀다. 루스가 일어나자마자 에이바는 그녀를 알아봤다. 매기의 초등학교 동창 엄마로, 학급 일을 도맡아 하던 사람이었다. 늘 교실에 남아서 아이들 수업을 돕고, 학교 연극 연습을 거들고, 학생 식당을 점검했다. 에이바는 루스가 신나게 달려가 대조표, 알림장, 허가서, 프로그램 안내서 같은 서류를 프린터에서 뽑던 모습을 선명하게 기억했다. 한번은 식중독에 걸린 음악 선생님 대신 크리스마스 학예회에서 피아노를 연주하기도 했다.

"두꺼운 책이긴 하지만, 나에게 중요한 책으로 『백 년의 고독』을 택했어요. 죄송해요!"

루스는 장난꾸러기처럼 사과했다. 여전히 동글동글한 몸에 활기찬 표정, 짧은 단발머리를 하고 있었다. 코듀로이 점퍼, 클로그 슈즈.

루스는 시트콤에 나오는 엄마처럼 보였다. 실제로 그녀에게는 아이가 네 명 있었다. 아니, 다섯 명이었나?

"오, 아니에요. 정말 멋진 책을 골랐어요."

케이트가 루스를 안심시켰다.

"정말 재밌어요."

한 여자가 동의한다는 듯이 고개를 끄덕였다.

"사실 마르케스를 만난 적이 있어요. 칠레에 살 때요."

그 여자는 칠레를 치일-레이라고 발음했다.

"나도 당신처럼 살 수 있다면 좋을 텐데요, 젠."

루스가 한숨을 쉬며 말했다. 그리곤 크게 웃더니 그 여자를 가리켰다. 길게 뻗은 갈색 머리카락에 강인한 턱과 날카로운 광대뼈를 가진 그녀의 표정은 시무룩하고도 진지했다.

"그리고 나처럼 살고 싶다는 말은 하지 마요. 그 누구도 우리 아이들을 원하는 사람은 없었어요."

루스의 말에 오너는 에이바를 돌아보며 말했다.

"루스는 임신했을 때마다, 아이들을 위해서 직접 누비이불을 만들었대요."

"아, 나도 알아요. 난 두 아이를 늦지 않게 학교에 데려다주는 것만으로도 벅찼는데 말이에요. 수업 종이 울리기 직전에 간신히 애들을 학교에 들여보내면, 이미 다섯 아이를 교실에 들여보내고 밖으로 나오는 루스를 볼 수 있었어요. 정말 여유롭게요."

에이바가 대답했다.

"모두 내 잘못이에요."

루스가 말했다.

“루스를 오래 못 봤나 봐요. 이제는 여섯 아이의 엄마예요.”

젠이라는 여자가 말했고, 루스가 고개를 끄덕였다.

“맞아요. 캐머런이 있어요. 우리 부부의 실수 때문에 이 세상에 나온 아이죠. 이제 거의 여덟 살이 됐어요.”

“아이고, 신의 가호가 있기를. 나는 셋도 벅찼어.”

페니가 고개를 절레절레 저으며 말했다. 케이트가 단지에 손을 넣어 5월의 이름을 뽑았다.

“오너네요.”

오너가 일어났다.

“정말 오래 고민했어요. 독서를 사랑하게 하고 결국 인생의 직업을 찾게 해 준 책을 골라야 할까, 아니면 가장 고민하면서 읽어야 했던 책을 골라야 할까, 결정하기가 어려웠거든요.”

에이바는 그가 두 번째 책을 선택하지 않기를 빌었다.

“하지만 결국에는 나에게 정말로 중요한 책은 한 권이라는 결론을 내렸어요. 정말 고마워요, 케이트. 이런 주제를 선택해 주셔서요. 무척 어려웠지만 엄청나게 값진 시간이었어요.”

오너의 눈은 빛났고, 가슴에 얹은 손은 떨리고 있었다.

“난 『앵무새 죽이기』를 골랐어요.”

오너가 말했고, 에이바는 놀라서 소리쳤다.

“그 책은 읽었어요!”

존도 외쳤다.

“저도 읽었습니다.”

"다시 읽어야겠네요."

케이트가 두 사람을 놀렸다. 케이트는 다시 단지에 손을 넣어 6월의 이름을 선택했다.

"모니크네요. 아, 돌아온 걸 환영해요."

케이트가 말했다.

"원년 멤버였어요. 결혼하고 프랑스로 갔는데……."

페니가 에이바에게 설명했다.

"저도 아는 분이에요."

모니크가 일어설 때 에이바가 대답했다. 한때는 칠흑 같았던 머리카락이 이제는 희끗희끗해져 있었다. 하지만 여전히 좌우 대칭이 어긋난 머리 모양을 하고 있었고, 깊이 파인 실크 블라우스는 강렬한 가슴골을 드러내 보이고 있었다.

"저랑 같은 학교에서 프랑스어를 가르치고 계세요."

프로비던스에 산다는 건 아주 좋은 점과 아주 나쁜 점이 같다는 것을 의미했다. 아는 사람을 마주치지 않는 게 불가능하다는 것 말이다. 모니크는 군더더기 없이 본론만 말하고 앉았다.

"베티 스미스의 『나를 있게 한 모든 것들』이 나에게는 제일 중요한 책이에요."

그다음으로 케이트가 부른 사람은 키키였다. 키키는 어려 보였다. 어쩌면 윌과 같은 나이일지도 몰랐다. 스물세 살. 에이바의 학생들도 생각나게 하는 키키에게 즉시 호감을 느꼈다. 그녀는 『호밀밭의 파수꾼』을 택했다. 에이바가 몇 년 전에 읽은 책이었다. 읽은 책이 두 권이나 나오다니, 이 모임에서 버틸 수는 있겠다는 생각이 들었다.

치일-레이에서 마르케스를 만났다는 젠, 그러니까 진짜 이름은 제니퍼인 여자가 9월의 책을 골랐다.

"평화 봉사단으로 과테말라에 갔었는데, 거기에는 읽을 만한 책이 별로 없었어요."

에이바를 만나기 훨씬 전부터 짐은 온두라스에서 활동하는 평화 봉사단의 단원이었다. 지금도 짐은 1년에 한 번씩 학용품이나 안경 같은 걸 싸 들고서 비행기를 타고 산페드로술라까지 날아간다. 그곳에서 도움이 가장 필요한 마을로 가기 위해 비포장도로를 달린다. 짐은 활짝 웃고 있는 아이들, 이제 막 심은 아보카도 나무, 새로 지은 닭장의 닭을 찍은 사진을 잔뜩 가지고 돌아왔다. 지금, 여기에 앉아서 그 기억을 떠올리고 있자니 에이바는 자신도 남편과 함께 갔어야 하는 게 아닌가 하는 생각이 들었다. 그러면 지금과는 상황이 다르지 않았을까? 델리아 린드스트롬은 짐과 함께 온두라스에 가서 아보카도 나무를 뜨개 폭탄으로 덮어 버릴까?

"그래서 책 한 권을 읽고 또 읽을 수밖에 없었어요. 바로 밀란 쿤데라의 『참을 수 없는 존재의 가벼움』이에요."

제니퍼가 말했다.

"저도 좋아하는 책이에요."

키키가 말했고, 루크도 고개를 끄덕이며 말했다.

"멋진 선택이네요."

"자, 이제 새로 오신 분들 차례네요. 존?"

케이트가 존을 불렀다. 존은 어색한 자세로 일어나더니 신발을 살짝 까닥거렸다.

"우리 집에서 책을 읽는 사람은 아내였습니다. 그래서 고르는 게 쉽지는 않았습니다. 하지만 저에게도 소중한 책이 한 권 있습니다. 정말 소중한 책입니다. 『제5도살장』인데, 아십니까? 커트 보니것의 책이죠."

"멋진 선택이네요, 존."

케이트가 대답했다.

"좋은 선택이에요, 형님."

루크도 말했다.

"보니것 씨의 작품은 읽은 적이 없어요. 이젠 읽을 때가 됐군요."

페니가 조심스럽게 몰스킨 공책에 제목을 적으며 말했다. 존이 자리에 앉자 케이트가 부드럽게 말했다.

"에이바?"

"드디어, 마지막 중요한 책을 말할 시간이 됐네요."

에이바는 조금 시간을 끌면서 말했다. 모두의 시선이 느껴졌다. 자신에게는 중요한 책이 없다는 사실에 갑자기 나오려는 눈물을 꾹 눌러 참아야 했다. 엄청난 충격에 마음이 아팠고, 커다란 상실을 느껴야 했던 자기 인생이 중요하게 느껴졌다. 그녀는 자신의 입에서 나오는 소리를 들었다.

"전 『클레어에서 여기까지』로 할 거예요."

동생이 죽은 다음 해 여름 이후로 한 번도 이 책을 떠올려 본 적이 없었다. 그 여름에는 자신을 위해 쓴 책 같아서 읽고 또 읽었는데도 말이다. 지금 생각해 보면 그 책은 집에 찾아온 누군가가 준 것이었다. 릴리의 첫 기일이 지난 지 얼마 되지 않았을 때였고, 어머니가 제임스타운 다리에서 뛰어내린 지 2주가 되는 날이었다. 커다란 검은색 캐딜락을 타고 온 여자가 그 책을 주면서 말했었다. "너를 위한 거야."

"'클레어에서 여기까지'는 노래 아니에요?"

고맙게도 봉인했던 기억들이 빗장을 풀고 물밀듯이 밀려와 에이바를 덮치는 것을 키키가 막아 주었다.

"낸시 그리피스가 부른 거잖아요. 맞죠? '클레어에서 여기까지.'"

오너가 말했다.

"많은 가수가 불렀어요."

에이바의 마음속에서 노래 가사가 크게 울려 퍼졌다. '우리 가족을 생각할 때면 내 마음은 거의 부서져 버려…….' 그녀는 침을 꿀꺽 삼키고, 올해 잃어버린 짐과 가족을 생각했다. 그리고 오래전에 잃어버렸지만 여전히 마음속에 떠올릴 때면 창자에 돌덩이처럼 가라앉아 버리는 두 사람—동생과 어머니—을 생각했다.

"하지만 같은 제목의 책도 있어요. 로절린드 아든이 쓴 거요. 그게 제가 말한 책이에요."

에이바의 목소리에는 이제 힘이 실려 있었다.

"그게 저에게는 가장 중요한 책이에요."

매기

처음 파리에 왔을 때는 작가가 되어야겠다는 막연한 생각을 했다. 레 두 마고, 카페 플로르, 라 클로즈리, 몽파르나스에 있는 라 로통드까지, 헤밍웨이가 단골이었다는 카페란 카페는 모두 찾아다녔다. 헤밍웨이는 『태양은 다시 떠오른다』에서 "센강 우안 강변에서 택시를 잡아타고 '몽파르나스에 있는 무슨, 무슨 카페로 가 주시오'라고 말해도, 택시 기사들은 항상 라 로통드에 데려다준다."라고 했다. 하지만 매기가 아는 한, 이제 그곳에 가는 사람은 관광객뿐이었다. 그녀는 헤밍웨이가 다니던 카페 아니면 '스트리트 와이즈 파리 지도'에 조심스럽게 표시한, 지하철을 타거나 걸어서 갈 수 있는 카페만을 찾아다녔다. 거의 매일 오후 시간을 지나 이른 저녁이 될 때까지 카페에 앉아 하우스 와인을 마시면서 자신의 인생이 시작되기를, 특별한 일이 벌어지기를 기다렸다. 하지만 아무 일도 일어나지 않았다.

술에 취하고 실망하기만 했지, 언제나 영감을 받지 못한 채 카페에서 나왔다. 자신에게 필요한, 살아 있다는 느낌이 들지 않았다. 매기의 내면은 너무나도 오랫동안 죽어 있었다. 그래서 헤밍웨이의 모든 작품을 담고 있는 낡은 페이퍼백, 작은 배낭, 자신이 본 사실들과 이야기로 쓸 만한 생각들, 현명한 글귀들을 휘갈겨 쓰는 작은 공책을 들고 이곳에 온 것이다. 끌어모을 수 있는 모든 희망을 안고서 이곳에 온 것이다. 사실은 도망쳐 온 것이지만.

물론 남자를 쫓아온 것일 수도 있었다. 토마스를. 음침한 독일인 철학과 학생을. 물론 토마스는 그녀에게 파리에 오면 한번 보자는 말은 절대로 하지 않았다. 그 어떤 약속도 하지 않은 토마스는 도시 외곽의 흉측한 건물에 있는 그의 아파트에 매기가 나타나자 "내가 초대한 게 아니야."라는 사실을 분명하게 상기시킨 뒤에 그녀를 집으로 들였다. 그리고 책상 위에 매기를 엎드리게 하고는 바지를 발목에 걸친 채로 급하게 뒤에서 그녀의 몸으로 들어갔다. 토마스가 입고 있는 셔츠의 단추가 거칠게 매기의 몸을 할퀴었다.

그 뒤로도 매기는 다시 토마스를 찾아갔다. 희망을 품고서. 파리에서는 사람들이 사랑에 빠지는 게 당연하니까. 영혼의 단짝을 찾고, 진짜 자신을 찾게 되는 거니까. 하지만 처음과 달라진 점은 거의 없었다. 이번에는 따끔따끔한 깔개 위에서 했다는 거 말고는. 섹스를 하고, 마리화나를 나누어 피우면서 그녀는 피렌체를 떠나 토마스가 있는 파리로 오는 게 좋겠다고 생각한 이유를 떠올리려고 노력했다. 토마스의 얼굴을 뚫어지게 바라봤다. 길었고, 좁았고, 무표정했다.

"내일은 바에서 만날까?"

매기가 제안했다. 토마스는 고개를 아주 살짝 움직이더니 마리화나를 길게 한 모금 빨았다. 그러고 나서 생소한 철학자 이야기를 했다. 그의 목소리가 매기 주위를 기분 좋게 날아다니며 윙윙거렸다. 토마스는 ㅂ을 '우'처럼 발음해 빌리지를 윌리지라고, 베리를 웨리라고 말했다.

다음 날 밤 그가 바에 나타나지 않았을 때, 매기는 눈물조차 나오지 않았다. 그래도 파리에 있자고 다짐했다. 파리에서 아빠의 돈을 쓸 것이다. 해외에서 공부하는 동안 쓰라며 계좌에 넣어 준 돈을. 그 돈을 주면 딸의 용서를 구할 수 있고, 모든 일이 잘될 거라는 듯이 넣어 준 돈을 쓸 것이다.

딱딱한 침상, 전등갓도 없이 천장에 매달려 있는 전구, 망가진 의자가 전부인 호스텔 방. 매기는 침대 옆의 벽에 카페 플로르에서 헤밍웨이와 피츠제럴드가 술 마시는 모습을 담은 흑백 사진엽서를 붙여 놓았다. 그래야 왼쪽으로 누웠을 때 두 사람을 멍하니 쳐다볼 수 있으니까. 그 엽서는 센강을 따라 쭉 늘어선 노점에서 한창 짓고 있는 에펠탑을 찍은 사진엽서와 함께 사 왔다. 에펠탑 엽서는 침대 위 천장에 붙여 놓았다. 그러면 똑바로 누웠을 때 에펠탑이 보일 테니까. 바깥에서 파리가 자신을 기다리고 있는데도 그녀는 침대에서 에펠탑을 보며 시간을 보낼 때가 많았다. 아직은 절반밖에 완성되지 않은 웅장한 무언가를 보고 있다는 사실이 좋았다. 그건 마치 나 같으니까. 매기는 생각했다. 아직 절반밖에는 완성되지 않은 나.

매기는 「론리 플래닛」과 「렛츠고」에서 반드시 가 봐야 한다고 소개한 파리 최고의 영어책 전문 서점이라는 가니메데 서점에 가 보려고 애썼다. 하지만 서점은 퐁피두 센터가 있는 미로 같은 거리에 있어서 가려고 할 때마다 길을 잃고 말았다. 지도나 여행 안내서를 가리키면서 "우 에스트 가니메데스(가니메데 서점은 어디에 있나요)?"라고 물었다. 누구나 그 서점을 알고 있었기에 사람들은 열심히 손가락을 움직여 헤매기 쉬운 곳을 지나갈 방법을 설명했다. 그런데도 매기는 늘 길을 잃었고, 끈질기게 서점을 찾는 대신에 그저 작은 호스텔 방으로 돌아가 버렸다. “힙한 마레 지구에 있는 기이하고 어수선한 가니메데 서점을 놓치지 마세요.” 「프로머 여행 가이드」는 마담이라고 불리는 미국인 사장이 변덕쟁이 용처럼 마음 내키는 대로 서점 문을 열고 닫는다고 했다. 매기는 누군가 호스텔 방에 두고 간 책에서 서점 주소와 전화번호가 있는 페이지를 쭉 찢어 주머니에 넣고 다녔다. 전화도 해 봤지만 연결되지 않았다. 반드시 가 봐야 한다는 이 서점이 폐업했을지도 모르겠다.

가끔은 카페들에서 남자를 만났다. 완벽하게 각진 깔끔한 머리의 독일 남자들은 영어가 유창했다. 도보 여행을 하는 오스트레일리아 남자들은 무거운 금속 틀을 아무렇지도 않게 등에 걸치고, 자신들을 먹여 살릴 거대한 배낭을 그 위에 얹고 다녔다. 영국 남자들은 자동차를 타고 해저 터널을 건너와 학창 시절 친구들과 함께 아주 긴 주말을 보냈다. 매기는 해저 터널을 의미하는 ‘처널’이라는 단어도 사랑했고, 그들이 처널을 비틀즈처럼 발음하는 것도 사랑했다. 지나치게 날씬한 일본 유학생들은 두툼한 플랫폼 슈즈를 신었다. 미국 남자들은 피했다. 파리에서까지 미국 남자들을 만나고 싶지는 않았다. 하지만 지독하게 지루하고 외로울 때면 가끔은 미국 남자가 다가와 와인을 사 주거나, 함께 담배를 피우면서 그가 온갖 박물관을 돌아다닌 이야기를 떠벌리도록 허락해 주었다.

호스텔 소등 시간이 지나면 좁은 계단을 살금살금 통과해 남자들을 자신의 작은 방으로 데려오기도 했다. 그들은 모퉁이 가게에서 싸구려 와인을 사 왔고, 운이 좋으면 마약과 담배도 가져왔다. 그 밤 내내 써도 될 만큼 콘돔도 넉넉하게 가져왔다. 매기는 난해한 용이

나 얼빠진 요정, 뛰어오르는 돌고래, 시의 한 구절을 새긴 남자들의 문신이 마음에 들었다. 깡마른 팔을 감추려고 입은 긴 소매가 좋았다. 시큼한 와인 냄새, 찌든 담배 냄새, 닥터 브로너스 비누의 박하·아몬드·코코넛 향이 좋았다. 그들이 외국인인 것도 좋았다. 적절한 영어 단어를 찾느라 애쓰는 것도, 스웨터를 점퍼라고 부르는 것도 후드를 보닛이라고 부르는 것도 좋았다. 매기에게는 끔찍한 테크노 음악을 좋아하는 것도, 헤어 제품을 많이 쓰는 것도, 치아 교정을 하지 않은 것도, 체육관에 가지 않는 것도 좋았다. 미국 남자들은 싫었다. 그들의 익숙함이 너무나도 싫었다.

눈을 뜨면 보통 12시였고, 남자들은 사라지고 없었다. 그럴 때면 매기는 '스트리트 와이즈 파리 지도'를 들고 숙취에 시달리거나 여전히 약에 취해 몽롱한 상태로 거리를 쏘다녔다. 그날, 그 시간에 무료로 들어갈 수 있는 박물관을 생각해 내려고 애썼지만, 늘 날짜나 시간을 제대로 기억하지 못했다. 비가 와도 걸었고 해가 떠도 걸었다. 영감을 찾아 계속 걸었다. 그러다가 늦은 오후가 되면 관광객으로 가득 찬 카페들 가운데 한 곳에서 그날의 첫 번째 '뱅 메종'을 주문하고 있는 자신을 발견했다. 거의 비어 있는 작은 공책을 펼쳐서 뚫어지게 쳐다보다가 뭐든지, 한 장이라도 채우려고 적어 나가기 시작했다. 뱅 메종이라고도 썼고, 목요일에는 오르세 미술관 입장료를 내야 한다라고도 썼다. 자주색 코트를 입은 저 여자, 소설에 등장시킬 수 있을까라고도 적었다.

술을 너무 많이 마시고 너무 많이 걸어서, 마약과 섹스를 너무 많이 해서, 매기는 야위고 수척해졌다. 엉덩이뼈는 유쾌하게 튀어나와 청바지를 밀어붙였고, 갈비뼈 윤곽이 낡은 스웨터 밖으로 모습을 드러냈다. 그것이 좋았다. 뼈대를 따라 손을 움직이며 자기 몸을 느끼는 게 좋았다. 거울을 보면 낯선 사람이 보였다. 눈 밑에는 짙은 다크서클이 있었고, 머리카락은 부스스했고, 움푹 꺼진 뺨 위로 광대뼈가 날카롭게 솟아 있었다.

어느 날 밤, 혼자서 레 두 마고를 나섰다. 이상하게도 사람들이 보이지 않는 밤이었는데, 아마도 엄청나게 쏟아지는 비 때문인 것 같았다. 가혹한 비가 내리는 밤은 무척 추웠다. 우산이 없어서 지하철을 타기로 했다. 그 밤은 그 어떤 희망도 없이 매기 앞에 펼쳐져 있었다. 3유로짜리 와인을 사서 작은 방으로 돌아가 와인을 다 마실 때까지 엽서들을 쳐다보다가 기절하듯이 잠들기만을 바라야 하는 밤이었다.

지하철에도 이상하게 사람이 없었다. 잠시 지하철 의자에 앉아 바닥에 빗물을 뚝뚝 떨어뜨리면서 매기는 무슨 일이 생긴 건 아닐까 생각했다. 테러가 일어났거나 미친놈이 탈주했다고 해도, 알 방법이 없었다. 점점 더 커지는 공포를 차단하며 남자 목소리가 매기의 귀로 들어왔다.

"튀 에 트랑페 쥐스코 오스(정말 뼛속까지 젖었겠네요)."

맞은편에 앉은 남자가 웃었다. 그녀는 웃지 않았다.

"프헝 몽 파가프리."

남자는 선물이라도 되는 양 곱게 접힌 우산을 내밀었다. 그는 매기가 카페에서 고르는 남자들과 달랐다. 소년 같은 남자가 아니라 어른 남자였다. 길고 지저분한 숱 많은 금발 머리에 매부리코인 그는 강렬한 허리띠로 트렌치코트를 바짝 조여 매고 있었다. 내가 좋아하는 프랑스 배우 제라드 드파르디외를 닮았잖아? 매기는 생각했다. 그렇게 몸집이 크지도, 나이가 많은 것도 아니었지만.

"아!"

남자는 사랑스럽게 삐뚤어진 치아를 드러내며 활짝 웃었다.

"프랑스어를 못하는군요!"

매기는 완벽한 프랑스어로 자신은 프랑스어를 할 수 있지만 지하철에서 낯선 남자에게 우산을 받는 습관이 없을 뿐이라고 대답했다. 그는 정말로 기쁜 듯이 웃었다.

"어떻게 그렇게 발음할 수가 있는 거죠?"

남자가 여전히 영어로 물었다.

"미국에서 8년 동안 프랑스계 국제 학교에 다녔어요. 어머니가 프랑스어 선생님이기도 하고요."

매기는 여전히 프랑스어로 대답했다.

"알로르!"

그는 프랑스어로 '그러면, 그래서, 그럼' 같은 수백만 가지 의미가 있는 단어를 내뱉더니 알겠다는 듯이 고개를 끄덕였다. 매기는 주위를 둘러봤다. 두 사람 외에는 아무도 없었다.

"우 에스트 투 르 몽드 스 수아(오늘 밤에는 모두 어디에 간 거지)?"

매기의 궁금증이 큰 소리가 되어 입 밖으로 터져 나왔다. 지하철이 천천히 멈춰 서자 남자가 일어나더니 마치 매기를 초대하기라도 하듯이 문을 가리키며 한쪽 팔을 크게 움직였다.

"우리가 이 세상을 즐길 수 있도록 사람들이 모두 떠나 준 게 아닐까요?”

그가 대답했다. 매기의 귀에 절망스러운 엄마의 목소리가 들려왔다. ‘행동하기 전에 생각이라는 걸 하는 애니, 너는?’ 그녀는 조금도 망설이지 않고 벌떡 일어나서 남자를 따라 지하철에서 내렸다.

두 사람은 아무 말도 없이 빗속을 걸었다. 작은 우산을 함께 쓰느라 윌리 바까지 걷는 동안 서로의 다리가 계속 부딪혔다. 남자가 바의 문을 열고 매기가 먼저 들어갈 수 있도록 옆으로 비켜섰지만, 그녀는 움직일 수가 없었다. 몹시 밝은 조명이 행복한 사람들을 가득 비추고 있었다. 그곳은 생명으로 가득 차 있었다. 남자가 빨리 들어가라는 듯이 등을 살며시 밀었다. 살짝 비틀거리자 남자는 매기의 팔꿈치를 붙잡더니 한 손으로는 젖은 머리카락을 쓸어내려 정리해 주었다.

주인이 두 사람에게 인사하면서 활짝 웃었고, 남자와 주인은 이런저런 이야기를 나누었다. 남자는 단골임이 분명했다. 두 사람을 따라 탁자로 걸어가면서 그들의 대화를 들어 보려고 애썼다. 하지만 조명과 소음 그리고 파리에 압도되었기 때문에 그럴 수가 없었다. 몇 주나 지난 뒤에야 마침내 진짜 파리에 도착한 것이다.

남자는 석류처럼 빨갛고 가죽 같은 맛이 나는 와인을 한 병 주문했다. 스테이크 타르타르가 나왔고, 곰보버섯을 곁들인 아티초크, 게살 크로켓도 나왔다. 자신이 굶주렸다는 걸 매기는 입 안으로 음식을 밀어 넣으면서야 깨달았다. 다시 엄마 목소리가 들렸다. ‘다시는 못 먹을 사람처럼 왜 그렇게 먹는 거야? 천천히 안 먹을래?’ 남자가 와인 한 병과 치즈를 다시 주문했다.

"몇 살이에요? 열여섯 살?"

남자가 물었다.

"스물한 살이에요."

거짓말이었다. 실은 이제 막 스무 살이 되었다. 남자는 고개를 끄덕였다.

"파리에는 왜 왔어요?"

"난 작가예요."

밤이면 낯선 소년들과 침대에 누워 같은 말을 해 주었다. 남자아이들은 그저 멋지다고 하거나 아무 말도 하지 않았다. 하지만 이 남자는 알겠다는 듯이 고개를 끄덕였다.

"파리는 작가들을 위한 공간이죠. 어떤 글을 써요? 시?"

매기는 고개를 저었다.

"소설을 써요."

완전히 거짓말은 아니야, 매기는 생각했다. 정말로 소설을 쓰고 싶었다. 소설로 쓸 만한 소재도 있었다.

"헤밍웨이처럼 말이죠. 위(그렇죠)?"

"헤밍웨이는 나의 영웅이에요."

매기는 왠지 남자가 자신의 영혼을 똑바로 들여다보고 있다는 기분이 들었다. 남자는 그녀를 보며 웃었다.

"이곳은 헤밍웨이의 도시죠."

"맞아요. 여기서, 그의 발길을 따라 걷고 있어요."

남자가 한쪽 눈썹을 추켜세웠다.

"그럼 당글르테르 호텔에도 가 봤겠네요. 5번가에 있는?"

매기는 고개를 저었다.

“거긴 무조건 가 봐야죠. 헤밍웨이와 해들리가 파리에 온 첫날 묵은 곳이니까요. 1921년 12월일 거예요. 14호실에서.”

“우와.”

그러니까 지금, 매기는 우연히도 자신에게 완벽하게 어울리는 남자를 만난 것이다. 헤밍웨이가 파리에 온 첫날 밤에 묵었던 장소를 아는, 그것도 호수까지 정확하게 아는 남자를. 게다가 제라드 드파르디외를 닮은.

“그때는 자코브 호텔이라고 불렀지만요.”

“아파트 옆을 지나가기는 했어요.”

남자에게 멋진 인상을 주려고 매기가 덧붙였다.

“두 곳 모두요.”

하지만 남자는 인정할 수 없다는 듯이 손을 내저었다.

“거긴 누구나 가는 곳이잖아요. 관광객들이 지나칠 수 없도록 건물에 기념 현판도 달아 놨잖아요. 하지만 작가라면…….”

남자는 목소리를 낮추고 매기의 뺨에 잠시 손을 댔다가 뗐다.

“모름지기 전체 이야기를 알아야죠. 네스 파(안 그래요)?”

매기는 가방에서 작은 공책을 꺼냈다.

“주소를 알려 주세요.”

종이 위에 펜을 대고 물었다.

“내일 제일 먼저 가 보게요.”

“말도 안 되는 소리.”

남자가 일어서면서 말했다.

"지금 당장 가야죠."

"지금 당장요?"

"물론이죠. 지금 가야 해요."

남자가 대답했다. 파리에는 모험을 하려고 온 게 아니었나? 글의 소재로, 소설의 주제로 쓸 수 있는 경험을 찾아온 게 아니었나? 영화배우처럼 생긴 나이 많은 프랑스 남자를 따라 헤밍웨이가 파리에 온 첫날 밤에 묵었던 장소를 찾아가는 것보다 더 근사한 일이 있을까?

"주 마펠 줄리앙(줄리앙이에요)."

남자가 부드러운 목소리로 이름을 가르쳐 주었다.

"매기예요."

입 안 가득 피레네산맥에서 자란 소의 젖으로 만든 치즈를 담고 매기가 대답했다.

일요일에 줄리앙은 매기를 데리고 무프타르 시장으로 갔다. 두 사람은 갓 구운 빵을 조금씩 뜯어 먹으면서 붐비는 사람들 사이를 헤치고 과일과 치즈, 육가공품을 파는 노점상들을 지나갔다.

"여기는 헤밍웨이가 『파리는 날마다 축제』에서 묘사한 모습 그대로인 것 같아요."

모든 식료품 상점과 잘 익은 치즈와 고기 냄새를 마음껏 음미하면서 매기가 말했다. 어떻게 몇 주씩이나 작은 방에 갇혀서 시간을 낭비할 수 있었을까? 방 아니면 담배 연기 자욱한 술집에만 있었다니. 이제야 파리를 발견했다. 그래, 이게 헤밍웨이의 파리지. 매기는 생각했다. 줄리앙이 손을 잡더니 살며시 힘을 주었다.

"여길 보여 줄 수 있어서 정말 기뻐."

몽쥬 시장에 도착할 때까지 그는 손을 놓지 않았다. 몽쥬 시장에서 줄리앙은 팽 오 쇼콜라를 사 주었다.

"내가 제일 좋아하는 거예요. 어떻게 알았어요?"

매기를 호스텔에 데려다주고 돌아갈 때도 그는 키스하지 않았다. 그저 볼을 살짝 쓰다듬고는 수요일에 뤽상부르 공원에서 만나지 않겠냐고만 물었다.

"매기가 존경하는 헤밍웨이 선생이 거기서 정말로 먹으려고 비둘기들을 목 졸라 죽이고는 자신의 아기 유모차에 숨겼다는 말이 있는데, 나는 안 믿어. 매기는 믿어?"

"헤밍웨이가 직접 한 말이에요?"

매기가 유쾌하게 물었다.

"그렇지. 옵세르바투아르 광장에서 보길라르 길까지는 먹을 게 하나도 없어서 그랬다나 봐."

"그럼 그게 사실이에요?"

매기가 큰 소리로 웃었다.

"유감스럽지만, 그런 거 같아."

줄리앙은 한숨을 내쉬더니 한쪽 눈썹을 찡긋 올리면서 다시 물었다.

"수요일?"

매기는 그렇게 하겠다고 말했고, 이 남자를 만나지 못하는 사흘을 자신이 과연 견뎌 낼 수 있을까 궁금했다.

드디어 수요일이 되었다. 숙소에서 나와 뤽상부르 공원으로 가는 내내 매기는 생각했다. 오늘은 줄리앙이 키스를 할까? 어쩌면 내가 먼저 해야 하는 게 아닐까? 프랑스 왕비들 동상이 쳐다보고 있는 곳에서 그에게 몸을 기댄 자신을 상상해 봤다. 아니면 메디치 분수에서 키스하는 자신을. 그런 상상을 하니 웃음이 나왔다. 키스라니, 줄리앙이 놀라겠지?

그가 있는 곳에 도착할 무렵에는 완벽한 키스에 대한 기대로 배 속에 나비가 있는 것처럼 마음이 너무나도 일렁였다. 매기를 보자마자 줄리앙은 피우던 담배를 버리고 뒷굽으로 비벼 끄더니 두 팔을 활짝 벌렸다. 그녀는 단숨에 줄리앙에게 달려갔다.

“뭘 좋아하지? 헤밍웨이 선생 말고?”

그가 나중에 물었다. 106개나 되는 모든 정원 조각상 옆에서 했을 만큼 엄청나게 많은 키스를 하고 매기에게 침대로 가자는 애원을 한 뒤에 한 말이었다. 사실 줄리앙은 애원할 필요가 없었다. 작은 자유의 여신상 옆에서 두 사람이 동시에 서로에게 달려들어 키스했을 때부터 매기는 두 사람이 연인이기를 바랐으니까. 그가 매기를 보들레르 동상에 밀어붙이고 두 손으로 갈비뼈를 어루만지면서 혀를 매기의 입에 깊숙이 밀어 넣었을 때, 그녀는 자신이 이 남자를 사랑하는 것이 분명하다고 거의 확신하게 되었으니까.

이제 두 사람은 마레 지구 생탕투안 거리에 있는 한 아파트의 커다란 침대 위에서 벌거벗은 채로 누워 있었다. 이 아파트로 들어오기까지 100개나 되는 계단을 올라와야 했다. 매기는 한 계단, 한 계단, 수를 세었다. 콰트르-벵트-디스-위트, 콰트르-벵트-디스-네프,

썽(98, 99, 100)! 마지막 숫자, 썽을 내뱉고서 매기는 현관 앞에 납작 엎드려 가쁜 숨을 내쉬었다. 줄리앙이 그녀를 잡아 일으켰고, 크게 웃으며 말했다.

“난 한 번도 세어 본 적이 없어.”

커다란 분홍색 소파에서 샴페인을 마셨고, 매기의 입술이 부르틀 때까지 키스하고 또 키스했다. 두 번째 샴페인 병을 따는 줄리앙의 긴 머리카락은 지독하게 엉켜 있었다.

“이건 침대에서 마실까?”

그는 수줍은 것처럼 보였다. 침대로 가려면 보트에서 쓰는 것처럼 좁고 가파른 사다리를 올라가야 했다. 매기를 앞세운 줄리앙이 사다리 밑에서 두 손으로 그녀의 허리를 받치고 올라갔다. 사다리 꼭대기에 오르자마자 머리가 빙글빙글 돌아서 매기는 하얀 베개와 하얀 이불보가 있는 하얀 시트 위에 몸을 던졌다. 처음 술에 취해 본 이후부터 그녀는 세상이 빙글빙글 돌아가는 느낌을 사랑했다. 아마 그때가 열세 살이었나, 열네 살이었을 것이다. 그때부터 부모님은 딸을 고쳐 보겠다며 아웃워드 바운드 캠프나 버몬트의 농장 캠프처럼 도움이 될 거라고 생각하는 온갖 곳으로 매기를 보냈다. 하지만 그녀는 술이나 마약에 취할 때면 느껴지는, 온 세상이 발밑에서 무너져 내리는 느낌을 너무나도 사랑했다.

자기 나이의 절반밖에 되지 않는 술 취한 어린 여자와의 섹스에 지나치게 흥분한 나이 든 남자의 섹스는, 기대할 것도 없이 엉성했고, 무척 빨리 끝나 버렸다. 그리고 지금은 줄리앙이 매기의 갈비뼈를 하나하나 어루만지면서 속삭이고 있었다.

"뭘 좋아해?"

"담배 있어요?"

매기가 물었다. 담배는 있었다.

"약은요?"

줄리앙은 머뭇거렸고, 그의 손가락은 매기의 갈비뼈 중간쯤에서 멈춰 버렸다.

"어떤 약?"

좋아하는 마약 이름을 나열했다. 옥시코틴, 비코딘, 애더럴, 코카인, 마리화나.

"우리 부모님은 나한테서 나를 구하려고 수천 달러를 썼어요. 하지만 난 그냥 글러 먹게 태어났나 봐요."

조금은 경박하고 건방지게 말하려고 했지만, 조금은 의도하지 않은 목소리가 흘러나왔다. 그는 아무 말도 없이 침대에서 내려갔다. 매기는 눈을 감고, 방이 빙글빙글 돌게 내버려 두었다.

"잠들었어."

얼마나 흘렀는지 모를 시간이 지난 뒤에 줄리앙의 목소리가 들렸다. 머리 위에는 채광창이 있었고, 비는 여전히 쏟아지고 있었다. 그가 담배와 코냑이 든 브랜디 잔을 내밀었다. 매기는 몸을 일으켜 세우고 앉아 담배와 코냑을 받아 들었다.

"제안을 하나 하고 싶어."

줄리앙은 매기의 이름을 불렀다. 무척 기분이 좋다는 듯이 매기가 아니라 마르그리트라고 부른 거지만.

"여기서 지내도 될 거야."

"여기서, 지내요?"

매기는 행운을 믿을 수가 없어서 되물었다. 그러니까 줄리앙 역시 자신을 사랑하는지도 몰랐다.

"그럼 내가 음식도 가져다주고, 담배와 원한다면 약도 가져다줄게."

매기는 아주 좋은 코냑을 입에 듬뿍 넣고 꿀꺽 삼켰다. 가슴을 태우며 내려가는 느낌이 좋았다.

"그러니까 내가 첩처럼 지냈으면 하는 거예요? 당신 정부가 되는 거예요?"

"내가 원할 때마다 반드시 여기에 있어야지."

줄리앙이 매기의 브랜디 잔을 가져가 한 모금 마셨다. 그가 자세히 설명하기 시작했다. 휴대폰도 사 주고, 열쇠도 주고, 저녁에 함께 외출할 때 입을 옷도 사 주겠다고 했다.

매기는 웃었다. 당연히 그렇게 할 것이다. 마레 지구 위로 높이 솟은 아파트에 살면서 작은 공책에 주의 깊게 관찰한 내용을, 간결하고도 예리한 글을 적어 나갈 것이다. 그때 엄마의 목소리가 이성을 싣고, 아니 경고를 싣고, 아니 그 둘 모두를 싣고 매기의 뇌 끝자락으로 침투하려고 했다. 그것을 허락할 수 없었다. 난 파리에 있어. 사랑에 빠졌다고! 매기는 스스로에게 말했고, 그러자 온몸을 관통하는 흥분에 부르르 몸이 떨렸다.

"알로르. 기뻐 보여."

줄리앙이 말했다.

"위, 트레 외뢰즈(네, 아주 기뻐요)."

그녀는 무릎을 꿇고 드넓은 침대 위를 기어갔다. 줄리앙에게 닿은 매기는 마음껏 키스를 퍼부었다.

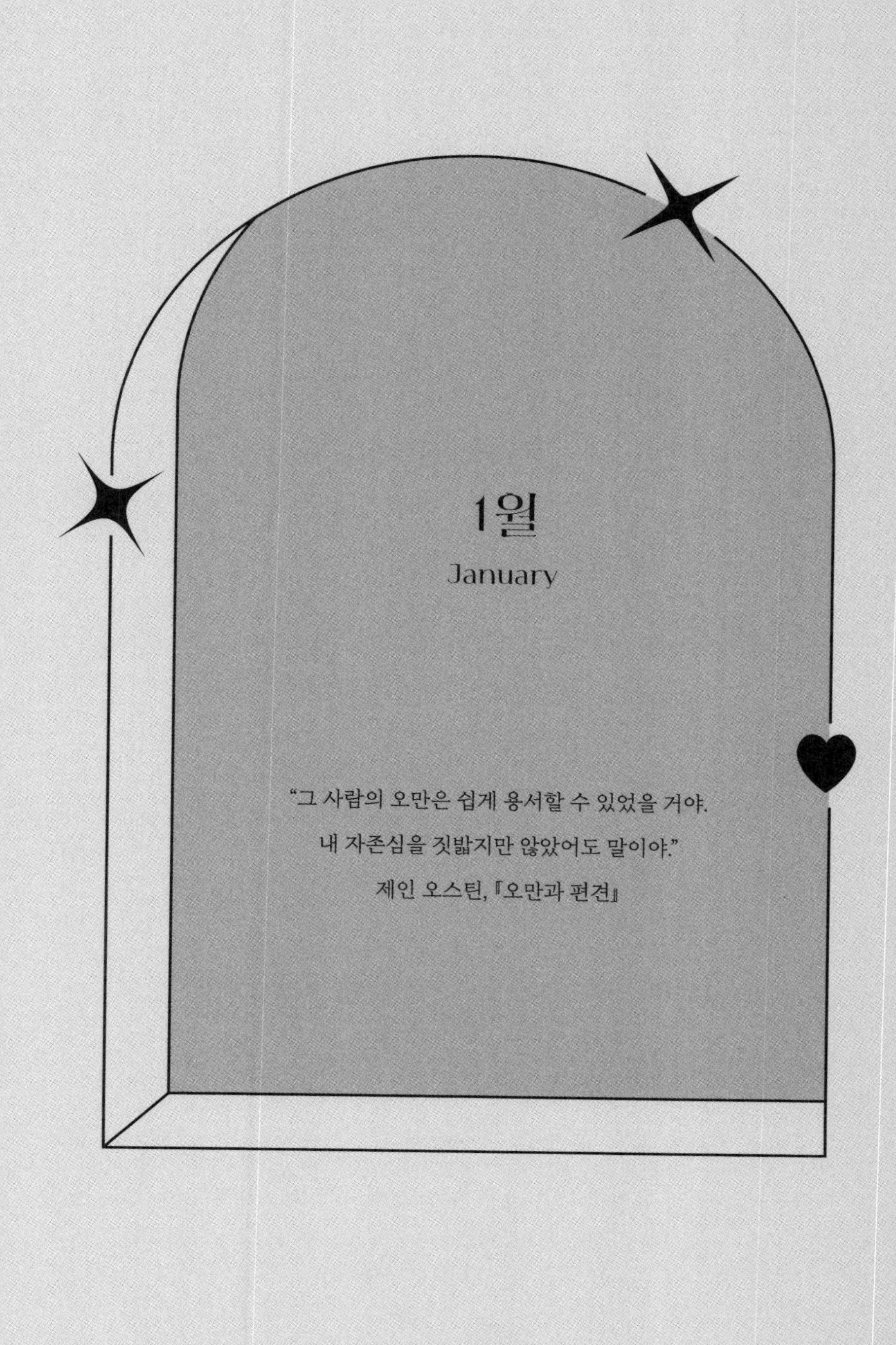

1월

January

"그 사람의 오만은 쉽게 용서할 수 있었을 거야.

내 자존심을 짓밟지만 않았어도 말이야."

제인 오스틴, 『오만과 편견』

에이바

"어젯밤에 너희 엄마가 왔다 갔다."

아버지가 말했다. 작년 여름 아버지는 생활 지원 양로 시설인 에이지드 오크스 요양원에 입주했다. 그곳 식당에서 두 사람만의 쓸쓸한 크리스마스 만찬을 즐기고 있을 때였다.

그 말을 듣자마자 에이바는 아버지가 양로 시스템의 다음 단계로 옮겨 가야 함을 깨달았다. 독립생활 시설에서 생활 지원 양로 시설로 옮긴 속도도 정말 빨랐다. 하지만 치매가 진행되는 속도를 보면 이제는 곧바로 기억 병동으로 옮겨야 할 것만 같았다. 여기서는 기억 병동이라고 부르지만, 사실 그곳에는 온전한 기억을 가진 사람이 한 명도 없었다.

"좋아 보였어."

잇몸으로 칠면조 고기를 씹으면서 아버지가 고개를 끄덕였다. 얼마 전부터 틀니를 끼지 않는 아버지는 에이바의 아이들이 어렸을 때 만든 말린 사과 인형처럼 보였다.

"세상에, 정말 늙었더구나."

의사들은 아버지의 혼미한 기억을 반박하지 말고 그대로 받아 주라고 조언했다. 하지만 에이바는 "아빠, 엄마는 오래전에 돌아가셨어요."라고 말할 수밖에 없었다. 의사들은 아버지에게 사실을 부드럽게 상기시켜 주는 게 좋다는 조언도 했다. 그래서 그녀는 덧붙였다. "기억하죠? 릴리가 1970년에 죽었고, 엄마가 1971년에 돌아가셨잖아요."

아버지는 크게 웃었다.

"하지만 어젯밤에 왔다니까, 에이바. '메리 크리스마스, 테디'라고 하더구나. 여기에 입을 맞춰 주었어."

아버지는 아침마다 간호사가 급하게 면도를 하느라 미처 깎지 못한 흰색 털이 듬성듬성하게 남은 움푹 파인 뺨을 가리키며 말했다.

"가끔은,"

에이바가 으깬 감자를 접시 위에서 빙글빙글 돌리면서 말했다.

"가끔은 내 꿈에도 엄마가 와요. 그런 꿈은 진짜처럼 느껴져요."

"그런 꿈을 꾼다는 건 나도 안다."

마침내 칠면조 고기를 꿀꺽 삼키고 말랑말랑한 크랜베리 소스를 포크로 떠서 입에 넣으며 아버지가 말했다.

"그래서 아주 놀랍다고 하는 거야. 꿈이 아니었거든. 진짜, 너희 엄마였어."

에이바는 포크를 내려놓았다. 음식은 끔찍하지 않았다. 그저 시설용 음식일 뿐이었다. 남편 그리고 아들, 딸과 함께 크리스마스를 보낸 게 고작 작년의 일이었다니, 믿어지지 않았다. 그때는 채식 라자냐를 만들었다. 끊임없이 새로운 단계로 들어가는 매기가 그때는 비건이 되겠다고 했으니까. 가족끼리 샴페인을 마시면서 '빌드 미 업 버터컵'과 '징글벨 록'에 맞춰 춤도 췄는데. 짐은 어떻게 그렇게 행복한 척할 수 있었을까? 당연히 몰랐지만, 그때는 이미 델리아 린드스트롬을 만나고 있었으면서. 만나다. 그건 그저 단순히 데이트를 한 것처럼 들리잖아. 사실 짐은 바람을 피운 건데.

“너희 엄마한테도 말했다. 이런, 당신을 보니까 좋군. 근데, 많이 늙었어. 그러니까 네 엄마도 그러더구나. 당신도 그다지 근사해 보이지는 않아, 테디.”

도대체 무슨 대답을 해야 할까? 에이바는 고민했다.

“짐은 어딨냐?”

아버지는 지금에야 눈치챈 것처럼 물었다.

“날 버리고 갔잖아요. 기억 안 나세요?”

아버지는 고개를 끄덕이더니 칠면조 고기를 포크로 쿡 찔렀다.

“맞다. 그랬지. 너희 엄마가 나를 버리고 간 것처럼 말이야.”

“음, 죽음도 누군가를 남기고 가는 거라고 생각한다면, 그럴 수도 있겠어요.”

“너희 엄마는 우릴 버린 거야.”

“알았어요.”

“모두 우리만 남겨 두고 가 버리는구나. 안 그러니?”

아버지가 눈물이 글썽거리는 눈으로 쳐다봤다.

“맞아요.”

딸은 아버지의 손을 두 손으로 덮었다. 힘들게 막아 왔던 기억들이 갑자기 밀물처럼 밀려왔다. 이상한 각도로 돌아가 있던 동생의 목, 사이렌 소리, 경찰관의 얼굴.

“짐은 어딨냐?”

아버지가 다시 물었다.

“가 버렸다니까요.”

에이바가 대답했다.

열세 달 전, 11월의 밤이었다. 모든 것이 바뀌어 버린 그 밤 이후로 에이바는 자신이 그동안 몇 달이 흘렀는지, 몇 주가 흘렀는지, 며칠이 흘렀는지, 심지어 몇 시간이 흘렀는지를 정확하게 알고 있다는 사실이 몸서리치게 싫었다.

저녁을 먹고 에이바 부부는 나란히 앉아서 텔레비전의 지역 뉴스를 듣고 있었다. 시험지를 채점하는 동안 그녀는 남편의 무릎에 발을 올리고 있었다. 에이바는 오랫동안 대학교에서 프랑스어를 가르쳤고, 자기 일을 사랑했다. 오래전에 대학교에서 프랑스어를 배울 때는 UN에서 일하거나 아니면 출판사에서 미국 소설을 프랑스어로 번역하며 살아갈 꿈을 꾸었다. 학생들에게 프랑스어 문법과 동사 활용법을 가르치고, 신문 기사를 더듬거리며 읽거나 시를 서툴게 낭송하는 학생들의 목소리를 들으며 행복해하리라고는 상상도 하지 못했다. 하지만 정말로 행복했다. 읽고 있는 글의 내용을 이해했을 때나 친구들과 프랑스어로 대화할 때 표정이 밝아지는 학생들의 모습을 보는 순간을 사랑했다.

그날 밤, 학생들에게 내 준 101개 프랑스어 동사(-er 동사, -ir 동사, -re 동사) 변화 문제지를 채점하고 있었다. 남편은 자신이 운영하는 비영리 단체 '성공으로 가는 길들'에 응모한 고등학생들의 에세이를 검토하고 있었다. '성공으로 가는 길들'은 진학률이 낮은 고등학교의 저소득층 아이들이 대학에 진학해 장학금을 받을 수 있도록 도왔다. 에세이를 보는 동안 짐은 가끔 "바로 그거야, 티다!"라고 하거나 "잘했어, 펠레피!" 같은 탄성을 내질렀다. 에이바는 두 사람이 그렇게 조용하게 보내는 밤 시간을 좋아했다. 가끔은 백개먼 게임을 하기도 했고, 가족들이 두 팀으로 나뉘어 피 터지게 경쟁을 벌이는 피치 게임을 단둘이서만 얌전하게 하기도 했다.

두 사람은 보통 지역 뉴스를 듣지 않았다. 하지만 다음 날 또다시 폭풍우가 온다는 예보가 있었고, 그 겨울에는 눈도 많이 내렸기 때문에 뉴스를 예의 주시하고 있었다. 에이바는 파흘르(말하다), 피니르(끝내다), 아드메터(인정하다) 같은 동사에 집중하려고 애썼다.

그 무렵에 케이트나 다른 친구들이 물어봤다면 그녀는 우리 가족은 특별하게도 좋은 시간을 보내고 있다고 대답했을 것이다. 십 대 시절 내내 부모에게 다양한 문제를 안겨 주었던 딸도 마침내 안정을 찾은 것 같았다. 에이바가 매기를 피렌체에 보내도 되겠다고 확신하게 된 건 그 때문이었다. 짐의 '좋은 일을 해야 해' 유전자를 물려받은 윌도 아프리카에서 비영리 단체를 위해 행복하게 일하고 있었다. 에이바와 짐도 몇 년간 없었던 부부 관계를 다시 맺기 시작했다. 사그라들고 있었던 무언가가 다시금 살아난 것이다. 물론 예전의 그 엄청난 활력은 이미 사라지고 없었지만.

그날 아침에만 해도 두 사람은 여름휴가 계획을 세웠다. 매사추세츠주 웨스트포트에 있는 비치 하우스에 계약금도 이미 보냈다. 뜨거운 프로비던스를 피해 해변에서 한 달 동안 우아한 삶을 살고 돌아올 예정이었다.

"지금이 7월이면 좋겠어."

에이바는 빨간 펜과 채점을 마친 시험지를 내려놓으면서 말했다.

"동사 변화도 없고, 채점할 시험지도 없이 그저 햇살과 당신만 있으면 좋겠어."

남편은 대답하지 않았다. 에이바는 짐의 시선이 닿은 곳으로 고개를 돌렸다. 그는 텔레비전을 보고 있었다. 텔레비전 속 기자는 프로스펙트 공원에서 도시를 굽어보고 있는 로저 윌리엄스 조각상 밑에 서 있었다.

"무슨 뉴스야?"

에이바는 화면을 더 잘 보려고 눈을 가늘게 떴다. 이제는 안경을 쓰면 가까운 곳만 잘 보였다. 남편이 활짝 웃었다.

"누가 동상에 옷을 입혔대."

짐은 그 뉴스가 재미있는 것 같았다. 텔레비전 화면이 동상을 크게 확대했다. 파란색과 흰색이 섞인 스카프를 두르고 같은 색 모자를 쓰고 장갑을 끼고 있는 로저 윌리엄스가 뚜렷하게 보였다. 에이바는 다음 시험지를 집어 들었다. 보자마자 답안지를 작성한 학생이 -er 동사와 -ir 동사를 헷갈렸음을 분명히 알 수 있었다.

"저런 건 시간 낭비 아니야?"

빨간 펜을 들고 시험지에 X 자를 치기 시작하면서 에이바가 중얼거렸다.

"동상에 왜 옷을 입혀?"

"잠깐만."

남편은 그녀의 발이 밑으로 떨어질 정도로 몸을 앞으로 쭉 내밀었다.

"저 사람 알아."

"당연히 알겠지. 헤일리 모로우잖아. 헤일리 모로우를 모르는 사람이 어디 있어?"

하지만 짐은 그 말을 듣지 않았다. 눈을 반짝이면서 계속 몸을 앞으로 내밀었다. 급기야는 텔레비전에 부딪힐 것만 같았다.

"그래! 델리아 린드스트롬이잖아!"

에이바는 다시 텔레비전으로 시선을 옮겼다. 이번에는 안경을 벗고 봤다. 칙칙한 모직 코트로 몸을 감싼 작고 통통한 헤일리 모로우 옆에 인조 표범 모피 코트에 아주 긴 검은색 부츠를 신은 갈색 머리의 키 큰 여자가 서 있었다.

"린드스트롬 씨. 당신이 로저 윌리엄스에게 옷을 입혔다고 주장하는 분들이 있더군요."

헤일리 모로우가 말했다. 린드스트롬은 모로우를 쳐다보지 않았다. 로저 윌리엄스도 보지 않았다. 그저, 카메라를 똑바로 바라보고 있었다. 나중에 생각해 보니, 그때 린드스트롬은 짐을 보고 있었던 게 분명했다.

"음, 추운 거 같았거든요."

"나 저 사람이랑 잤었어."

남편은 정말로 경이로운 일을 했었다는 듯이 말했다. 수년 전에, 그러니까 두 사람이 처음으로 함께 잠을 잤을 때, 짐과 에이바는 그때까지 섹스를 한 사람들의 이야기를 서로에게 들려준 적이 있다. 둘 다 애처로울 정도로 그 수가 적었기 때문에, 에이바는 린드스트롬 같은 이름을 들었다면 기억하지 못할 리가 없다고 확신했다.

"정말? 언제?"

"하필이면 그리스에서 그랬지. 유레일패스로 유럽에 갔던 여름에."

"뜨개 폭탄은 일종의 그라피티입니다."

모로우가 시청자들에게 설명했다.

"페인트나 분필 대신 색색의 뜨개실로 작품을 만드는 겁니다. 뜨개 폭탄도 몇 년은 유지될 수 있지만, 보통은 일시적인 작품으로 여겨집니다. 다른 그라피티와는 달리 말입니다. 필요하면 그냥 벗기면 되니까요. 어쨌거나, 엄밀하게 말하면 뜨개 폭탄은 아직은 불법입니다. 안 그런가요, 린드스트롬 씨?"

모로우가 린드스트롬을 똑바로 올려다보면서 물었다.

"엄밀하게 말하면, 그렇죠. 그러려면 일단 잡힌 뒤에 기소돼야겠지만요."

그녀가 대답했다.

"린드스트롬 씨, 그라피티는 보통 정치적인 입장이나 자아를 표현하는 방식, 혹은 공공 기물 파손 행위라고 여겨지는데요. 뜨개 폭탄을 하는 이유는 무엇입니까?"

"뜨개 폭탄은 칙칙하고 차가운 공공장소를 탈환하고, 공공장소가 내 것임을 보여 주는 행위예요."

델리아는 카메라를 똑바로 바라보면서 대답했다. 그녀가 했던 말은 몇 달이 흐른 지금도 여전히 에이바의 마음속에서 울려 퍼졌다. '뜨개 폭탄은 칙칙하고 차가운 공공장소를 탈환하고 내 것임을 보여 주는 행위죠.' 그러니까 델리아 린드스트롬이 짐에게 한 일이 그거였다. 다시 짐을 탈환해 가는 거.

에이지드 오크 요양원은 크리스마스 장식에 지나치게 열심이었다. 눈길이 닿는 모든 곳에 웃고 있는 산타클로스와 눈사람이 있었고, 빛나는 금색과 은색 꽃 줄과 깜빡이는 형형색색의 전구가 보였다. 직원들은 모두 반짝이는 펜으로 이름을 쓴 산타클로스 모자를 쓰고 있었고, 구내방송에서는 크리스마스 캐럴이 끊임없이 흘러나왔다.

크리스마스의 맹공에서 벗어나 집으로 돌아왔을 때는 안도했다. 하지만 크리스마스 휴가가 시작되기 직전, 전의를 상실한 에이바는 결국 거실 탁자에 올려놓을 작은 크리스마스트리를 샀다. 작은 금색 공이 달려 있고, 작은 별처럼 광채를 내는 흰색 실 전구가 감긴 장식용 트리였다. 어두운 집으로 들어가자 실 전구들이 빛을 보냈다. 그 작고 행복한 나무를 보자마자 에이바는 현관 앞에 주저앉아 울음을 터트렸다.

왠지는 모르지만 아버지는 베일리스 아이리시 크림을 크리스마스 선물로 주셨다. 에이바는 그 술을 좋아한 적이 한 번도 없었다. 아버지가 준 것은 녹색 토끼풀 위에 작은 유리잔 두 개가 함께 놓여 있는 장식 선물 세트였다. 일단 감정을 추스른 에이바는 선물 상자를 열어 잔을 하나 꺼내고 베일리스 아이리시 크림을 따라 꿀꺽 마셨다. 석회 맛이 느껴졌고, 지나치게 달았다. 하지만 이상하게 평온해졌다. 코트의 단추를 풀었다. 짐이 항상 좋아했던 트위드 코트였다.

"메리 크리스마스!"

우스꽝스럽게 생긴 술잔을 높이 치켜올려 건배했다. 그리고 한숨을 쉬었다. 어쩌다가 크리스마스 밤에 현관 앞에 혼자 앉아서 베일리스 아이리시 크림이나 마시게 됐을까? 세상에, 빨리 일어나서 음식을 준비하고 좋은 와인을 마셔야 해. 하지만 부서진 심장이 에이바를 내리눌러 꼼짝도 못 하게 만든 것처럼 그 자리에 얼어붙은 채 움직일 수가 없었다. 그때 코트 주머니 깊숙이 들어 있던 휴대폰이 부르르 떨었다.

"메리 크리스마스!"

수화기에서 딸의 목소리가 흘러나왔다.

"매기!"

"행복한 크리스마스 보내고 있지?"

"할아버지한테 갔었어."

"나 대신 안아 주고 키스해 줬지?"

"그래, 넌 크리스마스를 어떻게 축하하고 있니?"

"아, 여기서 아주 근사한 저녁 식사를 준비해 줬어. 그러니까, 파티 같은 식사 말이야. 비밀 산타도 있었고. 알잖아."

"뭘 받았어?"

"뭐라고?"

매기는 다른 생각을 하고 있었던 것처럼 말했다.

"비밀 산타가 무슨 선물을 줬는데?"

"아, 음. 알잖아. 피렌체에 사방에 널려 있는 나무 피노키오를 줬어. 선물은 5유로가 넘으면 안 되거든."

"3학년 땐가? 네 비밀 산타였던 남자아이 기억나? 아빠가 유명한 배우였던가 그랬는데. 걔는 너한테 게임보이 줬잖아. 다른 애들은 다 크리스마스 양말이나 곰 인형 같은 거 받았는데, 그때……."

"엄마가 행복한 하루를 보내서 기뻐. 엄마! 일요일에 다시 전화할게."

"아, 그래."

전화기 너머로 파티 소리가, 행복한 소리가 들려왔다.

"사진 좀 보내 줘!"

"인스타그램에 올렸어."

딸은 요란하게 입 맞추는 소리를 내더니 "차오(안녕)!"라고 말하고는 전화를 끊어 버렸다. 에이바는 다시 한숨을 쉬었고, 전화기 화면을 끄기 전에 음성 메시지 두 통을 발견했다. 첫 번째 메시지는 윌이 보낸 거였다. 그렇게나 멀고 외진 곳에 가 있는데도 언제나 선명하게 목소리를 들을 수 있다는 사실이 놀라웠다.

"모든 게 다 좋아. 메리 크리스마스. 사랑해, 엄마!"

아들의 간단명료한 메시지를 들으면서 에이바는 웃었다. 두 번째 음성 메시지는 발신 번호가 낯설었다.

"안녕, 에이바."

짐의 목소리가 흘러나왔다.

"통화할 수 없어서 아쉽네. 그냥 크리스마스 잘 보내라고 말하고 싶었어. 해를 넘길 때까지, 우리는 여기 페루에 있을 거야. 마침내 마추픽추에 올라가는 거야."

그리고 한참 아무 말도 들리지 않아서 짐이 전화를 끊은 게 아닐까 생각했다. 하지만 가슴이 아릴 정도로 친숙한 짐의 목소리가 다시 들려왔다.

"메리 크리스마스, 키도."

전화를 끊는 소리가 들렸다. 페루라고? 에이바는 짐이 아무렇지도 않게 내뱉은 '우리'라는 말을 생각했다. 잠깐, 그런데 지금 나한테 '키도'라고 한 거야? 정말로 '아기'라고 불렀단 말이야? 크리스마스라는 것도 잊고 케이트에게 전화했다.

"지금 내가 무슨 일을 당했는지 알아? 믿을 수가 없을걸."

에이바는 크리스마스 인사도 하지 않고 다짜고짜 말했다.

"짐이, 진짜로 나한테 전화했었어. 페루에서. '우리는 페루에 있어'라고 말했다니까. 나한테 키도라고도 했어!"

"저런."

친구가 말했다.

"마침내 마추픽추에 올라가게 됐다고도 했어. 마침내라고 했다니까. 단 한 번도 나한테는 마추픽추에 가고 싶다는 말, 안 했단 말이야. 너는 그 사람이 그런 말을 하는 거 들은 적 있어? 없지?"

"속상해서 어떻게 하니."

전화기 너머로 사람들이 웃는 소리, 희미한 음악 소리가 들려왔다.

"파티 하고 있구나?"

에이바가 말했다.

"아니야, 파티는 무슨. 그냥……, 오늘은 크리스마스잖아. 그래서 그레이가 에그노그를 만들었어."

그레이의 에그노그. 작년에 —아니 해마다— 에이바와 짐은 케이트의 집으로 가서 에그노그를 마셨다. 버번을 너무 많이 넣은 에그노그를. 그레이는 코에 빨간 불이 들어오는 순록이 그려진 우스꽝스러운 크리스마스 스웨터를 입었고, 케이트는 전기솥에 크림치즈와 로텔 토마토, 브렉퍼스트 소시지를 넣어 아주 난감한 딥 소스를 만들었다.

"너도 초대장은 받았지?"

에이바는 열어 보지도 않은 채 계단 가장 밑에 던져 놓은 우편물 더미를 쳐다봤다.

"너도 오면 좋겠어. 정말로."

케이트가 말했다.

"데이트해야 해. 제인 오스틴이랑."

에이바가 대답했다.

"확실해?"

에이바는 눈을 질끈 감았다. 우스꽝스러운 스웨터를 입은 덥수룩한 머리의 그레이는 금속 안경테 너머로 사람들을 바라보고, 케이트는 자신이 '마미 크랙(엄마가 만든 마약)'이라고 부르는 딥 소스를 모든 사람에게 먹으라고 강요하겠지. 남편과 팔짱을 끼고 함께 온 아내들, 은밀하게 주고받는 눈길, 농담, 은근한 저격, 둘만이 아는 신호. 사방에서 부부만이 나누는 친근함이 오갈 거야.

"확실해."

에이바가 대답했다.

새해 전날 오후에 케이트는 에이바에게 시내까지 걸어가서 '브라이트 나이트'를 즐기고 오자고 했다. 새해를 맞아 시에서 여는 라이브 공연과 불꽃놀이를 볼 수 있다고 했다. 에이바는 조금도 주저하지 않고 그러자고 했다. 에이바와 짐은 한 해의 마지막 날을 밖에서 보내는 걸 싫어했다. 억지로 행복해야 했고, 새해 다짐을 해야 했으며, 바보 같은 모자를 써야 했으니까. 두 사람은 그저 집에 남아 카술레나 오렌지 오리 요리, 소고기 웰링턴 같은 복잡한 요리를 해 먹었다. 케이트 부부가 에이바의 집으로 올 때도 있었다. 작년에는 윌과 매기도 집에 있었고, 케이트의 아이들도 놀러 왔기 때문에 여덟 명이 부엌에서 돌아다니며 재료를 썰고, 맛을 보고, 음식을 휘저었다. 저녁을 먹고는 몸으로 말해요 게임을 했는데, 지금 생각해 보면 적절하면서도 얄궂은 선택이었지 싶다. 그때는 이미 짐이 한 달 넘게 델리아 린드스트롬과 자고 있을 때였으니까.

즐겁게 외출 준비를 하면서 에이바는 코트 단추가 제대로 잠기지 않을 정도로 옷을 여러 벌 껴입었다. 집을 나서기 전까지도 딸에 대한 걱정이 사라지지 않아서 에이바는 이메일을 살펴봤다. 매기는 언제나처럼 모호하게 편지를 써 보냈다. "우피치 미술관은 늘 사람이 많아!!!" 글 뒤에는 화가 난 빨간 얼굴들이 쭉 있었다. "나폴리 사람들은 새해 전날에 낡은 가구를 창밖으로 던져 버린대. 나, 나폴리에 가야 하는 게 아닐까? #헬멧을쓰자" 같은 글도 있었다. 에이바는 한숨을 내쉬고 딸의 인스타그램에 들어갔다. 매기가 나폴리에 갔을 수도 있겠다는 생각이 들었다. 하지만 아니었다. 인스타그램에는 여러 각도에서 찍은 두오모 성당의 사진들만 올라와 있었다. 성당 앞에서 여자아이들이 모여서 찍은 사진도 있기는 했다. 모두 어깨동무하고 카메라를 보며 오만상을 찡그리고 있었다. 너무 멀리서 찍어서 겨울 모자와 커다란 선글라스를 쓴 아이들 가운데 매기를 찾아내기는 힘들었다. 아들의 페이스북 사진도 실망스럽기는 마찬가지였다. 산악 고릴라를 보러 간 등반 사진은 온통 고릴라를 가까이에서 찍은 것뿐, 윌의 모습은 어디에도 없었다.

휴대폰을 주머니에 쑤셔 넣고 장갑을 끼고 케이트를 만나기로 한 곳으로 걸어갔다. 짙고 낮게 깔린 구름을 보니 일기예보대로 눈이 올 것 같았다. 여러 겹 껴입었는데도 부르르 몸이 떨렸다. 서둘러 베네피트 거리로 걸어가자 얼지 않으려고 발을 동동거리면서 기다리고 있는 케이트가 보였다.

"같이 있자고 해 줘서 고마워."

에이바가 내뿜은 숨결이 차가운 공기 속에서 응결되어 길게 흔적을 남겼다.

"집에 혼자 있을 생각을 하면……."

"재미있을 거야."

케이트가 유쾌하게 친구의 말을 잘랐다.

"클레즈머 밴드의 연주를 듣고 거대한 꼭두각시가 아이들을 겁주는 모습을 보기 싫어할 사람이 누가 있어?"

"집에서 나오기 전에 기억이 나더라. 작년에 얼마나……."

"푸드 트럭도 와 있을 거야. 마마 김의 트럭에서 꼭 사 먹고 말 거야. 한국 음식을 판대."

케이트가 또 말을 끊었다. 에이바가 우뚝 멈춰 섰다.

"알겠어. 오늘 네 임무는 내가 짐에 관해 말하거나, 망가진 내 인생에 관해 말하거나, 아무튼 그런 이야기를 하면 못 하게 막는 거구나."

케이트가 한숨을 내쉬었다.

"에이바, 벌써 거의 일 년이 다 됐잖아."

"하지만 감정은 그런 식으로 지나가는 게 아니야. 심장은 1년에 한 장씩 넘기면서 '부알라! 이제 극복했어!'라고 하는 게 아니란 말이야."

케이트는 부츠 코로 지저분해진 눈더미를 툭 찼다.

"어째서, 나는 여전히 극복하지 못하……."

자신이 무슨 말을 하려던 것인지를 깨닫고 깜짝 놀란 에이바가 입을 다물었다.

"뭘 극복하지 못했는데?"

케이트가 물었다. 에이바는 고개를 저었다. 그 여름 이야기는 친구에게 하지 않았다. 한 번도.

"그냥 비통함이란 네 생각보다 훨씬 복잡하다는 말을 하고 싶었던 거야."

에이바는 간신히 말했다. 두 사람은 아무 말도 하지 않고 걸었지만, 에이바의 마음은 계속해서 떠들어 댔다. 걷는 내내 에이바는 그 끔찍한 소음을 마음에서 밀어내려고 애써야 했다. 자꾸 기억 속에서 튀어나오려고 위협하는 장면을, 생명이 빠져나가 꼼짝도 하지 않던 어린 소녀의 얼굴을 피하느라 너무 힘들었다.

스케이트를 타자고 제안한 사람은 에이바였다. 그들은 클레즈머 밴드의 연주와 트럼펫 합주단의 콘서트를 관람했다. 마마 김의 트럭을 찾아내 불고기 버거와 김치 제육 덮밥을 먹었다. 현대 무용팀의 공연과 탭댄스 쇼도 봤다. 그러고 나니 집으로 돌아가는 것 외에 더는 할 일이 없을 것 같았다.

에이바가 겨울 풍경이 담긴 완벽한 엽서 속 인물들처럼 스카프를 휘날리며 야외 스케이트장에서 스케이트 타는 사람들을 본 것은 그때였다. 구석에는 십 대 커플이 유연하게 빙글빙글 돌면서 스케이트를 타고 있었다.

"어렸을 때 말고는 타 본 적이 없단 말이야."

스케이트화의 끈을 묶으면서 케이트가 투덜댔다. 신발을 빌리는 줄은 길었고, 스케이트장으로 입장하는 길은 더 길었다. 에이바는 오래 기다려야 한다는 점이 오히려 좋았다. 결국에는 돌아갈 수밖에 없는 집에 가야 할 시간을 늦출 수 있으니까. 하지만 친구가 여러 번 손목시계를 쳐다본다는 사실은 알고 있었다.

두 사람이 들어갈 차례가 거의 되었을 때, 한 남자가 옆으로 다가오더니 활짝 웃었다. 귀마개를 하고 거대한 격자무늬 인조 털모자를 쓴 남자였다.

"두 분은 집에서 책을 읽고 있어야 하는 거 아닙니까?"

"나는 이미 다 읽었어요. 우리가 감시해야 할 사람은 여기죠."

케이트는 엄지손가락으로 에이바를 가리키며 말했다.

"계속 뒤에 서 있었는데, 두툼한 겨울옷 때문에 몰라봤어요."

남자가 말했다.

"나도 당신이 누군지 모르겠는데요."라고 에이바가 말하려는 순간 케이트가 말했다.

"에이바, 루크 기억하지? 독서모임에서 만났잖아."

아! 포크파이 모자 씨구나. 하지만 오늘은 포크파이 모자가 아니라 또 다른 우스꽝스러운 모자를 쓰고 있었다.

"물어보고 싶은 게 있었어요."

루크가 몸을 완전히 돌려 에이바를 마주 보더니 말했다.

"어머니가 서점을 하셨다고 했죠? 세이어 거리에서?"

"아주 오래전이었죠. 루크가 태어나기도 전에요."

에이바가 얼떨결에 대답했다.

"멋지네요. 작가시기도 했고요?"

"아니, 진짜 작가는 아니었어요. 내 말은, 이야기를 쓰기는 했지만, 정말로 무슨 대단한 작품을 쓰신 건 아니라는 거예요."

"아무튼, 선택하신 책 있잖아요. 어디에도 없던데요."

루크의 말에 케이트가 고개를 끄덕였다.

"나도 물어보고 싶었어, 에이바. 도서관에도 한 권도 없었어. 이상한 게, 오래된 도서 카드 목록에는 분명히 있는데, 책은 없었어."

스케이트장 입구에 있는 남자가 세 사람에게 들어와도 좋다는 신호를 보냈다. 얼음 위에 올라가자마자 케이트가 어색한 자세로 얼음을 치면서 앞으로 나가 버렸기 때문에 에이바는 루크와 단둘이 남았다. 그를 놓고 멀리 가고 싶었지만, 뒤에 있던 여자가 두 사람 사이를 비집고 들어와서 도망칠 기회를 놓치고 말았다.

"록시예요."

루크가 소개했다.

"록시, 이분은 에이바야. 우리 독서모임에 새로 오신 분."

백금발로 염색한 록시는 눈썹을 아주 진한 검은색으로 칠하고 선명한 빨간색 립스틱을 바르고 있었다. 그녀는 마땅찮다는 눈초리로 에이바를 봤고, 역시나 마땅찮다는 말투로 말했다.

"루크는 거길 사랑해요. 아마, 자기가 유일한 남자라서 그런가 봐요."

세 사람은 뒷사람들에게 밀려서 가장자리로 이동했다.

"유일한 남자분은 아니에요."

에이바가 친구를 찾아 스케이트장을 둘러보며 말했다.

"맞아. 상처한 사람이 왔어. 요령이 없는, 불쌍한 분이야."

마침내 스케이트장 한가운데 있는 친구를 찾아냈고, 그 순간 케이트는 다리를 앞으로 쭉 뻗더니 엉덩이를 얼음에 부딪히면서 넘어져 버렸다.

"이런, 도와주러 가야겠어요."

마침내 두 사람에게서 떨어질 핑계를 찾은 에이바는 안심했다. 케이트 쪽으로 움직였다. 처음에는 위태로웠지만, 한 번씩 얼음을 지칠 때마다 몸은 차분해졌다. 얼음을 스치고 나가는 스케이트 날의 소리를 들으며 에이바는 정말 어딘가로 달려가고 있다는 흥분을 느꼈다. 스케이트 날의 가장자리로 얼음을 긁어 작은 눈보라를 흩뿌리면서 멈춰 선 에이바는 케이트를 내려다보며 터져 나오려는 웃음을 꾹 눌러 참아야 했다.

"도대체 내가 왜 네 말을 들은 건지 모르겠어."

일어나려고 헛되이 애쓰면서 케이트가 신음했다.

"너도 나한테 빚진 게 있잖아. 난 제인 오스틴을 읽어야 한다고."

손을 내밀면서 에이바가 말했다.

"그건 다칠 걱정은 없잖아."

에이바의 손을 잡고 일어나면서 케이트가 투덜거렸다. 루크와 록시가 동시에 발을 움직이며 두 사람에게 다가왔다. 루크는 록시의 허리를 감싸 안고 있었다.

"괜찮으세요?"

루크가 소리쳐 물었다.

"난 스케이트가 싫어요!"

케이트도 소리쳐 답했다.

"나를 꼭 잡아."

에이바가 말했다. 케이트는 에이바의 팔을 꼭 붙잡고 조금씩 앞으로 갔다.

"봤지? 금방 제대로 탈 수 있을 거야."

케이트가 손에 힘을 조금 빼자 에이바가 말했다.

"내가 뭘 깨달았는지 알아?"

케이트가 물었다.

"네가 이곳에서 자랐다는 건 알았어. 하지만 너희 어머니가 작가였다는 건 결코 몰랐……."

"어머니는 서점을 운영했어. 그게 어머니의 진짜 직업이었어. 아주 오래전에 돌아가셨고."

"음, 아무튼, 너희 어머니는 네가 독서모임에 나오는 걸 좋아하실 거야."

"이제는 괜찮은 거 같네. 여기서 나가라고 하기 전에 혼자 잠시 타고 와도 되지?"

에이바는 친구의 대답을 기다리지 않았다. 그저 한 발, 또 한 발,

편안하게 얼음을 지치며 다른 사람들이 뿌옇게 보일 만큼 빠른 속도로 달려 나갔다. 한 바퀴를 돌고, 두 바퀴를 돌고, 또 돌았다. 한 번 돌 때마다 속도는 더 빨라졌다. 에이바는 얼음을 스치는 스케이트 날에, 얼굴에 닿는 바람에, 빠르게 움직이고 있는데도 규칙적으로 뛰는 심장 박동에 집중했다.

"상당히 많은 재산을 가진 독신 남자는 반드시 아내를 원한다는 것은 누구나 인정하는 사실이다."

에이바는 첫 문장을 읽고 한숨을 쉬었다. 그러니까 결혼에 관한 이야기란 말이지? 아내를 원하는 남자 이야기를 거의 300쪽이나 읽어야 한다는 말이야? 그것도 하필 새해 전날에?

스케이트를 타고 핫초코를 한 잔 마시니 오랜만에 그 어느 때보다 행복해졌다. 좋아하는 누비이불을 덮고 소파에 몸을 웅크리고 앉아 이 망할 책을 읽겠다고 생각한 건 그 때문이었다. 심지어 남편이 떠난 뒤로는 전혀 피우지 않았던 벽난로까지 지폈다. 장작이 타는 소리와 부드러운 램프의 불빛이 마음을 따뜻하게 녹여 주었다.

에이바는 읽던 곳에 손가락을 끼우고 덮어 둔 책을 내려다보았다. 책 표지에는 하얀 드레스를 단정하게 입은 여자가 한쪽에만 등받이가 있는 연보라색 긴 소파 위에 앉아 있었다. 표지만으로도 이 책은 사랑과 결혼, 낭만과 그 밖의 모든 것을 다룬 책이라는 걸 알 수 있었다. 에이바가 몇 시간이고 공들여 읽기는커녕 생각하고 싶지도 않은 주제를 다룬 책이라는 것도.

그냥, 이번 한 번만 읽지 말자. '오만과 편견'은 영화도 있으니까.

케이트가 놀리던 말이 생각났다. “속이는 건 안 돼!” 에이바는 다른 책은, 『위대한 개츠비』부터 『제5도살장』까지는 반드시 읽을 거라고 맹세했다. 단 한 단어도 빼지 않고. 넷플릭스를 열어 ‘오’로 시작하는 영화 제목을 검색하기 시작했다.

독서모임은 처음 모였던 도서관 방에서 매달 두 번째 월요일에 열렸다. 독서모임 날이면 에마는 회원들이 오기 전에 책과 연관이 있는 간식을 탁자 위에 펼쳐 놓았다. 『오만과 편견』을 위해서는 스콘과 클로티드 크림, 삼각형으로 작게 썬 오이 에그 샐러드 샌드위치를 준비해 놓았다. 케이트는 사람들에게 오늘은 원형으로 준비해 놓은 자리에 앉으라고 말했다. 에이바는 케이트가 평소에 입던 헐렁한 긴 상의와 검은색 레깅스, 이끼 같은 녹색이나 짙은 빨간색 워킹화가 아니라 작은 꽃무늬가 있는 흰색 엠파이어 드레스를 입고 문 앞에 서 있다는 것을 알아챘다. 케이트는 옅은 금발을 한데 모아 동그랗게 위로 올려 묶었고, 옆으로 빠져나온 머리카락도 단정하게 말아서 정리해 놓았다.

에이바는 원형으로 놓인 의자들을 쳐다봤다. 거의 모든 참가자가 이미 자리를 잡고 앉아 있었다. 이런 곳에서는 어떻게 해야 눈에 띄지 않고 빈자리에 가서 앉을 수 있을까?

“안녕하세요, 페기 플레밍 씨.”

루크가 빈자리를 가리키면서 에이바를 불렀다. 그녀는 앉을 수밖에 없었다.

“스케이트장에서, 정말 멋지셨어요.”

루크는 다시 포크파이 모자를 쓰고 처음 봤을 때 입었던 플란넬 셔츠를 입고 있었다.

"페기 플레밍이라고요? 루크가 좋아하기에는 연배가 있는 사람 같은데, 아닌가요?"

에이바는 무릎에 올린 책 위에 샌드위치 접시를 안전하게 내려놓으려고 애쓰면서 말했다.

"어머니가 좋아하는 선수예요."

그가 말했고, 에이바는 "아!" 하고 대답했다. 그러니까 내가 루크 엄마 나이란 말이야? 그가 턱으로 책을 가리키면서 물었다.

"책은 재미있었어요?"

에이바는 약간의 죄의식을 느끼며 침을 꿀꺽 삼켰다.

"좋았어요."

영화는 재밌었다. 어쩌면 책도 좋아했을지 모르겠다는 생각이 들 정도로 마음에 들었다. 사실 서점에 가서 제인 오스틴의 나머지 책도 모두 사 왔다. 그것을 차례대로 읽으려고 침의 자리 옆쪽에 있는 침대 협탁 위에 쭉 늘어놓기까지 했다.

"부디 존과 에이바가 '케이트가 미쳤구나' 하고 생각하지 않았으면 좋겠어요. 이건 우리 독서모임의 초기 모습을 기리려는 거니까요. 우리가 실제로 책에 나온 요리를 재창조해서 만들어……."

"『달콤 쌉싸름한 초콜릿』을 읽을 때는 일주일이나 요리를 해야 했어요."

다이애나가 끼어들었고, 페니와 루스가 웃었다.

"조금도 재미없어요. 나는 『안젤라의 재』를 읽을 때 요리 담당이었거든요."

모니크가 말했고, "어째서 음식 만드는 걸 그만뒀는지 알 거 같죠?" 루스가 결론을 내렸다.

"이번에는 책과 관계가 있는 옷을 입어……."

케이트가 말하기 시작했지만 루스가 다시 막았다.

"『바람과 함께 사라지다』를 읽을 때는 남북전쟁 이전의 옷은 입을 수 없다고 했잖아요."

"맞아요. 하지만 노력하고 있어요. 우리는 당연히 진지한 독서가들이에요. 하지만 재미있게 읽는 것도 좋아요. 에마가 우리를 위해 힘들게 간식을 준비하는 것도 그 때문이에요."

"저도 좋습니다."

존이 부드럽게 끼어들었다.

"핼러윈 때마다 아내는 입을 옷을 정성껏 만들었죠. 자기는 전기 콘센트가 되고 저는 플러그로 만든 적도 있습니다."

"우리 쌍둥이한테도 그걸 만들어 줘야겠어요. 너무 오랫동안 트위들디와 트위들덤 분장만 했거든요."

루스가 말했다. 케이트가 『오만과 편견』과 제인 오스틴에 대해 설명하기 시작하자 독서모임 참가자들은 평온하게 침묵으로 빠져들었다.

"제인 오스틴은 사람들이 다가오면 원고를 숨기려고 삐걱거리는 문 뒤에 숨어서 소설을 썼습니다. 하지만 그런 사람치고는 무명작가로 남기를 단념한 작가이기는 했어요."

케이트가 소개하는 섭정 시대 영국의 사회 환경과 계급 이야기에 집중하려고 애썼지만, 에이바의 마음은 계속해서 다른 곳으로 흘러갔다. 짐이 페루에서 돌아왔다. 그의 자동차인 파란색 프리우스가 집에서 두 블록 떨어진 곳에 서 있는 걸 도서관에 오면서 봤기에, 모를 수가 없었다. 짐은 윌리엄스 거리에서 뭘 하고 있는 걸까? 아주 잠시 바보처럼 에이바는 짐이 그곳에 차를 세워 두고 두 사람이 함께 살던 집으로 걸어와, 자신이 집에서 그리고 두 사람의 인생에서 떠나 버린 걸 후회한다고 말할지도 모른다고 생각했다. 그러니까 그 모든 일이 너무나도 빨리 일어나서 에이바는 아직도 정신을 못 차리고 있는 게 틀림없었다. 하지만 그런 생각이 들자마자 떨쳐 버렸다. 사실 그가 근처에 올 이유는 아주 많았으니까. 에이바는 짐의 자동차 범퍼를 덮고 있던 연한 분홍색 뜨개천도 마음속에서 지워 버리려고 애써야 했다.

"내가 꼭 말해야 한다고 생각하는 건, 오스틴 양은 상류층에 비판적이었지만 하류층을 풍자하는 데도 뛰어났다는 거예요."

페니가 두툼한 이중초점 안경 너머로 회원들을 바라보면서 말했다. 에이바는 몸을 똑바로 세우고 앉았다. 딴생각으로 케이트의 설명을 놓쳐 버린 사이에 토론이 시작된 것이다.

"음, 제인 오스틴이 살았을 때는 계층 간 이동이 엄격하게 제한되지 않았나요?"

루스가 물었다.

"제인 오스틴이 살았을 때라고요? 지금도 계층 이동은 엄격하게 제한되어 있다고요."

제니퍼가 대답했다.

"그건 그렇지. 그런데 난 보스턴의 주식 부잣집 딸이었지만 공장 노동자랑 결혼했답니다."

"집에서 허락해 준 거예요?"

페니의 말에 키키가 물었다.

"그럼. 내 남자가 은행장이 되니까, 허락해 주었지."

에이바도 무슨 말이든 하고 싶었지만, 머릿속에서는 그저 뜨개천을 입고 있던 그 망할 범퍼만이 떠오를 뿐이었다.

"오스틴이 재미있다는 것도 잊으면 안 돼요."

오너가 유머 대 극적인 사건에 관해 문학 박사다운 주장을 펼칠 준비를 시작했다. 에이바는 집중하려고 애썼다. 영화에서 가장 좋았던 부분은 엘리자베스가 다시 씨와 빗속에서 만나는 지나치게 낭만적인 장면이었다. 하지만 여기서 이야기할 만한 내용은 아닌 거 같았다. 잠시 침묵이 흘렀다.

"엘리자베스는 흥미로운 캐릭터예요. 성격도 나쁘고 무례한데, 결국 모두 엘리자베스를 좋아하게 되잖아요."

침묵을 뚫고 에이바가 말했다. 제니퍼가 에이바를 보며 얼굴을 찌푸렸다.

"사실, 엘리자베스는 아주 사랑스러운 인물이죠."

케이트가 조심스럽게 말했다. 이제는 에이바가 얼굴을 찌푸렸다. 혹시 다른 인물과 혼동한 걸까? 아니, 키이라 나이틀리가 엘리자베스였는데? 분명히 키이라가 엘리자베스였다.

토론은 다른 주제로 넘어갔다. 현대에도 오스틴의 작품이 의미가 있는가가 주제였다. 하지만 제니퍼는 계속 에이바를 곁눈질로 훔쳐

봤다. 연극배우 다이애나는 엘리자베스가 결국에는 다시와 사랑에 빠지는지를 알고 싶어서 책 읽기를 멈출 수가 없었다고 했다.

"아, 난 처음부터 두 사람이 이어질 줄 알았어요."

또다시 찾아온 기회에 기뻐하며 에이바가 말했다.

"첫 무도회에서 엘리자베스가 다시 씨를 보는 눈길을 보자마자 알겠더라고요."

"첫 무도회요? 지금 영화 이야기하시는 거죠? 맞죠? 키이라 나이틀리 나오는 거?"

키키가 물었다. 너무나도 당혹스러워서 에이바는 몸을 비틀었다.

"영화를 보면, 둘이 만나자마자 엘리자베스가 관심이 있음을 다시 씨한테 계속 어필하잖아요."

옆에 있는 루크가 키득거리는 소리가 들렸다. 존이 일어서더니 헛기침을 하고 말했다.

"음, 제가 이 책을 쉽게 읽었다는 말은 못 하겠습니다. 하지만 제가 보기에 이 시대의 남성들에게는 선택지가 아주 많았지만 여성들에게는 단 하나의 선택지밖에는 없었던 것 같습니다. 좋은 결혼 말입니다."

갑자기, 어떠한 조짐도 없이 에이바의 눈에서 눈물이 쏟아져 내렸다. 너무 창피했기 때문인지도 몰랐고, 와인을 마셨기 때문인지도 몰랐다.

"오, 이런."

페니가 재빨리 손으로 입을 가렸고, 그 바람에 금장식이 잔뜩 달린 팔찌가 짤그락거렸다.

"죄송해요. 그냥……, 작년에 남편을 잃어서 그런지, 결혼이니 사랑이니 하는 이야기는 너무 힘드네요."

밝은 노란빛이 도는 녹색 플리스 조끼를 입고 탑사이더 신발을 신은 존이 방을 가로질러 다가오더니 에이바를 꼭 안아 주었다. 좋은 냄새가 났다. 꼭 열대 섬에서 온 것처럼 코코넛과 라임 향기가 났다. 에이바의 뺨을 플리스 조끼가 부드럽게 어루만졌다. 에이바는 그저 영원히 이대로 있었으면 좋겠다는 생각을 했다. 하지만 존은 에이바를 놓아주었고, 자기 자리로 돌아갔다.

회원들은 구혼과 삶의 여정이라는 동기에 관해 의견을 나누고, 다시의 영지 펨벌리가 상징하는 의미에 대해서도 토론했다. 에이바는 다시는 토론에 끼어들 생각을 하지 않았다. 이미 책을 읽지 않은 것이 드러났으니, 굳이 읽은 척할 필요도 없었다.

"이제 와인과 영국 간식을 먹기 전에 다음 달 책은 『위대한 개츠비』라는 걸 상기해 드리고 싶어요. 루크에게 가장 중요한 책이죠."

케이트가 말했다.

"나도 상기해 주고 싶은 끔찍한 일이 있어요. 목요일에 화학 치료를 받으러 가요."

"이번에는 내 차례예요, 디. 10시에 갈게요."

다이애나의 말에 오너가 대답했다.

"전 금요일 밤에 '클루리스' 볼 거예요. 같이 영화 보실 분들은 오세요. 『에마』를 현대적으로 재해석한 작품이라, 재미있을 거 같아요."

"정말 멋진 생각이에요."

키키의 제안에 다이애나가 대답했고, 제니퍼가 번쩍 손을 들었다.

"케이트. 제가 에이바가 선택한 책 때문에 메일 보냈는데, 봤어요?"

에이바는 두 뺨이 불타오르는 것만 같았다.

"네, 봤어요. 에이바, 미안하지만 기억하죠? 모두 『클레어에서 여기까지』를 못 찾아서 고생하고 있어요."

"저한테 한 권 있는데, 돌려 볼까요?"

에이바가 대답했다.

"다른 책을 고르는 게 좋지 않을까요?"

루스가 말했다.

"그것도 방법이죠."

케이트가 대답했다.

"하지만 모두 각자에게 중요한 책을 고르기로 했잖아요. 그건 저한테 제일 중요한 책이란 말이에요."

에이바가 항의했다. 그녀는 사람들을 쳐다봤고, 사람들은 모두 그녀를 쳐다봤다.

"게다가, 작가가 와 주시겠다고 약속했어요. 독서모임에요."

입에서 말이 밖으로 튀어 나간 순간, 에이바는 다시 주워 담고 싶었다. 도대체 무슨 생각인 거니? 에이바가 알기로는 로절린드 아든은 이미 세상을 떠났다. 더구나 아주 오래전에 출간된 책이었다. 로절린드 아든이 살아 있다고 해도 아주 먼 곳에 살고 있을 수도 있었고, 나이 때문에 먼 거리는 이동하지 못할 수도 있었다. 가까이 산다고 해도 독서모임에는 올 수 없다고 거절할 수도 있었다.

"그러고 보니 작가를 초청한 적이 한 번도 없잖아요. 흥미로운 시간이 될 거예요."

페니가 말했다. 케이트는 에이바의 얼굴을 뚫어지게 봤다. 친구의 거짓말을 알아챈 걸까? 필사적인 마음에 던진 거짓말이라는 걸 이해해 주는 걸까?

"일단 상호대차 담당 사서들한테 연락해 볼게요. 혹시 한두 권쯤 확보할 수 있는지 보려고요."

"어차피 11월에 읽는 거잖아요. 그때까지 몇 권 정도는 찾을 수 있겠죠."

루크가 케이트를 거들었다. 에이바는 안도하며 모두에게 고맙다고 말했다. 사람들의 시선은 다시 다른 곳으로 갔고, 방 안은 이야기 소리로 가득 찼다. 에이바의 마음속에서는 무언가가 점화되어 타올랐다. 로절린드 아든을 찾아야지. 작가를 찾아 슬픔에 빠진 어린 소녀가 여름 내내 『클레어에서 여기까지』를 얼마나 많이 읽고 또 읽었는지를 말해 줄 것이다. 그 아름답던 6월의 아침에 동생이 어떻게 죽었는지를, 딸을 잃고 너무나도 슬펐던 어머니가 그다음 해에 결국 견디지 못하고 나머지 가족을 남겨 둔 채 제임스타운 다리로 달려가 어떤 식으로 세상을 떠났는지를 말해 줄 것이다.

아주 오래전에 이 세상이 사랑하는 사람이 더는 존재하지 않는, 그래서 부서지기 쉬운 무서운 곳이 되어 버렸을 때, 자신의 책이 한 사람을 구했다는 사실을 작가는 이해할 수 있을까? 자신의 책이 누군가에게는 이 세상 그 어떤 책보다도 중요하다는 사실을 알고 있을까? 에이바로서는 이 질문들의 답을 알지 못했다. 하지만 찾아낼 것이다. 로절린드 아든을 찾아서 모두 물어볼 것이다. 그런 생각을 하자 갑자기 기운이 솟구쳐 올랐고 옆에서 사람들이 즐겁게 나누는 책 이야기에 과감하게 합류할 수 있었다.

서늘한 1월의 밤공기 속으로 걸어 나온 에이바는 잠시 멈추고 맑은 하늘을 올려다보았다. 도서관 밑으로 펼쳐진 도시의 불빛이 훤했지만, 밤하늘에는 제법 반짝이는 별들이 보였다.

"예쁘네요."

뒤에서 목소리가 들렸다. 뒤를 돌아보니 존이었다. 주머니에 두 손을 넣은 그도 하늘을 보고 있었다.

"저 위에서 우리를 내려다보고 있을 것 같습니까?"

존이 물었다.

"누가요?"

에이바는 그렇게 묻는 순간 존의 말을 이해했다. 그러니까 자기 아내와 에이바의 남편이 두 사람을 내려다보고 있을 것 같냐고 물은 거였다.

"그럴지도요."

존에게 어떻게 설명해야 할지 고민했다. 하지만 같은 밤에 두 번이나 창피를 당하고 싶지는 않았다. 다음에 알려 줄 기회가 있겠지. 그는 아무 말도 없이 한참 동안 하늘을 올려다보았다.

"음, 그럼 다음에 봬요."

침묵을 깨고 에이바가 말했다.

"잠깐만요."

존이 한 걸음 앞으로 다가오면서 말했다.

"그 책에 정말 멋진 구절이 있더라고요. 좋아서 적어 봤습니다."

에이바는 조끼 안쪽 주머니에서 몰스킨 공책을 꺼내 조심스럽게 한 장을 찢는 그를 가만히 지켜봤다.

"이겁니다."

종이를 받은 에이바가 읽고서 감상을 말하기도 전에 존은 고개를 끄덕이더니 걸어가 버렸다. 에이바는 도서관 정문 위에 달린 전등 밑으로 걸어가 종이를 들여다보았다.

"과거는 오직 기쁨을 주는 추억이라고만 생각하자."

"존!"

어둠에 대고 소리쳤다. 하지만 존은 이미 가 버렸다. 에이바는 종이를 반으로 접어 코트 주머니에 넣었다.

매기

당연히, 결혼한 남자였다. 첫날 밤에는 알지 못했지만, 곧 분명해졌다. 생탕투안 거리에 있는 아파트는 두 번째 집으로, 미술관에서 설치 작업을 하는 줄리앙의 근무지였다. 화가들을 위해 행정 업무를 처리해 주었기 때문에 아파트 고미다락에는 아주 큰 마스크와 선명한 카리브해풍으로 색칠한 그림, 대담한 추상화 같은 작품이 잔뜩 있었다. 줄리앙은 일을 하려면 이 아파트가 필요하다고 했지만, 실제로 그가 이곳에서 일하는 모습은 한 번도 본 적이 없었다. 가끔 캔버스를 들고 100개나 되는 계단을 힘들게 올라올 때가 있기는 했다. 아파트에서 작품을 들고 떠날 때도 있었다. 하지만 전화를 한다거나 서류를 들여다보는 일은 전혀 없었고, 화가를 데리고 온 적도 없었다. 한번은 아파트의 작은 발코니로 나가더니 길 건너편의 생폴 지하철역 가까이 서 있는 사람에게 큰 소리로 뭐라고 외치기는 했다. "올라오라고 해요." 매기의 말에 줄리앙은 크게 웃더니 그녀의 머리카락을 헝클어트리며 "그럴 순 없어."라고 했다. 매기는 자신이 지금까지 사랑했던 그 누구보다 줄리앙을 더 사랑하기로 다짐했다.

매기는 고미다락 한가운데에 U자 형태로 놓여 있는 커다랗고 선명한 분홍색 소파에 누워, 약에 취한 채 자신을 원하는 줄리앙을 바라봤다. 점점 더 커져 가는 그의 욕망을, 더욱더 거칠어지는 남자를. 줄리앙의 아내도 나이가 많을 것이 분명했다. 당연히 그는 매기에게 질리지 않았다. 그녀는 절대로 거절하는 법이 없고, 그가 원하는 것은 무엇이든 했는데도 말이다. 줄리앙이 가져오는 약은 아주 품질이 좋아서 가끔은 며칠 동안 정신을 차리지 못할 때도 있었다. 그럴 때면 모든 것이 부드러워졌고 흐릿해졌다. 줄리앙의 목소리는 터널 저 끝에서 들리는 것만 같고, 몸 위에서 그가 움직일 때면 함께 물속에 들어가 있는 것처럼 느껴졌다. 줄리앙은 어느 날 오후에는 작은 파이프에 넣어 조심스럽게 구운 약을 매기가 흡입하게 했다. 못이 박인 커다랗고 투박한 손으로 턱을 부드럽게 받쳐 주기도 했다. 그 약이 무엇인지는 알 수 없었지만, 약효가 나타나자 그에게 후광이 보였다. 눈부시게 아름다운 황금빛 후광을 보면서 매기는 줄리앙을 정말로 하늘이 보내 준 사람이라고 믿었다.

바로 그때 자신이 줄리앙을 사랑하고 있음을 분명히 알게 되었다. 그에게도 그렇게 말해 주었다.

"사랑해요, 사랑해요, 사랑해요."

줄리앙은 삐죽삐죽하고 사랑스러운 이를 드러내며 활짝 웃었다.

"마 프티 샤트(내 조그만 고양이)."

줄리앙은 속삭이며 매기의 목에 코를 비볐다.

"다시 말해 봐."

"쥬템므."

매기는 속삭이며 그가 자신을 이 세상에 붙잡아 줄 닻이라도 되는 양 힘껏 안았다.

"더 줘요. 증 르프롱(더 주세요)."

줄리앙은 약을 더 주었고, 매기는 시간의 흐름을 놓쳐 버렸다.

"왜 이렇게 오랜만에 온 거예요?"

매기가 말했고 그가 크게 웃었다.

"어젯밤에 왔었잖아."

"오늘이 무슨 요일이에요?"

아침에, 커다란 하얀 침대 위에 누워 물었다.

"일요일이야. 내가 하루 종일 함께 있을 수 있는 날이지."

"어느 일요일인데요?"

"그게 무슨 상관이야, 몽 프티 폼플르무스(내 작은 자몽). 너한테 필요한 건 여기 다 있는데."

줄리앙이 상냥하게 그녀의 뺨을 두드렸다.

그가 갓 구운 크루아상을 사러 나갔을 때 매기는 생각을 하려고 애썼다. 단단한 곳에 뇌를 착륙시켜 보려고 노력했다. 줄리앙이 오븐 파스타를 만들어 준 기억은 났다. 하지만 그게 언제였지? 어제? 지난주? 우유와 마늘을 넣고 작은 조개를 끓이던 줄리앙을 봤다. 엄마는 그냥 물에 삶았는데, 그는 아니었다. 줄리앙이 섬광 라이트의 조명을 받으며 움직이는 것처럼 보이는 순간들도 기억했다. 그럴 때 진한 분홍색 소파 위에서 보고 있으면 부엌에서 줄리앙이 움직이는 동선을 따라 길게 뻗어 있는 빛줄기들이 보였다. 한번은 오후에, 홀로 있으면서 공책에 아주 좋은 문장을 썼던 기억도 났다. 녹색 잉크로 쓴, 아주 근사한 문장이었다.

줄리앙이 카페오레와 매기가 정말 좋아하는 초콜릿 크루아상이 든 쟁반을 들고 사다리를 올라왔다.

"근사한 이야기를 쓰고 있었어요."

매기가 말했다. 줄리앙은 크루아상을 먹여 주고, 쇄골에 떨어진 빵가루를 털어 주었다.

"헤밍웨이처럼?"

그가 물었다. 매기의 심장이 빠르게 뛰기 시작했다. 줄리앙은 쟁반에서 파이프를 집어 들었다. 거기에 파이프가 있는지도 몰랐는데, 그는 벌써 파이프에 성냥을 대고 있었다.

"미니멀리스트처럼요."

몸이 살며시 떨리는 것이 느껴졌다.

"일어나 앉아, 코치넬레(무당벌레야)."

자몽. 무당벌레. 줄리앙은 다양한 애칭으로 매기를 불렀다.

"사랑해요."

고개를 들고 입을 벌렸다. 아주 간절하게.

그는 매기에게 옷도 사 주었다. 아빠에게 받은 돈이 계좌에 많아서 1년은 거뜬히 살 수 있다고 말했지만, 줄리앙은 고집을 부렸다. 아네스 베에서 구입한 하늘하늘한 저지로 만든 검은색 하이웨이스트 벨 보텀, 부드러운 브이넥 티셔츠, 줄무늬 셔츠, 메리 제인에서 산 두꺼운 굽에 가느다란 끈이 달린 하이힐이 든 쇼핑백을 들고 숨을 헐떡이며 100개나 되는 계단을 걸어 올라왔다. 매기와 함께 저녁에 외식하기로 결정한 날이면 줄리앙은 직접 매기의 옷을 골랐다. 꽃무늬가 있는 피터 팬 칼라나 네이비블루와 흰색 격자무늬로 된 칼라가 있는, 몸에 꼭 맞는 검은 드레스를 입혔다.

그는 매기를 나의 작은 아티초크, 나의 자두, 나의 튤립이라고 불

렸다. 피에르 에르메에서 마카롱을 사다 주었고, 푸알란에서 빵을,
로랑 뒤부아에서 치즈를 사다 주었다.

"이 로크포르는……."

줄리앙은 치즈를 싼 왁스 페이퍼를 열어 지독한 냄새를 퍼트리면
서 말했다.

"아주 오래된 치즈야. 로마가 갈리아를 정복하기 전부터 먹던 거
지. 로크포르-쉬르-술종 밑에 있는 콩발루산 동굴에서 석 달간 숙성
시켜야 만들어져."

매기는 줄리앙이 치즈를 발라 준 크래커를 입에 물고 오물거렸다.

"언젠가 거기 데려가 줄게. 어떨 거 같아? 나랑 콩발루산 동굴에
가고 싶어?"

매기는 끝부분만 살짝 갉아 먹은 크래커를 내려놓았다.

"가고 싶어요. 데려다주세요. 언제 가요?"

줄리앙은 크래커를 다시 들어 매기의 입에 가져가며 다정하게 말
했다.

"먹어. 넌 너무 말랐어."

먹어 보려고 했지만, 치즈 때문에 구역질이 났다.

"바다도 가고 싶어요. 바다에 데려다주세요. 니스에요."

와인을 조금 마시고 매기가 말했다.

"그래, 그럴게. 우리 니스에 가자. 일광욕을 하고, 넌 황금빛 갈색
으로 변하는 거야."

"상의는 완전히 벗고 누워서 태울 거예요."

매기는 눈을 감았다. 온몸으로 쏟아져 내리는 따스한 햇살이 느

껴지는 것만 같았다. 줄리앙이 또 다른 포장지를 열고 단단한 치즈를 한 조각 잘라 냈다.

"이건 몽벨리아르드 소젖으로 만든 치즈야. 아주 달콤한 우유를 만든다고 알려진 소들이지."

줄리앙이 치즈를 먹으라고 했다.

"그거 먹으니까, 생각나는 거 없어?"

그가 물었다.

"버터 스카치요."

매기가 대답하자 줄리앙은 웃으면서 키스했다. 그는 끔찍한 치즈 냄새를 잔뜩 풍기는 손으로 매기의 얼굴을 감쌌다.

"내 영리한 폼 드 테르(감자)."

줄리앙이 속삭였다.

그가 아파트에 오는 횟수가 뜸해진 것이 언제부터였는지 매기는 알지 못했다. 추워지기 시작했을 때부터였나? 거의 매일 비가 많이 내렸을 때부터였을까? 매기는 선명한 분홍색 소파에 누워 회색빛 하늘을 멍하니 바라봤고, 타일로 덮인 마레 지구의 옥상에 내리치는 비를 보면서, 줄리앙을 기다렸다. 그때 깨달았다. 그는 언제라도 전화할 수 있지만, 매기는 줄리앙의 전화번호를 모른다는 사실을. 휴대폰으로 걸려 오는 줄리앙의 전화번호는 언제나 숨겨져 있었다. 어느 날 매기는 건너편 건물에 걸려 있는 크리스마스 전구를 발견했다. 발코니로 나가서 밑을 내려다보았다. 커다란 꽃다발과 갓 구운 바게트를 든 사람들이 비 오는 거리를 바쁘게 오가고 있었다. 매기는 두 팔로 바싹 마른 몸을 끌어안고 벌벌 떨면서 부지런히 움직이는 사람들을 쳐다봤다.

매기는 아파트로 들어가 먼저 속옷부터 입어야 한다는 생각은 하지도 못한 채 검은색 벨 보텀 바지를 발에 끼고 긴팔 줄무늬 상의를 뒤집어썼다. 커다란 잔에 와인을 따르고 알약을 한 줌 들었다. 와인과 알약을 함께 먹었다. 아직 상표도 떼지 않은 트렌치코트를 움켜잡고 우산을 들고 조용히 100개나 되는 계단을 내려갔다. 줄리앙은 밖으로 나오면 건물 안에서는 계단이든 복도든 절대로 소리 내지 말라고 경고했다. 건물에 심술궂은 노파가 살고 있어서 소리만 나면 집주인에게 신고한다는 것이었다. 훗날 매기는 어쩌면 그런 이웃은 처음부터 없었을지도 모른다고 생각했다. 그저 매기가 다른 사람들 눈에 띄지 않게 하려고 그런 말을 했을 거라고 짐작했다.

밖으로 나왔다. 그를 처음 만났던 밤처럼 비가 세차게 내리고 있었다. 우산 밑으로 차가운 비가 거의 수평으로 들이쳤다. 트렌치코트는 아주 비쌌고, 우산도 아주 컸지만 매기는 곧 흠뻑 젖어 버렸다. 우산을 접어서 쓰레기통에 던져 버렸다. 이미 젖었는데 우산을 들고 다니는 건 의미가 없어 보였다. 게다가 신발은 아주 빠르게 젖어서 한 발을 뗄 때마다 신발 속에서 물이 철벅거렸다. 약 기운 탓에 보도를 걷는 게 아니라 수면 위를 미끄러지듯 스쳐 지나가는 느낌이 들었다.

중요한 장소를 오가는 사람들 속에서 매기는 리볼리 거리를 계속 걸었다. 걷고 또 걸었는데도 이제는 수영하는 것 같은 느낌이 들었다. 조금 더 수월하게 나갈 수 있도록 물을 가르는 동작을 하면서 살며시 손을 움직였다. 내면 깊은 곳에서는 끊임없이 롤러코스터를 타고 있는 느낌이 들었다. 트랙 꼭대기까지 올라가 이제 막 떨어져 내릴 것만 같았다. 시간 가는 줄 모르고 거리를 건너고 또 건넜고, 센강을 따라 걸었다. 한동안은 자신이 어디에 있는지조차 잊어버렸다.

비는 서서히 잦아들어 이제는 보슬비로 변해 있었다. 문득 정신을 차린 매기는 자신이 오르세 미술관 앞에서 떨고 있음을 알았다. 매기를 밖으로 내몰았던 흥분도 가라앉고, 이제는 둔중한 두통만이 남았다. 파리에서 머문 몇 달 동안 단 한 번도 오르세 미술관 안으로는 들어가 보지 않았다. 원래는 기차역이었던 오르세 미술관은 이제는 그 자체가 하나의 예술 작품으로 인정받고 있었다. 내부에는 대부분 인상주의파 예술가들의 작품인 그림과 조각을 300점이나 전시하고 있었다. 매기는 젖은 머리카락을 손으로 톡톡 두드렸다. 그런데, 우산은 어디 갔지? 분명히 아파트에서 나올 때 우산을 챙겼던 기억이 있다. 그런데, 지금 우산이 옆에 없었다.

"세 콩비엥. 라드미시옹(입장료가 얼마인가요)?"

매기가 입구에서 물었다. 거의 완벽한 발음이었는데도 매표소 직원은 영어로 대답했다.

"운이 좋으시네요. 매달 첫 번째 일요일은 무료로 관람하실 수 있어요."

매기는 얼굴을 찌푸렸다.

"첫 번째 일요일이라고요?"

"위, 마드무아젤. 오늘은 1월의 첫 번째 일요일이에요."

매표소 직원은 분명히 무시하는 어조로 말했다.

"하지만 그건 말도 안 돼요!"

매기가 대답했다. 우두커니 서서 그녀는 지난 몇 주를 기억해 내려고 애썼다. 버터 스카치 맛이 나던 치즈, 입술에 파이프를 대 주던 줄리앙의 부드러운 손길. 어렴풋이 엄마에게 전화했던 기억도 났다. 줄리앙의 몸을 감쌌던 황금빛 후광도 생각났다.

"들어갈 거예요, 말 거예요?"

뒤에서 거친 목소리가 들려왔다. 깜짝 놀란 매기가 고개를 끄덕였다. 머리가 지끈거렸다.

미술관의 웅장한 아름다움도, 커다란 창문들도, 줄줄이 늘어선 어디선가 본 듯한 그림들도 매기의 마음속에서 피어오르는 두려움을 잠재우지 못했다. 어떻게 크리스마스를 잊어버릴 수 있지? 줄리앙이 선물을 사 왔던가? 특별한 저녁을 먹었던가? 오븐 파스타를 먹은 기억은 난다. 그가 아주 조심스럽게 우유량을 재고 마늘을 얇게 썰던 모습은 기억난다. 그게 크리스마스 정찬이었을까? 줄리앙은 매기를 나의 코치넬레, 나의 폼플르무스라고 불렀다. 매기는 피가 날 정도로 입술을 잘근잘근 씹었다. 입 안으로 비릿한 철분 맛이 흘러들어 왔다.

모네 전시실에서 매기는 멈췄다. 전시실을 비추는 따뜻한 조명에 엄마가 얼마나 모네를 사랑하는지 떠올랐다. 언젠가 엄마가 매기를 데리고 보스턴 미술관에 간 적이 있다. 모네 특별전이 열리고 있었기 때문이다. 엄마는 모네의 작품이 얼마나 아름다운지 설명하려고 했지만, 매기는 들으려고 하지 않았다. 물론 착하게 굴지도 않았다. 그때는 이미 매기가 남자아이들을 알아서, 그 애들 차 뒷좌석에서

술을 마시거나 마약을 했었다. 남자아이들은 매기를 소비했다. 섹스를 하고 마약을 하게 했고, 가게에서 껌이나 사탕을 훔쳐 오게 했고, 김빠진 팹스트 블루 리본 맥주를 마시게 했고, 부모님의 약품 보관함에서 훔쳐 온 약을 먹게 했다. 하지만 모네의 작품 앞에 서 있을 때 엄마는 매기의 상태를 알지 못했다.

지금, 모네의 작품 앞에 서 있으니 엄마가 사무치게 그리웠다. 날카로운 통증이 가슴을 찔렀고, 매기는 서둘러 모네 전시실을 빠져나왔다. 엄마에게 전화할까? 지금, 오르세 미술관에 와 있다고 말해 줄까? 모네 그림이 너무나 사랑스럽다고 말할까? 하지만 그러지 않았다. 그럴 수 없었다. 지금 매기는 피렌체에서 르네상스 미술을 공부하고 있는 거니까.

드가의 작품 앞에서 —그러니까 이 그림은 드가일 수밖에 없었다. 무용수들이 총연습을 하고 있었으니까— 멈춰 섰다. 숨을 쉴 수가 없었다. 상상했던 것과 달리 가까이에서 본 드가의 무용수들은 정말 피곤해 보였다. 경직된 표정은 지쳐 보였고 완고해 보였다. 무용수들은 털썩 주저앉아 있었고, 몸을 풀고 있었고, 아픈 등을 부여잡고 있었다. 혹시 나도 저렇게 지쳐 보일까? 궁금했다.

바로 옆에 한 가족이 서 있었는데도, 매기는 지금까지 그들을 알아채지 못했다. 미국인 가족이었다. 금발 머리인 어머니는 위아래 모두 감색 스웨터 재질의 옷을 입고 있었다. 아버지와 아들은 카키색 면바지에 브이넥 스웨터를 입고 있었는데, 아버지의 스웨터는 레몬처럼 선명한 노란색이었고 아들의 스웨터는 연한 파란색이었다. 예닐곱 살쯤 되어 보이는 꼬마 소녀는 엄청나게 많은 프릴 장식이 달린 드레스를 입고서 그림의 무용수들을 흉내 내고 있었다. 매기를 본 어머니가 가족들을 살짝 잡아당겨 그녀에게서 멀어지게 했다.

매기는 관광 가이드가 설명을 시작하기 전까지는 그 역시 같은 장소에 있었다는 사실을 알지 못했다.

“폴 발레리가 말했죠. ‘드가는 바닥이 얼마나 중요한지를 알려 준 몇 안 되는 화가이다. 그는 정말로 경이로운 바닥을 여럿 그렸다.’”

가이드의 말에 미국인 가족이 웃었고, 가이드는 계속 말했다.

“물론 무용수 입장에서는 아주 적절한 묘사였을 겁니다. 쪽마루야말로 무용수에게는 가장 중요한 작업 도구일 테니까요.”

가이드는 계속 말했고, 아이들의 주 양육자임이 분명해 보이는 어머니가 고개를 끄덕였다.

“저 남자는 누구죠?”

어머니가 그림에서 유일한 남자를 손가락으로 가리키면서 물었다.

“발레 선생이자 안무가예요. 저 사람이 지팡이로 박자를 알려 주고 있는 게 보이죠?”

가이드는 마치 두 사람이 은밀하게 공모하고 있다는 듯이 매기를 보면서 윙크했다. 그도 미국인임이 분명했다. 뉴잉글랜드 억양이 조금 있었고 심각하게 헝클어진 갈색 머리카락은 자꾸 얼굴 위로 떨어져서 놀라울 정도로 파란 눈을 가렸다. 마치 명문 사립 고등학교 학생 같은 사람이었다. 매기는 엿듣고 있는 티를 내지 않으려고 ‘발레 수업’의 한 부분을 뚫어지게 쳐다보는 척했다.

“저 무용수들은……, 뭔가……, 세상 물정을 잘 아는 것처럼 보여요.”

아이들의 어머니가 더듬거리면서 말했다.

"맞습니다. 저 무용수들은 도시에서 가장 가난한 소녀들이었지만, 무대 위에서 요정이, 님프가, 여왕이 되려고 무던히도 애를 썼습니다. 아시겠지만, 드가는 발레의 세계에서 고전미를 추구하는 자신의 취향과 현대 사실주의를 볼 수 있는 자신의 안목을 동시에 발견하고 흥분했죠."

"제발 좀 가만히 있어!"

쉬지 않고 빙글빙글 도는 딸을 아버지가 엄하게 꾸짖었다.

"소피는 저기 있는 청동상을 좋아할 거 같은데?"

가이드가 작은 소녀의 손을 잡고 드가의 '열네 살의 어린 무용수' 동상으로 걸어가면서 말했다. 매기도 안전하게 거리를 유지하면서 관광객들을 쫓아갔다. 하지만 가이드의 눈이 매기를 놓치지 않았다. 가이드는 그녀를 보면서 보조개가 파일 정도로 환하게 웃었다.

"원래 이 동상은 진짜 머리카락이 있었고, 진짜 발레복과 진짜 발레 슈즈를 걸치고 있었어요."

가이드가 말했다.

"쉬 마려워."

작은 소녀가 말했다.

"참으면 안 돼? 거의 끝났어. 안 그래요, 노아?"

어머니는 딸을 설득해 보려고 애썼지만 결국 아이를 데리고 화장실로 가야 했다. 안도하는 아버지와 아들은 벤치에 털썩 주저앉더니 동시에 휴대폰을 꺼냈다. 노아라는 가이드가 매기에게 걸어왔다.

"비를 맞았네요."

"영리한 추론이에요."

"관광객은 아닌 거 같은데, 여기 살아요?"

"조금 더 영리해졌네요."

"해외에 거주하는 동포를 만나는 건 늘 행복한 일이죠."

노아는 셔츠 주머니에서 명함을 꺼냈다.

"나는 퐁피두 가까이 살아요."

매기는 노아의 명함을 받아서 코트 주머니에 넣었다.

"인형 병원 근처인데. 그 작은 서점 있는 곳 알아요?"

노아가 물었다. 매기는 지금 당장 담배가 피우고 싶었다. 몸에 니코틴이, 카페인이, 아무튼 그 무엇이 필요했다.

"그 골목에 카페가 있어요. 카페는 한 곳뿐이에요. 혹시 커피를 마시면서 해외 체류자들끼리 비밀을 공유하고 싶다면, 와요."

"어쩌면요."

매기는 대답했다. 어차피 명함을 잃어버리거나 버릴 거라는 걸 알면서도.

"난 매일 아침, 거기 가요."

노아가 말했다. 매기의 코트 주머니에서 전화기가 울렸다. 전화기를 꺼내자 발신자 번호를 차단한 전화가 왔음을 알리며 깜빡이는 빛이 보였다.

"가야 해요."

매기는 몸을 돌리고 전화를 받았다.

"지금 아파트야. 너를 원해."

"내일, 거기서 만날래요?"

노아가 매기에게 말했다.

"지금이 1월인 거 알았어요?"

떨리는 목소리로 매기가 줄리앙에게 물었다.

"내 말은, 어떻게 지금이 1월일 수 있냐는 거예요."

"아, 마 프티 카메. 앞으로는 12월이 되면 미리 말해 줄게."

매기는 카메가 무슨 뜻인지 몰랐다. 이국적인 과일인 게 분명했다. 금귤이나 람부탄이나 망고스틴일 수도 있었다. 어쩌면 그가 무언가를 사 왔는지도 몰랐다. 매기는 금귤의 시큼한 껍질을 베어 먹는 게 정말 좋았다. 매표소에는 여전히 거들먹거리던 그 여자 직원이 있었다.

"케스트 세 위느 카메(카메가 뭐예요)?"

매기가 물었다. 매표소 직원은 그녀를 위아래로 천천히 훑어보면서 대답했다.

"마드무아젤. 당신은 그 단어를 잘 알 거 같은데요. 카메는 영어로 마약 중독자라는 뜻이니까요."

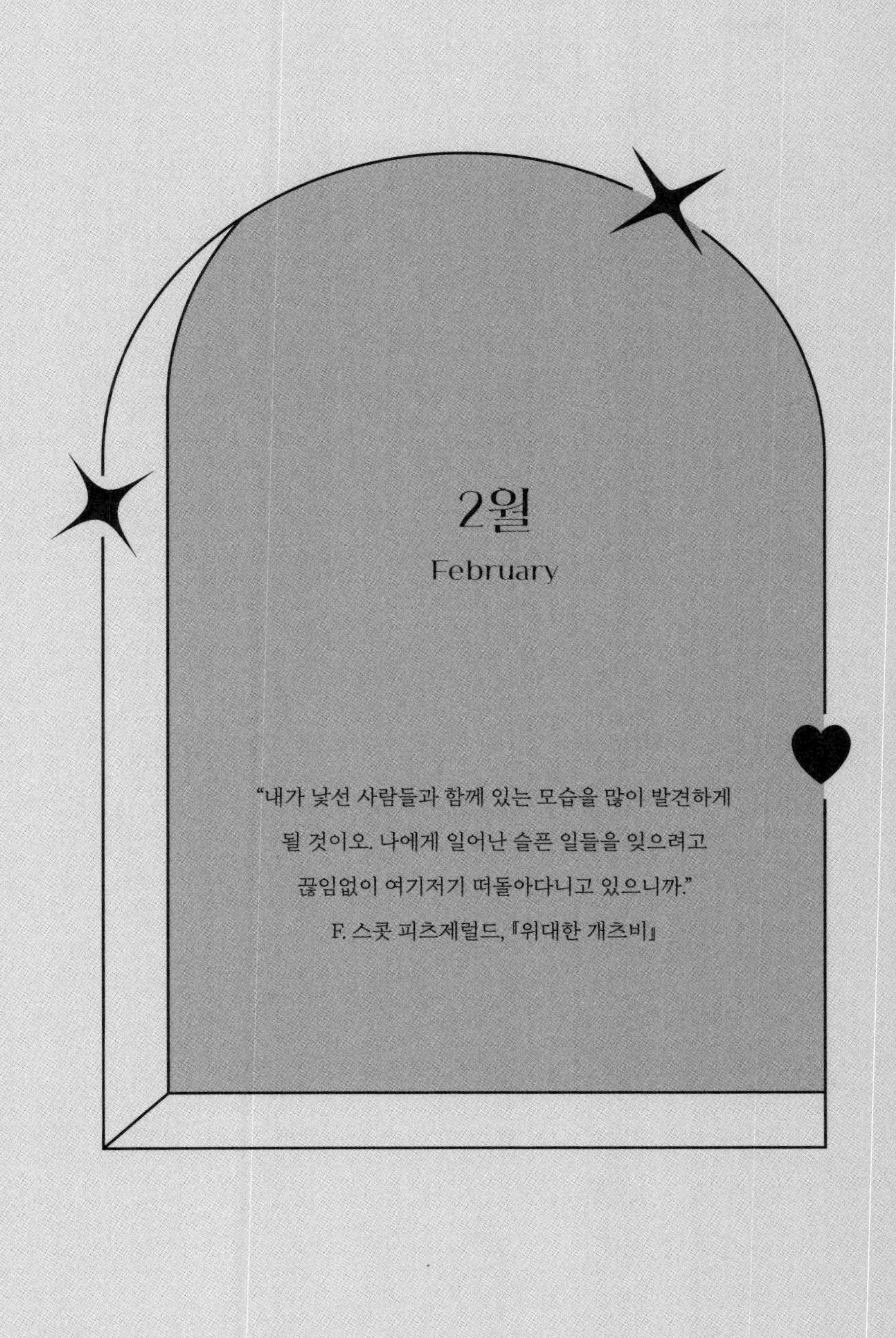

2월
February

"내가 낯선 사람들과 함께 있는 모습을 많이 발견하게
될 것이오. 나에게 일어난 슬픈 일들을 잊으려고
끊임없이 여기저기 떠돌아다니고 있으니까."

F. 스콧 피츠제럴드, 『위대한 개츠비』

에이바

월간 교무 회의가 끝나면 교수들은 모두 그라운드 라운드로 가서 버거와 맥주를 마시며 회의 안건으로 나온 정책이나 새로운 규칙에 관해 무조건 불만을 늘어놓았다. 프랑스어과의 관료주의는 언제나 흥미로웠기 때문에 에이바는 교수들과 함께하는 밤을 늘 즐겼었다. 그런 시간을 보내고 집으로 돌아오면 남편을 붙잡고 어떤 교수들이 함께 잠을 잤는지, 누가 종신 보장을 받지 못했는지, 누가 은밀하게 구직 활동을 하고 다니는지 등을 쉴 새 없이 떠들었다. 에이바는 동료들에게 이탈리아 전통극 코메디아 델라르테에 나오는 등장인물 이름을 붙여 주었다. 그녀는 뉴욕대학교 대학원에서 프랑스어를 공부할 때 남편을 만났다. 그때 짐은 뉴욕 로어 이스트사이드에서 공연하는 한 극단의 단원이었다. 시간이 흐르면서 이탈리아 전통극의 등장인물들은 두 사람만의 비밀 암호가 되었다. 심지어 짐도 에이바의 프랑스어과 학과장인 자비에 플루프를 자신보다 지위가 낮은 사람들에게 폭력을 자주 휘두르는 비열하고 저급한 상인이자 음탕한 모사꾼인 브리겔라라고 불렀다.

오늘 밤도 에이바는 교수들과 그라운드 라운드에 가야 했다. 하지만 교수들이 플루프의 숨 막히는 회의실 밖으로 줄줄이 나가는 모습을 보면서 에이바는 망설였다. 플루프가 커다란 학과 회의실이 아니라 굳이 학과장실 옆에 붙어 있는 작은 방에서 회의를 하자고 주장하는 건 교수들을 괴롭힐 수 있는 또 다른 방법이었기 때문이다. 그 작은 방에서 회의를 하려면 교수들은 어쩔 수 없이 괴상한 각도로 어깨를 비튼 채 다닥다닥 붙어 앉아야 했다.

"이번 학기 수업은 어떻습니까?"

플루프가 에이바에게 물었다.

"정말 좋습니다."

학과장에게는 언제나 그렇게 대답해야 했다. 비판도 불평도 받아들이지 않는 사람이었으니까.

"아, 맞다. 며칠 전 밤에 텔레비전에 교수님 남편이 보이더군요."

에이바가 문지방을 반쯤 넘어갔을 때 학과장이 말했다. 짐이 텔레비전에 나와서 고등학교 중퇴율이라거나 자신의 성공 사례를 이야기하는 일은 드물지 않았다. 그녀는 웅얼거리며 대충 대답했다.

"네, 네."

"내가 보기에는, 그게, 인디펜던스맨한테 코트를 입혔던 것 같은데?"

플루프가 말했다.

자유의 상징, 인디펜던스맨은 프로비던스 주 의회 의사당 지붕 위에 서 있는 3.4m에 달하는 금도금한 청동상이었다.

"뭐라고요?"

너무 놀라 에이바는 되물었다. 물론 그러지 말았어야 했지만.

"남편분이 자기 친구가 85m나 되는 지붕 위에 올라가서 인디펜던스맨에게 뜨개 코트를 입혔다는 이야기를 아내에게 하지 않았나 보군요."

에이바는 신음했다. 플루프가 밝게 웃었다.

"그 친구분은 교수님도 아는 분인가요? 교수님의 친구이기도 하고? 델리아인가 뭔가 하는 여자분이던데."

"린드스트롬이에요."

에이바가 대답했다.

"교수님 남편께서도 그 장난을 도운 것 같던데, 분명히."

플루프가 웃음을 거두지 않고 계속 말했다.

"교수님 남편분이 그런 범죄를 저지를 사람이라고는 생각지 못했는데 말이죠."

"진짜 놀라운 사람이기는 하죠."

그녀의 말에 플루프가 고개를 끄덕였다.

"정말 그렇더군요. 뭐, 아드망(내일 봅시다)!"

그 말을 끝으로 플루프는 문을 닫았다. 에이바에게 창피를 주었으니, 분명히 만족했을 것이다. 다행히도 복도 끝에 서 있는 모니크가 보였다.

"갈 거죠?"

에이바를 위해 문을 잡아 주면서 모니크가 물었다. 고개를 끄덕였다. 지금은 햄버거와 맥주 그리고 뒷담화가 정말로 필요했다.

눈이 살포시 내리던 날, 에이바는 도서관에서 열리는 독서모임에 참석하려고 베네피트 거리를 걸어 올라가고 있었다. 이번에도 마찬가지였다. 책을 펼쳤지만, 처음 세 쪽인가 네 쪽인가를 읽고 나서는 그냥 내려놓고 말았다. 그때까지 줄거리도, 배경도, 인물도 나오지 않아서 에이바는 『위대한 개츠비』가 무지 천천히 읽게 될 책이라는 생각이 들었다. 대학교 때 필독 도서로 읽어야 했던 때처럼 말이다. 당연히 에이바는 독서모임 전날까지 그 책을 손에 들지 않았지만, 어쨌거나 밤을 꼬박 새워 처음부터 끝까지 읽을 계획이기는 했다. 다행히 위대한 개츠비는 영화도 두 편이나 있어서, 에이바는 영화를 모두 봤다. 에이바의 취향으로는 로버트 레드포드와 미아 패로우가 나오는 옛날 영화가 더 좋았지만, 다른 사람들에게는 그런 감상평을 말하지 않을 것이다.

그 대신 에이바는 자신의 몰스킨 공책에 마음에 드는 대사를 몇 개 적어 넣었다. 다른 사람들에게 자신이 독서모임의 일원이 되는 일을 얼마나 진지하게 생각하고 있는지 보여 주기 위해 산 몰스킨 공책에. "찬란하게 빛나는 귀중한 것들은 모두 너무나 빨리 사라져 버리고……, 다시는 돌아오지 않아." 그건 에이바가 들어 본 말 가운데 무척 현명한 말 같았다. 하지만 책에서는 이 대사를 찾을 수가 없어서 21쪽에 있는 "여자가 이 세상에서 될 수 있는 가장 좋은 건 아름다운 작은 바보란 말이에요."를 적었다. 아주 도발적인 대사 같았다. 이 대사를 말할 수 없다면 에이바는 조용히 있을 생각이었다.

윌리엄스 거리에서 에이바는 멈춰 섰다. 그곳에 또 짐의 프리우스가 서 있었다. 여전히 분홍색 뜨개천이 범퍼를 덮고 있었는데, 이번에는 뜨개천 위에 빨간색 하트가 수놓아져 있었다. 주위를 살펴봤다. 아무도 없었고, 아무 소리도 들리지 않았다.

모퉁이를 돌아 윌리엄스 거리에 서 있는 짐의 자동차로 걸어갔다. 무슨 일이든 마음대로 할 수 있다면 얼마나 좋을까? 무언가 아주 끔찍한 일을 할 수 있다면 좋을 텐데. 열쇠로 차 문을 그어 버린다거나 창문을 깨뜨려 버릴 수 있다면 말이다. 하지만 짐의 차 앞에 서니 아무것도 할 수 없었다. 잠자는 짐을 깨워 그의 얼굴에 "보고 싶어, 자기야"라는 문자가 온 휴대폰을 들이밀 때처럼 무기력에 사로잡힌 것만 같았다. 그날 밤, 짐은 순순히 모든 사실을 인정했다. 이미 자신의 삶은 흐트러져 버렸음을 알았으면서도 에이바는 자기 입에서 튀어나오는 말을 들을 수 있었다. 그 여자를 그만 만난다면, 우리 두 사람이 이 일을 해결하고 함께하면서 훨씬 더 잘 살 수 있다는 말을. 더 일찍 그런 일을 당했다면, 자신이 좀 더 젊은 여자였다면 그런 배신을 당했을 때 당연히 결혼 생활은 끝내야 한다고 생각했을 것이다. 하지만 중년의 나이가 되니 남편의 부정을 다른 각도로 바라볼 수 있었다. 이 세상에는 그런 고비를 넘기고 함께하는 부부들도 있는 거다. 안 그런가? 그때 짐은 첫 번째 데이트에서 그랬던 것처럼 살며시, 조심스럽게 에이바의 손을 잡았다. "그냥 그걸 끝내면 우리는 다시 평소처럼 살 수 있어." 아내의 말에 짐은 말했다. "오, 에이바. 난 그 사람을 사랑해. 그 사람과 사랑에 빠졌어."

그날 밤을 떠올리자 눈물이 쏟아질 것 같았다. 가로등 불빛에 범퍼 끝에 있는 분홍색 뜨개천에서 삐쭉 튀어나온 짧은 실이 보였다. 다시 한번 주위를 살펴봤다. 거리는 여전히 텅 비어 있었다. 손을 뻗어 부드러운 뜨개실을 잡아당겼다. 계속해서 줄을 잡아당기자 눈 위로 분홍색 뜨개실이 똬리를 틀며 내려앉았다. 프리우스가 완전히 다시 발가벗겨지자 에이바는 뜨개실을 모아 가방에 쑤셔 넣었다. 실이 너무 많아 가방 지퍼가 닫히지 않았다.

"약 오르지?" 에이바는 프리우스의 바퀴를 두 번 차면서 중얼거렸다. "자기야."

뜨개옷을 벗기느라 너무 많은 시간을 소비하는 바람에 독서모임에는 늦었다. 에이바가 코트와 머리에 눈을 잔뜩 이고서 도서관에 들어섰을 때는 케이트가 책을 설명하고 있었다.

"죄송해요."

에이바가 말했다. 루크가 웃으며 비어 있는 옆자리를 툭툭 쳤고, 그녀는 재빨리 그곳에 가서 앉았다. 코트를 벗고 —다른 사람이 봐주기를 바라면서— 몰스킨 공책을 폈을 때 페니가 일어났다.

"마크 트웨인의 멋진 말을 모두 알고 있죠. '고전이란 모든 사람이 들어는 봤지만 읽지 않는 책이다.' 하지만 『위대한 개츠비』에 관해서는 이탈로 칼비노의 말이 더 적절한 것 같아요. '고전이란 해야 할 말이 결코 끝나지 않는 책이다.' 왜냐하면 저는 『위대한 개츠비』를 벌써 여러 번 읽었지만, 읽을 때마다 그전에는 미처 알지 못했던 내용을 알게 되기 때문이에요."

"저도 동의해요."

케이트가 말했다.

"루크가 이 책을 골랐을 때 정말 기뻤어요. 그래서 왜 이 책을 택했는지, 이유를 물어보고 싶었어요."

케이트의 말에 루크는 일어서는 것으로 그치지 않고 케이트가 있는 곳까지 성큼성큼 걸어가더니 사람들 앞에 섰다. 그는 모자를 고쳐 쓰고서 입을 열었다.

"『위대한 개츠비』를 처음 읽은 건 11학년 국어 시간이었어요. 그

때 나는 미술실에서만 시간을 보내는 아이였죠. 무난하기는 했지만 거의 눈에 띄지 않는 아이였어요. 남몰래 몰리 젠킨스라는 아이를 사랑하고 있었고요. 몰리는 외모도 끝내줬지만, 사실상 학교를 운영하는 아이이기도 했어요. 학보사 편집자였고, 학급 교지도 만드는 애, 아시잖아요. 그 애를 더 많이 보려고 학교 신문에 실을 그림을 그리기도 했어요. 진짜 그 애한테 데이트 신청할 말을 고민하느라 정말 엄청난 에너지를 쏟아부었죠. 하지만 사실 그 애한테는 남자 친구가 있었어요. 아시죠? 정말 광채가 장난이 아닌 남자 친구가요. 그때 『위대한 개츠비』를 읽은 거예요. 그 책은 꼭 나한테 말하고 있는 것 같았어요. 나는 가질 수 없는 여자. 초록 불빛. 그 빛을 처음 봤을 때, 그 빛은 '아주 작고 멀리 있어서' 도저히 가까이 갈 수 없을 것처럼 보인다고 묘사하잖아요. 하지만 소설이 끝나갈 때 닉이 말하죠. '그 불빛은 우리를 피해 달아나지만, 그건 전혀 문제가 되지 않는다. 내일이면 우리는 훨씬 빨리 달릴 테고, 우리는 팔을 훨씬 멀리 뻗을 테니까.' 그 문장은 정말 미친 듯이 희망을 주었어요. 더 빨리 달리고 더 멀리 팔을 뻗겠다고 결심하게 했죠. 무엇이든지 가능하다는 믿음? 혹은 확신을 심어 준 거예요."

루크는 독서모임 회원들을 한 사람 한 사람 차례로 쳐다봤다.

"이 책은 내 인생을 바꿨어요."

그가 조용히 끝을 맺었고, 에이바를 비롯한 모든 사람이 박수를 쳤다.

다시 독서토론으로 돌아가는 데는 몇 분 정도가 걸렸다. 그리고 에이바가 말하려고 적어 온 문장(여자가 이 세상에서 될 수 있는 가장 좋은 건 아름다운 작은 바보란 말이에요.)을 오너가 말해 버리면서 독서 모임 회원들은 1920년대와 현대 여성들에 관해 활발한 의견을 나누었다.

존은 『위대한 개츠비』가 이야기하는 아메리칸드림을 토론 주제로 선택했다.

"사람들이 입고 있는 셔츠만 봐도 아메리칸드림은 넘쳐 나지 않습니까."

존이 아주 소중한 보물인 양 『위대한 개츠비』를 가슴에 꼭 끌어안았다. 제니퍼가 고개를 끄덕였다.

"과하게 넘치고 있죠."

"개츠비는 데이지가 부자가 아니었어도 그렇게 사랑했을지 궁금해요. 개츠비가 한 말 기억하죠? '그녀의 목소리는 돈으로 가득 차 있다.'"

키키가 물었다.

"언젠가 피츠제럴드가 말했잖아요. 글을 쓰는 이유는 하고 싶은 말이 있어서가 아니다. 해야 할 말이 있어서 쓰는 것이다."

페니가 말했다. 작가의 말을 즐겨 인용하는 페니 때문에 마음이 따뜻해진 에이바는 활짝 웃었다.

"그렇다면 피츠제럴드는 무엇을 말하려고 『위대한 개츠비』를 쓴 걸까요?"

케이트가 물었다.

"아메리칸드림은 환상이다?"

제니퍼가 대답했다.

"마지막에 보면 모든 사람이 제이 개츠비라는 인물이 전혀 없었던 것처럼 자신의 인생을 살아가잖아요."

오너가 말했다.

"그 초록 불빛을 향해 달려가던 제이 개츠비라는 사람을 말이죠."

루크가 덧붙였다.

"정말 걸작이다. 나는 이 말 한마디면 됐어요."

루스가 말했다.

이번에는 에이바도 와인과 간식을 먹고 못다 한 대화를 하려고 남았다.

"와인을 왜 찻잔에 담았어?"

에이바가 케이트에게 물었다.

"『위대한 개츠비』 배경이 금주법 시대잖아. 그래서 에마가 이렇게 하자고 했어."

케이트가 웃으면서 대답했다.

"그거 알아? 책이 얼마나 사람들에게 많은 영향을 미치는지 잊고 있었어."

에이바가 부드럽게 말했다. 갑자기 『클레어에서 여기까지』의 표지가 생각났다. 차분한 녹색과 회색, 갈색이 섞여 있는 두툼한 종이 표지였다.

"잊고 있었어."

에이바가 다시 말했다. 존이 다가오더니 그녀의 어깨에 손을 얹었다.

"잘 버티고 계십니까?"

존이 물었다. 무척 진심 어린 표정을 보니 에이바는 차마 사실을 솔직하게 털어놓을 엄두가 나지 않았다. 그래서 그저 애매하게 고개를 끄덕이고, 안부를 되물었다.

"그럭저럭 잘 해내고 있어요. 외롭기는 합니다. 그건 어쩔 수 없죠."

"맞아요. 외로워요."

에이바는 동의했고, 잠시 주저했지만 마음먹고 입을 열었다.

"존, 지난번 모임 때, 제가 오……."

"그래도 책을 읽으면 시간이 갑니다. 안 그렇습니까?"

존은 그녀가 하는 말을 전혀 못 들었다는 듯이 말했다.

"책을 읽다가 문득 고개를 들면 한 시간이, 아니 두 시간이 훌쩍 지나가는 겁니다."

"그건 정말 그래요. 그런데, 존……."

에이바는 침을 꿀꺽 삼켰고, 존은 그녀를 물끄러미 바라보면서 말할 수 있게 기다렸다.

"제 남편은 정확히 죽은 건 아니에요. 제 말은, 그러니까 정말로 죽은 건 아니라는 거예요."

너무나도 창피해서 에이바는 두 뺨이 타들어 가는 것만 같았다.

"무슨 말인지, 이해를 못 하겠습니다."

존이 대답했다.

"제 곁을 떠났어요. 다른 여자 때문에요. 일부러 오해하게 한 건 아니에요. 특히 당신한테는요."

존은 에이바를 좀 더 자세히 보려는 듯이 고개를 갸웃했다. 그러더니 놀랍게도, 고개를 끄덕였다.

"아내가 세상을 떠난 뒤에, 너무나도 슬퍼서 상담사를 찾은 적이 있었습니다. 그때까지 상담을 받는다는 건 생각지도 못했는데 말이죠. 하지만 도움이 되더군요. 정말로요. 그 상담사는 사람들이 정말 다양한 이유로 비통해한다고 했습니다. 사랑하는 사람이 세상을 떠났을 때뿐 아니라 온갖 이유로 말입니다."

"고마워요."

에이바의 마음속에서 수치심이 사라지고 고마움이 자리를 잡았다. 페니가 다가오더니 존의 팔을 붙잡았다.

"존, 우리 함께 데이트 날짜를 잡아 봅시다. 이번 주 밤에, 언제든 호프 클럽에서 내가 저녁을 대접할 생각이니까."

페니는 존을 끌고 걸어갔다. 두 사람이 걸어가자마자 루크가 존이 남기고 간 공간을 차지했다.

"진짜 제대로 마시러 가지 않을래요?"

루크가 물었다. 누군가 다른 사람에게 말한 것은 아닐까 싶어 에이바가 주위를 둘러봤다.

"나 말이에요?"

주위에 아무도 없었기 때문에 에이바는 대답했다.

"버번이 좋을 것 같기는 한데, 맨해튼도 좋을 거 같아요. 진짜 음식이랑 함께 마시죠."

술은 둘 다 좋았다. 루크와 그의 포크파이 모자와 함께 시간을 보내야 한다는 것은 그다지 마음에 들지 않았지만.

"좋아요, 그럼. 가죠!"

그렇게 말하는 루크는 놀랍게도 이미 그녀의 코트와 가방을 들고 있었다.

루크는 에디에 있는 모든 사람을 아는 게 분명했다. 에디는 두 사람이 점점 더 심하게 내리는 눈을 뚫고 걸어온 시내의 조그만 술집이었다. 그는 술집에 들어오자마자 하이 파이브를 하고 주먹 인사를 나눈 바텐더 루이에게 애팔래치안 트레일 두 잔을 달라고 했다. 그들은 창문 가까이 있는 모퉁이 탁자에 앉았다. 코트를 벗기도 전에 술이 나왔다. 곧 데빌드 에그, 굴, 연어 크로스티니가 도착했다.

"오늘 준비한 1920년대 간식은 형편없었어요."

루크가 데빌드 에그 한 개를 통째로 입에 넣으면서 말했다. 도대체 왜 자신이 루크와 이곳에 와 있는지 몰라 잔뜩 불편한 에이바는 애팔래치안 트레일 잔을 입에 대고 홀짝였다. 강한 버번 맛과 희미한 사과 맛이 났다.

"캐비어가 나왔으면 했는데, 안 그래요? 위대한 개츠비처럼요."

이번에는 데빌드 에그를 베어 물면서 말했다. 에이바가 연어 크로스티니를 조금씩 갉아 먹고 있는 동안 루크는 요란한 소리를 내면서 굴을 연달아 두 개 먹었다. 그리고는 애팔래치안 트레일을 단숨에 비우더니 루이에게 두 잔을 더 달라는 몸짓을 했다.

"그런데, 몇 살이에요?"

에이바가 물었다.

"서른한 살이요."

에이바는 얼굴을 찡그렸다. 하지만 곧 우리는 그저 한잔하러 왔을 뿐이라고 자신을 달랬다. 실제로 바람을 피우고 있는 사람은 짐이었다. 그런데 에이바는 다른 사람과 술도 못 마신다고? 같이 온 사람이 조금 —안다, 사실은 아주 많이— 어린 남자라고 해서?

"당신은요……."

루크는 굴을 한 개 더 먹고 나서 마저 말했다.

"독특한 것 같아요."

"그보다 더한 말도 들은 적이 있어요."

첫 잔을 막 비웠을 때 두 번째 잔이 도착했다. 그 밤은 어딘지 모르게 그녀에게 어울리는 어색함을 품고 있었다. 하지만 에이바는 밖에 나와 있었다. 혼자가 아니었다.

"아내는 어디 있어요?"

애팔래치안 트레일을 두 잔 더 마시고 메이플 버터를 바른 프레첼을 먹고 나서 에이바가 물었다. 그녀는 기분 좋게 취해 있었고, 눈은 쌓이고 있었다.

"아내요?"

루크가 놀라며 말했다.

"록시 말이에요."

에이바의 말에 그는 완벽하게 가지런한 치아를 드러내며 웃었다. 루크의 부모님은 아들의 치아를 교정해 주느라 파산해 버렸을 게 분명했다.

"록시는 만났다가 헤어지기를 반복하는 여자 친구예요. 지금은 헤어졌고요."

"루크의 데이지 뷰캐넌 아니고요?"

"아니에요."

그가 애석하다는 듯 고개를 저었다.

"하지만 그 애는 맞아요. 몰리 말이에요."

"고등학교 동창이라던?"

"옙. 그 애가 내 동정을 가져갔어요."

"정말요?"

에이바가 놀라며 물었다.

"말했잖아요. 그 책이 내 인생을 바꿨다고."

또다시 돌들이 있고, 한 소녀가 돌 뒤에서 앞을 바라보고 있는 『클레어에서 여기까지』의 표지가 에이바의 마음속에서 둥둥 떠다녔다.

"이해해요."

에이바가 부드럽게 말했다.

"그죠? 정말 독특한 분이라니까! 무슨 뜻으로 그렇게 말한 건지는 말해 주지 말아요."

"정말로, 이해한다고요."

에이바의 대답에 루크가 환하게 웃었다.

"한 잔 더 할래요? 그런 다음에 언덕에 올라가서 눈을 타는 거예요."

애팔래치안 트레일 두 잔을 더 마신 뒤에야 두 사람은 눈보라가 몰아치는 거리로 나섰다. 아무도 없었다. 이미 두툼하게 눈이 쌓인 땅 위로 더욱더 빠르게 눈이 쌓이고 있었다. 루크는 신발로 스케이트를 타며 에디 거리를 달려가다가, 눈 위에서 미끄러져 결국 넘어지고 말았다. 에이바가 가까이 가기도 전에 벌떡 일어선 루크는 크게 웃으며 몸에 묻은 눈을 털어 냈다. 술집에서 그는 자신을 철문·쓰레기통·벤치 같은 작품을 만드는 금속 조각가라고 했다. 서른한 살. 만남과 헤어짐을 반복하는 연인. 확신에 차 있고, 그 무엇에도 구속되지 않는 사람.

모퉁이에 도착하자 루크는 에이바의 팔을 잡고 눈을 헤치며 걸어갔다.

"페기 플레밍의 어머니가 딸의 의상을 모두 만들었다는 거, 아세요?"

그가 말했다.

"알아요."

"우리 엄마는 페기 플레밍을 사랑했어요."

루크가 고개를 흔들었다.

"혹시 마더 콤플렉스 같은 게 있어서 이러는 거예요?"

그녀는 손가락으로 루크를 가리켰고, 다시 자신을 가리켰다.

"오늘이 엄마 생일이에요. 예순여섯 살이 되었을 생일이죠."

"아."

에이바는 걸음을 멈추고 그의 눈을 똑바로 바라봤다.

"유감이에요, 루크."

"이런! 난 사람들이 그런 말을 하는 게 정말 싫어요."

"나도 그래요. 그런데 내가 그런 말을 하다니, 믿기지가 않아요."

루크가 고개를 옆으로 기울였다.

"키스할 거예요."

"아니, 아니, 그러면 안 돼요."

지금 에이바가 이 남자한테 교태를 부리는 걸까? 아니, 남자가 아니지. 이 꼬마지. 하지만 루크는 고개를 숙이더니 엄청난 키스를 퍼부었다.

"와후!"

갑자기 눈 내리는 밤거리에 대고 소리를 지르는 루크 때문에 에이바는 당혹스러웠다.

"내 거예요."

그가 정교한 기하학무늬가 있는 금속 쓰레기통을 가리키면서 말했다.

"내가 본 쓰레기통 중에 가장 예뻐요."

에이바가 말했다.

"당연하죠."

루크는 행복한 듯 말했다.

"그러니까 쓰레기통을 만드는 거네요. 직업으로?"

"금속 조각가라니까요. 로드아일랜드 디자인 학교에 들어갔고, 절대로 나오지 않았어요."

두 사람은 여러 번 미끄러지고 넘어지면서 아무 말도 없이 앞으로 나갔다.

"아주 기막힌 생각이 떠올랐어요."

루크가 말했다.

"기막힌 생각이라고요?"

에이바가 신음하며 말했다.

"스케이트 타러 가는 거예요."

"지금 말이에요?"

"현재라는 시간은 없는 거 알죠? 모든 건 다 카르페디엠이에요."

"하지만 스케이트장은 곧 닫을 거예요."

루크가 반대 방향으로 자신을 끌어당기자 에이바가 말했다.

"그래서요?"

그는 서른한 살다운 자신감을 드러내며 말했다. 당연히 스케이트장은 닫혀 있었지만 루크는 에이바를 난간 위로 넘기더니 스케이트장 안으로 들어갔다. 눈이 주위에 있는 모든 것을 감추어 버렸다.

"스케이트를 가져와야겠어요. 사이즈가 어떻게 돼요?"

"8이에요. 하지만 다 잠겨 있을 텐데."

그녀가 스케이트화를 보관하는 작은 건물을 가리키며 말했다. 휘몰아치는 눈 속에 에이바를 혼자 두고 루크는 걸어가 버렸다. 잠시 뒤에 나타난 그는 스케이트화를 신고 있었고, 한 손에는 다른 스케이트화를 든 채 웃고 있었다.

"세상에, 어떻게……?"

"내가 전적이 좀 있죠."

루크는 몸을 굽혀 그녀의 부츠를 벗기고 스케이트화를 신기더니 끈을 묶어 주었다. 그는 에이바의 허리를 감싸 안고 스케이트화로 얼음을 지쳤다. 그렇게 두 사람은 나란히 서서 눈 덮인 스케이트장을 미끄러지듯 나아갔다. 문득 에이바는 루크가 다시 키스해 주었으면 좋겠다고 생각하는 자신을 발견했다. 하지만 곧 바보 같은 생각이라고 스스로를 꾸짖었다. 너무나도 빨리, 더는 스케이트를 탈 수 없을 정도로 눈이 많이 쌓였고, 그는 에이바를 놓아주었다.

"이 세상에 우리밖에 없는 것 같아요."

에이바가 말했다.

"우리밖에 없어요."

그러더니 정말로 루크가 했다. 재빨리, 진하게 키스를 한 그는 에이바를 내버려 두고 스케이트화를 돌려놓으려고 떠났다.

가파른 칼리지 힐을 오르기는 쉽지 않았다. 두 사람 모두 대여섯 번은 넘어진 뒤에야 베네피트 거리에 닿았다. 갈수록 거세지는 바람 때문에 앞을 보기가 점점 더 힘들어졌다.

윌리엄스 거리에서 에이바는 루크를 잡아끌고 모퉁이를 돌았다. 짐의 자동차가 눈에 덮인 채로 아직도 그곳에 있었다. 가방에서 뜨개실 뭉치를 꺼내 프리우스 위에 올려놓았다.

"이걸 좀 빌렸거든요."

"그렇게 두면 젖을 텐데요."

"알아요."

에이바의 집 현관문 앞에서, 그녀는 멈춰 섰다.

"잠깐만, 근데 차는 어디 있어요?"

루크에게 물었다. 그는 집 문틀에 몸을 기대고 에이바를 내려다보았다.

"차는 없는데요."

아직도 버스가 다니는지 묻기도 전에 그는 키스하기 시작했고, 에이바가 꽂아 놓은 집 열쇠를 완전히 돌렸다. 루크는 집 안으로 들어왔고, 침대로 들어왔다. 이 남자는, 아니 이 소년은 에이바가 좋아하지도 않는 사람이었다. 하지만 지난 1년 동안 그녀는 키스를 한 적이 없었다. 이렇게 열정적이고 간절한 욕망에 쌓인 키스는 기억하는 것보다 훨씬 오랫동안 해 본 적이 없었다. 에이바는 자기 몸이 부끄러웠다. 두툼해진 중년 여인의 허리가, 축 처진 중년 여인의 가슴이 부끄러웠다. 에이바는 루크에게 『위대한 개츠비』를 읽을 거라고 말하고 싶었다. 그래서 그가 인용한 글처럼……, 그게 뭐였더라? 아, 훨씬 빨리 달리고 훨씬 멀리 팔을 뻗을 거라고 말해 주고 싶었다. 하지만 다른 말을 했다.

"이런 세상에, 당신과 섹스를 하다니, 믿을 수가 없어요."

잊고 있었다. 젊은 남자는, 남편이 아닌 남자는 사랑을 한 뒤에 옆으로 비켜나 곧바로 잠들지 않는다는 사실을. 젊은 남자는 사랑을 하면 오히려 힘이 솟는다는 사실을.

여전히 눈 내리는 아침에 루크가 그곳을 떠날 때까지, 두 사람은 세 번이나 사랑을 했다. 허벅지가 아직도 떨렸다. 케이트에게 전화해서 방금 일어난 일을 말해 주고 싶었지만, 혹시라도 화를 낼지 몰라 그만두었다. 적어도 그 바보 같은 모자는 벗었잖아. 에이바는 웃으며 생각했다.

잔에 커피를 따르고 있을 때 전화벨이 울렸다. 너무나 이른 아침에 걸려 온 전화였다. 그것도 이렇게 험한 눈보라가 칠 때. 더구나 이제는 그 누구도 걸지 않는 유선 전화기로 온 전화였다.

"여보세요?"

수화기를 들고 말했다.

"에이바 노스?"

에이바는 얼굴을 찡그렸다. 결혼 전 성을 부르다니. 누구길래 짐과 결혼하면서 에이바가 행복하게, 너무나도 바보처럼 포기해 버렸던 성을 알고 있는 걸까?

"누구세요?"

목소리가 날카로워졌다.

"행크 빙엄 형사야. 기억할 거라고 생각하는데?"

남자의 목소리는 걸걸했다.

물론 기억했다. 에이바가 아무 말도 하지 못한 건 그 때문이었다.

"지금은 은퇴했지만. 이제는 마무리를 짓고 싶어서 전화했어."

행크 빙엄은 대답을 듣지 않고 계속 말했다. 기절할지도 모르겠다고, 에이바는 생각했다. 심장이 너무 빨리 뛰어서 숨을 쉴 수가 없었다.

"나는……, 나는 안 돼요."

에이바가 대답했다.

"에이바. 너도 끝내고 싶다는 거, 우리 둘 다 알잖아."

행크 빙엄 형사가 부드럽게 말했다.

그날 아침
1970년
샬럿

그날 아침에는 라벤더색 드레스를 입었다. 부드럽고 얇은 드레스였다. 누드색 슬립을 안에 입고 모양이 제각각인 터키석을 엮은 은 목걸이를 찼다. 드레스 밖으로 드러난 팔과 다리에는 타임 민트 오일을 발랐고 계산대와 책상에 너무 오래 기대고 있어 거뭇거뭇해진 팔꿈치에도 오일을 발랐다. 아직 오전 8시밖에 되지 않았는데도 벌써 날씨는 후덥지근했고, 하늘 위에는 아지랑이 같은 하얀 해가 공처럼 떠 있었다. 해를 보니, 불이, 열기가 생각났다. 죄가 생각났다. 죄들이 생각났다. 죄짓는 행위들이 생각났다. 열기에도 불구하고 오싹한 전율이 등줄기를 타고 흘러내렸다. 연한 색 립스틱을 입술 가득 바르면서 웃었다.

부엌에서 아침 식사를 준비하는 소리가 들렸다. 가스 불 켜는 소리, 도자기 그릇에 넣은 반죽을 섞는 소리, 그리들 위에서 버터가 녹는 소리, 단호하고도 안정적인 남편의 목소리. "먹자!" 그 뒤에 들리는 딸들의 아이다운 높은 목소리. "나는 블루베리 얹어 줘!" "나는 그냥 먹을 거야!"

아직도 젖어 있는 곱슬머리를 빗으로 빗었고, 빗질하느라 들어 올린 팔 밑으로 부드러운 털이 보이자 웃었다. 그 털을 밀지 않는다고 그 사람이 얼마나 좋아하는지! 그 사람은 겨드랑이에 코를 묻고 한껏 냄새를 들이마셨다.

팬케이크와 베이컨 냄새가 공기를 가득 메웠고 조리대 위에 접시가 놓이는 소리, 컵에 주스 따르는 소리가 들렸다.

"블루베리 주지 말라고 했잖아, 아빠! 내가 말했잖아!"

손을 뻗어 데오도란트 병을 잡으려다가 멈칫했다. 오늘은 바르지 말아야겠다고, 결심했다.

"하니! 다 됐어!"

남편이 소리쳐 불렀다. 닥터솔 신발에 발을 끼우고 요란한 소리를 내며 욕실 밖으로 나와, 이미 식탁에 앉아 기다리고 있는 가족들에게 걸어갔다.

"미안. 오늘은 안 먹을래. 영업 사원이랑 일찍 만나기로 했어."

주스를 마시던 큰딸 에이바가 얼굴을 찌푸렸다. 아직 열 살밖에 안 된 아이가 꿰뚫어 보는 눈으로 쳐다볼 때마다 늘 불안해졌다. 하지만 이번에는 릴리의 얼굴도 일그러졌다.

"엄마, 하루 중에 가장 중요한 건 아침 식사랬어. 학교 선생님이 그랬어."

아무 생각 없이, 샬럿은 릴리의 머리를 헝클어뜨렸다.

"그 갈매기 책은……,"

신중하게 남편의 시선을 붙잡아 뚫어져라 보면서 샬럿이 말했다.

"격언으로 가득 차 있어. '이미 알고 있는 것을 찾아라, 그러면 나는 법을 알게 될 것이다' 같은."

"그게 대체 무슨 뜻이야?"

남편이 물었다. 샬럿은 어깨를 으쓱하고 약병에서 신경 안정제를 한 알 꺼내 주스와 함께 꿀꺽 삼켰다. 남편이 지켜보고 있다는 것은 알았다. 남편은 약을 먹으면 기분이 나아진다는 사실을 믿지 않았다. 그건 부부의 의견이 일치하지 않는 수많은 사소한 문제 가운데 하나였다. 남편은 기억하고 싶지 않을 정도로 자주 말했다. "행복해지려고 약에 취할 필요는 없는 거야." 그럴 때마다 그녀는 남편의 말을 고쳐 주었다. "그래, 당신이야 행복해지려고 약을 먹을 필요가 없겠지." 마치 득점이라도 올리는 듯이 약을 한 알 더 꺼내 삼키고 남편을 보면서 살며시 웃었다.

"엄마, 하루 종일 엄마 없이 어떻게 있어?"

릴리가 금방이라도 울음을 터트릴 것 같은 얼굴로 물었다.

"베아트리스 이모가 와서 돌봐 줄 거야."

샬럿은 두 딸이 상을 받기라도 한 것처럼 말했다. "베아트리스 이모가 온단다!"

"이모 싫어. 우리한테 신경도 안 쓴단 말이야."

에이바가 투덜거렸다. 곁눈질로 보니 남편은 인상을 쓰고 있었다. 샬럿은 한숨을 쉬었다. 그건 사실이었다. 베아트리스는 아이 돌보는 일에는 소질이 없었다. 사실 아이들을 그다지 좋아하지도 않았다. 하지만 그녀는 다른 일에 완전히 정신을 빼앗기고 있어서 올여름 내내 베이비시터를 찾을 생각을 하지 않았고, 지금까지는 베아트리스로도 충분했다.

"엄마, 가지 마. 제발, 제발, 제발."

릴리는 징징거렸고, "이모는 너무 따분해." 에이바는 투덜거렸다.

약이 없을 때라면 당연히 화나거나 긴장하거나 우울해졌을 삶의 소음들이었다. 하지만 이미 신경 안정제가 효과를 내기 시작했기에 신경 쓰이지 않았다. 그저 머릿속 깊은 곳에서 낮게 윙윙거리는 소리가 들리고 팔다리에 힘이 빠져 후들거릴 뿐이었다.

"영업 사원들이 양쪽 끝에 있는 진열대랑 창문 앞에 책을 진열해 달라고 했어. 전부 제대로 준비해 놔야 다음 주 출간일에 맞출 수 있어."

"끔찍한 책 같은데."

"아니, 좋은 책이야."

테드는 책을 그다지 좋아하지 않았다. 철학자 갈매기에 관한 책뿐만 아니라 그 어떤 책도 좋아하지 않았다. 10여 년도 더 전에, 두 사람이 맨해튼에서 살았고, 샬럿이 브로드웨이와 12번가에 있는 스트랜드 서점에서 일할 때, 그녀는 검토해야 할 책과 구하기 힘든 중고 서적이 한가득 든 가방을 들고 신나 하며 집으로 돌아왔다. 가져온 책을 귀중품처럼 코팅한 합판 식탁 위에 쭉 펼쳐 놓았다. 아니, 귀중품처럼이 아니라 정말로 귀중한 보물이었어. 샬럿은 다시 생각했다. 그런 보물을 자기 교과서를 올려놓겠다고 옆으로 밀쳐놓다니. 그녀는 그런 남편의 행동이 싫었다. 그때 테드는 MBA 과정을 밟고 있어서 식탁에 앉아 밤늦게까지 지루하게 사실관계를 따지는 문장들을 들여다보고 또 들여다보았다.

그때로 생각이 미치자 샬럿은 잠시 멈춰 서서 남편의 팔을 부드럽게 어루만졌고, 테드는 고맙다는 듯한 표정을 지으며 아내를 올려다보았다. 이런 순간이면 거짓말을 했다는 사실에 죄의식을 느껴야 하는 거 아닐까? 다른 남자와 사랑에 빠졌으니까. 아니, 샬럿은 그러지 않았다. 죄책감을 느끼는 대신, 물에 반쯤 잠기게 넣어 두었지만 썩어 버린 아보카도 씨를 들어 올려 쓰레기통에 던져 버렸다.

"이게 정말 된다고 생각한 거야?"

샬럿은 딱히 누군가에게 묻는다는 의도 없이 그냥 말했다.

"수전의 엄마는 아주 크게 길렀어."

에이바가 이만큼이라는 듯이 두 손을 벌렸다.

"수전네 엄마는 일하지 않잖아. 그러니까 아보카도 기를 시간이 있겠지."

샬럿이 마크라메 숄더 호보백을 어깨에 메면서 말했다.

"갈게."

인사하면서 허리를 숙여 땀이 맺힌 릴리의 머리에 입을 맞추려고 했다. 그러자 아이가 엄마의 팔을 잡더니 흐느끼기 시작했다.

"가지 마! 가지 마!"

샬럿은 딸아이의 손가락을 하나씩 잡아떼고, 아이가 문을 막기 전에 서둘러 밖으로 나갔다. 릴리는 전에도 문을 막았다.

완전히 집 밖으로 나온 뒤에야 샬럿은 빠져나오는 데 급급해서 에이바에게 다녀오겠다는 입맞춤을 해 주지 않았다는 사실이 생각났다. 현관문을 뚫어지게 쳐다봤다. 열린 창문 너머로 흐느끼는 릴리의 울음소리가 들려왔다. 아니, 다시 안으로 들어갈 수는 없어. 에이바에게는 오후에 특별한 걸 가져다주자. 조개껍데기나 반짝이는 조약돌을 가져다주면 되겠지. 사과의 의미로.

짙은 녹색 밸리언트는 이미 모텔 주차장에 서 있었다. 그 차를 보면 언제나 웃음이 지어졌다. 플리머스 밸리언트! 노인네가 모는 차라고, 샬럿은 늘 그를 놀렸다. 그는 샬럿이 자기를 놀리는 걸 좋아했다. 아주 사소한 농담에도 상처받는 것처럼 보이는 남편과는 달랐다. 그에게는 "농담이었어."라고 말해 줘야 할 때도 있었다. 그러면 테드는 억지로 웃는 표정을 지었다. 모텔에서 길을 건너면 찬란한 햇빛을 받으며 눈부시게 빛나는 파란 바다가 펼쳐져 있었다. 이른 아침이었는데도 차들은 벌써 바닷가 주차장으로 들어가려고 길게 줄을 서서 아주 느린 속도로 움직이고 있었다.

모텔 주차장 바로 앞에 차를 세운 샬럿은 립스틱을 다시 바르고 아직도 젖어 있는 머리카락을 매만졌다. 피곤해서 생긴 두꺼운 쌍꺼풀과 발그레한 뺨이 거울에 비쳤다. 정량을 넘겨 먹은 신경 안정제 덕분에 좋은 의미로 살짝 멍했고, 졸리기까지 했다. 세상에, 오늘은 정말 덥잖아! 차 안에는 자신의 땀 냄새가 가득했다. '버거 셰프'에서 가져온 구겨진 냅킨으로 가슴과 목을 닦고서 바닥에 던져 버렸다. 계속 차를 몰아 모텔 주차장으로 들어갔다. 샬럿은 낡은 시트로엥을 플리머스 밸리언트 바로 옆에 주차했다. 자신을 알아본 남자의 얼굴이 밝아지자 그녀가 움직였다. 남자가 밖으로 나오기 전에 샬럿은 시트로엥 밖으로 나가 플리머스의 조수석에 앉았다.

"좋은 아침이야."

남자가 말했고, 샬럿이 그를 보고 환하게 웃었다.

"정말 좋은 아침이야."

그녀가 대답했다.

처음에는 아주 먼 곳에서 타닥거리는 소리가 들렸을 뿐이다. 하지만 그 소리는 점점 더 커지고 점점 더 집요해졌다. 누군가 소리치고 있었다. 잠깐 샬럿은 자신이 집에 있는 거라고, 딸들이 자신을 부르고 있는 거라고, 아니 울고 있는 거라고 생각했다. 하지만 아니었다. 그 목소리는 어른 여자의 목소리였고, 계속해서 말하고 있었다.

"들리십니까? 들리세요?"

남자는 침대에서 벌떡 일어나 바닥에 떨어진 바지를 집어 들었다. 여전히 오전이었지만, 늦은 오전이었고, 커튼이 벌어진 틈새로 햇살이 들이치고 있었다. 에어컨이 시끄럽게 공기를 내뿜고 있었고, 라디오에서는 "브랜디, 넌 참 예쁜 여자야……"라는 대사가 흘러나오고 있었고, 남자는 무전기를 귀에 대고 "알았다."라고 말하고 있었다. 무전기 건너편에서는 무슨 말을 하는지 알아들을 수가 없었다. 샬럿의 머리는 쿵쿵 울렸고, 입은 바짝 말랐다. 혀로 입술을 훔쳐도 소용이 없었다. 침대 시트를 잡아당겨 어깨에 두르고 욕실로 갔다. 플라스틱 컵에 물을 받아 단숨에 들이켰다. 물을 두 잔째 마시고 있을 때 욕실 문 앞에, 이미 옷을 다 입은 남자가 나타났다.

"미안. 어떤 아이가 죽었대. 아마 누가 밀었나, 그랬나 봐."

"리 형사가 자기 일을 대신해 주는 거 아니었어?"

토라진 것처럼 말하다니, 정말 싫었다. 세상에, 아이가 죽었다잖아!

"대신해 주고 있지. 하지만 이런 일은 대신해 줄 수 없어."

그의 말에 샬럿은 고개를 끄덕였다. 남자가 그녀를 안고 부드럽게 말했다.

"알아."

남자는 이미 욕실 밖으로 나가고 있었다.

"사랑해. 그거 알지?"

남자의 말에 샬럿은 고개를 흔들었다.

"아니, 몰라."

남자는 활짝 웃었다.

"그럼, 이제부터 알아 둬!"

문밖으로 걸어가는 남자를 지켜봤다. '경찰과 결혼하면 이렇게 살아야 하는 거야?' 하고 생각했지만 곧 자신을 꾸짖었다. 결혼이라니. 사실 잘 알지도 못하는 남자였다. 두 사람은 몇 달 전에 남자가 아내에게 줄 책을 사러 서점에 왔을 때 처음 만났다. 『스텝포드 와이프』. 남자는 홀치기염색을 한 종이에 싸서 주황색 리본으로 묶어 포장해 달라고 했다. 남자는 샬럿에게 "이 책, 읽어 보셨어요?"라고 물었다. 그녀는 그렇다고 대답하면서 남편이 아내에게 주기에는 조금 이상한 선물이라고 말해 줬다. 그다음 주에 다시 서점에 온 남자는 이번에는 『전쟁의 폭풍』을 샀다. 남자는 "제가 이 책을 좋아할 것 같아요?"라고 물었고 샬럿은 "손님이 어떤 책을 좋아할지는 저야 모르죠."라고 대답했다. 그날 그는 서점 문을 닫을 때까지 그곳에서 나가지 않았고, 영업이 끝나자 샬럿은 남자를 데리고 뒷방으로 갔다. 그곳에서 두 사람은 사랑을 나눴다.

결혼이라니. 그건 우스운 생각이었다. 하지만 그 생각이 왜인지 머리에서 떠나지 않았다. 그 더운 날, 집으로 가는 내내 샬럿은 상상했다. 남편에게 어떻게 말할까? 양육권은 그에게 주고 주말마다 아이들을 만나는 거야. 거의 알지도 못하는 남자 옆에서 매일 자는 건 어떤 기분일까? 마침내 안전해지고 온전한 자신이 될 거라는 느낌이 들었다. 집이 있는 거리에 들어섰을 때, 더 나은 삶을 향한 길을 이미 절반쯤 지나왔다는 기분이 들었다.

천천히 돌아가고 있는 경광등을 켠 자동차 옆에 있는 그를 본 것은 그때였다. 경찰차 옆에는 뒷문을 열어 둔 구급차가 있었다. 에이바가 길에 혼자 서 있었고, 그곳에 놓인 들것 위에는 작은 사람이 꼼짝도 하지 않고 누워 있었다. 샬럿은 브레이크를 거칠게 밟아 시트로엥을 세웠다. 시동은 내버려 둔 채 자동차 밖으로 튀어나왔고, 그 남자에게 달려갔다. 행크는 무표정한 얼굴로 감정을 드러내지 않고 말했다.

"부인, 나쁜 소식을 전하게 되어 유감입니다."

매기

매기는 줄리앙에게 약을 끊고 싶다고 말하려고 했다. 물론, 아예 끊을 생각은 아니었지만. 하지만 말하려고 결심할 때마다 그는 작은 파이프에 약을 채워 가열했다. 그만하라고 말할 수가 없었다. 오히려 좀 더 빨리 흡입하려고 줄리앙의 무릎으로 올라갔다. 입을 벌려 파이프를 물고 약을 폐 깊숙이 밀어 넣었다. 하루는 약을 들이마시는 순간 뇌가 폭발하는 것 같아 침대에서 바닥으로 굴러떨어졌다.

"너무 많았나 봐. 용서해 줘."

줄리앙이 말했다. 그는 매기를 안아 침대에 눕히고 그녀 위로 올라왔다. 매기는 사랑을 나누는 줄리앙의 움직임을 거의 느끼지 못했다. 심장이 너무나도 빨리 뛰어 마치 벌새가 된 것만 같았다. 프랑스어로 벌새를 뭐라고 하더라? 생각해 내려고 했지만 떠오르지 않았다. c, b, i, i……. 글자들이 마음속에서 붕붕 떠다녔다. 매기가 글자를 모아 단어를 만들려고 안간힘을 쓰는 동안 그의 움직임은 점점 더 빨라졌고, 호흡은 점점 더 거칠어졌다.

그다음에 줄리앙이 아파트에 왔을 때, 그는 매기를 위해 난로 위에 올린 재료를 휘젓고 맛을 보며 뵈프 부르기뇽을 만들었다. 그동안 그 옆에 서서 와인을 마시며 마리화나를 피웠다. 뵈프 부르기뇽을 먹은 뒤에는 "지난번에 왔을 때 준 거 만들어 줘요."라고 말했다.

"그건 너무 많았어."

그가 매기의 목과 쇄골에 입을 맞추면서 다정하게 말했다.

"내가 안전하게 돌봐 줘야지. 몽 프티 라디(내 작은 무)."

줄리앙이 가슴을 애무하는 동안, 그녀는 그가 잠시 식탁에 올려 둔 파이프를 쳐다봤다.

"난 널 계속 안전하게 지켜 줄 거야."

그가 웅얼거렸다.

"알아요. 보호해 줘서 고마워요."

줄리앙이 매기를 올려다보면서 웃었다.

"지금 네가 나한테 무슨 짓을 했는지 봐. 파이프는 끝나면 줄게, 알았지?"

발기한 페니스를 가리키면서 그가 말했다. 매기의 마음속에서 공포가 솟아올랐다. 맛볼 수도 있었다, 그 공포는. 파이프는 겨울 햇살을 받아 밝게 빛나고 있는 것 같았다.

"그럼 지난번처럼 해 줘요."

매기가 속삭였다.

"아니, 안 돼. 그건 너무 많았어."

줄리앙이 대답했다.

"제발요. 제발."

그녀가 애원했다.

"날 사랑한다고 말해 봐. 날 사랑한다고 말한 지 너무 오래됐잖아."

매기는 입술을 혀로 훔쳤다.

"사랑해요. 마음이 아플 정도로 사랑해요."

"프랑스어로 말해 줘."

줄리앙은 파이프를 집어 들었다가 다시 내려놓았다.

"쥬템므."

매기는 간절하게 들리도록 하지는 않으려고 애쓰면서 말했다. 그는 혀를 찼다.

"넌 나보다 이 작은 파이프를 더 사랑하는 거 같아."

"아니에요!"

너무 대답이 빨랐다.

"아니, 넌 파이프를 원해."

매기는 다시 혀로 입술을 핥았다. 가슴골과 겨드랑이에서 땀이 흘러내렸다. 냄새를 맡을 수 있었다. 절박함이라는 냄새를.

"달라고 빌어 봐."

줄리앙이 웃으며 말했다.

"제발……."

그녀가 입을 열자마자 줄리앙은 고개를 저었다.

"그건 비는 게 아니야, 마 프티 샤트(내 작은 고양이)."

매기는 무릎을 꿇고 바닥을 기어갔다. 그를 올려다보며 두 손으로 그의 손을 붙잡았다.

"제발."

매기의 몸이 떨렸고, 목소리가 떨렸다.

"제발, 줄리앙. 제발, 제발, 주세요."

"쉿."

줄리앙은 분홍 소파 뒤로 매기를 젖혀서 파이프를 볼 수 있게 했다. 자신을 기다리는 파이프를 보게 했다. 파이프로 손을 뻗었지만,

닿지 않았다. 피부가 터질 것 같은 느낌이었다. 왠지 비명을 지를 것만 같았다. 하지만 줄리앙은 자기 일을 끝냈고, 매기 위에 축 늘어진 채 무슨 말인가를 중얼거렸다. 그리고 마침내 파이프 밑에 성냥불을 댔다. 매기의 눈에서도 불이 번쩍였다. 필사적으로 열망했다. 반짝이는 눈을 스스로도 느낄 수 있었다. 줄리앙이 자기 무릎을 손으로 툭툭 쳤고, 매기는 소파 위를 기어가 그의 무릎을 베고 누웠다. 섹스 냄새가, 땀 냄새가 났다. 그녀는 입술을 벌렸고, 줄리앙은 매기를 놀렸다. 파이프를 그녀의 입술 가까이 가져왔다가 갑자기 뒤로 확 뺐다.

"제발, 제발요."

다시 애원했다. 마침내 그는 파이프를 그녀의 입술에 놓았고, 매기는 그가 가져가지 못하도록 파이프를 힘껏 물었다.

"지난번처럼 했어."

"사랑해요."

약을 들이켜기 전에 매기가 말했다. 눈이 머리 뒤로 넘어갔고, 몸이 심하게 요동쳤다. 하지만 줄리앙이 거기 있었다. 그녀를 단단히 붙잡고서.

우간다에 간 오빠가 메일을 보냈다. 오빠는 이 세상에 몇 마리 남지 않은 산악 고릴라를 지키려고 그곳에 갔다. 그런 사람의 여동생으로 살아야 한다는 건 아주 힘들 때가 있었다. 매기는 화면을 뚫어지게 봤다.

친애하는 매것(구더기야),

난 지금 오부세라(뭔지 묻지 마!) 그릇을 노려보면서 드렁큰 스파게티를 꿈꾸고 있어. 엄마랑 이제는 이름도 부르지 않을 그 남자가 우리를 끌고 이탈리아를 돌아다닐 때 피렌체에서 먹었던 거 말이야. 8월이었지. 넌 치아 교정기를 잃어버렸잖아. 난 거의 정신을 놓아 버렸고. 하지만 그 스파게티를 먹었어. 여기엔 아주 넋이 나간 이모티콘을 넣어야 해! 피렌체를 생각하니까 당연히 네 생각도 났어. 그 가게, 다시 가 봤어? 네가 갈 수 있게 내가 검색해 봤어(그게 이 세상 모든 오빠라면 해야 할 일 아니겠어!). 거기 이름은 오스테리아 데 벤치야. 혹시 네가 진짜 가고 싶을까 봐 알려 주는 거야. 내가 좋아하는 실버백(우두머리 수컷 고릴라) 므위리마가 오늘 기념품 가게에 들어간 거야. 미시간에서 온 가족들이 식겁했지. 그게 오늘 나한테 일어난 가장 큰일이었어. 혹시 네 답장이 온다면 므위리마를 본 것보다 훨씬 대단한 일이 될 거야.

사랑을 담아, 윌.

웃음이 났다. '보내기'를 누르기 전에 꼼꼼하게 철자와 문장 부호를 점검하는 윌이 눈앞에 선했다. 몇 번이나 오빠에게 말했었다. 이메일은 일반 편지처럼 쓸 필요가 없다고. 시작과 마무리 인사를 할 필요가 없다고 말이다. 혹시라도 답장을 보낸다면 그걸로 오빠를 놀릴 것이다. 하지만 답장은 보내지 않을 것이다. 도대체 무슨 말을 쓴단 말인가? "아, 맞다. 나 학교를 그만두고 나와서 파리에서 늙은 남자를 만났는데, 갇혀 살고 있어. 아, 나 진짜 헤로인 맛을 잘 알게 됐는데, 오빠 고릴라는 어때?"라고 쓸 수는 없었다.

어쩜 이렇게 다른 남매가 같은 유전자풀에서 나올 수 있을까? 오빠는 지나치게 책임감 있고, 단정하고 조심스럽고 걱정을 많이 하는 저주를 타고났다. 동생은 언제나 무엇이든지 잃어버렸다. 열쇠도, 전화기도, 여권도, 지갑도 사라져 버렸다. 늘 말썽을 부렸고, 언제나 나쁜 남자들과 사랑에 빠졌다. 많은 위험을 감수했고, 세 살이나 많은 오빠가 아직 시도조차 하지 않은 수많은 일을 해 봤다. 매기는 번지점프를 했고, 모르는 사람의 차를 얻어 탔고, 환각제를 복용했다. 오빠가 잠을 잔 여자들 수보다 매기가 잠을 잔 남자들 수가 훨씬 많았다. 사실, 이건 비교할 필요도 없었다. 오빠가 잠을 잔 사람은 대학 시절 여자 친구였던 샐리 그리어밖에 없으니까.

오빠는 동생을 걱정했다. 그건 매기도 알았다. 가족이 빠르게 붕괴하는 모습을 매기가 어떻게 받아들일지 몰라 걱정하고 있는 거였다. 동생 때문에 짜증 나고 화가 나지만 오빠가 이 세상에서 가장 사랑하는 사람이 자신이라는 사실을, 매기는 알고 있었다. 또다시 메일이 왔다.

추신: 네가 피렌체 어디에 살고 있는지 정확히는 모르겠지만, 오스테리아 데 벤치는 이름이 같아서 기억하기 쉬운 비아 데 벤치라는 거리에 있어!

"윌, 그렇게 애쓰지 마."

매기가 화면을 보며 말했다. 부모님이 헤어진 뒤로 오빠는 자신의 사랑과 걱정만이 우리 인생에 생긴 커다란 구멍을 메울 수 있다는 듯 매기를 점점 더 보호하려고만 했다. 오빠는 가족 네 명이 공유하고 있는 터커라는 성을 사랑했다. 왠지 어딘가에 담겨 있는 기분이라서 늘 안전하다는 느낌이 든다고 했다. 하지만 지금은 정반대의 느낌이 들 거라는 걸, 매기는 알았다. 터커라는 성은 오빠를 나동그라지게 만들고 거꾸로 뒤집어 버릴 것이다. 자신이 느끼는 감정이 바로 그거였으니까. 줄리앙이 자물쇠에 열쇠를 끼우는 소리를 들은 것 같아서 재빨리 컴퓨터를 껐다.

줄리앙이 며칠 동안이나 아파트에 오지 않을 때면 매기는 오직 약을 하고 싶다는 생각에 사로잡혀 살았다. 언젠가 밤에는 신경이 터져 버릴 것만 같아서 아파트를 떠나 생제르맹 거리에 있는 레 두 마고에 갔다. 줄리앙을 만난 뒤로는 한 번도 가지 않았던 곳에 아녜스 베의 아름다운 검은색 니트 드레스를 입고 무늬가 있는 스타킹과 메리 제인의 통굽 구두를 신고 갔다. 줄리앙이 언제나 유로화를 잔뜩 놔두고 갔기 때문에 이번에는 지갑에 돈도 넣고 갔다.

굴과 뱅 메종을 주문했다. 작은 공책을 꺼내 반쯤만 기억하는 헤밍웨이의 글을 적어 넣었다. "굴을 먹자마자 공허했던 기분은 사라지고 행복해지기 시작해 계획을 세웠다." 이런 글을 적는 것만으로도 어느 정도 안정이 되는 것 같았다. 공책을 한 장 넘겨 1이라고 적었다. 계획을 세울 것이다. 헤밍웨이처럼. 1 옆에 "매일 쓴다."라고 썼다. 좋은 시작이었다. 작가들은 매일 쓴다는 걸, 매기는 알았다. 헤밍웨이는 매일 아침에 썼다. 굴이 와인과 함께 도착했다. 매기는 공책에 적은 2라는 숫자를 뚫어지게 바라봤다. 그리고 썼다. "줄리앙에게 이제 더는 작은 파이프를 가져오지 말라고 말한다."

집으로 가는 대신에 매기는 아파트를 지나쳐 바스티유를 지나고 포부르-뒤-탕플 거리를 올라가 생 마르탱 운하 근처의 지저분한 지역까지 걸어갔다. 혹시라도 아늑한 술집이 있으면 그곳에 가서 브랜디를 마시며 좀 더 계획을 세울 생각이었다. 하지만 매기는 거리에 보이는 작은 술집에는 하나도 눈길을 주지 않았다. 그저 어둠 속에서 있을지도 모르는 사람을, 자신을 도울 수 있는 사람을 찾아서 고개를 이리저리 돌렸다. 그 사람을 찾는 데는 오래 걸리지 않았다. 키가 크고 바짝 마른, 가죽 재킷을 입고 검은 머리를 옷깃을 덮을 정도로 길게 기른 남자를 발견했다. 그는 눈을 가늘게 뜨고 그녀를 쳐다보고 있었다.

걸음을 늦췄다. 그 모습을 남자도 봤다. 그는 아주 낮은 소리로 조그맣게 무슨 말을 했다. 매기는 그 남자 쪽으로 걷기 시작했다. 그는 빨리, 서둘러 오라는 듯이 손짓했다. 남자가 있는 어둠 속으로 걸어 들어갔다. 남자의 프랑스어는 형편없었고, 그에게 튀김 냄새가 났다. 남자는 매기의 손을 꾹 누르더니 무언가를 건넸다. 하얀 가루가 들어 있는 지퍼 백이었다. 그녀는 고개를 저었지만, 몸은 이미 기대감에 저릿해졌다.

"어떻게 하는 건지 몰라요."

매기가 말했다.

"그럼 돈을 더 줘요."

남자가 말했다. 매기는 고개를 끄덕였다. 피부가 터질 듯한 느낌이 점점 더 커졌다.

남자가 걷기 시작했고, 그녀는 따라갔다. 두 사람은 어두운 골목을 지나고, 또 지났다. "조심해야 해." 이탈리아로 떠나는 공항에서 엄마가 매기에게 말했다. "제발 바보짓은 하면 안 돼, 알았지?" 엄마는 그렇게 말했다. 양쪽으로 쓰레기가 널려 있고 지린내가 나는 미로 같은 거리를 계속 지나 마침내 두 사람은 문으로 들어갔다. 어두운 조명이 켜진 복도를 지나자, 어두운 방이 또 나왔다. 매기는 헤밍웨이의 단편소설 '깨끗하고 밝은 곳'이 생각나 혼자 웃었다. 지금은 깨끗하고 밝은 곳과는 완전히 반대인 곳에 와 있었다. 방은 씻지 않은 사람과 쓰레기의 지독한 냄새로 가득 차 있었다. 매기는 집을 생각했다. 생탕투안에 있는 아파트가 아니라, 엄마가 정성껏 만든 코코뱅이나 리소토에서 풍기는 따뜻한 향신료 냄새가 가득했던 진짜 집을. 엄마 목소리가 들렸다. "식탁에 앉기 전에 손은 씻고 온 거지?"

방에 있던 남자아이가 매기를 보며 웃었다.

"지옥에 잘 왔어요."

미국 억양이었다.

"아, 아니에요. 여긴 뭐 좀 가지러 왔어요. 난 마레 지구에 살아요. 남자 친구랑."

초점이 제대로 맺히지 않는 남자아이의 눈은 흐리멍덩했다.

"난 뉴햄프셔에서 왔어요. 2학년 해외 연수 프로그램 때문에."

"뉴햄프셔에는 스키 타러 갔었어요."

매기가 정중하게 대답했다. 남자가 다시 나타났다. 긴 고무관과 바늘, 주사기를 들고 있었다. 투박하게 매기의 팔을 잡더니 혈관 위

피부를 툭툭 두드렸다.

"아니, 그건 안 해요."

매기가 말했다. 뉴햄프셔에서 왔다는 남자아이가 크게 웃었다.

"그럼 여긴 왜 온 거예요?"

남자가 손가락으로 매기의 팔을 꾹 눌렀다.

"약을 좀 하려고요."

갑자기 무서워졌다. 이곳 이야기는 들은 적이 있었다. 마약 주사 맞는 곳. 마약 중독자들이 모이는 곳. 줄리앙이 마 프티 카메라고 했는데.

"그냥, 흡입하러 온 거예요."

매기는 간신히 대답했다.

"알로르."

남자는 매기의 팔을 놓으며 말했다.

"이게 다른 거보다 훨씬 좋아요. 당신은 모르겠지만."

미국 남자아이가 말했다. 매기는 혀로 입술을 훔쳤다.

"학교에서는 나도 코로 흡입했지만, 이건 전적으로 새로운 차원이에요."

"정말 미국인처럼 말하네요."

"이렇게 하면 어떨까요? 일단 우리 집으로 가서 내가 해 줄게요. 여기보다는 더 나을 거예요."

"여긴 너무 나빠 보여요."

"우리 집은 근처예요. 생트마르트 광장에 있어요."

"좋아요."

매기는 조금 주저했지만, 대답했다. "제발 바보짓은 하면 안 돼." 엄마 목소리가 들렸다.

남자아이가 일어났다. 키는 그다지 크지 않았고, 너무나 말라서 청바지 엉덩이가 축 처져 있었다. 남자아이는 매기를 데리고 온 검은 머리 남자에게 몇 마디 하더니 돈뭉치를 줬다. 남자는 다른 방으로 갔다가 종이봉투를 들고 돌아와 미국 남자아이에게 줬다.

"가요."

남자아이는 두 사람이 첫 데이트를 하고 있는 것처럼 매기의 손을 잡고 말했다.

"우와, 저기서 나올 수 있어서 기뻐요. 고마워요."

밤공기는 놀라울 정도로 따듯했고 상쾌했다. 남자아이의 손을 잡고 의상실이나 카페를 지나며 걷고 있으니, 왠지 정상인이 된 것만 같았다. 그 굶주림이, 종이봉투 속 물건에 대한 갈망이 매기를 극도로 괴롭히고 있다는 점만 빼면 말이다. 남자아이의 이름은 개빈이었고, 다트머스 대학교에서 프랑스어를 전공하고 있다고 했다.

"벌새가 프랑스어로 콜리브리 맞지?"

매기의 말에 개빈이 웃었다.

"모르겠는데."

"난 작가야."

매기가 말했다.

"멋지네."

커다란 나무 문을 열면서 개빈이 말했다. 아파트에서는 아주 좋은 냄새가 났다. 레몬 향 세제와 집에서 만든 음식 냄새. 층계참을 두 번 돌아가자 문이 나왔고, 개빈은 그 문을 열어 정중하게 매기부터 들어가게 했다.

"즐거운 나의 집이지."

그가 말했다. 단정하고 예쁜, 파란색과 녹색과 목재로 꾸민 공간이었다. 개빈이 두 손을 맞대고 비볐다.

"그럼 이제, 좀 즐겨야겠지?"

헤로인을 준비하는 개빈을 물끄러미 쳐다봤다.

"이상하게 들릴 거 아는데, 주사를 놓는 건 무서워."

매기는 목이 바짝 말랐다.

"죽거나 그러진 않아."

개빈이 대답했다.

"아니, 그게 걱정되는 건 아니야. 중독되고 싶지는 않은 거지. 그냥, 살짝 취하고 싶은 거뿐이야."

매기의 말에 개빈이 고개를 끄덕였다.

"그래, 알아. 네가 여덟 시간 동안 약을 하고, 그다음 64시간 동안 약을 끊은 뒤에, 또다시 여덟 시간 동안 약을 하면, 절대로 중독은 되지 않아. 과학적으로 입증된 거야."

"정말?"

그래서 줄리앙이 매기를 기다리게 한 걸까? 그래서 매일 오지 않은 걸까? 자신을 지켜 준다고 했는데, 정말로 그런 거였다. 갑자기 줄리앙이 보고 싶었다. 그를 정말 사랑했다.

"욕조에 들어가서 해야 해."

개빈이 말했다.

"왜?"

매기가 물었다.

"기절할 수도 있거든. 그럴 수도 있어. 네가 다치면 안 되니까."

매기는 약을 하다가 엎어졌던 순간을 떠올렸다.

"그래."

매기가 대답했다.

작은 욕실에서, 개빈이 부끄러운 듯이 말했다.

"옷 벗어."

"나, 남자 친구 있어."

매기가 대답했다. 하지만 개빈은 듣고 있지 않았다. 표정을 보면 알 수 있었다. 그가 원하는 것은 봉투 안에 든 거였지 매기가 아니었다.

재빨리 옷을 벗고 욕조로 들어갔다. 개빈도 들어왔다. 그의 갈비뼈가 보였다. 삐쩍 마른 그를 보니 부드럽고 말랑한 줄리앙의 몸이 그리웠다. 개빈이 재빨리 다가와 두 다리로 그녀의 허리를 감싸 안았다. 반쯤 단단해진 페니스가 허벅지에 닿았다.

"준비됐어?"

개빈이 물었다. 매기는 팔을 쭉 펴고, 눈을 감았다.

매기는 인형 병원과 서점이 있는 거리에서 그 카페를 찾았다. 서점은 낯이 익었다. 여행 안내서에서 본 흑백사진 때문이거나 아니면 센강에 늘어선 노점에서 사진을 봤기 때문인지도 몰랐다. 아니야. 매기는 깨달았다. 이 서점은 가니메데였다. 파리에 처음 왔을 때 찾아보려고 노력했던 서점. 그러니까 폐업한 것이 아니었다. 추웠지만, 밖에 앉았다. 담배에 불을 붙이는데 손이 떨렸다. 맑은 날이었지만 해는 2월의 차가운 공기를 따뜻하게 데워 주지 않았다. 카페오레와 에그 토스트를 주문했다.

공책을 꺼내야 했지만, 잃어버리고 말았다. 그래서 그냥 앉아서 담배를 피우며 오가는 사람들을 지켜봤다. 줄리앙이 전화할지도 몰랐지만, 알 방법이 없었다. 전화기도 함께 잃어버렸으니까. 골목에서 남자를 만난 뒤부터 개빈과 함께 있을 때까지의 어느 시점에 모든 걸 잃어버렸다. 그 주말을 생각하면 몸서리가 쳐졌다. 개빈이 팔에 주사기를 꽂은 뒤부터 그녀는 토했다. 영원히 멈추지 않을 것처럼 토하고 또 토했다. 그래도 취한 느낌은 얼마나 좋았는지. 너무나 행복해서 자신의 토사물 위에 누워 있었는데도 전혀 신경 쓰이지 않았다.

어느 때인가, 개빈이 샤워기 물을 틀어 모든 걸 씻어 내렸지만, 깜빡 잊고 샤워 커튼을 치지 않아 욕조 물이 흘러넘쳤다. 두 사람은 욕조 밖으로 나와서 걷다가 물에 발을 헛디뎌 함께 미끄러졌다. 그리고 어느 때인가, 두 사람은 섹스를 했다. 둘은 다시 욕조로 들어갔고, 매기는 자신이 이제 여덟 시간이 됐냐고 묻는 소리를 들었고, 그는 그렇다고 대답했다. 어느 때인가 개빈은 수업을 듣는다며 나갔고, 매기는 떨리는 다리로 일어나 옷을 입고 집으로 갔다. 옷을 갈아입었고, 계획을 세우기로 마음먹었다. 새로운 계획을. 더 나은 계획을. 반드시 지킬 계획을 세우기로 결심했다.

인형 병원에는 인형 머리들이 겹겹이 쌓인 창문이 있었다. 매기는 또다시 담배에 불을 붙이고, 속이 메슥거렸지만 에그 토스트를 먹었다. 새로 세운 계획에는 하루에 세 끼를 먹는다는 것도 있었으니까. 오가는 사람들을 모두 지켜봤지만, 오르세 미술관에서 만난 관광 가이드 노아는 없었다.

머리카락이 새하얀 여인이 자갈 깔린 골목을 걸어서 서점 앞으로 갔다. 여인이 몸을 숙여 묵직한 철문을 들어 올리자 좁은 창문이 보였고, 창문 너머로 책들도 보였다. 문을 열고 서점으로 들어간 여인은 '닫음'이라고 적힌 푯말을 뒤집어 '열림'으로 바꾸더니 사라져 버렸다. 커피를 다 마신 매기는 노아를 기다리는 걸 포기하고 자갈 깔린 골목을 가로질러 서점으로 갔다. 서점의 문 위에는 자주색 잉크로 쓴 '가니메데'라는 간판이 걸려 있었다.

"봉주르."

서점으로 들어가면서 인사했다. 서점에서는 오래된 책에서 나는 곰팡내가 났고, 어제 마신 커피 냄새와 잉크 냄새도 났다. 매기는 문 앞에 서서 숨을 들이마시고, 길고 좁은 가게, 책이 잔뜩 쌓인 선반, 긴 은발을 하나로 땋아 뒤로 넘긴 서점 주인까지, 서점의 모든 것을 받아들였다.

"그냥 좀 둘러보려고요."

어떤 대답도 듣지 못해서 매기는 프랑스어로 말해야 한다는 사실도 잊고 영어로 덧붙였다.

여인은 쳐다보지도 않고 무뚝뚝하게 말했다.

"그러세요."

매기는 한쪽 벽에 진열된 책들의 책등을 두 손으로 쓰다듬었다.

여러 색의 네임 펜으로 쓴 인덱스에 따라 책이 분류되어 있었다. '크고 두꺼운 책', '금지된 책', '아이들을 위한 책이지만 당신도 좋아할 책', '다시 읽어야 할 책!'

매기는 '아이들을 위한 책이지만 당신도 좋아할 책' 코너에서 『나니아 연대기- 사자, 마녀 그리고 옷장』을 꺼내 들고 낡은 표범 무늬 빈백에 파묻혔다. 가끔 서점 문 위에 있는 작은 종이 울리고, 목소리와 발소리, 구식 금전 출납기 소리가 들려왔지만 책에서 눈을 떼지 않았다. 단 한 번도.

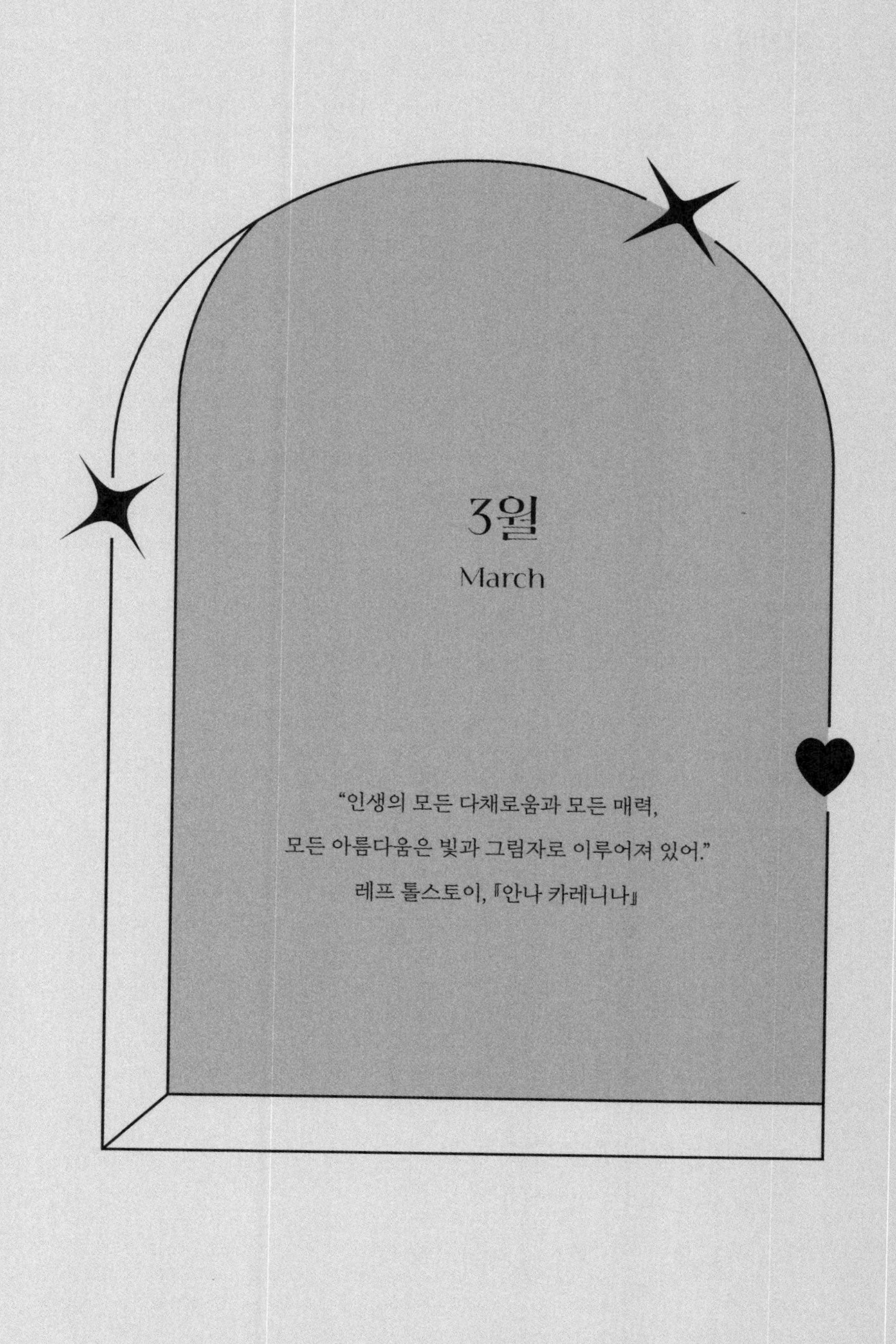

3월

March

"인생의 모든 다채로움과 모든 매력,

모든 아름다움은 빛과 그림자로 이루어져 있어."

레프 톨스토이, 『안나 카레니나』

에이바

행크 빙엄 형사는 에이바의 부엌 식탁에 앉아 있었다. 단추를 푼 감색 재킷 밑으로 밝은 파란색 버튼다운 셔츠가 보였다. 노인이었지만 —일흔 살에서 일흔다섯 살 사이가 아닐까?— 건장했다. 모노그램 버클이 달린 낡은 갈색 벨트 위로 보이는 허리는 날씬했다. 에이바는 빙엄 형사에게 재킷을 벗으라는 말도 하지 않았다. "커피를 한 잔 드릴까요?"라는 말도 하지 않았다. 자신만 한 잔 들고 있었다. 그녀가 원하는 것은 오직 하나, 빨리 형사가 떠나는 것뿐이었다.

"널 화나게 할 생각은 없었어."

"정말로요? 이렇게 오랜 시간이 지난 뒤에 느닷없이 제 인생에 나타났으면서도요? 그 모든 걸 다시 불러왔으면서도요?"

저 사람은 슬퍼 보인다고, 에이바는 생각했다. 그건 직업 때문일 수도 있겠다고 생각했다. 혹은 계속해서 죽음을 다루면 저렇게 슬픈 사람이 될지도 모르겠다는 생각도 들었다. 하지만 연민이 느껴지지는 않았다. 희끗희끗한 머리카락이 몇 가닥만 남아 훤히 드러난 두피도, 피곤에 지쳐 짙게 쌍꺼풀진 눈도 동정을 불러일으키지는 않았다. 형사는 슬픔인지 패배감인지 모를 분위기를 물씬 풍기고 있었다. 그 분위기를 에이바는 냄새로도 느낄 수 있었다.

"80년대에 일어난 사건을 기억하고 있……."

에이바가 형사의 말을 막았다.

"그땐 여기 살지도 않았어요."

형사가 고개를 끄덕였다.

"그래, 좋아. 하지만 클로에 둔이라는 여자애가 있었지. 좋은 아이였어. YMCA에서 안전 요원 겸 수영 강사로 일했어. 언제나 일찍 출근해서 올챙이 반 수업을 준비했어. 가장 어린아이들 반 말이야."

"그게 왜요?"

"그건 그냥 여름에만 하는 일이었어. 클로에는 고작 16살이었고. 언제나처럼 클로에는 올챙이 반 수업을 준비하느라 일찍 나갔어. 수영장에 간 거지. YMCA에 있는 수영장. 그 애 차는 그곳 주차장에 있었어. 옷은 사물함에 있었고. 사람들이 아쿠아 봉이라고 부르는 기구도 아이들이 쓸 수 있도록 수영장 끝에 가져다 놓았어. 그저 클로에만 없었어. 사라져 버린 거야. 갑자기 말이야."

"이보세요, 빙엄 형사님."

"행크. 이제는 너도 어른이니까, 행크라고 불러라."

에이바는 한숨을 쉬었다. 이 남자가 자기 부엌에 있는 것을, 자기 인생에 들어오는 것을 원치 않았다. 이 남자가 에이바를 데려가려는 곳으로 가고 싶지 않았다. 수년 동안 에이바는 그 일을 잊고 살았다. 이 남자는 왜 지금 그걸 끄집어내려고 하는 걸까?

빙엄 형사는 에이바에게 몸을 기울였다.

"난 그날 네 동생에게 무슨 일이 있었는지 알아야겠어."

빙엄 형사가 온화하게 말했다.

빙엄 형사가 떠난 뒤에 에이바가 방금 있었던 일을 제일 먼저 들려주고 싶은 사람은 짐이었다. 짐은 에이바의 여동생이 오래전에 죽었다는 사실 외에는 아무것도 몰랐다. 그날 아침, 부엌 식탁에서 에이바가 경찰 조사를 받았다는 사실을 짐은 몰랐다. 어머니와 베아트리스 이모 역시 조사를 받았다는 것도 몰랐다. 짐이 아는 건 그 1년이 두 번의 죽음이라는 비극으로 점철되었다는 것, 릴리가 먼저 죽고 그다음 해 여름에 에이바의 어머니가 제임스타운 다리에서 떨어졌다는 것뿐이었다. 어머니와 너무나도 가까웠던 아버지는 끝내 완전히 그 비극을 극복할 수 없었다는 것뿐이었다.

짐의 사무실로 전화를 걸었다. 발신음을 들으면서 그녀는 퍼레이드 거리에 있는 노란색 빅토리아풍 건물을, 그 건물 1층에 있는 '성공으로 가는 길들'의 사무실을, 그 사무실에 있는 짐을 상상했다. 사무실 위에는 요가 교실이 있었고, 그 위에는 침술원이 있었다. 지금쯤이면 책상에 앉아 근처 베트남 식당에서 사 온 쌀국수를 먹고 있을 것이다. 아이가 대학에 보낼 에세이를 교정하고 있거나, 짐이 손을 쓰지 않는다면 절대로 대학교에 가지 못할 아이들을 조금이라도 더 많이 진학시키려고 대학교를 방문할 약속을 잡고 있을 것이다. 전화벨이 대여섯 번은 울린 뒤에야 짐이 허겁지겁 전화를 받았다.

"성공으로 가는 길들입니다."

"짐."

에이바가 말했다. 지금 짐은 낡은 청바지에 늘 입는 검은색 터틀넥 셔츠를 입고 있을까? 오늘은 잊지 않고 면도를 하고 왔을까? 가끔 까먹고 안 할 때도 있는데.

"나야, 에이바."

짐이 자기 목소리를 잊어버렸을지도 모른다는 듯이, 에이바가 덧붙였다.

"알아, 누군지. 지금은 좀 통화가 곤란해서 그래. 지금 옆방에 흐몽네 가족이 아이를 마운트 홀리오크 대학교에 보내겠다는 의욕을 보이면서 도와 달라고 모두 모여 있거든. 그 옆방에는 고등학교 진학 상담 교사가 1학년 아이들 학생부를 잔뜩 쌓아 놓고 검토해 달라고 하는데, 내년에는 그중 세 명만 받아 줄 수 있어. 게다가 이제는 대학교 합격 여부가 결정되는 시기라서 3분에 한 통꼴로 불안한 아이들이 메일을 보내고 있단 말이야. 정말 미안해."

이런 대화를 할 때면 에이바는 언제나 짐의 훨씬 중요한 세상으로 자신이 침투해 들어간 것만 같았고, 사소한 집안일로 그를 귀찮게 하는 것만 같아서 미안했다. 이가 빠졌어, 전기 요금을 깜빡 잊고 내지 않았네, 언제 저녁 먹으러 올지 궁금해서. 이런 말을 할 때면 늘 미안해졌다. 그리고 짐은 항상 갑자기 중요한 일이 생겼다며 늦게 왔다. 갑자기 만나야 하는 고등학교 진학 상담 교사나 졸업반 학생들, 걱정에 휩싸인 부모들은 사소한 집안일로 걱정하는 아내의 근심보다 먼저 해결해야 할 중요한 일이었다. 온두라스로 보내야 하는 신발도, 해일 피해자를 돕는 여인과의 저녁 약속도, 교육이나 의료 서비스, 중소기업 사업가들을 위한 대출 약속도 늘 에이바의 일보다 중요했다. 저녁을 차려 놓고 아이들과 함께 한참을 기다린 뒤에야 알게 될 때가 많았다. 남편이 다른 집 아이가 대학에 갈 수 있다는 걸 그 집 가족들에게 설득하면서 시간을 보내고 있었음을. 아이들과 에이바를 두고 다른 집 아이들과 대학 입시 설명회에 가거나 대학 탐방을 떠나 버린 주말도 너무 많았다. 하지만 다른 이를 돕는 사람에게 화를 내는 건 옳지 않은 것 같았다. 아무리 에이바가 슬프고 외롭고 버거운 삶을 살고 있다고 해도 말이다. 하지만 그런 일에는 이제 너무나도 익숙해져서 그녀의 입에서는 자신도 모르게 말이 흘러나왔다.

"그래, 완전히 이해해. 그런데, 나한테 문제가 좀 생겨서 내 이야기를 좀 들어 줬으면 해. 일 끝난 뒤에 괜찮아?"

자신이 짐에게 정말 많은 부분을 맞추고 살았다는 사실을 에이바는 새삼 깨달았다.

"5시에 호프 고등학교에서 회의가 있어. 7시에는 고2 애들이랑 만나기로 했고. 이런, 혹시 내일 아침이어도 괜찮아?"

수화기 너머로 종이를 넘기는 소리가 들렸다.

"아니다. 하루 종일 센트럴폴스에 가 있을 거야. 모레 볼까?"

후루룩 음식을 들이켜는 소리가 들렸다. 쌀국수를 먹고 있구나.

"아니야. 중요한 문제도 아닌데 뭐. 당신 가족이나 돌봐."

"아이들은 괜찮지?"

짐이 물었다.

"내 생각에는 잘 지내. 윌은 고릴라 사진을 계속 올리고 있고, 매기는 재미있는 일이 너무 많아서 전화도 자주 안 해. 인스타그램을 가우디 도마뱀으로 가득 채운 걸 보니 지난 주말에 바르셀로나에 갔나 봐."

"좋아. 좋아."

짐은 갑자기 다른 곳으로 정신을 빼앗긴 것 같았다.

"미안해. 학생이 왔어. 굉장한 아이야. 저 아이에게 가 봐야 할 것 같아."

"그래, 알았어."

이렇게 바쁜 사람이 어떻게 다른 여자를 만날 생각을 했는지 궁금했다. 델리아 린드스트롬에게는 자신에게 없는 특별한 점이라도 있는 걸까? 그녀는 무슨 방법으로 자신의 모든 시간을 세상을 구하는 데 쓰겠다고 다짐한 짐을 사로잡아 버린 걸까?

『안나 카레니나』가 천 페이지가 넘는 책이라는 것을 처음 알았다. 정확히는 천팔 쪽이었다. 책을 펼치고 첫 문장을 읽었다. "모든 행복한 가정은 비슷하다. 하지만 모든 불행한 가정은 모두 저마다의 이유로 불행하다."

"모든 불행한 가정은 모두 저마다의 이유로 불행하다."

큰 소리로 읽어 봤다. 단순한 생각이었지만, 이보다 더 옳은 문장은 없을 거라고 에이바는 생각했다.

"글레이즈드 도넛 사 왔어요."

에이바가 아버지에게 봉투를 내밀면서 말했다. 아버지가 재빨리 봉투를 받았다.

"진짜 간식을 가져왔구나."

"커피도 사 왔어요. 설탕 두 개, 크림 많이 넣어서."

에이바는 아버지가 열기 힘든 커피 잔 뚜껑을 열어 주면서 말했다. 아버지는 그녀를 의심스러운 눈으로 쳐다봤다. 탁해지는 갈색 눈 위로 철사처럼 뻣뻣한 흰 눈썹이 난 이마에 잔뜩 주름이 졌다.

“무슨 문제 있니?”

입에 댄 커피를 주르륵 흘리면서 아버지가 물었다.

“무슨 문제가 있어야 커피랑 도넛을 사 온다는 거예요?”

아버지는 대답하지 않았다. 대답할 필요가 없었다.

“어제 누가 찾아왔었어요.”

에이바가 말했다. 요양원에 있는 아버지의 스튜디오 아파트에서는 주차장이 내려다보였다. 그곳에 있는 얼마 안 되는 자동차들이 햇빛을 반사하고 있었다. 에이바는 화창한 날을 좋아하지 않았다. 추운 겨울에도 해가 내리쬐는 날씨를 좋아하지 않았다. 창문에서 몸을 돌려 자기 말을 기다리고 있는 아버지를 봤다.

“너희 엄마였니?”

아버지의 목소리에는 희망이 잔뜩 묻어 있었다.

“아니에요, 아빠.”

에이바는 꾹 참으려고 애쓰면서 대답했다.

“엄마는 죽었어요. 기억 안 나세요?”

아버지는 고개를 저었다. 아버지의 턱에 묻어 있던 설탕 덩어리가 체크무늬 셔츠 위로 떨어졌다. 손을 뻗어 아버지의 셔츠에서 설탕을 털어 냈다.

“여기 왔었다. 크리스마스에.”

아버지가 에이바의 손을 밀어내면서 말했다.

“어제 우리 집에 온 사람은 행크 빙엄 형사였어요. 그 사람, 기억하세요?”

“릴리한테 무슨 일이 있었는지 알아내지 못한 남자잖아.”

아버지가 대답했다.

"맞아요. 그런데, 이제 그 사건을 해결하지 못하면 자기는 살 수 없대요."

그 말에 아버지는 깜짝 놀랐다.

"사고였잖아, 안 그러니? 자기가 직접 그렇게 말했잖아."

빙엄 형사의 모습이 떠올랐다. 식탁에 앉아 있던, 머리가 벗어지고 있는 노인이 아닌 다른 빙엄 형사가. 딱딱하게 굳어 있던 젊은 얼굴의 빙엄 형사가. 그때 그는 모자 밑으로 검은색 머리카락이 삐져나와 있었고, 넓은 어깨에 단정하게 제복을 걸치고 번쩍이는 신발을 신고 있었다. 경찰차의 경광등은 밝은 햇살 아래에서도 빨간색과 흰색 빛을 번쩍이며 빙글빙글 돌아가고 있었다. 193cm나 되는 빙엄 형사는 에이바를 내려다보면서 말했었다. "에이바? 아저씨랑 이야기 좀 할까?" 그는 에이바를 데리고 부엌으로 갔다. 부엌으로 가는 동안에도 에이바는 상처 입은 동물처럼 울부짖는 어머니의 목소리를 들을 수 있었다. 열린 구급차에 있는 동생의 몸에서 떼어지고 있는 어머니가 보였다.

"그 이야기는 하고 싶지 않다. 행크 빙엄이 여기 올 배짱이 있는지는 모르겠지만, 온대도 아무 말도 안 할 거다."

에이바는 고개를 끄덕였지만, 정말로 자신이 아버지의 말에 동의하는지는 알 수가 없었다. 행크 빙엄이 그날 있었던 일을 알아낸다면 어떻게 될까? 어쩌면 에이바는 자유롭게 될 수도 있었다. 물론 완전히 무너져 버릴 수도 있었지만.

"매기!"

에이바가 전화기에 대고 소리쳤다.

"전화를 받으니까, 너무 기쁘……."

"알아. 안다니까. 아팠어. 걱정은 끼치기 싫었고."

"아팠어?"

에이바는 마음 가득 퍼지는 걱정을 꾹꾹 눌렀다.

"독감이었던 거 같아. 여기서는 모두 독감에 걸리고 있어."

"항바이러스제는 먹었어?"

"엄마, 독감은 어차피 한참 아파야 낫는 거잖아."

그건 그렇지. 에이바는 한숨을 쉬었다.

"엄마는 어떻게 지냈는데?"

"케이트 아줌마 독서모임에 나가고 있어. 내가 말했었지? 지금은 『안나 카레니나』를 읽어."

"브론스키 백작!"

"아빠랑은 이야기해 봤어?"

에이바가 물었다.

"제발, 엄마. 난 그 사람 소식은 듣는 것도 싫어. 근데, 말까지 섞으라고?"

짐이 집에서 나간 뒤로 딸은 아빠와 어떤 말도 하지 않았다. 가끔은 그것이 기쁘기는 했다. 그 남자는 죗값을 치러야 하니까. 하지만 그래도 아빠를 용서하는 게, 적어도 용서하려고 시도하는 게 딸에게 중요하다는 것도 잘 알았다.

"매기, 너는……."

매기가 말을 가로막았다.

"그 사람이 계속 나한테 이메일을 보내고 있어. 그러니까 답장은 한 통 쓰려고 해. 하지만 절대로 말은 안 할 거야."

"그래, 그렇게 해."

에이바가 대답했다. 누군가 뒷문을 두드렸다. 그녀는 거실과 식당을 지나 부엌으로 이어진 통로 쪽으로 걷기 시작했다.

"그러니까 지금은 다 나은 거지?"

딸에게 물었다.

"완전히! 가우디 사진 올린 거 봤어?"

"봤어. 하지만 다음에는 다른 사람한테 부탁해서 네 사진도 찍어야 해. 알았지? 얼굴 보고 싶어."

에이바가 뒷문에 도착했을 때, 매기는 그렇게 하겠다고 말하더니 전화를 끊어 버렸다.

"어머나."

뒷문에는 이마까지 포크파이 모자를 눌러쓴 루크가 서 있었다.

"근처에 볼일이 있어서요."

그는 에이바의 허락을 기다리지도 않고 곧바로 집으로 들어왔다. 루크가 들고 있는 봉투에서 흘러나오는 카레 냄새가 부엌을 가득 채웠다. 그녀는 『안나 카레니나』를 높이 들어 올렸다.

"이제 2부 읽었어요."

에이바가 말했다. 루크는 봉투에서 음식이 담긴 그릇을 꺼내 식탁에 올렸다.

"사그 파니르, 달, 라이타, 치킨 비르야니예요."

그가 조금 긴장한 얼굴로 에이바를 흘끔 봤다.

"혹시, 채식하세요?"

"아니에요."

유쾌하게 대답했다. 록시가 채식주의자인지도 몰라. 매기 또래 애들은 거의 절반이 채식주의자였으니까. 하지만 중년 여자들은 그렇지 않았다.

"PBR은 여섯 팩 사 왔어요."

루크가 말했다. 그게 뭐냐고 물으려고 할 때, 그가 팹스트 블루 리본을 식탁 위에 놓았다. '뭐, 어때.' 에이바는 생각했고, 접시와 은식기가 있는 곳으로 걸어갔다.

"근데 좀 터무니없지 않아요?"

나중에 침대에서 에이바가 말했다.

"멋지기는 한데, 좀 터무니없어요."

"뭐가요?"

루크가 물었다.

"난 당신 엄마뻘 아니에요?"

"아주 어렸을 때 아기를 낳았다면, 그럴 수 있겠죠. 하지만 좋아요."

"물론 그렇긴 해요. 아주 좋아요."

갑자기 루크가 벌떡 일어났다.

"늦었어요. 가야 해요."

그는 티셔츠를 입고, 그 위에 보풀이 잔뜩 인 녹색 스웨터를 입었다.

"친구가 하는 밴드가 루포에서 연주하거든요. 자정까지 계속할 거예요."

청바지에 다리를 밀어 넣으면서 루크가 말했다.

"같이 갈래요?"

에이바는 시계를 봤다. 11시 40분이었다.

"오늘은 안 돼요."

루크가 몸을 숙여 입술에 가볍게 키스했다. 인도 음식, 김빠진 맥주 맛이 났다.

"갈게요. 근데 정말 안 갈 거예요?"

그가 문 앞에서 다시 물었다.

"안 가요."

에이바가 대답했다. 루크가 떠난 뒤에 그녀는 어둠 속에서 잠시 앉아 있었다. 그를 떠올렸고, 자신이 한 일을 생각하다가 눈을 감았다. 하지만 곧 잠들지 못하리라는 걸 알았다. 침대 옆에 있는 전등을 켜고 『안나 카레니나』를 집어 들었다. 자신도 모르는 사이에 에이바는 안나의 사랑에 푹 빠져 버렸고, 루크는 잊어버렸다.

에이바는 케이트에게 독서모임을 하기 전에 미리 만나 저녁을 먹자고 했다. 케이트는 안나 카레니나가 살았던 시대의 러시아를 떠오르게 하는 거대한 흰색 인조 모피 코트를 입고 왔다. 뉴리버스 식당의 창가 식탁에 앉아 친구는 에이바를 걱정스러운 얼굴로 쳐다봤다. 식탁에는 플럼포인트산 굴과 로드아일랜드산 대합조개 껍데기가 쌓여 있었다. 두 사람은 저녁을 먹으며, 아이들 이야기와 필라테스 강사가 떠나 버려서 어떻게 해야 좋을지 모르겠다는 등의 이야기를 했다. 그러는 동안 에이바는 루크 이야기를 털어놓으려고 용기를 그러모았다. 케이트가 손목시계를 흘끔 쳐다봤을 때, 지금이 아니면 영원히 말할 수 없겠다는 생각을 했다.

"나 좀 엉뚱한 일을 했어."

에이바가 말했다.

"할 말이 있다고 했을 때, 왠지 그런 것 같아 두려웠어."

친구의 표정이 한층 더 심각하게 바뀌었다. 에이바는 헛기침을 했다.

"루크 알지? 독서모임에 나오는."

"당연히 알지."

케이트가 말했다.

"우리가……, 어……,"

에이바는 적절한 단어나 표현이 떠오르지 않았다.

"세상에, 두 사람이 뭘 한 거야?"

케이트가 물었다.

"섹스를 했지."

"뭘, 했다고?"

너무나도 창피해서 빰이 불타 버릴 것만 같았다.

"알아. 미친 짓이야."

케이트가 큰 소리로 웃기 시작했다.

"모자는 벗었어?"

간신히 케이트가 말했다. 에이바는 두 손으로 얼굴을 가렸다.

"고맙게도, 그러더라."

"뭘 그렇게까지 부끄러워해. 좋은 일인데. 앞으로 나간 거잖아."

에이바는 손을 내리고 친구를 보며 웃었다.

"고마운 말이지만, 루크는 나에게는 너무 어려. 이 나이에는 감당하기 힘든 감정들을 너무 많이 끌어낸다니까."

"어떤?"

"그 사람이 나를 좋아할까, 다시 전화할까, 이런 기대를 하게 되는 거야. 이 나이에 다시 하게 되리라고는 생각지도 못했던 일들을 하게 한다니까."

"그런 터무니없는 걱정을 하기에는 우리 나이가 너무 많기는 하다. 그런데 나도 너한테 할 얘기 있어. 나, 짐을 봤어."

"짐을 봤다고? 어디에서?"

묻지 말아야 하는데, 어쩔 수 없이 물어봤다. 케이트가 움찔했다.

"이웃집 파티에서. 난 네가 짐을 만나지 않으려고 오지 않은 거라 생각했어."

"초대도 못 받았어."

마음이 아팠다. 그러니까 에이바와 짐을 편 가르는 줄이 쳐졌는데, 케이트를 뺀 나머지 사람들은 짐의 편에 선 것이다.

"아마도 네가 짐과 델리아를 만나지 않게 하려고 그랬나 봐."

지나가는 종업원에게 신용카드를 건네면서 케이트가 말했다.

"짐이 델리아를 데려왔어? 이웃집 파티에? 이 동네에서 살지도 않으면서?"

"네가 안다고 생각했어. 짐은 여기 살아. 윌리엄스 거리에."

케이트의 얼굴이 다시 걱정스러워졌다. 그 믿음직한 파란색 프리우스가 뜨개실을 뒤집어쓰고 거기 서 있던 건 그래서였구나.

"델리아 린드스트롬이랑?"

에이바는 알아야 한다고 생각하며 물었다.

"그래서 뭐? 너도 젊은 연인이 생겼잖아. 안 그래?"

케이트가 친구의 편을 들며 말했다. 그때 마치 큐 사인이 들어온 것처럼 루크가 식당 앞을 지나갔다. 록시의 어깨에 편안하게 팔을 두르고서.

도서관 안으로 들어가자마자 페니가 기다리고 있었다는 듯이 에이바에게 다가왔다. 그녀는 작은 휴대용 산소 탱크에 이어진 고무관을 양쪽 콧구멍에 꽂고 있었다. 얼굴에는 크고 작은 주름이 가득 있었지만 파란색 눈은 반짝였고, 단정하게 정리한 은색 단발머리는 윤기가 흐르고 빛이 났다.

"폐기종 증상이 있다네요."

고무관을 보고 있는 에이바에게 페니가 말했다. 그녀는 에이바의 팔에 손을 얹었다. 페니의 손목에 있는 두꺼운 금팔찌 장식들이 짤랑, 소리를 냈다.

"내 옆에 앉아요."

"그럴게요."

맞은편 자리에서 존이 에이바를 보면서 서글프게 웃었다. 에이바는 페니 옆자리에 앉았다.

“『안나 카레니나』는 첫 문장이 충격적이었어요.”

케이트가 시작했다.

“모든 행복한 가정은 비슷하다. 하지만 모든 불행한 가정은 모두 저마다의 이유로 불행하다.”

케이트는 책을 보지 않고 외워서 말했다. 톨스토이의 문장이 에이바를 뚫고 들어왔다. 너무나도 깊이 뚫고 들어와서 그녀는 한 손으로 가슴을 꾹 눌러야 했다. 당연히 읽은 문장이다. 하지만 퀴퀴한 냄새가 나는 조용한 방에서 크게 낭독하는 소리로 들으니 더욱 절실하게 다가왔다. 남편과 함께라면 행복한 가정을 꾸릴 수 있으리라고 생각했다. 아이였던 에이바는 부모님이 행복한 가정을 꾸렸다고 생각했다. 하지만 두 가정 모두 쪼개져 버렸고, 결국 모두 행복하지 않았음이 입증되어 버렸다.

“아마도 문학사에서 가장 으뜸으로 뽑을 만한 첫 문장일 수도 있겠어요.”

“미안하지만, 살짝 이의를 제기하고 싶어요. 내가 선택한 책이 그 영광을 받아야 한다고 생각하는데, 아닌가요?”

루스가 케이트의 말을 가로막고 나섰다.

“그래서 제가 아마도 첫 문장일 수도 있다고 말씀드린 거랍니다. 『백 년의 고독』이 가장 위대한 첫 문장을 담고 있다고 주장하는 사람도 많죠. 하지만 제 생각에 톨스토이는 사람과 진실에 관해 두드리는 부분이 있고, 마르케스는 아름다운 문장을 쓰는 작가 같아요.”

“톨스토이의 말이 딱 맞아요.”

에이바는 스스로도 믿기지 않을 만큼 강하게 말했다.

"우리는 자기 자신이 행복하다며 스스로를 속이고 있잖아요. 안 그런가요? 우리 가족도 다른 가족들만큼이나 행복하다고 말이에요. 하지만 솔직히 말해서 우리 모두는 독특하게 불행해요. 그걸 인정할 수 있는지는 모르겠지만요."

페니의 표정이 조금 일그러졌다.

"하지만 이 소설이 가장 비중 있게 다루는 건 가정의 중요함이에요."

오너가 교수다운 말투로 말했다.

"맞아요."

다이애나가 자리에서 일어나면서 말했다. 『안나 카레니나』를 선택한 다이애나는 이제 발표할 준비가 된 것 같았다.

"하지만 톨스토이는 가정의 어려움도 알고 있었어요."

"바로 그거예요."

에이바가 말했다. 다이애나가 계속 말했다.

"톨스토이는 완벽을 추구한다면 절대로 만족하지 못할 거라고 했어요. 하지만 우리는 누구나 완벽함을 추구하지 않나요? 사람들은 완벽하기를 바라잖아요."

그리고 다이애나는 목소리를 부드럽게 바꿔서 말했다.

"그러다가 어느 날 의사에게 삶을 완전히 공포로 만들어 버리는 끔찍한 소식을 듣게 되는 거예요. 그러면 생각하게 되죠. 왜 그렇게 많은 걸 포기하고 살았을까? 왜 그렇게 열심히 일만 했을까? 왜 그렇게 완벽해지고 싶어 했을까?"

"맞아요. 제가 그랬다니까요. 바로 이 모임에서 그랬어요!"

에이바가 대답했다.

"그게 무슨 말이에요?"

페니가 물었다.

"여러분에게 잘못된 인상을 심어 줬거든요. 이제 그걸 바로잡아야겠어요. 제 남편은 죽지 않았어요. 저를 떠난 거뿐이에요. 다른 사람에게 가 버렸어요. 그래서 상처를 많이 받았지만, 창피하기도 했어요. 누군가의 전 부인이라는 말보다는 미망인이라는 소리를 듣는 게 나을 것 같았어요."

"내가 왜 프로비던스로 다시 돌아왔겠어요. 내 남편도 가 버렸어요. 그 사람 가까이 사는 게 견딜 수가 없어서 다시 돌아온 거예요."

모니크가 말했다.

"당연히 비통한 일입니다."

존이 말했다.

"정말 그래요."

모니크가 동의했다.

"간통이군요. 간통 이야기로 자연스럽게 넘어갈 수 있는 건 모두 저 때문일 거예요."

에이바의 말에 모두 크게 웃었다.

"이 책을 다시 읽으면서 든 생각인데, 19세기 중반에는 간통을 다룬 작품이 많이 나온 것 같아요. 『주홍 글자』, 『보바리 부인』 같은 작품 말이에요."

오너가 말했다. 존이 헛기침을 했다.

"저는 이해가 되지 않더군요. 안나가 브론스키와 바람 피우는 걸 그다지 신경 쓰지 않는 것 같은 카레닌이 말입니다. 카레닌은 다른 사람들에게 두 사람이 어떻게 보일까를 더 신경 쓰는 것 같았어요. 그러니까 이웃들이 안나를 좋은 아내라고 생각하고, 두 사람이 이혼만 하지 않는다면 자기는 괜찮다고 생각하는 것 같은 모습이 이해가 안 되더군요. 저는 상상도 못 할 일입니다. 아내가 다른 사람과 사랑에 빠졌다면, 저는 완전히 무너져 버렸을 겁니다."

"이 소설을 사회 비평으로 읽는 이유가 그 때문이에요. 이 책은 본질적으로는 사랑을 다루고 있지 않아요. 사회가 여성에게 가하는 제약을 다루고 있죠."

오너가 말했다. 다이애나가 책을 펼치고 한 부분을 읽었다.

"존중이란 사랑이 있어야 할 자리에 사랑이 없을 때 채우려고 만든 거지. 하지만 당신이 나를 사랑하지 않는다면, 그렇다고 말해 주는 게 더 정직하고 더 나은 일이야."

"하지만 존중이 사랑의 반대는 아니잖아요. 사랑을 대체할 수도 없고요."

에이바가 말했고, 다이애나가 고개를 끄덕였다.

"그렇다면 사랑이 있어야 하지만 텅 비어 버린 자리에는 무얼 넣어야 할까요?"

"바로 그게 알고 싶어서 지금 애쓰고 있는걸요."

에이바가 대답했다.

안나가 오브라조브카 역에서 달려오는 기차에 몸을 던진 이야기로 토론 주제가 옮겨 갔다. 그러자 에이바는 또다시 동생이 죽었던 아주 오래전 여름이 떠올랐다. 1년 뒤에 다리에서 떨어져 내린 어머니도. 사랑하는 이를 잃은 사람들처럼 자신의 삶도 그 전과 그 후로 나뉜 것만 같았다. 그 전에는 행복한 가족이었다. 아닌가? 궁금했다. 행복한 가정이 그렇게 빨리 무너져 버릴 수 있다고?

모두 간식이 있는 곳으로 이동하기 시작했다. 오늘의 간식은 둥글게 썬 오이 위에 사워크림과 딜을 곁들인 훈제 연어, 반으로 갈라 캐비아를 얹은 작고 붉은 햇감자였다. 사람들의 시선을 끌어 보려고 에이바는 어색하게 일어나서 헛기침을 했다. 오너와 키키가 동작을 멈췄고, 모니크가 에이바를 올려다보았다.

"여러분!"

에이바가 말했다. 그리고 사람들이 입을 다물고 자신을 쳐다볼 때까지 기다렸다.

"말씀드리고 싶었어요. 독서모임에 받아 주셔서 감사하다고요. 저는 책을 읽지 않았어요. 그러니까 무슨 뜻이냐면, 정말로 아주 오랫동안 진지하게는 책을 읽지 않았다는 말이에요."

어머니가 운영했던 작은 서점에 대한 추억이 날카로운 기억이 되었다. 낡은 안락의자에 앉아 행복하게 책을 읽던 어린 소녀의 모습이 보이는 것만 같았다.

"예전에는 책을 읽으면서 정말 행복했어요. 그러다가 너무나 많은 일을 겪으면서 한때 저를 휘감았던 책이라는 마법은 힘을 잃고 말았어요. 그런데 그 힘이 다시 돌아오고 있는 것 같아요."

페니가 이해한다는 듯이 고개를 끄덕였다.

"에이바 덕분에 우리 모임이 더욱 풍성해졌어요."

루크가 말했다.

"에이바 덕분에 로절린드 아든도 오잖아요. 정말로 멋진 일이에요."

키키가 말했다.

"그분은 어떻게 찾아냈어요?"

제니퍼가 신이 나서 말했다. 에이바는 침을 꿀꺽 삼켰다. 계속 구글을 검색해 보고 있지만 로절린드 아든에 관해서는 아무것도 찾아내지 못했고, 계획도 세우지 못하고 있었다. 모두 자신의 말을 기다리며 쳐다보고 있었다.

"쉽지 않았어요."

에이바가 대답했다.

행크

행크 빙엄은 저녁으로 먹으려고 전자레인지에 돌리고 있는 그린 칠리 타말레를 물끄러미 바라보고 있었다. 불과 6개월 전까지 나딘과 함께했던 저녁 식사는 떠올리지 않으려고 애썼다. 그때 두 사람은 식탁에 앉아 뒤쪽 테라스에 있는 자주색 꽃이 가득 핀 컨테이너 화분을 보고 있었다. 아내는 자신이 가꾸는 자주색 꽃을 사랑했다. 허브도 함께 길렀다. 가지가 두꺼운 로즈메리, 스위트 바질, 파슬리, 실란트로 향기가 따뜻한 공기를 가득 메웠다. 가스레인지 앞에서 나딘은 "행크, 이거 좀 저어 봐."라고 말하며 긴 나무 주걱을 주고는 밖으로 나가 여러 가지 허브를 조금씩 따 왔다.

행크는 우스꽝스러운 앞치마를 매던 아내를 생각하지 않으려고 애썼다. 그녀에게는 반짝이는 해골이 그려진 앞치마도 있었다. 뉴멕시코주에 사는 친구 에이미가 보내 준 것이었다. 조개껍데기에 비너스가 서 있는 유명한 그림에서 비너스의 하반신과 조개껍데기만 그려 놓은 앞치마도 있었다. 이탈리아 여행을 다녀온 에이미가 선물한 것이었다. 레몬이 잔뜩 수놓아진 프릴 달린 앞치마도 있었다. 나딘이 친구들과 함께 참여한 앞치마 만들기 강좌에서 직접 만든 거였다. 생각하지 않으려고 애쓸수록 행크는 아내 생각밖에는 할 수 없었다.

'나딘.'

행크가 언제나 좋은 남편이었던 것은 아니다. 퇴근해도 집에 오지 않고 친구들과 어울려 맥주를 마시러 가고는 했다. 술집이 문을 닫을 때면 제임슨 위스키를 스트레이트로 마셨다. 친구들과 함께 단서와 정보, 가설을 검토하는 시간을 좋아했다. 정말 오래된 술집의 나무 감촉을 좋아했다. 맥주, 위스키, 밤의 냄새를 좋아했다.

나딘 몰래 여자를 만나기도 했다. 자랑스러운 행동은 아니었지만, 어쨌거나 그랬다. 여자들은 제복 입은 남자를 좋아했다. 진부하지만 정말이었다. 섹스하는 동안 경찰복 재킷을 입어 달라고 부탁한 여자가 한둘이 아니었다. 번쩍이는 은색 배지와 반짝거리는 단추가 흥분하게 한다면서. 점심 휴식 시간에 짧게 만난 여자도 있었다. 술집이 문을 닫은 뒤에 행크만큼 취한 여자와 누군가의 집 뒤에서 한 적도 있었다. 대부분은 전혀 아무 의미도 없었다. 대부분은 말이다. 그에게 의미가 있었던 만남은 단 한 번뿐이었다. 그것은 분명히 잘못된 만남이었다. 그 사람은 결혼한 여자였으니까. 어린 딸들도 있는. 게다가 나중에는 행크 자신이 직접 그녀의 아이가 죽은 이유를 밝혀내야 했으니까. 당연히 그때부터는 그 사람을 만나지 말았어야 했다. 아니면 행크가 수사에서 빠져야 했다. 하지만 둘 중 무엇도 할 수가 없었다. 계속 만날 수밖에 없었던 건, 그 사람을 미친 듯이 사랑했기 때문이다. 수사를 그만둘 수 없었던 건 그 사람을 도와야 했기 때문이다. 그날 아침에 무슨 일이 있었는지를 밝혀내야 했기 때문이다. 하지만 알아내지 못했다.

그 여름에 그 아이가 죽은 뒤에, 그 사람은 책을 쓰고 있다고 했다. 행크가 도착하면 그녀는 뒤쪽 사무실에서 어질러진 책상에 앉아 구식 수동 타자기를 두드리고 있었다. "이 책은 의미 있는 책이 될 거야, 행크." 그 사람은 말했다. 여름이었고, 더웠고, 에어컨도 없었다. 젠장, 뒤쪽 사무실에는 공기도 통하지 않았다. 행크는 그녀가 타자기에 끼운 종이를 다 채울 때까지, 한 문단을 다 쓸 때까지, 한 장을 끝낼 때까지 타자기를 두드리는 모습을 지켜봤다. 앞니로 아랫입술을 꾹 누른 채 곰곰이 생각하며 무언가를 써 내려가는 모습이었다. 그곳에 앉아서 영원히 그 사람만을 지켜볼 수도 있을 것 같았다. 글을 쓰고 있는 순간에도 슬픔에 잠겨 있는 그녀의 눈은 공허했고 흐릿했다.

마침내 그날 써야 할 분량을 끝내면 그 사람은 고개를 들고 행크의 이름을 불렀다. 그의 이름을 그런 식으로 부른 사람은 없었다. 그녀는 천천히 드레스의 단추를 풀었다. 비슷한 드레스를 백만 벌쯤 가진 것 같았다. 앞쪽에 단추가 달린 하늘거리는 긴 드레스였다. 꽃무늬도 있었고, 격자무늬도 있었고, 연한 분홍색이나 연두색의 민무늬 드레스도 있었다. 드레스 밑에는 유행 지난 상아색 실크 슬립을 입었고, 그 밑에는 그저 아름다운 그 사람만이 있었다.

전자레인지가 삐삐, 소리를 냈다. 문을 열어 타말레를 만졌다. 아직 뜨겁지 않았다. 전자레인지를 1분 더 눌렀다.

행크가 전자레인지 음식만으로 연명하고 있다는 사실을 알면 아내는 미친 듯이 화낼 것이다. 적갈색 컨테이너 화분에 심은 식물들이 말라 버려 갈색으로 변한 걸 보면 정말로 화를 낼 것이다. 자기 없이 지낸 6개월 동안 남편이 부쩍 늙었고 슬퍼하고 있다는 사실에도 무척 화를 낼 것이다. 의사가 진단 결과를 알려 주었을 때 나딘은 "음, 놀라운 일이네요. 난 행크가 먼저 죽을 거라고 생각했는데."라고 했다. 사실 보통은 그러지 않나? 술을 잔뜩 마시면서 힘든 일을 많이 하는 남편이 쓰러져서 죽으면, 혼자가 된 팔팔한 아내는 스피닝 교실에 나가고 아침 산책을 하고 스테이크 대신에 구운 생선을 먹어야 하는 거잖아. 아내가 마시는 술이라고는 하루에 딱 한 잔, 저녁 먹기 전에 보드카에 레몬 조각을 장식한 마티니가 전부였다.

고양이가 행크의 다리 사이를 돌아다니며 가르랑거렸다. 나딘이 정말로 화낼 일은 반려동물 입양의 날에 펫코에 갔다가 고양이를 데리고 왔다는 사실일 것이다. 아내는 고양이를 미워했다. 고양이는 믿을 수 없는 동물이라고 생각했다. 하지만 행크는 너무나 외로웠다. 그럴 때 발견한 것이다. "오늘은 고양이를 데려가세요!"라는 안내문을. 곧바로 펫코로 들어가서 고양이를 데리고 나왔다. 이 녀석이 좋은 동반자가 되어 줄 거야. 그는 그렇게 생각했고, 그 생각은 옳았다. 고양이는 침대 위로 올라와 함께 잤고, 아내의 베개에 얼굴을 대고 행크를 보면서 눈을 깜빡여 주었다. 텔레비전을 볼 때면 무릎에 앉았다. 지금까지 누군가의 이름을 지어 본 적이 없어서 한참 고민하던 행크는 영화 '건 스모크'에 나오는 등장인물의 이름을 고양이에게 붙여 주었다. 미스 키티.

전자레인지가 다시 삐삐, 소리를 냈다. 이제 타말레는 너무 뜨거워졌다. 하지만 타말레를 접시에 담고 차가운 맥주를 또 한 잔 들고 미스 키티를 따라 서재로 갔다. 텔레비전은 이미 켜져 있었다. 사실 끈 기억도 없다. 어쩌면 집 안이 조용한 걸 참을 수 없어서 일부러 켜 둔 건지도 몰랐다. 나딘은 이런 일을 절대로 용납하지 않았다. 두 사람은 식탁에 앉아서 저녁을 먹었다. 아내는 아마천으로 만든 냅킨을 썼다. 초도 켰다. 행크는 이미 오래전에 밖에 나가 노는 걸 그만두었다. 밤이면 곧바로 집으로 왔다. 누군가의 말처럼 충분히 오래 기다리기만 하면 결혼 생활에 익숙해지는 거니까.

미스 키티가 뜨개실을 가지고 놀았다. 뜨개실을 모두 저 고양이에게 줬다는 걸 알면 아내는 행크를 죽일 것이다. 하지만 알 리가 없잖아. 그는 생각했다. 의사의 예측대로 아내는 너무나도 빠르게 그리고 끔찍하게 죽어 버렸으니까.

'나딘.'

타말레를 반으로 갈랐고, 음식에서 뿜어져 나오는 열기에 손을 데었다.

행크는 두 여자를 사랑했고, 두 여자 모두 죽어 버렸다.

매기

매기는 아파트 안을 천천히 걸어 다녔다. 한 걸음 뗄 때마다 신경이 점점 더 날카롭게 곤두섰다. 앞으로 뒤로, 차가운 시멘트 바닥을 이리저리 오가다 줄리앙이 열쇠로 문을 여는 소리를 들었다. 거리가 내려다보이는 창문을 등진 채, 매기는 우뚝 섰다. 늦은 오후의 은빛 햇살이 얼굴을 부드럽게 어루만져 주기를 바랐다. 열린 창문으로 봄바람처럼 상쾌한 공기와 그날 아침 활짝 핀 히아신스의 향기가 흘러 들어왔다. 팔 안쪽에 난 멍을 숨기려고 입은 긴소매 상의, 주름진 짧은 검은색 플레어스커트, 맨 다리, 메리 제인 신발. 여고생처럼 보였다. 길게 드러난 다리를 보면 줄리앙은 열정에 불타올라 레이스 달린 흰 블라우스는 건드리지도 않고 달려들 것이다. 자신의 비밀을 알아채지 못하게 하려고 차려입은 복장이었다.

어제 서점에서 돌아왔을 때, 그가 남긴 쪽지를 발견했다. 전기 고지서 뒤에 급하게 휘갈겨 쓴 쪽지였다. "어디 있는 거야? 왜 전화를 안 받아? 너 때문에 너무너무 화가 난다. J." 그 밑에는 또 다른 펜으로 글이 적혀 있었다. "내일 12시에 올 거야. 어디 가지 마." 그때부터 매기는 앉지도 못한 채 서성이면서 담배를 피우고 걱정을 했다. 어디에 갔었는지, 무슨 일을 했는지 알게 되면 그는 어떻게 반응할까? 그리고 지금, 4시 30분에 열쇠로 문을 따는 소리가 들리더니 묵직한 현관문이 벌컥 열렸다.

거칠게 숨을 내쉬면서 땀을 흘리는 줄리앙이 들어왔다. 조금 더 살이 찐 것 같다고 매기는 생각했다. 아니면 삐쩍 마른 개빈의 몸을 너무나 선명하게 기억하고 있어서 상대적으로 더 커 보이는지도 몰랐다. 난 왜 저 남자가 제라드 드파르디외를 닮았다고 생각했을까? 전혀 아닌데. 닮은 데가 하나도 없는데.

그는 그물망 식료품 주머니를 스테인리스 아일랜드 테이블 위에 올려놓더니 매기가 아주 좋아하는 브렉퍼스트 래디시와 버터, 바다 소금을 꺼냈다. 그녀가 즐겨 먹는 간식이었다. 화가 나지 않은 걸까? 하지만 줄리앙은 눈길을 주지 않았다. 매기도 창가에서 떠나지 않았다. 그는 주머니에서 샴페인을 한 병 꺼내더니 코르크 마개를 수건으로 덮고 솜씨 좋게 비틀어 땄다. 마개가 작게 뿅, 하는 소리를 냈다. 쟁반 위에 브렉퍼스트 래디시와 버터, 소금을 올렸고, 도자기로 만든 얼음 통에 샴페인 병을 넣었다.

지금 콧노래를 부르는 거야? 매기는 고개를 갸웃했다. 정말이었다. 그는 콧노래를 부르고 있었다.

"줄리앙, 전화기를 잃어버렸어요. 그래서 연락할 방법이……."

그는 쟁반을 들고 매기에게 몸을 돌렸다.

"걱정했어."

감정이 담기지 않은 목소리였다.

"연락할 방법이 없었어요."

이번에는 조금 더 자신 없는 목소리로 말했다. 그녀가 말하는 동안, 줄리앙은 무언가를 알아내려는 듯이 매기를 뚫어지게 쳐다봤다. 그는 아주 천천히 다가왔다. 진한 분홍색 소파의 한쪽 앞에 있는 커다랗고 네모난 탁자 위에 쟁반을 내려놓았다.

"내가 좋아하는 거네요."

목에서 맥박이 엄청나게 뛰는 걸 느끼면서 매기는 웃었다.

"메 비앙 쉬르(당연하지)."

다정함이 조금도 느껴지지 않는 목소리였다. 줄리앙에게 다가가 입을 맞추려고 몸을 기울였지만 그는 고개를 돌렸다.

"계획을 세워야겠어요."

매기의 말이 빨라졌다.

"그래야 이런 일이 또 생기면 연락할 수 있을 거 아니에요. 아니, 이런 일 말고도 무슨 일이든 생기면 연락할 수 있게요."

"그래, 계획을 세울 필요가 있겠어."

그가 대답했다. 매기는 어색하게 웃으면서 줄리앙 앞에 앉았다. 치마 밑으로는 아무것도 입지 않았음을 보이려고 일부러 다리를 벌리고 앉았다. 그는 분명히 봤을 테지만 외면했다.

"헤밍웨이는 늘 계획을 세웠대요. 그는 계획가였어요."

매기는 줄리앙이 내미는 샴페인 잔을 받아 한 모금 마셨다. 그가 옆에 앉았다. 갑자기 거칠게 두 손으로 그녀의 얼굴을 잡았다. 엄지 손가락이 턱 밑의 연약한 살을 파고들었고, 나머지 손가락들은 볼에 움푹 파인 부분을 내리눌렀다.

"다음에 또 전화기를 잃어버리면……."

매기를 전혀 믿지 않는다는 말투였다. 그의 손가락이 얼굴에 더 욱더 세게 파고들었다.

"여기에 앉아서 날 기다려. 밖으로 나가지 말고. 내가 올 때까지 절대 움직이지 마. 알았어?"

얼굴을 움켜쥔 힘이 너무나도 강했기 때문에 매기는 입을 벌릴 수가 없었다. 그래서 그저 고개를 끄덕였다. 얼굴을 놓으면서 줄리앙이 너무 세게 내동댕이치는 바람에 매기의 목이 뒤로 심하게 꺾였다. 얼얼한 턱을 풀려고 입을 몇 차례 벌렸다 닫으면서 울지 않으려고 애썼다. 우는 모습을 보이고 싶지 않았다. 그저 이곳에서 나가, 줄리앙이 없는 곳으로 멀리 도망가고 싶었다. 어제 아침에 갔던 서점이 생각났다. 그곳에서는 정말로 평온했는데. 그곳에서는 파리에 온 뒤 처음으로 혼자가 아니라는 기분을 느꼈다. 그 누구도 매기에게 말을 걸지 않았고, 관심도 주지 않았는데 말이다.

줄리앙이 매기의 머리카락을 움켜잡더니 거세게 잡아당겨 소파 위에 쓰러뜨렸다. 바지 지퍼를 내리고 셔츠 단추를 풀었다. 그가 매기를 덮쳤다.

"다음에는 더 혼날 줄 알아."

매기는 이곳에서 나가야 했다. 도망쳐야 해. 그가 작은 분홍색 래디시에 한 개씩 스위트 버터와 소금을 묻혀 다정하게 건네주는 동안 매기는 생각했다. 줄리앙은 아직도 따끔하고 아픈 볼을 가라앉히라며 얼음을 싼 수건도 가져다주었다. 다정하게 머리를 쓰다듬으며 매기가 두 사람의 거래를 어겼으니 혼낼 수밖에 없었다고 말했다. 그게 옳은 일이 아니겠냐며. 고개를 끄덕이며 대답했다. "물론이에요. 내가 바보였어요." 이곳을 떠나면 어디로 갈 수 있을지 고민했다. 파리에서 줄리앙 말고 아는 사람이라고는 개빈뿐이었지만, 그것은 좋은 선택이 아니었다. 분명히 끔찍한 실수가 되리라. 앞으로는 바꿜 거라고 다짐하지 않았던가? 이런 나쁜 결정은 더는 하지 않겠다고 결심했잖아.

줄리앙이 입술에 키스했다. 그러고는 걸어가 버렸지만 나가는 소리는 들리지 않았다. 대신에 부엌에서 바쁘게 움직이는 소리가 들렸다. 매기는 눈을 감았다. 그렇게 하면 그를 내쫓을 수 있을 것처럼. 하지만 줄리앙의 움직임은 묵직한 반향이 되어 그녀를 마구 공격했다.

"마 코치넬레."

그가 부드럽게 말했다.

"눈을 떠. 내가 뭘 가져왔는지 봐, 내 사랑."

눈을 떴다. 그의 손에는 작은 파이프가 들려 있었다.

"주사를 해도 중독되지 않을 방법이 있댔어요."

다음 날인가, 다음다음 날인가, 매기가 말했다. 두 사람은 계단 위에 있는 하얀 침대에 있었고, 줄리앙은 매기를 위해 파이프를 굽고 있었다. 그가 얼굴을 찡그리며 말했다.

"아니, 그럴 리 없어."

매기는 줄리앙의 손을 잡고 파이프를 낚아채고 싶었다. 파이프를 통째로 삼켜 버리고 싶었다. 그는 어딘가에 마약을 담은 봉투를 숨겨 두고 조금씩 꺼내 매기에게 주었다. 그 봉투를 찾아내서 내용물을 모두 입에 털어 넣고 싶었다. 봉투에 붙어 있는 마약까지 남김없이 핥아 먹고 싶었다.

"텔레비전에서 여덟 시간의 법칙이라는 걸 봤어요."

매기는 간절하게 들리지 않으려고 애쓰면서 말했다. 젠장, 서둘러요! 고함을 지르고 싶은 걸 간신히 눌러 참았다.

"쉬!"

줄리앙은 마침내 떨리는 매기의 입술에 파이프를 대며 말했다.

"이번에는 조금 더 줄게. 네가 이걸 얼마나 좋아하는지 알아. 이걸 하면 네가 얼마나 달콤해지는지도 알지. 이제는 두 번 다시 그렇게 사라지면 안 돼. 알았지?"

매기는 파이프를 깊이 들이마셨다. 폐가 터지고, 뇌가 폭발해 버리는 것만 같았다. 몸이 뒤틀렸다.

"매기?"

그의 목소리에 걱정이 묻어 있었다. 줄리앙에게 듣고 있다고 말하고 싶었지만, 말이 나오지 않았다.

"매기!"

간신히 눈을 떴고, 입술을 일그러뜨리고 웃으며 간신히 말했다.

"사랑해요."

"깜짝 놀랐잖아."

줄리앙이 말했다. 하지만 매기는 그의 말을 듣고 있지 않았다. 아주 크고 텅 빈, 엄청나게 장엄한 공간으로 들어가 버렸다.

줄리앙에게 새로 받은 전화기를 가방에 넣고 밖으로 나갔다. 엄마에게 전화해 볼까도 생각했다. 엄마의 목소리를 들으면 앞으로 나가는 데 도움이 될 수도 있으니까. 하지만 아니라면? 엄마가 걱정만 늘어놓는다면? 피렌체에서 듣기로 한 미술 수업 이야기를 들려 달라고 졸라 대면? 재빨리 다비드상 사진을 찾아내서 엄마에게 문자를 보냈다. “새로 사귄 남자 친구야!” 즉시 답장이 왔다. “귀엽다!” 매기는 웃었다. 지금까지 그녀는 잘못을 저질렀다. 하지만 오늘은 새로운 날이었다. 자신의 인생에 이제 더는 줄리앙이 없을 것이다. 마약도 하지 않을 것이다. 공책을 새로 샀고, 두 문장을 적었다. 하지만 줄리앙이 공책을 발견할지도 몰라 글을 적은 종이를 찢어 길모퉁이에 있는 쓰레기통에 버렸다. 혹시라도 그가 쓰레기통을 뒤져 찾아낼 수도 있으니 버리기 전에 종이를 갈기갈기 찢었다.

모퉁이를 돌아 리볼리 거리로 이어지는 곳에서 매기는 멈춰 섰다. 원래 계획은 서점에서 안전하게 하루를 보내는 것이었다. 하지만 거리가 시작되는 곳에서 따뜻하면서도 차가운 기운을 동시에 품고 있는 바람을 맞고 있자니 신선한 공기를 마시고 햇살을 받으며 밖에 있는 것도 좋겠다는 생각이 들었다. 맞아, 산책부터 하는 거야. 줄리앙도 내가 너무 창백하다고 했잖아. 어떻게 해야 할지 고민하면서 매기는 서 있었다.

서점에 가면 평온해질 테고 차분해질 것이다. 사람들의 대화도 들을 수 있을 것이다. 어쩌면 룸메이트를 찾거나 친구가 될 사람을 만날 수도 있을 것이다. 하지만. 매기는 서점을 바라봤다. 저곳은 계속 저렇게 서 있을 것 같아. 그녀는 생각했다. 그렇다면 나중에 가도 된다. 내일이나, 모레 가면 될 거다. 몸을 돌려 걷기 시작했다. 바스티유 쪽으로.

“아는 사람이네요.”

매기는 목소리가 들리는 쪽으로 고개를 돌렸다. 하지만 고개가 무거워 눈꺼풀 밑으로 눈을 올렸다. 눈길이 닿는 곳에 젊은 남자가 서 있었다.

"오르세 미술관에서 봤잖아요, 맞죠?"

남자는 매기 옆에 있는 의자를 잡아당기면서 말했다. 그녀는 서점이 열리기를 기다리며 맞은편에 있는 카페 탁자에 앉아 있었다. 살면서 이렇게까지 마약에 취했던 적은 없었다. 이제는 가끔씩 숨을 쉬어야 한다고 스스로를 타일러야 할 정도였다. 남자가 에스프레소 두 잔과 크루아상을 주문했다.

"괜찮아요?"

그가 물었다. 매기는 고개를 끄덕였다.

"이런, 약을 했군요?"

남자가 아주 조용히 말했다. 모든 게 너무 힘들었다. 그곳에 앉아 있는 것도, 듣는 것도, 눈을 뜨고 있는 것도, 고개를 들고 있는 것도 힘들었다. 몸을 기울여 남자의 어깨에 머리를 기댔다. 그는 아주 부드러운 스웨터를 입고 있었다. 캐시미어 스웨터. 냄새가 매우 좋았다. 깨끗한 냄새가 났다. 비누와 치약 냄새.

"어디서 약을 한 거예요? 정말 조심해야 해요."

남자가 물었다. 어깨에 기댄 매기의 머리를 치우지 않았고, 그녀는 그것이 고마웠다.

"여기."

남자가 말했다. 매기는 몽롱한 기운이 약간 가신 것으로 보아 시간이 꽤 흘렀다는 걸 알았다.

"이거 마셔요."

손을 너무 떨었기 때문에 남자가 에스프레소 잔을 그녀의 입에 대 주었다. 커피는 뜨겁고 썼다.

"좋아요."

매기가 웅얼거렸다.

"잼 바른 거 먹을래요?"

남자가 딸기잼을 잔뜩 바른 크루아상이 놓인 접시를 내밀었다. 또다시 시간이 흘렀다. 이제 매기는 똑바로 앉을 수 있었다.

"좋아요. 제발 듬뿍 발라 줘요."

매기가 대답했다.

"나를 만나러 왔다고 생각하고 싶지만, 사실은 약에 취해서 길을 잃은 거죠?"

매기는 대답하지 않았다. 그저 크루아상만 입에 넣고 오물거렸다. 지금 펜을 잡을 수 있다면 다시는 절대로 개빈에게 가지 않아야 한다고 적을 것이다. 지난 24시간 동안의 일을 기억하는 것만으로도 짜릿한 전율이 온몸을 타고 흘렀지만. 팔에 주사 자국이 있는 걸 남자 친구에게 들키면 안 된다고 하자 개빈은 발목 부근에 약을 놔 주었다. 몇 번이나 맞았더라? 이제는 알고 싶었다. 그런데 언제 개빈의 집에서 나온 걸까? 도대체 왜 여기에 와 있는 거지?

"내 이름은 노아예요."

남자가 말했다. 매기는 한숨을 쉬었다. 이건 너무 많았어. 이번이 마지막이야. 매기는 결심했다. 이미 한 번 더 맞고 싶다는 마음이 올라오고 있었다. 정말로 이번이 마지막이었다.

"이걸 떨어뜨렸어요."

남자의 손에는 전화기가 들려 있었다.

"젠장."

매기는 전화기를 낚아채면서 말했다. 전화는 오지 않았다. 전화기 화면을 보자 눈물이 터져 나왔다.

"이런. 저기요."

남자가 다시 말했다.

"가야 해요."

매기가 말했다. 애초에 왜 개빈의 집에서 나온 걸까? 천천히 기억이 돌아오고 있었다. 마지막 주사를 놓고 개빈은 약을 더 가지러 갔다. 매기는 그의 집에서 기다리기로 했었다.

"근처에 살아요? 내일 다시 올 거예요?"

노아가 물었다.

개빈의 집 앞에는 많은 사람이 모여 있어서 매기가 뚫고 나가기 힘들었다. 멀리 서 있는 경찰차들과 구급차가 보였다. 사람들을 밀치고 가려다가 멈춰 섰다.

"무슨 일이에요?"

매기가 물었다. 특정한 사람에게 물은 건 아니었다.

"멍청한 미국 아이가 죽었나 봐요. 약물 과다라네요."

한 남자가 사람들에게서 멀어지며 대답했다. 개빈의 아파트 건물 문이 열리고 두 남자가 들것을 밀면서 나왔다. 파란색과 녹색이 섞인 담요에 덮인 사람이 누워 있었다. 매기가 아는 담요였다.

그녀는 참으려고 했지만 그럴 수 없었다. 허리를 숙이고 길 위에 모든 것을 쏟아 냈다. 누군가 가장자리가 물결치는 손수건을 내밀었다. 그것을 받아 들어 입을 닦았다. 손수건을 돌려주려고 몸을 일으켰지만 그 사람은 떠나 버리고 없었다. 사실은 사람들이 구급차가 떠날 수 있도록 길을 비켜 주고 있는 거였다. 구급차는 천천히 사람들 사이를 빠져나갔다. 사이렌도 울리지 않았고, 경광등도 켜지 않았다.

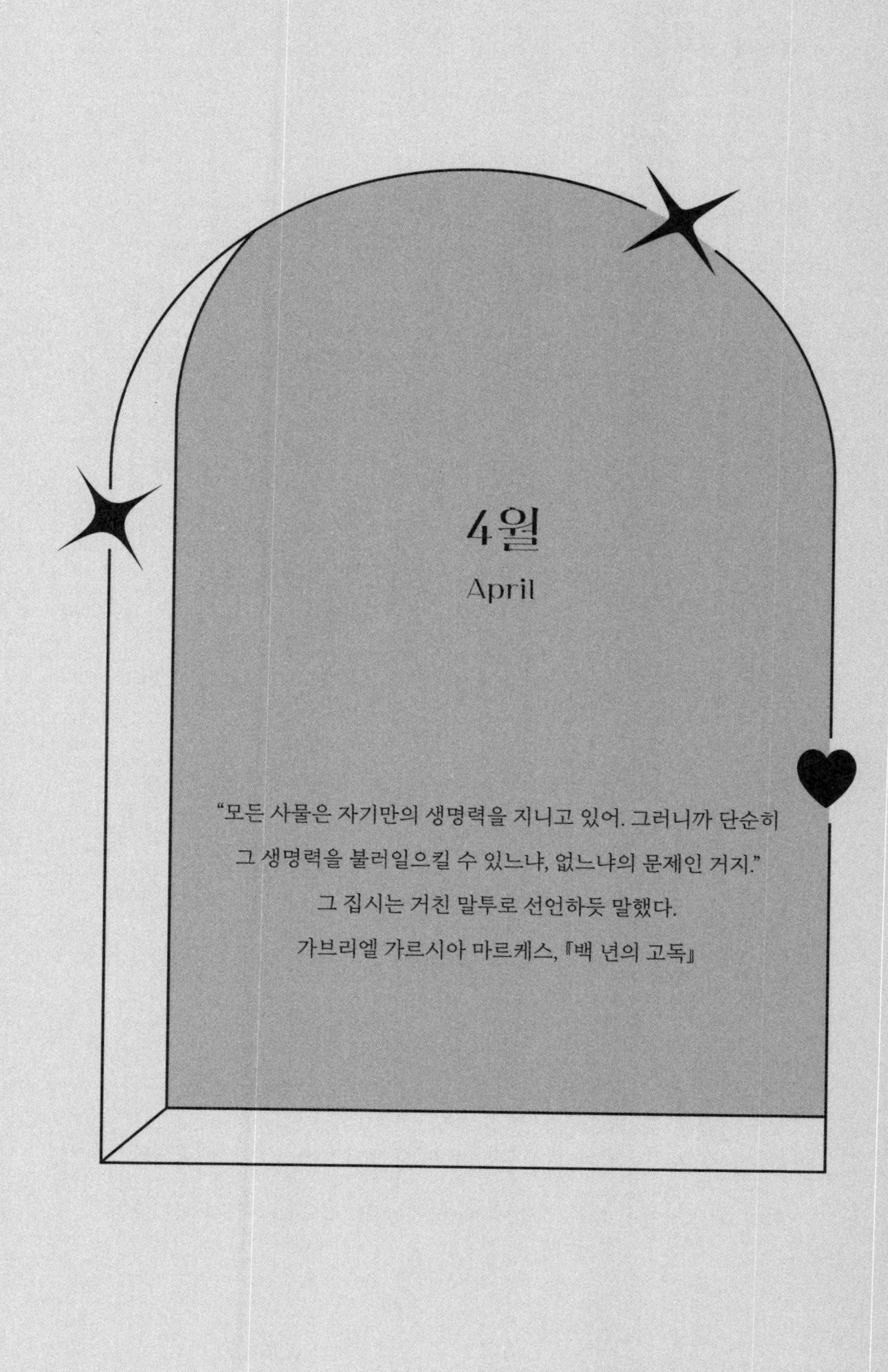

4월

April

"모든 사물은 자기만의 생명력을 지니고 있어. 그러니까 단순히 그 생명력을 불러일으킬 수 있느냐, 없느냐의 문제인 거지."

그 집시는 거친 말투로 선언하듯 말했다.

가브리엘 가르시아 마르케스, 『백 년의 고독』

에이바

에이바는 사람 찾는 방법을 전혀 몰랐다. 하지만 구글로 검색해 보는 것이 가장 좋은 시작이라는 생각은 있었다. 검색창에 로절린드 아든이라는 이름을 입력해 넣으면서 부고가 뜨지 않기를 바랐다. 독서모임에 올 거라고 했던 작가의 부고를 찾는다면, 그 사실을 회원들에게 어떻게 전해야 할까? 생각하기도 싫었다.

"이것을 찾으셨나요? 로절라인 아든." 구글이 에이바에게 물었다.

로절라인 아든은 유명한 사람임이 분명했다. 1960년대에 올림픽에 출전한 스피드 스케이팅 선수로 위키피디아에 올라 있는 데다가 신문에도 실렸고, 동영상과 인터뷰 기록도 있었다. 심지어 링크드인에도 있었다. 하지만 로절린드 아든은 검색되는 자료가 전혀 없었다.

검색창에 다시 로절린드 아든을 입력했다. 이번에는 "클레어에서 여기까지"라는 문구도 함께 입력했다. 그러자 관련 정보들이 몇 페이지 쭉 올라왔지만, 모두 노래와 관계가 있는 정보였다. 책과 연관된 정보는 없었다.

이제 어떻게 하지?

로절라인 아든이 링크드인에 있다면 로절린드 아든도 있지 않을까? 아니었다. 로절린드 아든에게는 페이스북도 트위터 계정도 없었다. 한 사람이 이렇게까지 완벽하게 사라져 버릴 수 있는 걸까?

차를 한 잔 마시려고 책상에서 일어났다. 윌이나 매기라면 사람

찾는 방법을 알 수도 있었다. 에이바가 어렸을 때는 도서관에서 몇 시간이고 보내면서 유명한 사람이나 밝혀지지 않은 진실의 진위를 찾고는 했다. 도서 카드가 쭉 꽂혀 있는 서랍을 열고 맨 위에 타자기로 쳐 놓은 도서 번호 카드를 뒤적이면서 메모용으로 비치된 작은 연필을 가지고 쪽지에 도서 번호들을 재빨리 베끼는 과정을 좋아했다. 긴 나무 탁자에 앉아서 도서 정보를 훑어보고, 필요한 내용을 옮겨 적고, 새로운 사실을 발견하는 과정을 사랑했다. 지금도 도서관의 곰팡내와 새로 깐 카펫 냄새를 거의 선명하게 기억할 수 있었다. 사서가 인조 진주로 만든 안경 끈에 매달고 다녔던 캣 아이 안경을 분명하게 떠올릴 수 있었다.

맞아. 전화기로 손을 뻗으면서 생각했다. 사서라면 무엇이든 찾는 법을 잘 알 거야.

케이트의 전화기에서 나는 신호음을 들으며 창밖을 멍하니 바라봤다. 아직은 추운 봄이었지만 오후에는 기대하지도 않았던 해가 하늘 높이 떠서 도시를 따뜻하게 데우고 있었다. 가로수 밑에서 꽃을 피운 자주색 크로커스와 이웃집 마당에 핀 노란색 수선화가 보였다. 그때 한 여자가 시선을 사로잡았다. 봄날 오후와는 어울리지 않는 표범 무늬 코트를 입고, 아주 큰 개와 함께 걷고 있는 여자였다.

햇살에 너무 눈이 부셔서 에이바는 눈을 가늘게 떴다. 그냥 지나가는 여자가 아니었다. 델리아 린드스트롬이었다.

"여보세요? 에이바?"

전화기 너머에서 목소리가 들려왔다. 케이트에게 전화를 걸었다는 사실을 잊고 있었다. 전화기를 귀에 대고 지나치게 세게 누르고 있다는 것을 미처 깨닫지 못했다.

"세상에, 믿을 수가 없어."

그 긴 다리로 성큼성큼 거리를, 감히 에이바의 영역을 걷고 있는 델리아 린드스트롬에게서 눈을 뗄 수가 없었다.

"델리아 린드스트롬이 개를 데리고 우리 집 앞을 지나고 있어."

에이바의 목소리가 높아졌다.

"산에서 조난당한 사람들을 구하는 개 같은데."

"세인트버나드?"

케이트가 중요한 일이라도 되는 것처럼 물었다.

"몰라. 그럴 수도 있어."

개가 서더니 크로커스 위에 오줌을 쌌다. 에이바가 소리쳤다.

"뭐 하는 짓이야!"

"에이바?"

창문을 두드리고 싶은 걸 간신히 참았다. 델리아는 이곳이 에이바의 집인 걸 알고 있을까? 에이바와 짐이 아이들을 기른 곳이라는 걸 알고 있을까? 바로 이곳에, 이 창문 바로 앞에, 해마다 짐이 크리스마스트리를 세웠다는 걸 알고 있을까? 짐은 현관 계단 난간을 작은 블루베리 열매가 달린 상록수 가지로 장식하곤 했는데, 델리아는 그런 사실을 알고 있을까? 지켜보고 있다는 걸 안다는 듯이 개가 네모난 머리를 에이바가 있는 쪽으로 돌렸다.

"어쩌면 다른 종인지도 몰라. 수도사들이 기르는 개인지도 몰라."

"에이바, 창문에서 떨어져. 부엌으로 가. 위로 올라가든가."

케이트가 말했다. 하지만 에이바는 그 자리에 붙박인 것만 같았다. 집 앞 인도에 무단으로 침입한 여자와 개를 보니 눈이 떨어지지 않았다.

"짐은 개를 싫어해."

에이바가 조용히 말했다.

"그 여자가 개를 데려왔나 보지. 그레이도 고양이를 싫어하는데, 나랑 만나기 시작했을 때, 나한테는 이미 고양이가 두 마리나 있었잖아. 나랑 고양이는 패키지 상품이었어."

'패키지 상품이라.' 짐도 패키지 상품이다. 그는 아내와 두 아이, 25년 동안의 결혼 생활이라는 역사를 함께 가져갔다. 델리아는 얼굴에 달라붙은 머리카락을 떼어 내면서 선명한 빨간색 리드 줄을 손에 들고 주위를 둘러봤다. 개는 나무 밑에 있는 크로커스 냄새를 맡았다.

"갔어?"

케이트가 물었다. 또 까맣게 통화를 잊고 있었던 에이바는 친구의 목소리에 흠칫 놀랐다.

"영국 여왕처럼 서 있어."

에이바가 대답했다. 델리아 린드스트롬은 저 크로커스를 심은 사람이 짐이라는 것을 알고 있을까? 해마다 첫서리가 내리는 가을에 구근을 심었다는 사실을 알까? 구근은 대부분 튤립이었다. 에이바가 제일 좋아하는 꽃이니까.

"전화를 끊고 창문에서 떨어져."

케이트가 말했다. 개가 갑자기 움직였고, 델리아가 크게 휘청거렸다. 에이바는 다시 균형을 잡고는 개에게 환하게 웃으며 말을 거는 델리아를 쳐다봤다. 그녀는 뒤도 돌아보지 않고 걸어가 버렸다. 델리아가 완전히 사라진 뒤에야 에이바는 다시 말할 수 있었다.

"매일 이래야 하는 거야? 내 집 창문도 마음대로 내다보지 못하고, 내 집 앞도 불안에 떨면서 나가야 한단 말이야? 그 여자랑 쿠조(영화 '쿠조'에 등장하는 광견병 걸린 개-옮긴이)를 만날지도 모르니까?"

"갔어?"

"짐은 개를 싫어해."

에이바가 다시 말했다.

"짐한테 말해 봐. 혹시라도 그 여자를 만날까 봐 너무 걱정되고 정신이 없다고. 두 사람한테 너의 공간을 존중해 달라고 말해 봐."

케이트가 문제 해결사 같은 말투로 말했다.

"다른 사람한테 이 거리를 걸어라, 걷지 말라 할 수는 없잖아."

에이바의 목소리에는 짜증이 잔뜩 묻어 있었다. 그러다가 갑자기 케이트에게 전화를 건 이유가 생각났다. 하지만 로절린드 아든을 찾는 방법을 물어볼 수는 없었다. 그랬다가는 작가가 온다는 말이 거짓이었음이 들통날 테니까.

에이바는 『백 년의 고독』, 비치 담요, 땅콩버터와 젤리를 넣은 샌드위치를 커다란 스트로백에 담아 차에 싣고 엘리펀트 록 비치로 달려갔다. 짐은 땅콩버터를 바른 젤리 샌드위치를 좋아하지 않았다. 엘리펀트 록 비치도 좋아하지 않았다. 해변에 앉아서 파도를 바라보는 것도 좋아하지 않았다. 남편은 어딘가에 가서도 반드시 무엇인가를 해야 했다. 계속 움직여야 했다.

찬란한 4월의 하늘을 품고 있는 바다가 나타났다. 대부분 비어 있는 주차장에 차를 세우고 부드러운 모래가 펼쳐진 광활한 해변으로 걸어갔다. 젊은 연인이 강아지에게 원반을 던져 주고 있었고, 두 여자가 머리를 맞댄 채 해변과 바다가 만나는 가장자리를 따라 걷고 있었다. 에이바는 바다 냄새를 한껏 들이마시며 담요를 폈고, 샌드위치를 먹었다. 그리고 집시들이 꿈속에나 나올 것처럼 아련한 외진 마을에 경이로운 기술을 가지고 왔던 시기에 마콘도에서 보낸 날들을 회상하는 아우렐리아노 부엔디아 대령의 마법과 같은 세계로 빠져들었다.

책에서 눈을 떼고 고개를 들자 강아지와 함께 있던 연인들은 사라졌고, 저 멀리서 두 여인이 에이바 쪽으로 걸어오는 모습이 보였다. 해는 낮게 떠 있었고, 차가운 공기는 몸을 떨리게 했다. 짐이 떠난 뒤로 그를 생각하지 않고 몇 시간을 보낸 건 이번이 처음이었다. 사실은 소설에 푹 빠질 수 있는, 홀로 있는 시간이 즐거웠다. 갑자기 날카로운 통증이 에이바를 덮쳤고, 그녀는 어머니를, 어머니가 운영했던 서점을 생각했다. 서점 냄새도 맡을 수 있을 것만 같았다. 늘 정신이 없었고 아무렇게나 쌓여 있는 듯했지만, 사실은 어머니와 이모만의 독특한 체계로 분류해 여러 탁자에 올려놓은 책들이었다. 릴리가 죽은 뒤로 수년 동안, 에이바는 어머니도, 동생도, 어린 시절도 생각하지 않으려고 무던히도 애썼다. 하지만 바닷가에서 책을 무릎에 놓고 수평선 너머로 사라지는 해를 바라보고 있자니, 떠오르는 생각을 멈출 수가 없었다.

에이바가 잡은 릴리의 작은 손은 끈적했다. 자매의 똑같이 생긴 두 침대 사이에 흔들의자를 놓고 앉아서 밤마다 책을 읽어 주던 어머니. 그 깊고도 거친 목소리는 늘 에이바를 잠들게 했다. 학교가 끝나고 서점으로 가서 빈백에 털썩 앉으면 서점 냄새가, 파출리와 눅눅한 습기와 책이 만들어 내던 냄새가 에이바를 감싸곤 했다.

가족들은 함께 저녁을 먹었다. 어머니가 만든 걸쭉한 수프와 빵을 먹었다. 하지만 이런 기억들은 언제나, 변함없이 다른 기억들에 자리를 빼앗겨 버렸다. 사이렌 소리, 경찰, 움직이지 않던 동생, 비명을 지르던 어머니. 그 뒤로 어머니는 멀어졌다. 처음에는 그저 침대에 누워만 있었다. 저녁은 핫도그, 통조림 콩, 햄버거 헬퍼, 스크램블드에그같이 아버지가 급하게 준비한 음식들로 때워야 했다. 조금 더 시간이 흐르자 어머니는 서점에서 돌아오지 않았다. 아침 일찍 집에서 나갔고, 가끔은 밤에도 돌아오지 않았다. 어머니는 서점 뒷방에 놓아둔 간이침대에서 잤다. 에이바는 학교가 끝나도 서점에 가지 않았다. 평온함을 주던 냄새도, 몸에 맞게 푹 꺼지던 빈백도, 행복하게 이야기하던 어머니도, 모두 사라져 버리고 말았다.

그리고 그다음 해 여름에 어머니가 떠났다. 쪽지도 남기지 않았고 작별 인사도 하지 않았다. 어느 날 아침에 그냥 자동차를 타고 떠나 버렸다. 그때쯤에는 이미 베아트리스 이모도 떠나고 없어서 어머니 혼자 서점을 운영하고 있었다. 이모도 조카의 죽음을, 그 죽음이 불러온 결과들을 감당할 수가 없었던 것이다.

그때 전화가 왔고, 어머니가 죽었다고 했다. 어머니의 자동차는 제임스타운 다리 위에서 발견됐다. 시동은 켜져 있었고, 운전석 문은 열려 있었다고 했다. 다리 밑에 서 있던 노동자들이 물속으로 떨어지는 무언가를 봤다고 했다.

에이바가 『클레어에서 여기까지』를 읽은 것은 그해 여름이었다. 막내딸 클레어를 잃은 영국 가족에 관한 이야기였다. 부부 관계는 무너져 내렸고, 살아 있는 딸, 제인은 어머니를 위로하려고 필사적으로 애썼다. 주말에 스톤헨지로 놀러 간 가족은 길을 잃었고, 돌이 원형으로 놓여 있는 또 다른 장소에 도착했다. 어머니와 딸은 그곳에 남고, 아버지는 주차하러 갔다. 갑자기 비가 내리고 바람이 거세게 불기 시작했다. 낙심한 어머니는 남편을 기다리지 않고 돌기둥을 보러 가기로 했다. 제인은 어머니를 따라 돌기둥 주위를 돌았다. 바람이 두 사람을 감싸고 돌면서 울부짖었다. 두 사람은 돌기둥 밑에서 공터처럼 보이는 은신처를 찾아냈다. 공터에 도착한 어머니와 딸은 지하로 내려가는 계단을 찾았다. 제인은 계단을 내려가면 안 된다고 말렸지만, 어머니는 딸의 말을 듣지 않았다. 두려웠지만 제인은 어머니를 따라갔다. 두 사람은 아래로 경사진 통로를 따라 걸었다. 주위에 거대한 돌들이 있었고, 내려가면 내려갈수록 점점 더 어두워졌다. 제인은 어머니에게 제발 그만 가자고 애원했지만, 그들은 바닥까지 내려갔다. 그곳에서 희미한 빛을 뿜고 있는 사람들을, 죽은 자들의 영혼을 발견했다. 그 영혼들 사이에서 클레어를 찾은 어머니는 무척 기뻐하고 안도하면서 죽은 딸을 가슴에 꼭 끌어안았다.

기억 속에서 줄거리가 떠오르는 동안 에이바는 눈을 감고 있었다. 잊어버렸다고 했던 많은 내용이 떠올랐다. 영혼들이 어떤 모습이었는지, 클레어를 발견한 어머니가 얼마나 기뻐했는지, 두 사람이 클레어를 데리고 지상으로 돌아갈 수 없다는 사실을 어떻게 깨달았는지가 생각났다. 어머니와 제인이 클레어와 함께 있으려면 지하에 머물러야 했다. 저 위에서, 지상에서 아버지가 두 사람을 부르는 소리가 들렸다. 어머니의 무릎에 앉은 클레어를 가운데 두고 제인과 어머니는 서로의 눈을 봤다.

"가."

어머니가 말했다. 제인은 고개를 저었다. 딸을 부르는 아버지의 목소리는 절박했다.

"가."

"엄마 없이는 안 갈 거야."

두려움에 울부짖으며, 제인이 말했다.

"제인, 넌 아름다운 삶을 살 자격이 있어. 나는 기꺼이 내 삶을 포기해야 하고."

어머니는 덤덤하게 말했다. 클레어를 너무나도 세게 끌어안고 있는 모습을 보며 제인은 어머니가 결코 이곳을 떠나지 않으리라는 것을 알았다. 제인은 뒤돌았고, 뛰기 시작했다. 돌이 깔린 긴 통로를 뛰어 올라갔다. 제인의 뒤로 모든 영혼이 내는 소리가 메아리쳤다. 제인은 공터 위로 튀어 나갈 때까지 달리고 또 달렸다. 이미 비는 그쳤고, 따끔하고 찬란한 햇살이 내리쬐고 있었다. 아버지가 제인을 봤다. 눈물범벅이 된 얼굴로 제인에게 두 팔을 활짝 벌렸다. 제인은 달려가 아버지의 가슴에 얼굴을 묻었다. 안정적으로 평온하게 뛰고 있는 아버지의 심장 소리에 귀를 기울였다.

무엇 때문인지는 몰라도, 에이바는 그 모든 것이 기억났고, 벌떡 일어섰다. 『백 년의 고독』이 모래사장으로 떨어졌고, 심장은 갈비뼈를 칠 정도로 심하게 뛰었다. 눈앞에서 또 다른 연인이 강아지를 데리고 걸어오고 있었다. 에이바는 아주 느리게 물건을 챙기고 자동차가 있는 곳으로 걸어갔다.

줄리앙이 파랗고 녹색인 끈 같은 걸 한 움큼 내밀었다.

"네 거야, 마 뮈르(내 오디)."

줄리앙은 웃으면서 그 끈을 뼈가 보일 정도로 마른 매기의 벗은 엉덩이에 대고 끈의 다른 쪽 끝을 잡아당겨 움푹 파인 배 위로 넘겼다.

"정말 예뻐."

줄리앙이 중얼거렸다. 매기는 약에 취해서 대답할 수가 없었다. 죽은 친구가 시신 운구 백에 담겨 실려 가는 모습을 봤다면 그 즉시 약을 끊는 게 정상 아닐까? 너무나도 무서워서 제정신을 차려야겠다고 결심하지 않을까? 하지만 그와는 정반대 일이 일어났다. 어젯밤에 매기는 줄리앙을 설득해서 흡입이 아니라 주사를 놓게 했다. 그는 그녀의 발목 안쪽에 주사를 놓았다. 약이 몸 안으로 흘러 들어가는 순간을 느낀 후 매기가 다시 눈을 떴을 때, 줄리앙은 키스했다.

그가 한 말을 기억하려고 애썼다. 어디론가 가자고 했는데? 그게 어디였더라? 곧 머리가 맑아지겠지만, 지금은 약에 취해 있는 게 좋았다. 그러면 생각할 필요가 없으니까. 아니, 매기는 생각하고 싶지 않았다. 생각을 시작하면 개빈을 담은 운구 백이 떠오를 테니까. 주사 때문에 생긴 작은 멍들도 보일 테고, 답장을 하지 않은 오빠의 메일도 보일 테고, 놓쳐 버린 엄마의 전화들도 보일 테니까.

지금은 분홍색 소파에 누워서 줄리앙의 말이 주위에 둥둥 떠다니게 내버려 두는 것이 좋았다. 창백한 피부 위에 끈을 올려놓고 긴 창문으로 쏟아져 들어오는 뜨거운 햇살을 받는 것이 좋았다.

줄리앙이 데려간 곳은 남프랑스였다. 바닷가 만에 있는 작은 도시였다. 돌로 만든 집에는 냉장고가 없어서 차게 저장해야 하는 것들은 모두 우물에 넣어 두어야 했다. 아몬드와 올리브 나무가 늘어서 있는 긴 산책로를 따라가면 가파른 절벽이 나왔고, 밑에는 건너편으로 마르세유가 보이는 바위 해변이 펼쳐졌다.

줄리앙은 체구보다 작은 스피도 수영복을 입어 우스꽝스러워 보였다. 그가 바위에 파도가 부서지는 바다로 들어가는 모습을 매기는 지켜봤다. 그때 떠오른 생각이 있다. 어쩌면 저 사람 익사할지도 몰라. 저곳에 저층 역류가 흐르고 있어서 줄리앙을 쓸어 가 버릴지도 몰라. 그런 생각을 하면 끔찍한 기분이 들어야 할 텐데, 안도감이 느껴졌다. 계속 생각했다. 저 사람에게서 도망쳐야 해. 그리고 또 생각했다. 하지만 어떻게?

조금 더 바다에 가까운 해변에서는 또래 남자아이들 셋이 담요를 펴고 앉아 담배를 피우고 와인을 마시면서 카드놀이를 하고 있었다. 평범해 보였고, 정상인처럼 보였다. 매기도 또다시 저렇게 되고 싶었다. 다시 줄리앙을 봤다. 파도 속에서 첨벙거리고 있었다. 코바늘뜨개로 만든 상의를 걸쳐 입고 남자아이들에게 걸어갔다.

매우 아름다운 아이들이었다. 그 평범함이라니. 특별한 사람들보다 훨씬 더 매력적으로 보이는 평범한 남자아이들이었다. 한 명은 곱슬거리는 갈색 머리에 둥근 얼굴, 녹색 눈을 하고 있었고, 또 한 명은 금발 머리를 짧게 깎았고, 투명한 파란 눈이었다. 나머지 한 명은 검은 머리에 털이 많고 조금 뚱뚱했다.

"봉주르."

매기가 인사했다. 곱슬거리는 갈색 머리의 남자아이가 올려다보며 웃었다.

"네 번째 사람이 필요하기는 했어요. 함께 할래요?"

그 아이는 영어를 한 단어씩 느리게 발음했다.

"아버지는 혼자서도 잘 노는 것 같으니까, 걱정하지 말고요."

검은 머리 아이가 담요를 툭툭 두드리면서 말했다.

"저 사람은……."

매기는 말을 시작은 했지만 마무리는 하지 못했다. 그저 검은 머리의 남자아이 옆에 앉았고, 나누어 주는 카드를 받았다. 금발 머리의 남자아이가 주는 담배와 와인도 받았다. 고개를 들어 바다를 봤을 때는 줄리앙이 보이지 않았다. 매기가 바라던 대로 익사한 건 아니었다. 담요와 과일, 치즈, 샤블리 와인을 담은 작은 아이스박스를 들고 해변을 떠나 버린 것이다.

일어나서 줄리앙을 따라가야 한다는 걸 알고 있었다. 하지만 그러지 않았다. 그냥 앉아서 이름 또한 평범하고 아름다운 남자아이들과 카드놀이를 하고 담배를 피웠다. 앙리라는 금발 머리 아이는 매기 자신이 아름답고 흥미로운 여자라는 느낌이 들게 했다. 그는 매기를 보며 웃었고, 매기도 웃었다. 남자아이들이 수영을 하러 갔을 때는 매기도 따라갔다. 걸쳐 입었던 상의를 벗으려고 옷을 들어 올리자 드러난 가슴을 앙리가 보고 있는 걸 알았다. 해변으로 걸어갈 때 매기는 앙리의 손에 살며시 자기 손을 밀어 넣었다. 도망쳐야 했다. 앙리가, 투명한 파란색 눈과 길고 늘씬한 몸을 한 이 남자아이가 도망치게 도와줄지도 몰랐다.

"쥬 템므 비앵."

앙리가 말했다. 두 사람은 천연 동굴과 바위가 무리 지어 동굴 형태를 만들고 있는 지역까지, 단둘이서만 해변을 따라 걸었다. 어두워진 하늘은 보라색과 주황색으로 변해 있었고, 밀려온 파도가 두 사람의 발목을 살며시 감싸고 돌았다. 매기는 쥬 템므 비앵을 직역하면 '너를 아주 사랑해'라는 걸 알고 있었다. 하지만 프랑스어로는 "너를 좋아해."라고 말할 방법이 없다는 것도 알았다. 그러니까 쥬 템므 비앵이 최선이었다.

"쥬 템므 비앵 오시(나도 너를 아주 사랑해)."

"퓌쥬 탕브라세(입 맞춰도 돼)?"

매기는 고개를 끄덕였고, 앙리는 그녀의 입술에 닿을 때까지 늘씬하고 긴 몸을 매기 쪽으로 기울였다. 멀리서 남자아이들이 앙리를 불렀다.

"아 드맹(내일)?"

앙리가 물었다. 내일 어떻게 해야 그를 만날 수 있을지는 몰랐지만, 고개를 끄덕였다. 줄리앙은 어떻게 해야 할까? 오후 내내 혼자만 있게 했으니 정말로 화가 많이 나 있을 텐데, 벌써부터 불안했다.

"여기서 만날까? 해변에서?"

앙리가 물었다. 매기는 심하게 떨리는 다리를 느낄 수 있었다. 왜 떨리지? 두려워서? 아니면 내장이 다시 약을 달라고 애원하니까?

"위. 이시(좋아. 여기서 만나)."

앙리가 무슨 말인가를 했지만, 갑자기 돌아갈 길이 멀다는 생각에 사로잡힌 그녀는 다른 생각을 전혀 할 수 없었다. 가파른 돌길을 올라야 했다. 아몬드와 올리브 나무가 늘어선 길을 걸어야 했다. 이미 해는 지고 있었다.

떨리는 다리 때문에 바위를 오르기가 힘들었다. 밑에서 앙리가 무슨 말인가를 하며 소리쳤지만 머릿속에서 휘몰아치는 소리 때문에 알아들을 수가 없었다. 머리 위로 들쑥날쑥하게 펼쳐진 돌들은 날카롭고 거칠어 보였다. 매기는 바윗길 너머를 바라봤고, 해변 위에 서 있는 앙리를 내려다보았다. 숨을 깊이 들이마셨다. 이제 다시는 줄리앙에게 돌아갈 수 없었다. 절대로. 천천히, 매기는 다시 바윗길을 내려가기 시작했다.

행크

행크 빙엄은 아내의 정원에 서 있었다. 새로 사 온 정원 호스는 아주 빳빳하게 힘을 주며 손에서 버티고 있었다. 자동차 바퀴부터 바비 인형, 커피 주전자에 이르기까지 없는 게 없는 베니의 가게에서 이 호스를 사 왔다. 가게에서 그는 지금까지 정원에 물을 줘 본 적이 단 한 번도 없는 사람처럼 진열된 호스를 노려보고 서 있었다. 호스들은 밝은 녹색 뱀처럼 똬리를 튼 채 행크가 골라 주기를 기다렸다. 정원 호스를 사 본 적이 있는지, 기억나지 않았다. 집에 있던 호스는 원래 있었던 건지도 몰랐다. 행크 부부에게 집을 판 노부부가 남기고 간 것일 수도 있었다. 그 노부부가 두고 간 벌새 모이통에 아내는 의무적으로 설탕물을 채워 놓고는 했다. 노부부가 상자 가득 남겨 놓은 낡은 엽서들은 온갖 기억과 사랑의 증표를 담고 있는 것만 같았고, 무척 특별해 보였다. 그래서 돌려주려고 행크가 얼마나 애썼는지 모른다. 간신히 연락이 닿은 할아버지는 그냥 버리라고 했지만 말이다.

그 엽서들은 특별한 추억의 산물이 아니었다. 그저 할머니가 공예 작품을 만들 때 필요할지도 몰라서 위킨든 거리에 있는 중고 물품점에서 사 온 것이었다. 하지만 할머니는 그 엽서들을 쓰지 않았고, 만들던 공예품들도 그대로 두고 가 버렸다. 무엇이든지 레이스처럼 모서리를 잘라 낼 수 있는 가위도, 펠트 천 조각도, 자수 실도 두고 갔다. 가위 같은 물건은 나딘이 사용했다. 하지만 엽서는 아니었다. 엽서는 아내가 죽은 뒤에 행크가 내다 버렸다. 그러니까 지금까지 사용했던 정원 호스도 그 노부부의 것일 가능성이 컸다.

오늘 아침에 행크는 아내의 정원에 물을 주기로 마음먹었다. 죽은 식물들을 쳐다봤다. 식물 돌보는 일은 전적으로 나딘에게만 맡겨두었다. 튤립은 되살리기에 너무 늦은 것만 같았다. 구근은 첫서리가 내리기 전인 가을에 심어야 하니까. 하지만 웬일인지, 갈색 낙엽이 쌓여 있는 정원 구석에서 키가 큰 노란색 튤립이 몇 송이 피어났다. 그는 그 꽃들을 향해 호스를 겨냥하고 노즐을 열었다. 꾸르륵꾸르륵, 물이 호스를 따라 달려오는 소리가 들리더니 노즐 밖으로 한 줄기 물이 길게 뻗어 나갔다. 노즐을 돌려 물이 넓게 퍼져 나가게 했고, 방향을 한껏 위로 올려 모든 것이 죽어 버린 땅 위에 비가 내리게 했다.

몇 년 전, 행크에게는 한국인 파트너가 있었다. 리라고 하는 무척 친절한 남자였는데, 나중에는 그를 기억하는 사람조차 없을 정도로 근무지에서는 아주 잠시만 머물다 갔다. 함께 근무할 때 리는 오후만 되면 라면을 끓여서 커다란 그릇에 담아 먹었다. 나딘이라면 염분이 너무 많다며 절대로 입에도 대지 못하게 할 음식이었다. 하지만 리는 라면에 달걀도 풀고 가늘게 찢은 치즈와 다진 파도 넣었다. 행크가 한쪽에는 흰 빵을 대고 다른 쪽에는 통밀빵을 댄 참치 샐러드 샌드위치와 당근, 사과를 먹는 동안 리는 요란한 소리를 내면서 행복하게 라면을 먹었다. 냄새는 정말로 좋았고, 리의 얼굴은 매우 행복해 보였다. 행크가 그 자리에서 버티지 못하고 밖으로 나가 버려야 할 때도 있었다.

오늘 밤에는 하루 종일 무릎을 구부리고 앉아서 식물을 심느라 손톱에는 흙이 끼고 등은 너무 아팠다. 그래서 라면을 끓여 먹기로 했다.

"미안해, 나딘."

큰 소리로 말하고 펄펄 끓는 물에 면과 수프를 넣었다. 리는 어떻게 살고 있을까? 궁금했다. 어째서 그렇게 급히 떠나 버렸으며, 어디로 갔는지 궁금했다. 두 사람은 가까운 사이는 아니었다. 하지만 함께 시간을 즐기기는 했다. 리를 찾아내 지금 라면을 먹고 있다고 말해 주고 싶은 충동이 미친 듯이 일었다. 하지만 곧 리가 성이었는지, 이름이었는지도 모른다는 생각이 들었다.

주황색 끈처럼 찢어 놓은 치즈 냄새를 맡고 미스 키티가 가르랑거리며 다리 사이를 왔다 갔다 했다. 미스 키티가 오기 전까지는 고양이가 가르랑거리는 소리를 들어 본 적도 없었다. 그 소리가 얼마나 듣기 좋은지도 몰랐다는 사실이 우습게만 느껴졌다.

"미안해, 나딘."

다시 말하고 치즈를 반으로 잘라 고양이를 위해 부엌 바닥에 던져 주었다. 라면 그릇을 들고 가장 좋아하는 자리인 텔레비전 앞으로 갔고, '휠 오브 포춘'을 틀었다. 미스 키티가 행크의 발뒤꿈치에 몸을 대고 앉았다. 라면 맛은 좋았다. 리가 그토록 행복해하던 이유를 알 수 있었다.

행크는 위를 올려다보았다. 행운의 바퀴가 돌아가고 있었다. 라면은 식어 버렸다. 욱신거리는 등과 시큰한 무릎을 펴고 간신히 몸을 일으켜 침실로 갔다. 옷장 제일 밑의 서랍을 열어 가지런히 갠 여름 셔츠들을 들쳐 올렸다. 아내는 아프기 직전에, 아니, 나딘이 많이 아프다는 사실을 두 사람이 알기 전에 여름 셔츠를 모두 빨아 갠 뒤에 서랍장에 넣어 두었다. 날씨가 서늘해지고 여름이 가을로 변해 갈 무렵이었다.

손으로 서랍장 바닥을 쓸어 원하던 것을 찾았다. 『클레어에서 여기까지』. 책을 들고 소파로 가서 몇 달 만에 처음으로 텔레비전을 껐다. 거대한 정적이 거실을 가득 메웠다. 고양이가 행크의 가슴에서 크게 기지개를 켜더니 곧바로 가르랑거리기 시작했다. 고양이의 짧은 털을 잠시 쓰다듬어 주고는 책을 읽기 시작했다.

"제인의 부모님은 지난여름 동생이 죽은 뒤로 서로 말을 하지 않았다. 아, 말을 하기는 했다. 소금 좀 줘. 4시에 제인을 데리러 가 줘. 하지만 정말로 말을 한 것은 아니었다. 그저 아버지는 일하러 갔고, 어머니는 집에서 울기만 했다. 하지만 오늘은 달랐다. 제인으로서는 왜인지 알 수 없는 이유로 가족들은 휴가를 떠났다. 세 식구 모두……"

그날 아침
1970년
행크

행크 빙엄은 경찰의 삶이 좋았다. 오래된 원두커피도, 클립보드에 새 종이를 끼워 넣을 때 나는 경쾌한 소리도, 엉덩이에서 묵직하게 느껴지는 권총도 좋았다. 해뜨기 직전에 은색으로 변한 하늘을 보고, 해 질 무렵에 보라색으로 변한 하늘을 볼 수 있는 긴 근무 시간도 좋았다. 경찰로 살면서 행크가 끔찍하게 싫었던 건 단 하나, 죽은 아이를 보는 일이었다. 피와 총상을 봐도, 갈라진 머리에서 뇌가 보여도 눈 하나 깜짝하지 않았다. 구겨진 자동차 속에서 뒤틀린 시체를 유압 도구로 끌어내는 모습을 봐도 동요하지 않았다. 하지만 아이는…….

모퉁이를 돌자마자 그 아이가 보였다. 눈부시게 밝은 햇살 아래, 터무니없을 정도로 푸른 잔디에 조그만 분홍색 덩어리가 보였다. 참사를 당한 사람이 그러듯 한 여인이 엄청나게 흥분한 상태로 잠시도 가만히 있지 못했다. 그 옆에는 미동이 없어 현실의 존재 같지 않은 작은 아이가 서 있었다. 길가에 주차해 놓은 구급차 위에서는 경광등이 빨간색 빛을 내며 정신없이 돌고 있었고, 두 구급대원이 누워 있는 아이를 보고 있었다. 주차하면서 이 모든 상황을 파악한 행크는 아이가 있는 곳으로 걸어갔다. 여자가 그에게 달려왔다. 얼굴은 눈물범벅이었다.

"우리 애가 죽었어요!"

여자가 비명을 질렀다. 파트너 리가 도착했고, 자동차 밖으로 나왔다. 행크는 리에게 정신이 반쯤 나가 버린 여자를 맡으라고 했다. 마음을 다잡고 현장으로 계속 걸었다.

풀밭에 누워 있는 분홍색 옷을 입은 여자아이는 목이 부러져 있었다. 그건 한눈에 알 수 있었다. 아이의 뺨에는 멍이 들어 있었다. 아이를 보고, 고개를 돌렸고, 침을 꿀꺽 삼켰다. 위를 올려다보았다. 키가 큰 나무 위에는 하얀색 꽃이 한가득 피어 있었다.

"떨어졌군."

혼잣말을 했다. 그는 꼼짝도 하지 않고 서 있는 여자아이에게 다가갔다. 너무나도 어리고 충격에 빠진 아이가 도움이 될 리 없다는 사실을 잘 알았다. 하지만 그렇다고 그냥 지나갈 수는 없었다. 무릎을 꿇고 앉아서 아이의 눈을 들여다보았다. 담갈색이었지만 갈색과 녹색과 금색이 섞인 독특한 눈이었다. 그 담갈색 눈이 충격으로 얼이 빠져 있었다.

"안녕, 예쁜이. 너무 힘들다는 거 알아, 하지만 아저씨한테 얘기 좀 해 줄래?"

아이는 대답하지 않았다.

"아저씨는 행크야. 너는 누구니?"

아이는 몇 차례 입만 벙긋했다.

"잘 안 들리는데, 이름이 뭐니?"

아이는 혀로 입술을 핥더니 조그맣게 웅얼거렸다.

"아저씨가 좀 적을게."

수첩을 꺼냈다.

"아저씨가 알아들을 수 있게, 크게 말해 줄래?"

"에이바예요."

아이는 제대로 말해야겠다고 생각했는지 다시 말했다.

"에이, 바, 예요."

에이바가 울기 시작했다. 눈물이 점점 더 빠르게, 점점 더 많이 쏟아져 내렸다.

"릴리는 괜찮아요?"

"릴리가 네 동생이니?"

아이는 고개를 끄덕였다.

"동생이 뭘 한 거니? 나무에 올라갔어?"

"내가 너무 높이 올라갔다고 말했어요."

에이바의 몸이 떨리고 있었다.

"그래서 동생이 내려왔어?"

"아니에요. 절대로 안 내려왔어요."

"그래서 네가 올라간 거야?"

"난 높이 올라가는 거 싫어해요. 난 높이 올라가면 무서워요."

리가 아이의 어머니에게 질문하고 있었다.

"그럼 엄마가 따라 올라갔니?"

행크가 물었다.

"엄마는 일하러 갔어요."

에이바가 대답했다.

"그럼 저기 있는 분은 누구니? 리 형사랑 이야기하는 분은?"

"베아트리스 이모예요. 오늘 우리를 돌봐 주러 온 거예요. 릴리는 괜찮아요?"

에이바가 다시 물었다. 행크는 수첩에 아이의 어머니는 일하러 갔고 이모가 아이들을 돌보고 있었다고 적었다.

"그럼 이모가……, 이모 이름이 뭐라고?"

"베아트리스 이모예요."

에이바가 다시 말했다.

"이모가 릴리를 도와주려고 나무에 올라갔니?"

행크가 물었다. 아이는 고개를 저었다.

"이모는 집 안에 있었어요."

"넌 여기 있어. 움직이지 말고. 아저씨는 리 형사랑 이야기 좀 하고 올게."

자동차 한 대가 매우 빠르게 모퉁이를 돌더니 너무 급하게 브레이크를 밟았다. 그곳에 있던 모든 사람이 그쪽으로 고개를 돌렸다. 행크는 얼굴을 찡그렸다.

"무슨 일이야?"

행크가 큰 소리로 말했다. 나를 따라온 걸까? 잠시 생각했지만 터무니없는 추론이라는 생각이 들었다. 자신을 따라왔다면 지금에야 도착할 수는 없을 테니까. 하지만 그 사람이 분명했다. 저렇게 낡은 라임색 시트로엥을 몰고 다니는 사람은 그 사람뿐이었다. 게다가 라벤더 드레스를 입은 그 사람이 자동차에서 내리지 않나. 섹스한 뒤에는 언제나 그러듯이 뒤엉킨 뒷머리를 빗지도 않은 그 사람이 달려오고 있었다. 고함을 지르면서. 행크는 그 사람이 외치는 소리를 알아들을 수 있었다.

"릴리! 릴리! 릴리! 릴리! 릴리!"

에이바

"가르시아 마르케스는 여덟 살 이후로는 자기 인생에서 아무런 일도 일어나지 않았다고 했죠. 그리고 자기 책에서 묘사하고 있는 분위기는 어린 시절을 보낸 콜롬비아의 아라카타카를 반영하고 있다고 했어요."

케이트가 설명하기 시작했다.

"케이트? 이제부터는 내가 말해도 될까요? 왜냐하면 내가 이 책을 선택했고, 케이트가 이해하기 쉽게 설명해 주는 건 너무, 너무나 고맙지만, 지금 당장 하고 싶은 이야기가 몇 가지 있어서요. 그래도 되죠?"

루스가 케이트의 말을 가로막으며 말했다.

"아, 물론이죠."

케이트가 옆으로 비켜서면서 대답했다.

"루스가 가져온 인덱스 카드를 봐요."

오너가 말했고, 모두 웃었다. 페니가 에이바에게 몸을 기울이며 말했다.

"루스는 정말 꼼꼼한 사람이에요. 대략적인 계획을 세우면 그 뒤에는 모든 걸 저 카드에 적어 넣죠. 아이를 여섯이나 기르려면 나 같아도 그럴 거 같지만."

루스는 첫 번째 카드를 흘긋 쳐다보더니 사람들을 봤다.

"내가 이야기를 나누어 보고 싶은 건 이거예요. 첫째는 마르케스가 경험한 시골 생활과 그의 소설이 갖는 관계이고, 둘째는 마르케스 소설의 정치적 이상과 라틴아메리카의 정치적 이상을 비교하는 거고, 셋째는……."

그녀는 손을 높이 들고 손가락으로 수를 짚어 가면서 말했다.

루크가 천연덕스럽게 손을 에이바의 무릎에 올려놓았다. 당혹감에 딱딱하게 굳은 그녀가 손을 살짝 때렸지만, 그는 눈치채지 못한 것 같았다.

"다섯째는 콜롬비아의 역사와 식민주의와 근대화에 맞서는 라틴아메리카의 투쟁을 마르케스가 어떻게 그려 냈는가 하는 거고, 여섯째는 이 소설이 사람의 본성에 관해서는 어떤 이야기를 하고 있는가예요."

"좋아요!"

루스의 발표가 굉장히 마음에 든 것이 분명한 오너가 소리쳤다.

"말씀해 준 그런 점들이 이 소설을 정말로 위대하게 만든 거죠."

루크도 동의했다. 모두가 루크에게 고개를 돌렸을 때, 에이바는 궁금했다. 지금 그의 손이 내 무릎에 있는 걸 사람들이 볼 수 있을까? 존이 보고 있는 건 아니겠지? 존이 혼란스러워 보이는 건, 그냥 늘 그런 표정이기 때문이겠지?

"정치와 역사를 다룬 소설이기는 한데, 결국에는 대부분 사랑의 가능성을 다루지 않았나요? 고독이 주는 슬픔도요."

"이 책은 그 모든 걸 말하고 있는 거예요, 루크. 그것도 너무나 아름답게요. 이 책에 이렇게 감동받을 거라고는 생각지도 못했어요."

에이바가 말했다. 곁눈으로 흘긋 보니 존이 고개를 끄덕이고 있었다.

"그리고 기억이라는 짐도요. 소설 속 인물들은 기억을 잊는 걸 위험하다고 생각하는데, 그러면서도 기억이 갖는 무게를, 그 짐스러움을 이야기하고 있어요."

다이애나가 말했다.

"레베카를 보세요. 레베카는 남편이 죽은 뒤에 기억 때문에 자기 집에 갇혀 버립니다."

존이 말했다.

"레베카는 주변 세상을 상대하는 것보다 기억과 함께 홀로 있는 걸 택한 거예요."

키키가 거들었다.

"부엔디아 대령은 레베카하고는 완전히 다른 태도를 보입니다. 안 그렇습니까? 그에게는 어떠한 기억도 없으니까요."

존이 말했다.

"우리가 좀 급하게 나가는 거 같은데요, 안 그래요?"

루스가 의문을 제기했고, 케이트가 웃었다.

"늘 그렇잖아요, 루스. 순서대로 이야기를 나눈 적이 없었던 거 같아요."

"대령이 만드는 작은 황금 물고기에는 어떤 뜻이 담겨 있을까요?"

키키가 물었다.

"그건 상징이네요. 네 번째 토론 주제고요."

루스가 대답했다.

"맞아요. 하지만 대령은 그 작은 황금 물고기가 잘못된 이상을 나타낸다는 걸 깨닫자마자 더는 만들지 않죠."

다이애나가 말했다.

"그냥 만들지 않은 것뿐만 아니라 이미 만든 것들도 녹여 버려요. 계속해서요. 그건 정말 완벽한 상징이에요. 무엇에 대한 상징이냐면……"

에이바는 사람들을 살펴보았다. 존은 예의 그 어리둥절한 표정을 짓고 있었고, 모니크는 열정적으로 고개를 끄덕이고 있었고, 루스는 좌절한 표정으로 인덱스 카드를 꼭 쥐고 서 있었고, 오너는 문학 강의를 하고 있었다. 다이애나는 눈과 짙은 립스틱을 바른 입술을 조금 더 극적으로 보이게 만들고 있었고, 키키는 몰스킨 공책에 무언가를 열심히 적고 있었다. 애초에 에이바가 이곳에 올 수 있게 도와준 좋은 친구인 케이트는 의자에 등을 기대고 앉아서 사람들이 사랑하는 책을 주제로 한껏 목소리 높여 토론하는 소리를 듣고 있었다. 이들을 보면서 에이바는 아주 오랫동안 느끼지 못했던 따뜻함과 평온함이 가슴 가득 채워짐을 느꼈다.

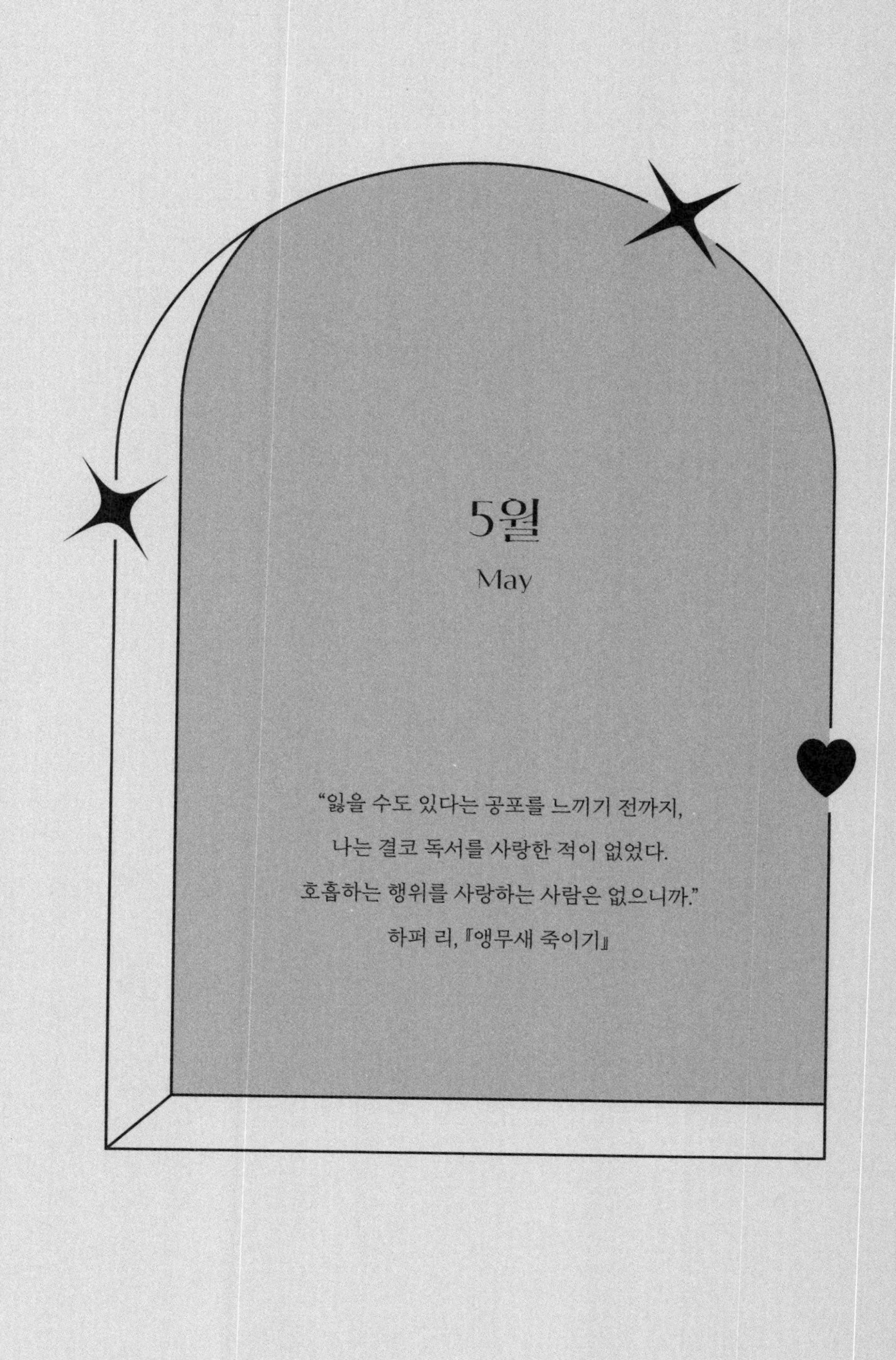

5월

May

"잃을 수도 있다는 공포를 느끼기 전까지,
나는 결코 독서를 사랑한 적이 없었다.
호흡하는 행위를 사랑하는 사람은 없으니까."

하퍼 리, 『앵무새 죽이기』

에이바

에이바가 에이지드 오크스 요양원의 스튜디오 아파트로 걸어 들어갔을 때, 아버지는 유독 멍한 표정을 짓고 있었다. 식탁 위에는 손도 대지 않은 음식이 있었다. 고기를 잘게 자르고 아버지 목에 냅킨을 턱받이처럼 둘렀다. 아버지가 반항적인 표정으로 딸을 봤다.

"제발요. 드셔야 해요."

수저로 사과 소스를 조금 떠서 아버지에게 가져갔다. 마지못해 벌린 아버지의 입에 사과 소스를 조금 집어넣을 수 있었다.

"어제 그 사람이 전화했더라."

사과 소스를 삼키고 그가 말했다.

"그 사람이 누구예요?"

포크에 작은 고기 조각과 으깬 감자를 올리면서 물었다.

"너희 엄마."

"아빠……."

"너희 엄마가 한 말이 무슨 뜻인지 모르겠더구나. 중요한 말 같았는데."

포크를 아버지 입에 닿을 정도로 내밀었지만, 그는 입을 꾹 다물어 버렸다.

"어젯밤에 내가 전화했잖아요. 기억 안 나세요? 책에 관해 물어보려고요."

"네가 전화했다고?"

어리둥절한 표정이었다.

"어렸을 때 내가 사랑했던 책이 있는데, 혹시 아빠가 가지고 있는 건 아닌지 물으려고요. 왠지 갖고 계실 것 같아서요."

"너희 엄마 전화는 그 뒤에 온 거구나."

아버지는 고개를 끄덕였다.

"그래, 그런 거야. 네 엄마가 전화했을 때는 거의 잠들어 있었어. 왜 그렇게 늦은 시간에 전화한 건지 설명해 주기는 했는데, 뭐라고 했는지 기억나지 않는구나."

아버지는 주먹을 쥐고 이마를 꾹 눌렀다.

"좋아요. 엄마가 전화해서 기뻐요."

에이바가 다정하게 말했다. 아버지의 눈이 갑자기 밝아졌다.

"누군가에게 문제가 생겼다고 했어."

에이바는 다시 포크를 아버지 입에 댔다. 이번에는 입을 크게 벌렸다.

"이 음식은 끔찍하구나."

아버지는 음식을 삼키고 말했다. 딸이 웃었다. 어쨌거나 지금은 맑은 정신으로 돌아와 있었으니까. 어쨌든 지금은 말이다.

어렸을 때 아버지는 매일 정장을 입고, 넥타이를 매고, 번쩍이는 광을 낸 윙팁 구두코 신발을 신고, 검은색 서류 가방을 들고 아침 일찍 집에서 나갔다. 그는 생명 보험 설계사였다. 시내에 있는 작은 사무실 책상에 앉아 오전에는 고객이 될 법한 사람들에게 전화를 걸었다. 점심을 먹은 뒤에는 자동차를 타고 고객들을 찾아다녔다. 아침에는 차가운 시리얼과 바나나를 먹었고, 점심 도시락으로는 사무실에서 먹을 흰 빵에 케첩을 바른 볼로냐 샌드위치를 싸 갔다. 에이바의 어머니이자 아버지의 아내였던 여인은 열정적이었고 변덕스러웠고 예측하기 힘든 사람이었다. 하지만 아버지는 안정적이었고 예측 가능했고 주변에 감사하는 사람이었다.

어머니의 열정은 에이바를 두렵게 할 때가 있었다. 어머니는 베트남 전쟁과 식품에 있는 화학물질 때문에 고함을 지를 정도로 격렬하게 화를 냈다. 리 하비 오즈월드의 단독 범행이 아님을 정부가 인정하지 않자 심하게 화를 냈다. 딸들을 향한 어머니의 격한 사랑 또한 에이바를 두렵게 할 때가 있었다. 힘껏 아이들을 끌어안는 어머니, 아이들이 아프면 지나치게 걱정하는 어머니를 보면서, 에이바는 그런 사랑이 자신을 파괴할지도 모른다고 걱정하기도 했다.

가족은 집 뒤에 있는 숲에서 티 파티를 했고, 요정 옷을 입고 연극을 했다. 모두 어머니가 주도한 활동이었다. 어머니는 신선한 딸기와 크림을 얹은 와플을 직접 만들어 저녁으로 냈다. 완벽한 홀란데이즈소스와 슈거 파우더를 뿌린 황금빛 마들렌도 만들었다. 하지만 오랫동안 너무나 심하게 흐느끼며 울기도 했다. 울기 시작하면 그 누구도 어머니의 눈물을 멈추게 할 수 없었다. "너희가 어떻게 이런 나를 사랑할 수 있겠니?" 어머니는 그렇게 말했다. 물론 식구들은 모두 어머니를 사랑했다. 아마도 릴리가 가장 많이 사랑했을 것이다.

동생과 어머니가 죽은 뒤에 집에는 마법이 사라져 버렸다. 아버지의 아침과 점심 식사 메뉴를 예측할 수 있는 것처럼 저녁 메뉴도 이제는 예측할 수 있었다. 아버지는 표를 만들어 부엌 메모판에 붙여 놓았다. 어머니가 황금색 스프레이 물감으로 칠한 섬세한 요정 날개가 세 쌍 붙어 있던 곳이었다. 표에는 "월요일- 아메리칸 촙수이, 화요일- 스파게티, 수요일- 핫도그와 콩, 목요일- 햄버거 헬퍼, 금요일- 라이스 아 로니를 곁들인 미뉴트 스테이크"라고 적혀 있었다. 요리 밑에는 필요한 재료들을 적은 표가 있었다. 아버지와 6시에 저녁을 먹으려면 에이바는 4시부터 준비를 해야 했다. 주말에는 치킨 쿱이나 더 홍콩에 가서 브로스티드 치킨이나 볶음국수를 먹었다. 부녀는 아무 말도 하지 않았지만 주위에 있는 다른 가족들은 그러지 않았다. 두 사람을 뺀 모두가 밝고 행복해 보였다. 그들은 흘러가는 시간 속에서 점점 희미하게 사라져 가는 것만 같았다.

아버지는 친절하고 온화했지만 둔감한 사람이기도 했다. 에이바에게 학교와 친구들 이야기를 물었고, 학부모와 교사의 만남의 밤에는 의무적으로 참석했다. 하지만 아버지와 앉아 아메리칸 촙수이나 핫도그와 콩을 먹고 있을 때면 어머니의 마법이 너무나도 그리워서 가끔은 숨을 쉴 수가 없었다. 에이바에게 고등학교는 정해진 대로만 흘러가는 집에서 벗어날 수 있는 안식처가 되어 주었다. 늦게까지 학교에 남아 동아리 활동을 했다. 집에 가고 싶지 않았기 때문이다. 프랑스어 동아리, 여성 해방 운동 동아리, 미국의 미래 교사들 모임에 가입했다. 남자 친구도 여럿 만났다. 대부분은 아버지처럼 단조롭고 성실한 남자아이들이었다.

바보였던 거야. 지금 생각해 보면 그랬다. 에이바는 짐과 자신이 예측 가능성과 예측 불가능성의 완벽한 조합이라고 생각했다. 짐은 배우였지 않나? 어쨌든 연극도 했잖아. 캄보디아나 티베트 같은 멀리 있는 색다른 지역도 다녀왔고. 남편과 함께 있으면서 비로소 아버지도 어머니도 아닌, 자기 자신이 되었다는 위로를 받았다. 그런 위로는 인생의 다른 여러 일이 그랬듯, 결국 틀렸음이 입증됐지만.

"우와, 우리 엄마도 이걸 만들어 줬어요."

에이바는 치킨 마르베야가 담긴 냄비를 물끄러미 내려다보았다. 디너파티 때 늘 만드는 에이바의 대표 요리였다. 참고하는 『실버 팰러트 쿡북』의 치킨 마르베야 레시피 위에는 레드 와인 식초와 올리브 주스 방울이 너무나 많이 떨어져서 이제는 글씨도 안 보일 정도였다. 하지만 그건 문제가 되지 않았다. 이미 조리법은 다 외웠으니까. 그리고 지금 에이바는 그 모든 걸 그냥 쓰레기통에 넣어 버리고 싶었다.

"하지만 엄마는 자두는 안 넣었어요."

루크가 얼굴을 찡그리며 말했다. 자두는 에이바가 마음대로 넣었다. 말린 살구와 녹색 올리브와 함께 자두를 넣으면 훨씬 더 예쁘게 보였으니까.

무슨 말이든 하고 싶었지만 기대에 찬 루크의 얼굴을 보고, 요리가 든 냄비를 들고 있으니 할 말이 하나도 떠오르지 않았다. 그저 '『실버 팰러트 쿡북』의 요리를 만들어 줄 정도로 나이 많은 엄마가 있는 젊은 남자랑 지금 뭐 하고 있는 거지?' 하는 생각뿐이었다.

"멋져요. 엄마도 쿠스쿠스를 함께 준비했어요."

루크가 훨씬 더 열정적으로 말했다.

"이제……."

에이바가 드디어 입을 열었다. 갑자기 머릿속에서 많은 말이 떠다녔다. '집에 가! 철 좀 들어! 너희 엄마랑 비교하는 거 그만두지 못해?' 사각팬티와 바보 같은 모자만 걸친 채 웃고 있는 루크를 봤다.

"옷 입어요. 입어야 해요. 곧 손님들이 올 테니까."

그 말이 신호가 됐는지 초인종이 울렸다. 그는 몸을 기울여 입술이 흥건하게 젖을 정도로 진한 키스를 퍼부었다. 에이바는 30분 전의 일을 떠올리지 않으려고 애썼다. 라이언 시장에서 사 온 냅킨과 주물 오지그릇을 식탁에 펼쳐 놓고 있을 때 루크는 수선화 한 다발을 들고 와서는 식탁에 던졌다. 자신을 안아 식탁 위에서 사랑을 하기 시작한 루크를 지우려고 애썼다. 그 순간이 얼마나 좋았는지도 말이다.

"가요."

에이바가 속삭였다. 다시 초인종이 울렸다. 섹스를 한 뒤에 사용한 라이솔 티슈와 수선화를 집어 들고, 현관문으로 걸어갔다. 그레이와 케이트가 군인처럼 꼿꼿하게 서 있었다. 그레이는 와인병을 움켜잡고 있었고, 케이트는 공교롭게도 수선화 다발을 들고 있었다. 두 사람은 어색하게 에이바와 포옹하더니 들고 있는 축축한 티슈와 수선화 다발을 보고서 얼굴을 찡그렸다. 도대체 왜 이들과 저녁을 먹는 게 좋겠다고 생각한 걸까?

"그 어린 친구는 어디 있어요?"

집에 들어오자마자 마티니를 집어 들더니 그레이가 물었다.

"예의 좀 지켜."

케이트가 말했다.

"루크예요. 옷 입고 있어요."

그레이가 한쪽 눈썹을 추켜세웠다.

에이바는 수십 번, 아니, 어쩌면 수백 번 이 집에서 디너파티를 열었고, 늘 같은 순서로 음식을 냈다. 먼저 앞쪽 거실에서 전채 요리를 먹었다. 베닝턴 도자기 접시에 부드러운 치즈와 단단한 치즈, 포도와 워터 크래커를 올려 냈고, 캐슈너트를 그릇에 넣어 마티니와 먹었다. 전채 요리를 먹으면서 한 시간 정도 시간을 보낸 뒤에는 식당에 가서 메인 요리를 먹었고, 식사가 끝나면 다시 거실로 돌아와서 디저트를 먹었다. 하지만 이번에는 순서를 바꿔야 할 것 같아서 불편해졌다. 똑같은 디너파티였지만, 이번에는 남편이 없었다. 지금 짐은 이 집에서 그레이의 빈 잔을 채워 주며 현행 교육 상태와 경제, 환경 문제를 큰 소리로 떠들면서 걱정하는 대신에 다른 집에서 델리아 린드스트롬과 함께 있었다.

"아!"

케이트가 화제를 바꿀 때면 내는 목소리로 말했다.

"『앵무새 죽이기』 재미있어?"

케이트는 에이바가 의자 위에 올려놓은 책을 집어 들면서 물었다.

"사랑하게 될 것 같아."

"케이트는 냇의 이름을 애티커스라고 짓자고 했었죠. 그거, 알았어요?"

그레이가 말했다.

"그랬었지."

케이트가 고개를 끄덕였다.

"그랬다면 하퍼 리가 새로 발표한 책 때문에 완전히 엉망이 됐을 거야. 안 그래?"

그레이는 고개를 흔들었다.

"애티커스가 인종차별주의자라니, 불쌍한 우리 아이는 치료를 받아야 했을걸."

"아이들은 그런 일 아니래도 정신과 치료를 받아야 하잖아요."

에이바는 농담으로 말했다. 하지만 매기가 생각나서 가슴이 너무 아렸다. 가정 상담 시간에 뚱한 표정으로 싸우기라도 할 것처럼 사나운 눈으로 노려보던 딸이 생각났다. 그때는 상담 시간이 조금도 도움이 되지 않는 것처럼 느껴졌다. 하지만 이제는 괜찮잖아. 에이바는 자신을 다독였다. 그러니까 결국 도움이 됐던 거다. 매기는 이제 괜찮아. 안 그래? 갑자기 몹시 불안해졌다.

"딸 이름이 스카우트라는 친구가 둘이나 있어요."

갑자기 들린 루크의 목소리에 세 사람은 깜짝 놀랐다. 거실로 성큼성큼 걸어 들어온 그는 캐슈너트를 한 움큼 집더니 입에 털어 넣었다. 그레이의 눈썹이 또다시 올라갔다.

"마티니 한 잔, 어때요, 친구?"

그레이가 물었다.

"선생님이 사 주시는 거라면요."

에이바는 민망했다. 왜 저런 식으로 말하는 거지?

"루크, 여기는 그레이예요. 케이트의 남편이죠."

에이바가 일어서면서 말했다.

"당연히, 케이트는 알죠?"

루크는 그레이와 악수를 했고, 케이트의 뺨에 살짝 입을 맞췄다.

"마리안 사서님(『린다 살인 사건의 린다』에 등장하는 인물-옮긴이)이 시죠."

루크가 말했다. 그가 늘 이렇게 모든 걸 가벼운 농담으로 만드는 사람이었는지 궁금했다. 원래 이랬는데 에이바가 눈치채지 못한 걸까?

"그러니까 루크 세대 사람들에게는 스카우트가 인기 있는 이름이라는 거죠?"

케이트가 예의를 차리며 물었다.

"그럼, 우리 손녀 이름을 스카우트라고 지어야겠네."

그레이가 투덜댔다.

"괜찮을 것 같은데요. 문학적이에요."

루크가 대답했다. 케이트가 루크를 살며시 흘겨보며 말했다.

"그럼 아이들 이름을 롤리타로 지어야겠네요. 맥베스라거나."

루크가 마티니를 한 잔 비웠다.

"그거랑은 다르죠."

"나는, 내 반에 스카우트라는 아이가 오면 환영할 거야. 캐롤라인만 너무 많아서 누가 누구인지도 모르겠어."

에이바가 말했다. 그레이가 모든 잔을 다시 채웠다.

"젊은 사람들은 데비라는 이름을 써야 한다고 생각해요. 캐시라는 이름도. 도대체 캐시라는 아이를 마지막으로 본 게 언젠지도 모르겠다니까."

"우리 엄마 이름이 캐시예요."

루크가 대답했다.

"그럼 딸 이름을 캐시로 하면 되겠네. 유행을 만들어 봐요."

그레이가 말했다.

"그래도 되겠어요."

루크가 대답했다. 에이바는 이 대화가, 아니 이 디너파티가 도무지 잘될 것 같지 않다는 느낌이 들었다. 하지만 무사히 마무리할 방법이 떠오르지 않았다. 자기 아이 이름을 스카우트로 짓는 게 무슨 큰일이라고. 맥베스라고 지으면 안 돼? 도대체 지금까지 어떻게 그 많은 디너파티를 문제없이 무사히 치를 수 있었던 걸까? 지금 빠진 것은 남편뿐인데, 그렇다면 짐 덕분에 가능했던 걸까? 이야기 주제를 꺼내고, 파티에 참석한 개성 강한 사람 모두를 상대하고, 마티니를 계속 만들어 준 짐 때문에 파티가 문제없었던 거야?

이제 대화는 갑자기 학자금 대출로 넘어갔다. 루크에게만 특별히 해당하는 주제였다. 어째서 루크와 관계있는 내용으로만 대화가 이어지는 거지? 루크가 에이바를 흘끔 봤다. 행복해 보이지 않았다. 당연했다. 그레이는 한껏 무례하게 굴고 있었고 케이트는 남편을 부추기고 있었다. 에이바는 텅 빈 마티니 단지에 손을 뻗다가 멈췄다. 이런 괴로운 상황을 계속할 필요가 있을까?

"저녁 먹으러 가요."

에이바가 말했다. 치킨 마르베야를 먹으면서는 이 모임이 최악이라는 결론을 내렸다. 그레이는 거들먹거리면서 루크 세대 사람들이 보이는 무관심한 성향에 관해 한참 설교를 늘어놓았다. 케이트는 자기 접시에서 케이퍼를 골라내고 있었다. 도대체 언제부터 케이퍼를 싫어했다고 저러는 걸까? 루크는 일어나더니 에이바 옆으로 자기 의자를 옮겼다. 서로 마주 보고 앉는 대신에 나란히 앉아서 아이스크림을 먹는 십 대 아이들처럼 말이다. 그레이가 마르베야를 한 입 먹으려고 잠시 말을 멈춘 사이에 케이트가 말했다.

"내일 밤이 르 팽 날이지?"

에이바는 움찔했다. 루크에게는 일부러 하지 않은 이야기다. 분명히 자기도 가겠다고 할 테니까. 하지만 그건 말도 안 되는 일이었다.

"르 팽이라, 끝이라는 뜻이에요?"

루크가 영문을 모르겠다는 표정으로 물었다.

"에이바 학교에서 하는 성대한 종강 파티예요. 플루프가 주최하는 파티죠."

"그러니까 종무 파티라는 거네요?"

루크가 물었다. 에이바는 쿠스쿠스를 저어서 풀어 놓는 척했다. 그의 말을 듣지 않은 척했다. 자신을 뚫어지게 바라보고 있는 루크의 시선이 느껴졌다. 쿠스쿠스는 분명히 다 풀어졌지만, 계속 서빙 수저를 뒤적였다. 루크가 에이바의 손을 잡고 움직이지 못하게 했다.

"플루프가 누구예요?"

루크가 물었다.

"에이바의 상사예요. 학과장이요."

케이트가 설명했다.

플루프는 종강 파티에 최선을 다했다. 언제나 커다란 회의실을 프랑스 식당으로 바꿔 놓았다. 그의 아내는 혼응지(펄프와 아교를 섞어 만든 단단한 종이-옮긴이)로 에펠탑을 제작했고, 뵈프 부르기뇽을 엄청나게 많이 만들어 왔다. 와인은 넘쳐 났고, 보스 스피커에서는 에디트 피아프의 노래가 흘러나왔다. 심지어 짐도 르 팽은 좋아했다. 그는 플루프의 아내와 학과 사무원인 나이 든 레베스크 부인과 춤을 췄다. 한번은 디저트로 먹을 작은 슈크림인 프로피트롤을 구워 가기도 했다. 그 고귀하고도 대단한 노력에 프랑스어과 사람들은 모두 짐을 사랑하게 됐다. 하지만 올해는 프로피트롤도 없을 테고, 짐도 없을 것이다. 하지만 에이바는 꼭 참석해야 했다.

"그냥 프랑스어과 교수들이 에디트 피아프의 노래에 맞춰서 춤이나 추는 모임이에요."

에이바가 대수롭지 않다는 듯이 말했다.

"난 에디트 피아프 노래 좋아해요. 그러니까 내일이라는 말이죠?"

"맞아요. 하지만 정말 지루한 모임이에요. 난 가고 싶지도 않은걸요."

에이바가 대답했다.

"뭐래? 너, 르 팽 사랑하잖아."

와인을 마시던 케이트가 놀라서 말하다가 사레에 걸려 콜록거렸다.

"사랑이라니, 너무 과한 표현이야."

에이바가 말했다.

"짐이 프로피트롤을 구워 갔던 파티 맞죠? 몇 개나 만들었었죠? 100개?"

그레이가 물었다. 에이바는 접시에 남은 요리를 물끄러미 쳐다보고 있었지만, 자신을 뚫어지게 쳐다보는 루크의 시선은 느낄 수 있었다. 에이바가 벌떡, 의자에서 일어섰다.

"프로피트롤 하니까, 생각났어요. 디저트로 복숭아 케이크 만들었어요."

"이제 샐러드 먹어야 하는 거 아니었어요?"

그레이가 영문을 모르겠다는 표정으로 말했다. 메인 요리 다음에는 항상 샐러드를 냈으니까. 푸른 잎 채소에 허브를 넣고 식초와 겨자로 만든 드레싱을 올린 요리였다. 사실 부엌 조리대에는 식탁으로 나갈 준비를 마친 샐러드가 커다란 나무 그릇에 담겨 있었다.

"오늘은 아니에요. 상추 상태가 안 좋아요."

에이바는 얼굴을 찡그리는 루크를 무시했다. 물론 그는 조리대 위에 있는 샐러드를 봤을 것이다. 하지만 상관없었다. 에이바는 접시를 정리해서 들고 부엌으로 갔다. 케이트가 따라왔다.

"이 상추가 상태가 안 좋다고?"

그녀가 에이바 뒤에 바짝 서면서 말했다.

"이건 재앙이야."

닭 뼈와 케이트가 남긴 케이퍼와 누군가가 남긴 자두를 쓰레기통에 쓸어 넣으면서 에이바는 신음했다. 누가 자두를 남긴 걸까? 루크? 케이트는 샐러드 그릇에서 상추를 집어 입에 넣고 씹었다.

"네가 만든 드레싱은 정말 최고야. 네가 알려 준 대로 했는데, 전혀 이 맛이 아니었어."

"루크와 함께 직장 모임에 갈 수는 없어. 플루프와 모니크와 그렉

그리고 모든 사람이 다 있다고. 절대로 그렇게 할 수는 없어."

"하지만 네가 루크를 신경 쓴다면……."

"신경 써."

에이바가 말했고, 잠시 뒤에 덧붙였다.

"아마도."

친구가 에이바의 눈을 똑바로 봤다.

"네가 스카우트라는 그 사람 딸을 낳는 일은 절대로 없을 거야."

에이바가 웃었다.

"당연하지."

케이트는 다시 손가락으로 샐러드를 집어 먹었다. 드레싱이 묻은 손가락이 번질거렸다.

"루크랑 네가 섹스만 할 거라면 뭐 괜찮겠지……."

"날 여자 친구라고 생각해."

케이트의 눈이 휘둥그레졌다.

"왜 그렇게 생각한대?"

"왜냐하면 나한테 물어봤고, 내가 그렇게 하겠다는 거랑 비슷한 대답을 했으니까."

케이트의 입꼬리가 비틀어졌다. 진지한 상태에서 벗어나지 않으려고 애쓸 때면 친구의 표정은 언제나 저렇게 변했다.

"정말로 진지하게 사귄다는 거야?"

집게를 들어 샐러드를 두 접시 담았고, 한 접시를 케이트에게 내밀었다.

"맞아."

"자기야?"

루크가 큰 소리로 에이바를 불렀다. 그녀는 케이트를 봤다.

"아무 말도 하지 마."

"무슨 말?"

샐러드를 먹으면서 케이트가 물었다.

"자기야?"

루크가 다시 소리쳤다. 에이바는 샐러드 그릇을 들어 그 아름다운 상추를 모두 쓰레기통에 집어 던져 버렸다.

가짜 에펠탑을 감싼 반짝이는 전구들 밑에 서서 에이바는 궁금해질 수밖에 없었다. 혹시 자신의 인생에서 새로 맡게 된 역할이 모든 것을 파괴하고 있는 것은 아닌지 말이다. 당연히 루크는 오늘 아침에 상처를 받고 떠났다(그는 그녀의 집에서 밤을 보냈고, 에이바는 자신의 몸이 그런 자세를 할 수 있다는 것을 잊고 있었다. 예상치 못한 모양으로 몸을 구부리면서 간신히 화를 참아 냈다). 물론 그레이도 화가 났다. 사실 어젯밤에 멍청이처럼 군 건 자기였는데도 말이다. 아니지. 에이바는 고쳐 생각했다. 그레이는 화가 난 게 아니었다. 그보다 더 나빴다. 그레이는 실망한 거였다. 남편을 떠나게 내버려 두고 지금은 아들보다 고작 몇 살밖에 많지 않은 남자와 잠을 자고 있으니까. 아니, 아니었다. 에이바는 플루프가 준비한 아주 근사한 부르고뉴 와인을 한 모금 꿀꺽 삼키면서 생각했다. 그레이는 실망한 게 아니었다. 에이바를 한심하다고 생각한 것이다. 올해 파티에 새롭게 등장한 가짜 개선문 밑에서 이글거리는 눈으로 에이바를 쳐다보고 있는 모니크처럼.

레베스크 부인이 보행용 보조기를 끌면서 다가오더니 옆에 섰다. 부인은 에이바를 보면서 얼굴을 찌푸렸다. 그녀는 해가 갈수록 점점 더 작아지고 등이 굽고 있었지만, 양쪽 뺨에 연지를 찍었고, 짙은 빨간색 립스틱을 발랐고, 일주일 정도는 지속될 만큼 향수를 듬뿍 뿌렸다.

"짐은 안 보이네!"

레베스크 부인이 소리쳤다. 에이바는 크게 숨을 들이마셨다.

"짐은 안 와요."

"왜?"

부인은 80대 노인이 아니라 버릇없는 아이 같은 말투로 물었다.

"절 떠났거든요, 레베스크 부인. 몇 년 전에 미코노스섬에서 잠깐 즐겼던 사람을 다시 만나서 떠나 버렸어요."

에이바는 불쑥 털어놓았다.

"그리스 섬에서?"

부인은 미코노스섬이 정확히 어디에 속해 있는지가 중요한 것처럼 물었다.

"뜨개 폭탄을 짜는 사람이에요. 자기 것도 아닌 걸 마음대로 취하는 게 그 여자 일이에요."

부인은 어깨를 으쓱했다.

"세라비. 나도 첫 번째랑 두 번째 남편을 떠났어. 첫 번째는 두 번째 남편 때문에 떠났고, 두 번째는 세 번째 남편 때문에 떠났지. 하지만 둘 다 죽지는 않았어."

"제 상황을 이해해 주셔서 감사해요."

에이바가 말했다. 빨개진 얼굴로 마늘 냄새를 풍기며 그렉이 쭈뼛쭈뼛 걸어오더니 옆에 섰다. 그렉은 매고 있는 넥타이를 느슨하게 풀었다. 온갖 화려한 색으로 칠해진 모나리자가 웃고 있는 요란한 넥타이였다.

"아주 화끈한 토론 현장으로 끌어들이려고 왔어."

에이바에게 팔짱을 끼면서 말했다. 뒤를 돌아보니 레베스크 부인은 외래교수인 피에르와 춤을 추기 시작했다. 피에르의 머리는 벨기에 만화 주인공 땡땡 같아서, 피에르가 부인을 빙글빙글 돌릴 때마다 머리카락이 꼭 절을 하는 것처럼 보였다.

"누구든 납작하게 만들 자신이 있어. 그래, 주제가 뭔데?"

비로소 긴장이 풀린 에이바가 물었다.

"퐁데자르에 있는 사랑의 자물쇠를 모두 치워 버려야 하는가야."

요즘에는 전 세계에서 모여든 사람들이 퐁데자르 다리 난간에 온갖 자물쇠를 달아 놓고는 열쇠는 센강에 던져 버린다. 그런 식으로 자신들의 사랑이 봉인되기를 바라는 것이다. 그런데 얼마 전에 파리에 사는 두 미국인이 자물쇠를 모두 없애 달라고 청원을 넣는 바람에 이 자물쇠들의 운명이 뜨거운 토론 주제가 되었다.

"나는 찬성하는 쪽이야, 반대하는 쪽이야?"

몇 안 되지만 떠들썩하게 논쟁 중인 무리로 걸어가면서 에이바가 조그맣게 물었다.

"당연히 찬성하는 쪽이어야지."

"노력은 해 볼게. 하지만 다리 난간에 아주 거대하고 묵직한 자물쇠를 채운다고 해도 사랑은 봉인할 수 없다고 믿는 사람으로서 말하는데, 뭐든 약속은 못 하겠다."

"라모루, 세 탱포시블(사랑은 불가능하지)."

에이바의 말에 동의하면서 그렉은 그녀를 토론 자리에 끌어들였다. 프랑스어과 교수치고는 참 발음이 안 좋아. 에이바는 생각했다.

"그래, 의견이 뭔가요? 언제라도 다리가 센강 위로 무너져 버릴 것 같은데."

플루프가 에이바를 보자마자 말했다.

"그 보기 싫은 자물쇠들이 너무 흉측해 보인다는 건 말할 필요도 없어요."

모니크가 거들었다. 얼마나 열성적으로 토론했는지 모르겠지만 그녀의 눈은 조금 튀어나와 있었고, 목에는 혈관이 솟구쳐 올라와 있었다.

"무슨 말을 해야 할까요? 저는 그 자물쇠가 좋아요. 그것들을 단다는 생각도 좋고요."

에이바의 말에 그렉이 활짝 웃었다.

"사랑인데, 어떻게 찬성하지 않을 수 있을까요? 사랑, 그게 자물쇠가 상징하는 거잖아요. 안 그래요? 사랑이요."

그렇게 말하니까, 정말로 그런 것처럼 느껴졌다. 스스로 생각해도 그 말에는 울림이 있었다.

"사랑이라고요? 구속이겠죠."

모니크의 입에서는 거의 침이 튀어나올 뻔했다.

"이런, 진짜 구속을 겪어 보고 그런 소리를 해요."

그렉의 말에 자물쇠를 반대하는 사람들까지도 크게 웃었다. 모니크가 고함을 지르면서 자물쇠와 사랑과 다리에 관해 말했고, 또 다른 외래교수인 마리도 반론을 제기하면서 고함을 질렀다.

그렉이 다시 에이바에게 팔짱을 끼더니 댄스플로어로 나갔다. 이제 곧 플루프의 아내가 캉캉을 틀 테고, 프랑스어과 교수들은 모두 한 줄로 서서 다리를 차 댈 것이다. 이제 그럴 시간이 되었으니까. 하지만 지금 에이바는 모르는 노래에 맞춰 춤을 췄다. 놀랍게도 프랑스 노래가 아닌 프랭크 시나트라의 '밤의 이방인들Strangers in the Night'이었다. 아주 느린 곡이었다. 그렉은 그녀의 등에 손을 대고 능숙하게 이끌면서 폭스트롯을 췄다. 하지만 프랭크 시나트라의 곡이 끝나자 그렉은 "난 이젠 됐어. 왠지 걱정되네. 주 쉬 파티게(피곤하기도 하고)."라고 말했다.

프랑스어 발음 때문에 에이바는 얼굴을 찡그렸지만, 그는 눈치채지 못한 것 같았다.

"다리 위 자물쇠들을 위하여!"

그렉은 보이지 않는 잔을 들어 올리는 시늉을 했다.

"자물쇠들이 세인강으로 떨어지지 않기를!"

센강을 세인강이라고 발음했다. 이 프랑스어 교수는 센강조차 제대로 발음하지 못했다.

그렉이 떠나 버린 뒤에도 에이바는 댄스플로어 가장자리에 서서 피에르와 피에르의 탱탱 머리가 플루프 부인과 춤을 추며 거칠게 흔들리는 모습을 지켜봤다. 곧 프랑스어과 교수들이 한데 모여 캉캉을 추기 시작했다. 에이바는 반쯤은 건성으로 그 무리에 끼어들었다. 모든 곳에 짐의 지문이 묻어 있는 것만 같았다. 심지어 르 팽에도. 그 생각이 떠오른 건 바로 그때였다. 학기가 끝났잖아! 이제는 이곳에 묶여 있어야 할 이유가 하나도 없었다. 홀로 앉아 슬퍼하지 말고, 무언가 재미있는 일을, 무언가 미친 일을 해야 했다. 그런데 어떤 일을? 허공으로 다리를 높이 차올리면서 생각했다. 그리고 대답했다. 이탈리아에 있는 딸을 찾아가야 해. 음악이 점점 더 빨라졌고, 다리들이 점점 더 높이 올라갔다. 그리고 에이바는 밝게 웃었다.

매기

“파티를 하고 싶어?”

매기가 앙리에게 물었다. 두 사람은 등받이 의자에 나란히 앉아서 줄무늬 담요를 두르고 있었다. 와인 때문에 입 안이 시큼해졌고, 키스 때문에 입술이 얼얼했다. 수영한 뒤라 머리카락은 젖어 있었다. 염소 표백제 냄새와 구운 고기 냄새가 주위에 가득했다. 밤이 아침으로 바뀌려는 시간이었고, 해가 빛을 발하고, 달이 아직도 그 빛을 잃지 않은 때였다.

앙리는 영문을 모르겠다는 표정으로 쳐다봤다. 그의 마음을 읽을 수 있는 것처럼 그녀는 앙리의 생각을 알 수 있었다. ‘지금 하는 게 파티잖아?’

해변을 떠난 앙리는 매기를 데리고 친구들과 묵고 있는 집으로 왔다. 커다란 수영장이 있고 방도 여러 개인 숙소에는 음식이 가득 찬 냉장고도 있었다. 앙리에게는 아버지가 너무나도 끔찍한 사람이라서 도망쳐야 한다고 했다. 그는 “당연히 우리하고 지내면 돼.”라고 말해 줬다. 이곳은 털이 많은 앙리 친구 가족의 시골 주택이었다. 앙리는 한 침실의 문을 열면서 그곳에서 지내면 된다고 했다. 해변으로 갔다가 곧 다시 오겠다는 약속도 했다.

하얀 철제 침대에 앉았다. 가방을 무릎에 놓고 앞으로의 계획을 세워 보려고 했다. 아파트로 돌아가서 물건을 챙겨 나와야 할까? 그건 안 될 일이었다. 줄리앙이 기다리고 있을지도 몰랐다. ‘이번에는 정말로 죽일지도 몰라.' 매기는 부르르 몸을 떨었다. 노아라는 남자를 찾아가는 게 좋을까? 하지만 찾아간 뒤에는 뭘 해? 계획을 적을 수 있도록 펜과 종이가 있다면 정말 좋을 텐데. 하지만 사실 계획 따위는 없었다. 엄마는 아주 많이 말했다. "적는 게 도움이 될 거야. 상황을 흑과 백으로 명확하게 볼 수 있거든." 배 속에서 솟구쳐 오르는 공포 때문에 입에서 시큼한 맛이 났다. 계획이 없다는 거, 그건 너무나도 끔찍했다.

침대와 마주 보고 있는 책상 위에서 컴퓨터가 매기를 물끄러미 바라보고 있었다. 저곳에 메일이 잔뜩 쌓여 있을 텐데. 매기는 생각했다. 오빠와 그의 고릴라들을 떠올렸다. 오빠가 어렸을 때부터 고릴라를 얼마나 사랑했는지, 오빠가 고릴라인지 무엇인지를 발견했다는 사람의 책을 읽었다는 걸 떠올렸다. 중학교 때 오빠는 동물원에 자원봉사를 하러 다녔고, 대학교에 다닐 때는 자연 서식지에 사는 산악 고릴라를 보겠다며 여름마다 우간다 브윈디에 있는 오지의 숲에 가고는 했다. 윌 오빠에게는 언제나 계획이 있었어. 매기는 생각했다.

책상으로 걸어가 G메일을 열었다. 켜켜이 쌓여 있는 오빠의 메일을 보자 당혹감으로 표정이 일그러졌다. 일단 엄마에게 보낼 경쾌한 메일을 아주 빠르게 적어 나갔다. 어떤 도시를 방문했다고 말할지 고민할 때만 잠시 멈췄을 뿐이다. 암스테르담이 좋겠다. 매기는 "반 고흐는 진짜 멋져. 그림은 곧 올릴게"라고 썼다. 그리고 수십 개 X와 O(XO는 포옹과 키스를 의미한다.-옮긴이)로 마무리했다.

잠시 생각했고, 또다시 자판을 두드렸다.

사랑하는 오빠, 윌에게

오빠한테는 정말 뭐든지 숨길 수가 없어. 하지만 그냥 한 남자랑 엄청난 관계를 맺었는데, 결국에는 좋은 생각이 아니었다고만 말할게.(여기에 충격을 받은 이모티콘을 넣는 게 좋겠어. "매기? 좋은 생각이 아니었다니, 그게 무슨 말이야?"라고 말이야!) 그러니까, 내가 존재론적 위기를 (또다시) 겪고 있다고만 말하는 게 좋겠어. 난 무엇을 하고 있는가? 왜 그 일을 하고 있는가? 어떻게 그 일을 하고 있는가? 그러니까 총체적으로 WTF인 상황이야.(BTW. WTF란 What the Fuck의 약자야.)(BTW는 By the Way의 약자고.) (나이에 맞게 살아가지 못하는 오빠를 뒀다는 게 얼마나 힘든지 알아???) 게다가, 지금은 많이 아파.
하지만 괜찮아. 정말로!!!!! 그러니까 제발 마드레한테는 아무 말도 하지 말아 줘. 엄마가 알면 정신만 못 차릴 거야. 그리고, 혹시 파드레하고 말을 섞는다면, 엿 먹으라고 전해 줘. 그 사람 여자 친구한테 엿 먹으라고, 그 사람이랑 그 사람 여자 친구 모두한테 엿 먹으라고 전해 줘.(근데, 그 여자가 망할 뜨개실로 하는 괴상한 예술인지 뭔지 하는 게 「헤럴드 트리뷴」 국제판에 실린 거 알아? 런던인지 어딘지 전화 부스에다가 뜨개 폭탄을 씌워 놓은 거야. 진짜 WTF 아니야????)
아무튼.

그 스파게티! 우와. 자주색에 와인 향기까지, 맛있었어.(그리고 그대는 그것을 아침 식사로 아껴 두리라! 아니, 잠깐만!!! 나는 지금 어떤 시를 제대로 인용하는 걸 수도 있고, 잘못 인용하는 걸 수도 있어!!! 시를 검토하는 경찰이 필요해!!!) 내가 파르메산 치즈 좀 달라고 했더니 날 정말로 쫓아내려고 했던 거 기억하지? 그게 내가 저지른 첫 번째 범죄였어. 드렁큰 스파게티에 파르메산 치즈를 뿌린 거. 안타깝지만, 그때부터 난 쭉 내리막길만 달린 거 같아.

오빠의 고릴라들이 점점 더 살이 오르기를 바라.

사랑해. 매기가.

메일을 닫고 의자에 기대 앉아 꺼져 버린 모니터를 응시했다. 이제 뭘 하지? 혀로 입술을 훔쳤다. 마음속 깊은 곳에서부터 윙윙거리는 소리가 들려오기 시작했다. 그 소리는 계속 커져만 갔다. 다시 침대로 가서 앉았다. 잔뜩 날이 서 있는 머리가 지끈지끈 아파 왔다.

손가락이 가방의 지퍼를 계속해서 열었다가 닫기를 반복했다. 열었고, 또 닫았다. 앙리는 곧 돌아오겠다고 했지만 이미 오랜 시간이 흐른 것만 같았다. 지퍼를 열고 가방 안에 손을 넣었다. 어쩌면 조금만 하는 건 괜찮을지도 몰랐다. 그냥 진정할 수 있을 정도로만 하는 건, 그저 초조함을 없앨 정도로만 하는 건 괜찮을 것 같았다. 가방에서 스웨이드 가죽으로 만든 파우치를 꺼내 열었다. 물건을 보자마자 심장이 빠르게 뛰었다. 성냥, 바늘, 주사기 그리고 하얀 가루.

"아주 조금만."

큰 소리로 말하는 목소리가 떨렸다. 직접 주사를 놔 본 적이 없었다. 지금까지는 다른 사람이 주사를 놔 주는 한, 자신은 중독된 것이 아니라고 확신했다. 하지만 이제는 스스로의 주장과 싸워야 했다. 직접 약을 주입한다면, 그건 약을 통제할 수 있다는 뜻이 아닐까?

침대 위에서 벌떡 일어나는 바람에 가방에 있던 것들이 모두 바닥에 쏟아졌다. 작은 튜브에 담긴 페넬 치약, 고리로 된 섬세한 은 귀걸이, 석류 향 나는 립밤, 분홍색과 녹색이 칠해진 마스카라. 물건을 주울 생각을 하지 않고 곧바로 침실에 딸린 욕실로 들어가 문을 잠갔다. 그리고 개빈에게 배운 것처럼 욕조로 들어갔다. 시트에 덮여 들것에 실려 있던 그의 모습이 생각났다. 다른 기억으로 그 모습을 바꿔 보려고 애썼다. 하지만 개빈을 떠올리면 모두 슬픈 모습밖에는 기억나지 않았다. 그녀는 눈앞에서 별처럼 반짝이는 불빛이 번쩍일 때까지 아주 세게 눈꺼풀을 눌렀다.

그리고 가능한 한 아주 천천히 —이제 곧 약이 들어온다는 사실을 알게 된 몸이 격렬하게 약을 갈구했기 때문에 천천히 하는 건 몹시 힘들었지만— 필요한 과정을 진행했다. 침착해지려고 일부러 큰 소리로 외치면서 한 단계, 한 단계 밟았다.

"이제, 잘 들어갈 혈관을 찾아야 해."

매기가 말했다. 혀로 입술을 축였다. 왼팔을 뒤집어 봤다. 작은 멍이 두 개밖에 보이지 않았다.

"괜찮은 혈관을 찾아."

희미한 파란색 선을 두드리면서 다시 큰 소리로 말했다. 혈관이 반응을 보일 때까지는 시간이 조금 걸렸지만 —매기에게는 영원이라는 시간이 흐르는 것만 같았다— 마침내 조금은 부풀어 오른 혈관을 분명하게 볼 수 있었다.

"주사기를 뒤로 당기고,"

욕조에 기대고 누웠다.

"이제 바늘을 꽂아."

잠시 어렸을 때 기억이 떠올랐다. 소아과 의사가 주사를 놓으려고 하자 매기는 비명을 질러 댔는데, 앉아 있던 엄마의 무릎은 안전한 피난처처럼 느껴졌었다. 그때 엄마는 매기를 꼭 끌어안고, 귀에 조용히 속삭이며 달래 주었다. "금방 끝날 거야. 다 끝나면 선생님이 사탕을 주실 거야."

멈칫했다. 하지만 이미 주사기가 피부를 뚫고 들어가고 있었다. 대체 무슨 짓을 하고 있는 거지? 도대체 무슨 망할 일을 하고 있는 거야? 다리가 펄쩍 뛰어올랐고, 위장이 뒤틀렸다. 너무 세게 혈관에 주사기를 꽂아 넣었고, 지나치게 빠르게 약을 주입해 버렸다.

안구가 머리 뒤로 돌아가 버리는 것만 같았다. 멈추지 않는 오르가슴처럼 충격파가 매기를 덮쳤다. 몸은 펄쩍 뛰었고, 솟아올랐고, 다시 내리박혀 땅에 부딪혔고, 다시 솟구쳤다가 곤두박질쳤다. 줄리앙이 난폭하게 대한 걸 용서해 달라는 의미로 아주 좋은 헤로인을 가져왔다는 사실을 잊고 있었다.

"너무 좋아."

매기가 말했다. 아니, 말했다고 생각했다. 몸은 이미 계속해서 오르고 또 올라, 매기가 사랑하는 곳으로 들어가 있었다.

다시 이 세상으로 돌아왔을 때는 날이 저물어 있었다. 주삿바늘은 여전히 팔에 꽂혀 있었고, 혈관에는 단단한 자주색 멍이 동그란 멍울로 맺혀 있었다. 몸 여기저기에 피가 말라붙어 있었다. 혀로 입술을 훔치고 일어서려고 했다. 하지만 쉽지 않았다. 무릎이 꺾였고 단단하고 차가운 도기 욕조 안으로 다시 무너져 내렸다.

시간이 조금 더 흐르고, 가까스로 일어선 다음 연한 파란색 긴팔 버튼다운 셔츠를 입고 수영장으로 나갔다. 앙리와 친구들이 육각형으로 반듯하게 잘라 긴 꼬챙이에 끼운 고기를 먹고 있었다. 그 모습을 보자 위장이 뒤틀리기 시작했다. 잠깐, 그녀는 토할지도 모르겠다고 생각했다.

"자는 게 좋을 것 같아서 안 깨웠어."

앙리가 다정하게 말했다. 그는 일어나더니 고기 꼬챙이를 접시에 담아 내밀었다. 매기는 먹는 척했다. 와인은 많이 마셨다. 남자아이들이 약을, 마리화나와 각성제와 코카인을 가지고 왔을 때, 행복하게 합류했다. 누군가 음악을 틀었고, 아이들은 모두 수영장 주위에 모여 마음대로 춤을 췄다. 결국 반쯤만 옷을 걸친 채로 아이들은 수영장으로 뛰어들었고, 서로 물을 뿌려 대며 와인을 병째 마셨다. 앙리는 두 손으로 매기의 허리를 붙잡아 들어 올렸고, 매기는 다리로 앙리의 허리를 감았다. 두 사람은 키스했다.

"넌 정말 가벼워. 꼭 요정 같아."

앙리의 말에 매기는 웃으며 아주 고운 거미줄로 만든 날개를, 아니 그보다는 솜사탕으로 만든 날개를 상상했다.

"어릴 적에는 핼러윈 때 요정으로 분장했어. 엄마가 흰 날개에 은색 반짝이를 뿌려 줬는데."

매기는 방금 자신이 한 말을 번역해 보려고 애쓰는 앙리를 봤다.

"파예트(반짝이)."

매기가 말했다. 앙리가 웃으면서 다시 키스했다.

"마 페(나의 요정)."

앙리가 속삭였다.

"그래. 난 너의 요정이야. 날 수도 있어."

매기도 속삭였다. 두 사람은 수영장 밖으로 나왔다. 피부는 쪼글쪼글해져 있었고 날은 어두워졌다. 하얀 등받이 의자에 누워 하늘에 뜬 별을 바라봤다. 약과 와인 때문에 기분 좋게 머리가 쿵쿵 울렸다. 매기는 두 팔을 높이 들고 빙글빙글 도는 느낌이 온몸을 타고 흐르게 했다.

"날아가지는 마."

앙리가 속삭였다. 그와 등받이 의자에 올라온 기억은 없었다. 아마도, 반쯤 잠든 상태에서 그런 게 분명했다. 어쩌면 앙리가 잠든 매기를 데리고 왔는지도 몰랐다. 어쨌거나 지금 여기서 매기는 앙리를 올려다보며 파티를 하고 싶냐고 물은 것이다. 어디에선가, 줄리앙이 잔뜩 화나서 나를 찾아다니고 있겠지? 그 생각을 하지 않으려고 눈을 질끈 감았다.

"이미 너무 지친 것 같아."

앙리가 대답했다. 등받이 의자마다 담요를 두른 커다란 덩어리가 올라가 있었다. 한 의자에서는 담요 옆으로 튀어나온 팔이 밑으로 늘어져 있었고, 한 의자에서는 담요 위로 곱슬거리는 검은색 머리카락이 삐죽 튀어나와 있었다.

매기가 다시 앙리를 봤다. 두 사람은 아직 섹스를 하지 않았다. 그저 입을 맞추고 또 맞췄을 뿐이다. 그런 식으로 키스한 것이 언제였는지, 기억나지 않았다. 왠지는 모르지만 언젠가부터 키스는 그저 형식적인 과정이었다. 섹스하기 전 급하게 지나가야 하는 전주가 되어 버렸다. 하지만 앙리하고는 키스만으로도 좋았다. 그래서 그의 긴 몸 위로 올라가 시큼한 맛이 나는 앙리의 입술에 키스했다.

"내가 가진 게 있어."

매기가 입 맞추면서, 느긋하게 앙리의 혀 위에 자기 혀를 놓으며 말했다.

"좋은 거."

"그래, 알았어."

앙리가 대답했다. 매기는 주위를 둘러봤다. 담요 아래 덩어리들은 꼼짝도 하지 않았다.

"계획이 필요해."

매기가 부드럽게 말했다. 그는 대답하지 않았다. 어쩌면 다시 잠들었는지도 몰랐다.

이번에는 매기가 앙리의 팔에 안겨 잠들어야 할 시간이었다. 그게 사람들이 하는 거니까. 하지만 위장이 조여 왔다. 마음이 깨진 유리처럼 느껴졌다. 침실에 둔 파우치를 생각했다. 그걸 가지고 나올 수도 있었다. 앙리에게 보여 주고 함께 할 수도 있었다. 아니, 밖에서는 할 수 없었다. 그를 깨워서 조용히 집 안으로 들어가야 했다. 선물처럼 나누어 줘야 했다. 매기가 혀로 입술을 훔쳤다.

"헤이, 잠꾸러기 씨."

매기가 말했다. 앙리가 눈을 뜨고, 몽롱한 표정으로 웃었다.

"마 페."

매기가 앙리의 손을 잡았다.

"비앵 아베크 무아(나하고 가자)."

앙리를 등받이 의자에서 잡아끌었다. 그가 신음하며 대답했다.

"정말 좋은 거여야 해."

밤이 떠나가면서 빛을 받은 하늘이 예쁜 분홍색으로 빛나고 있었다. 이슬이 내린 차가운 풀밭을 맨발로 걸어 어두운 집 안으로 들어갔다. 앙리가 뒤에 바짝 붙어 있었다. 방으로 들어갔고, 앙리도 들어오자 문을 닫았다. 둘은 파우치가 기다리고 있는 침대 위에 앉았다. 앙리는 매기의 의도를 오해했다. 활짝 웃으며 그가 말했다.

"맞아. 침대가 훨씬 나아. 네스 파(그렇지)?"

"맞아. 하지만 먼저 취해 볼래?"

파우치를 열었다. 목과 입이 갈망으로 타들어 갔다. 머리가 너무 욱신거렸고, 날카로워졌다. 다시 깨진 유리를 생각했다. 그녀가 작은 파우치에서 하얀 가루가 담긴 봉지와 주사기를 꺼내는 모습을 앙리가 지켜보고 있었다. 자신을 지켜보는 앙리를, 느낄 수 있었다.

"케스 크 세(그게 뭐야)?"

앙리가 물었다. 그녀는 떨리는 손으로 주사기와 바늘과 하얀 가루를 들고 쳐다봤다. 그는 얼굴을 찡그리고 있었다.

"아니, 아니야."

매기가 재빨리 말했다.

"그냥 조금만 하는 건 아무 문제 없어. 정말이야. 그저 조금만 하면 아무것도 바뀌지 않아."

그게 매기가 하려던 말은 아니지만, 앙리는 벌써 멀어져 가고 있었다. 역겹다는 표정을 감추지 않고.

"정말이야. 네가 생각하는 거랑 달라."

매기가 또 말했다. 물론 다르지 않았다. 이건 정확히 앙리가 생각하는 것과 같았고, 그는 마약을 주사하는 행위를 혐오했다. 매기도 혐오했다. 하지만 그를 그대로 보낼 수 없었다. 그녀에게 앙리는 아주 오랫동안 생기지 않았던 좋은 일이었다.

"재미있는 거야."

매기의 목소리에는 절박함이 담겨 있었다.

"그거뿐이야. 조금 재미를 보는 건 좋잖아. 안 그래?"

매기는 손에 들고 있던 것들을 다시 파우치에 넣고, 침대를 톡톡 두드렸다.

"괜찮아. 난 재미있을 거라고 생각했어. 하지만 괜찮아."

이제 앙리는 문가에 서 있었다. 마치 처음 보는 사람처럼 매기의 얼굴을 뚫어지게 쳐다보고 있었다.

"나 이거 안 해도 돼. 비앵 이시(여기로 와)."

앙리는 망설였다.

"너랑 키스하는 거 정말 좋아."

매기가 말했다. 그러자 그가 고개를 저었다.

"주 쉬 데졸레(미안)."

"미안하다고?"

"할 수 없어."

매기는 다시 울었다. 머릿속에서 유리와 유리가 부딪쳤다. 위가 너무 아팠다.

"제발."

온 얼굴이 눈물 콧물 범벅이 된 것만 같았다.

"파리로 데려다줄게. 너희 아빠한테."

그가 말했다. 매기는 고개를 끄덕였다. 자신이 망쳐 버렸다. 모든 걸 망쳐 버렸다. 문이 닫히는 소리가 들렸다. 침대에 누워 생각했다. 파리에 가서 망가진 삶을 제대로 고쳐야 해. 매기는 일어났고, 방에 있는 가구의 서랍을 뒤져 주황색 표지에 격자무늬 내지가 있는 작은 공책을 한 권 찾았다.

1. 파리에 간다.

공책에 계획을 적고 숨을 들이마셨다. 이제 더는 갈 곳이 없다는 사실은 생각하지 않으려고 애썼다. 가방 안에서 전화벨이 울렸다. 줄리앙일 거야. 매기는 생각했다.

2.

계속 적었다. 다시 전화벨이 울렸다. 가방에서 전화를 꺼내 발신자를 확인했다. 줄리앙이 아니었다. 엄마였다. 매기는 전화기를 가방에 넣었다.

"망가진 삶을 제대로 고친다."

2 옆에 적어 넣었다. 엄마가 옳았다. 적으면 모든 게 분명하게 보인다. 그러니까 해낼 수 있을 것처럼 느껴지는 것이다. 다시 울리는 전화벨 소리를 들으면서 앉아 있었다. 더는 소리가 들리지 않았을

때 계획을 다시 읽었다. 공책에서 종이를 찢었고, 접어서 작은 파우치에 넣었다. 앙리가 침실 문을 두드리며 말했다.

"한 시간 뒤에 기차가 출발할 거야. 역까지 데려다줄게."

그는 방으로 들어오지 않았다. 닫힌 문 뒤에서 말할 뿐이었다. 매기는 고개를 끄덕였다. 앙리가 볼 수 있기라도 한 듯이.

"조금만 해야지. 마지막으로."

굳이 욕실로 들어가지도 않았다. 소매를 걷고 다시 침대에 똑바로 누웠다. 잔뜩 기대감에 부풀어 심호흡을 했다. 약이 온몸을 관통하면서 선사할 그 느낌, 그 아름다운 느낌을 기대하면서 깊은숨을 들이마셨다. 그 느낌을 잡아채고, 언제나 느낄 수 있다면 좋을 텐데. 그러면 행복할 텐데. 혀로 입술을 축이고 혈관에 주사를 꽂았다. 유리 조각들이 부드럽게 부딪치며 쨍그랑거리다가 점차 제자리를 찾더니 조용해졌다. 자동차로 걸어가 앙리 옆자리에 올라탈 때는 그가 자신을 쳐다보지도 않는 것에 전혀 신경 쓰이지 않을 정도로 충분히 취해 버렸다.

행크

비행을 저지를 때도, 아내가 아닌 다른 여자를 사랑하고 있을 때도, 지독하게 취해 있을 때도, 언제나 행크 빙엄은 밤에 한 번도 깨지 않고 푹 잤다. 꼭 통나무처럼. 나딘은 행크가 너무나도 잘 잔다는 사실에 절망도 하고 놀라기도 하고, 나중에는 화까지 내면서 그렇게 말했었다. "심지어 뒤척이지도 않아." 행크에게는 잘 잔다는 것이 자신이 이룬, 자랑해도 좋을 거의 유일한 업적처럼 느껴졌다. 다른 건 몰라도, 내가 잠 하나는 끝내주게 잔다니까!

하지만 오늘 밤은 아니었다. 오늘 밤, 행크는 자다가 일어났다. 가끔 소변이 마려워 비몽사몽간에 일어나서 비틀거리며 욕실로 갔다가 다시 침대에 쓰러져 자기도 했는데 그때와는 달랐다. 완전히 깨버렸다. 창밖은 여전히 컴컴했다. 일어나서 소변을 보기 시작했을 때부터, 복도에 놓아둔 조그맣고 하얀 종야등만이 유일하게 빛을 냈다. 아내가 세상을 떠난 뒤로 행크는 나딘의 자리에서 잠을 잤다. 하지만 어둠 속에 가만히 누워 있자니 왠지 당혹스러웠다. 이 세상을 틀린 각도로 바라보고 있다는 기분이었다.

불면증인 사람들은 이럴 때 뭘 할까? 텔레비전을 보나? 아니면 밤이 아닌 시간대에 사는 친구에게 전화를 걸까? 한숨을 쉬고, 눈을 감고 잠들기를 기다렸다. 하지만 여전히 잠이 오지 않았다. 침대 밖으로 나와 종야등이 켜진 복도를 지나 욕실로 갔다. 무언가가 자신을 깨운 것이 분명했다. 인생에서 생전 처음으로 무언가가 그의 잠을, 그가 유일하게 완벽하게 해내던 일을 방해하고 있었다.

미스 키티가 욕실 문 앞에 나타났다. 혼란스러운 표정이었다.

"아니야. 밥 먹을 시간 아니야."

행크가 말했다. 가장 작은 방으로 갔다. 혹시라도 아이가 생기면 육아 방으로 쓸 곳이었다. 하지만 결혼 생활 내내 그곳은 거대한 책상과 소득 신고서처럼 중요한 서류를 보관하는 서류함이 있는 서재처럼 되어 버렸다.

의사에게 선고를 받았을 때 아내는 여권을 만들어야 한다고 우겼다. 두 사람 모두 해외에 나가 본 적은 없었고, 행크가 아는 한 해외에 나가고 싶은 적도 없었다. 그런데도 나딘의 머릿속에는 두 사람이 파리에 가야 한다는 생각이 확고했다. "빛의 도시잖아." 아내는 그렇게 말했다. 행크는 언제나 파리를 사랑의 도시라고 알고 있었다. 빛의 도시가 아니라. 하지만 그가 무엇을 알겠는가. 대서양 위를 날아가고 싶지는 않다는 거, 확실히 아는 건 그것뿐이었다. 사람들이 영어를 쓰지 않는 곳으로는 가고 싶지 않았다. 파리에는 가고 싶지 않았다. 전혀. "파리라니, 정말 좋은 생각이야." 행크는 그렇게 말했고, 나딘은 "정말?"이라고 대답했다. 눈을 반짝이면서. "당연하지." 가면 안 되는 수많은 이유를 나열하지 않으려고 애쓰면서 그는 대답했다.

자동차를 타고 키 웨스트까지 간 것이 그들의 신혼여행이었다. 가끔 차를 세우고 트렁크에서 담요를 꺼내 한적한 곳에서 사랑을 나누었다. 키 웨스트에서는 밤마다 석양을 바라봤다. 행크는 녹색섬광이라는 말을 들어 본 적이 있었다. 해가 질 때 수평선에 갑자기 나타나는 밝은 녹색 빛을 뜻하는 용어라고 했다. 행크는 녹색섬광이 보고 싶었다. 절실하게 보고 싶어서 정신을 바짝 차리고 하늘을 뚫어지게 쳐다봤다. 하지만 나타나지 않았다. 두 사람은 파리에도 가지 못했다. 아내의 병은 급속도로 악화했다. 여권은 전혀 쓰지 않아 여전히 빳빳한 채로 서류함에 들어가 있었다.

책상 조명을 켜고 방을 둘러봤다. 나딘은 항상 이 방을 남편의 집무실이라고 불렀지만, 집무실은 전혀 필요없었다. 어차피 경찰서에 있었으니까. 이 방보다 조금 더 큰 세 번째 방은 아내의 재봉실이었다. 잘 꾸며 놓은 방이었다. 당연히 재봉틀을 가져다 놓았고, 흔들의자와 안에 든 뜨개실이나 천 그리고 뭔지 모를 것들이 보이는 투명한 플라스틱 상자들이 쭉 놓인 선반도 있었다. 뜨개실과 천을 뺀 나머지 모든 것들, 단추나 바늘, 실, 줄자 같은 것들을 나딘은 그렇게 불렀다. 나머지 모든 것들. 재봉실 바닥에는 삼베에 코바늘로 털실을 걸어 짠 훅트 러그가 깔려 있었다. 천 쪼가리로 만든 러그였다. 아니, 천 쪼가리가 아니지. 행크는 고쳐 생각했다. 조각 천으로 짠 러그였다. 천 쪼가리가 아니라 조각 천이라고 고쳐 주던 아내의 목소리가 들리는 것 같았다. 나딘은 벽에 붓꽃 그림을 넣은 액자도 걸어 놓았다. "반 고흐가 그린 거잖아."라고 했었다. '도대체 아는 게 뭐야' 하는 어처구니없다는 목소리로 말이다.

이 방은, 그러니까 행크의 집무실은 개성이 없었다. 물건만 있었다. 벽에는 마분지로 만든 상자들이 쌓여 있었다. 은퇴했을 때 진짜 집무실에서 가져온 서류를 담은 상자들이었다. 그 밖에는 책상과 서류함 그리고 나딘이 결혼하기 전에 아파트에서 썼던 접이식 의자가 있었다. 노란색 접이식 의자. 원래는 노란색과 파란색 의자가 있었고, 아내는 그것들을 모두 부엌에서 썼다.

저녁을 먹으러 처음으로 나딘의 아파트에 갔을 때 행크는 그녀가 집 안을 꾸미는 방식과 창의성에 감탄했었다. 아파트에는 직접 칠한 선명한 빨간색 둥근 탁자가 있었고, 그 접이식 의자들이 놓여 있었다. 한쪽 벽에는 커다란 빨간색 N 자가 걸려 있었고, 그 글자와 마주 보는 다른 벽에는 모네의 '수련'을 담은 액자가 걸려 있었다. 물론 다음 날, 나딘이 말해 줄 때까지 그것이 '수련'이라는 사실을 행크는 알지 못했지만 말이다.

저녁으로 나딘은 닭고기 키예프와 귤과 설탕 조림한 아몬드 조각을 넣은 샐러드를 줬다. 그녀의 교양 수준은 믿을 수 없을 정도로 높았다. 행크는 나딘이 어째서 자기처럼 고등학교밖에 다니지 않았고, 모네나 닭고기 키예프 같은 건 들어 본 적도 없는 남자를 만나는지 이해할 수가 없었다.

나중에, 두 사람이 결혼한 뒤에야 아내가 베티 크로커의 두툼한 빨간색 양장본 요리책을 보면서 요리한다는 사실을 알았다. 나딘은 요리책 위로 고개를 숙이고, 머리카락을 귀 뒤로 넘기고, 손에 연필을 들고 요리법을 읽었다. 하지만 그녀의 아파트에서 처음으로 저녁을 먹었을 때 행크는 나딘이 어떤 특별한 자신만의 힘으로, 자신만의 마법으로 그렇게 근사한 요리를 만들어 내는 거라고 생각했다. 그 특별한 힘은 그를 사로잡았고, 행크는 체리 주빌레가 나오기 전에 프러포즈를 하고 말았다. 나딘뿐 아니라 행크 자신도 깜짝 놀랄 만큼 갑자기 한쪽 무릎을 꿇고 불쑥 내뱉은 것이다. "제발, 제발, 나와 결혼해 줘, 나딘!”

그녀는 알겠다고 대답했고, 펄쩍펄쩍 뛰면서 손뼉을 쳤다. 마치 무슨 큰 상이라도 탄 사람처럼 말이다. 나딘은 행크가 자신을 침대로 데려가도록 허락해 주었고, 두 사람은 처음으로 사랑을 나누었다. 그 방의 모든 것이 연한 파란색이었고, 꽃이 가득했다. 시트 위에는 물망초가 그려져 있었고, 황동 침대 옆에 놓인 꽃병에는 말린 수국이 꽂혀 있었다. 침대 위에는 현대 미술관에서 사 온 반 고흐의 ‘붓꽃’을 담은 액자가 걸려 있었다.

젠장. 우울하게도 반쯤은 비어 있는 방에 서서 행크는 생각했다. 정확히는 그의 집무실에 서서 말이다.

재봉실에 걸려 있는 고흐의 그림이 바로 그 ‘붓꽃’이었다. 나딘의 아파트 침대 위에 걸려 있던 그림, 아주 오래전 어느 밤에 그녀와 사랑을 하면서 행크가 처음으로 흘긋 쳐다봤던 그림이 바로 그 ‘붓꽃’이었다. 사랑을 나눈 뒤에 나딘은 그의 흰색 버튼다운 셔츠를 입고 부엌으로 갔다. 결혼하게 됐다는 끔찍한 사실 때문에 정신을 차릴 수가 없었던 행크도 그녀를 쫓아갔다.

바로 며칠 전에 행크는 이스트 그리니치에 있는 에일리어스 스미스 앤 존스 클럽에서 만난 여자의 전화번호를 칵테일 냅킨 위에 휘갈겨 적었다. 그것을 아직도 가지고 있었다. 아직도 그 여자의 물결치던 빨간 머리카락과 주근깨가 생각났다. 젠장. 행크는 그 여자에게 전화를 걸어 약속을 잡을 생각이었다. 그런데 지금은 사각팬티를 입고서 나딘이 체리 캔을 따고, 체리를 그릇에 담고, 브랜디를 부어 그 망할 체리에 불을 붙이는 모습을 지켜보고 있었다. 그곳에서는 체리 그릇도 예뻤다. 당연한 일이었다. 나딘이 만지거나 가진 건 무엇이든지 예뻤으니까. 그녀는 살며시 내린 속눈썹 너머로 행크를 올려다보았다.

"체리 주빌레야."

나딘이 자랑스럽게 말했다.

지난 일을 떠올리면서 행크는 침을 꿀꺽 삼켰다. 그다음 날 집으로 돌아간 자신이 제일 먼저 한 일이 생각났기 때문이다. 칵테일 냅킨을 꺼내 곧바로 그 빨간 머리 여자한테 전화했다. 에일리어스 스미스 앤 존스에서 그 여자를 다시 만났고, 맥주와 스네이크 아이스 칵테일을 여자에게 사 줬다. 땀에 젖고 몸이 아플 정도로 춤추다가 어느 공원으로 달려가 행크의 자동차 안에서 섹스를 했다.

'오, 나딘.' 행크는 목이 메었다.

작은 방에서 조용히 걸어 나왔다. 미스 키티가 아침밥을 기대하며 행크의 다리 사이를 왔다 갔다 했다. 재봉실 문을 열었다. 안으로 들어가자마자 나딘이 늘 그릇에 넣어 두는 포푸리 향기가 났다. 그는 곧바로 벽으로 걸어가 고흐의 그림을 떼고, 자기 집무실로 가져와 노부부가 벽에 남기고 간 고리에 걸었다. 물론, 고리 위치가 너무 높다는 건 알았지만. 뒤로 물러나 그림을 물끄러미 쳐다봤다. 반 고흐의 '붓꽃'. 그 오래전 밤에, 그 누가 알았을까? 약혼하던 날 밤에, 한 여자가 날씬하고 사랑스러운 몸을 그대로 드러내고 행크의 밑에 누워 있을 때 그가 흘긋 본 그림을 언젠가 이곳에 걸게 될 것을.

'나딘.'

서류함을 열어 '릴리 노스'라는 라벨이 붙은 상자를 꺼냈다. 책상에 앉아 거대한 컴퓨터를 옆으로 밀었다. 학교에서 찍은 사진 속 작은 여자아이가 물끄러미 행크를 바라보고 있었다. 앞머리를 짧게 자른 금발 머리에 파란 눈을 한 아이는 놀란 것 같았다. 적어 둔 쪽지를 모두 꺼내 책상에 펼쳐 놓고, 시작했다.

그날 아침

1970년

에이바

에이바는 거리를 달려오는 어머니를 봤다. 어머니는 그들이 기르던 개, 버터스카치가 작년 겨울에 차에 치였을 때 내지르던 것과 같은 비명을 질렀다. 그때 알았다. 릴리가 죽었다는 사실을.

어머니는 자신을 막아서려는 경찰을 지나쳐서 달려갔다. 동생의 상황이 그냥 나쁜 것도 아니고, 심하게 다친 것도 아니고, 사실은 죽어 버렸음을 깨닫고 에이바는 점점 더 날카롭게 어머니를 외쳐 불렀다. 하지만 어머니는 그냥 지나쳐서 달려갔다. 죽음이라니. 죽음은 단어의 뜻조차도 이해하기 어려웠고, 차갑고 마지막이라는 느낌이 들었다. 얼마 전 국어 시간에 의성어를 배웠다. 똑똑, 쉬익, 콰광. 소리가 곧 의미가 되는 단어들. 어머니가 마침내 두 남자가 들것을 싣고 있는 구급차로 갔을 때 에이바는 생각했다. 죽음도 의성어 같아.

"멈춰요!"

어머니가 고함쳤다. 두 남자 모두 깜짝 놀란 표정으로 고개를 들었다.

"멈추라고!"

어머니가 다시 소리를 질렀다. 목소리가 평소 같지 않았다. 나지막하고 허스키한 목소리가 아니라 높고 떨리는 목소리였다. 확신이 아니라 절망을 담은 목소리였다.

남자들이 멈췄다. 한 남자는 두 손을 릴리의 머리 부근에 짚고 있었다. 에이바는 동생을 볼 수가 없었다. 남자들이 동생 위에 밝은 흰색 천을 덮어 두었기 때문이다. 하지만 그래도 어디가 머리인지 알 수 있었다. 뾰족하게 튀어나온 두 곳이 발이라는 사실도 알 수 있었다. 릴리의 발 쪽에 있던 남자가 한 발짝 뒤로 물러났다.

어머니가 빠르게 움직였기 때문에 그 모습을 따라잡을 수는 없었지만, 곧 시트가 벗겨지고 들것에 누운 릴리가 보였다. 동생의 금발 머리카락은 훨씬 진해져 있었다. 어른이 누워도 될 만한 긴 들것 위에서 작은 아이는 마치 민들레처럼 보였다. 피부는 전혀 릴리 같지 않았다. 점점이 어두운 부분이 있는 하얗고 파란 대리석 같았다. 릴리가 좋아하는 자주색 반바지 밖으로 나와 있는 다리가 그랬고, 운동화가 벗겨져 버린 —왜 벗겨진 거지?— 두 발이 그랬다. 하늘로 솟아 있는 발은 파랗다기보다는 회색에 가까웠다. 시트가 벗겨지자 릴리가 보였다. 분명히 부러져 버려 죽은 릴리였지만 릴리가 아닌 릴리가 있었다. 어머니는 다시 비명을 질렀다.

"릴리릴리릴리릴리!"

그리고 또 질렀다.

"우리 아가! 우리 아가!"

어머니는 엎드려서 릴리를 꼭 끌어안고 앞뒤로 마구 몸을 움직이며 릴리를 달랬다.

"일어나, 아가야. 빨리 일어나야지."

들것에서 뒤로 물러났던 남자가 다시 앞으로 몸을 옮겨 어머니를 떼어 놓으려고 했지만, 어머니는 아이를 놓지 않았다. 남자가 어머니를 들어 올리자 릴리도 함께 올려졌다. 다른 경찰이 다가와 어머니의 팔을 풀어 보려고 했지만, 할 수 없었다. 베아트리스 이모가 고함을 질렀다.

"내 잘못이 아니야!"

처음에 에이바는 이모의 말이 옳다고 생각했다. 잘못은 자신이 했다고 생각했다. 나무에 올라가는 동생을 말렸어야 했는데. 하지만 내려오라고는 했어. 아닌가? 에이바는 얼굴을 찡그리며 아랫입술을 잘근잘근 씹었다.

에이바는 나무 밑에 앉아서 『페퍼 씨의 다섯 꼬마 성장기』를 읽고 있었다. 그저 읽는 게 아니라 푹 빠져 있었다. 사랑하는 책들은 에이바를 데리고 책으로 들어가 버렸다. 그럴 때면 에이바는 책의 페이지 속 이야기가 펼쳐지는 세상에서 살고 있는 것만 같았다. 잔뜩 지루해진 동생은 책은 그만 보고 놀아 달라고 했다. 그때마다 "한 쪽만 더 읽고."라고 말했고, 한 쪽을 다 읽은 뒤에도 "한 쪽만 더 읽고." 라고 대답했다.

릴리는 일어나서 빙글빙글 돌았다. 어지러워서 깔깔 웃으면서 잔디밭에 쓰러질 때까지 돌았다. 계속해서 돌고 또 돌았고, 동생이 마침내 놀이를 찾아냈으니, 적어도 한 장은 쭉 읽을 수 있겠다고 생각하고 안심했다. 어지러울 때까지 그렇게 빙글빙글 돌았다면, 애초에 나무에 오르지 말아야 했다. 에이바가 그 사실을 깨달아야 했다. 책을 내려놓고 동생과 숨바꼭질을 해야 했다. 그도 아니라면 베아트리스 이모가 조카들에게 관심을 갖게 될 때까지 워 카드놀이를 해야 했다.

어머니는 이모의 말을 듣지 않았다. 그저 살며시 릴리를 흔들면서 중얼거렸다.

"제발, 아가. 일어나."

에이바에게 말을 걸었던 경찰이 다시 가까이 왔다.

"예쁜아."

경찰이 말했다. 에이바는 눈을 가늘게 뜨고 그를 쳐다봤다. 어머니는 늘 "너한테 예쁜이라고 부르는 사람은 믿으면 안 된다."라고 했었다.

"안에 들어가서, 아저씨랑 이야기 좀 할까?"

경찰이 말했다. 에이바는 어머니를 흘긋 봤다. 혹시라도 말려 줄까 싶어서였다. 하지만 여전히 동생을 붙잡고 있었고, 이제는 세 남자가 어머니를 릴리에게서 떼어 놓으려고 애쓰고 있었다.

"네."

에이바는 주저하며 말했다.

"그냥 오늘 무슨 일이 있었는지 듣고 싶어서 그래."

경찰이 말했다. 오늘은 릴리가 죽었어요. 에이바는 생각했다. 경찰은 그 큰 손을 에이바의 어깨에 올리고, 에이바를 어머니와 릴리가 있는 곳에서 멀리 떨어뜨렸다.

두 사람은 집 안으로 들어가 부엌 식탁에 앉았다. 여름철 점심 먹을 무렵이면 늘 그렇듯이 덥고 숨 막히는 오후였다. 점심이야. 에이바는 생각했다. 어머니는 얼린 멜론을 화채 수저로 떠서 완벽한 작은 주황색 공과 연두색 공을 만들어 주었다. 속을 판 토마토에 다진 사철쑥을 넣어 달걀 샐러드를 만들어 주기도 했다. 더운 날에는 색이 화려한 차가운 음식을 만들어 주었다. 오늘 같은 날에 달걀 샐러드처럼 평범한 것을 생각하다니, 곧바로 죄의식을 느꼈다.

"에이바?"

경찰이 말했다. 그는 콜라를 한 병 가져다주었다. 경찰이 "콜라 마실래?"라고 했을 때, "아니에요. 감사합니다."라고 대답했는데도. 에이바와 릴리는 탄산음료를 마시지 않았다. 어머니가 탄산음료를 마시면 이가 썩는다고 했으니까. 콜라는 쇠도 녹여. 어머니는 그렇게 말했다. 목이 정말 말랐지만, 콜라를 한 모금도 마시지 않았다. 콜라병은 얇은 종이 빨대가 꽂힌 채 그들 사이에 놓여 있었다.

"동생에 대해 말해 줄래?"

경찰이 콜라병을 살짝 앞으로 밀면서 물었다. 그러면 아이가 콜라를 마실 거라는 듯이.

"릴리에 대해 말해 줘."

에이바는 어깨를 으쓱했다.

"릴리는 영리했니? 릴리는 뭘 좋아했니? 음, 그림이나 공놀이? 독서?"

경찰이 물었다. 에이바는 혀로 입술을 핥았다. 갑자기 터 버린 입술이 따끔했다. 어머니가 함께 있었으면 했다. 어머니는 작고 둥근 통에 든 립밤을 가지고 다녔다. 어머니가 여기 있다면 립밤 통을 열고 손가락으로 미끄러운 립밤을 콕 찍어서 입술에 부드럽게 발라 주었을 텐데.

"됐다, 꼬마!"

어머니가 말하면, 그 즉시 마음이 평온해질 텐데.

"동생은 착한 아이였니?"

경찰이 계속 물었다. 입술이 따끔거렸다. 지금 립밤이 있으면 좋을 텐데. 아플 정도로 목이 말랐다. 지난주에 직유법을 배웠을 때, 에이바는 "그 아이의 목은 사하라 사막처럼 말라 버렸다."라고 썼다. 개프니 선생님이 그 문장 옆에 "참 잘했어요."라고 적어 주셨다.

"목이 사하라 사막처럼 말라 버렸어요."

에이바가 말했다. 경찰이 흘긋 쳐다봤다.

"콜라 한 병 더 줄까?"

에이바는 고개를 저었다. 경찰은 아이가 콜라병에 손도 대지 않은 걸 몰랐다. 이 경찰에게는 아이가 없을 거라고 생각했다. 누군가의 아버지였다면 에이바의 상태를 자세히 관찰하다가 물을 가져다주었을 테니까. 에이바는 콜라병을 집어 들고 빨대를 물었다. 구역질이 났다. 콜라는 김이 빠져 버렸다. 혀에 온갖 애매한 맛이 느껴졌다.

"그러니까 베아트리스 이모가 오늘은 늦게 왔다는 거지?"

경찰이 물었다.

"네."

부모님이 떠나고 자신과 릴리가 베아트리스 이모를 기다리던 그 긴 시간이 공허와 위험을 향하던 방식을 생각했다. 그것이 릴리와 함께할 수 있는 마지막 시간이었다는 걸 알았다면 다르게 행동했을까?

"오늘 아침에, 이모가 집에 왔을 때, 릴리는 이미 나무에 오른 뒤였니?"

"아까 말했는데요."

에이바는 머뭇거리며 대답했다. 경찰이 물끄러미 쳐다봤다. 머리카락이 검은 경찰의 눈동자 색이 생각지도 않은 파란색이라는 사실에 에이바는 깜짝 놀랐다. 이번에는 에이바가 눈길을 피했다.

"그렇게 높이 올라가지 말라고 했어요."

에이바가 말했다. 그날 있었던 일들이 에이바를 짓누르기 시작했다. 릴리를 생각하자 눈물이 쏟아져 내렸다. 어떻게 조금 전까지만 해도 따스한 햇살을 받으며 빙글빙글 돌던 아이가 죽을 수 있는 거지?

"나는……."

말을 시작했지만, 무슨 말을 해야 할지 알 수가 없었다.

"알려 줄래? 이모는 어디 있었지?"

"집 안에요?"

이모를 곤란하게 만들고 싶지 않아 두려워하고, 주저하면서 말했다.

"아마도요?"

경찰이 연필을 내려놓았다. 그때 한 가지 생각이 머릿속을 강타했다. '번개처럼.'

"왜 그러니?"

빙엄 형사가 말했다.

"내 잘못이에요. 모두 내 잘못이에요."

에이바가 대답했다.

에이바

도서관에 가니 놀랍게도 에마 대신 루크가 음료와 간식을 준비하고 있었다. 우스꽝스러운 모자를 쓰고 간식 탁자 앞에 서 있는 루크는 너무 어려 보였다. 에이바는 두 사람의 바보 같은 관계를 떠올리며 정말로 얼굴이 빨개졌다. 그런데 그게 맞는 단어일까? 관계라니?

"남부가 주제야."

케이트가 에이바에게 속삭였다. 루크가 키키에게 금속 컵을 건넸고, 그녀는 고개를 숙이고 눈만 살짝 올려 그에게 추파를 던졌다. 그 모습을 보니 조그만 질투심이 몸을 아프게 관통했다. 더욱 당혹스러워졌다. 키키라면 루크와 시시덕거릴 수 있지. 진지하게 사귈 수도 있지. 그래도 되는 나이니까. 그런데 왜 지금 굳이 모니크와 오너 사이를 비집고 나가면서까지 간식 탁자 앞으로 가려는 걸까? 케이트와 그레이를 저녁 식사에 초대한 뒤로 더는 루크를 볼 수가 없어서 자기가 관계를 끝냈으면서. 중년 여자인, 그러니까 어른인 자신이 키키처럼 루크를 올려다볼 수는 없었기 때문에 탁자 옆으로 간 에이바는 루크의 눈을 똑바로 바라보면서 말했다.

"나는 아무거나 만들어 줘요."

"정말 맛있어요."

키키가 탄성을 질렀다.

"잘 섞기만 하면 돼요."

루크가 머리 뒤로 모자를 넘기면서 말했다. 민트 줄렙을 홀짝거리며 에이바가 탁자 옆에서 우아하게 탈출할 방법을 고민하고 있을 때, 키키는 탁자 모퉁이에 엉덩이를 걸치면서 계속 있겠다는 몸짓을 했다. 다른 사람들도 탁자 주위로 몰려와 피멘토 치즈와 아티초크 딥을 먹었다.

"비밀은 마요네즈예요. 아주 많이 넣었어요."

루스가 턱으로 딥을 가리키며 에이바에게 말했다.

섞기랑 마요네즈. 비밀이 많기도 하네. 에이바는 생각했다. 짐이 그랬던 것처럼. 회의가 있다, 아침 일찍 사람들과 커피를 마시기로 했다, 등등의 말은 사실 모두 다른 여자를 만나려는 구실이었다. 주위에 서 있는 사람들을 둘러봤다. 이들은 서로 어떤 비밀을 감추고 있을까?

아주 가까이에 서니 키키의 치아 교정기가 보였다. 윗니에는 진한 분홍색과 자주색 교정기가 있었고, 턱과 아랫입술 사이에는 금속 볼트가 박혀 있었다. 손톱에 바른 감색 매니큐어는 여기저기 벗겨져 있었다. 왠지 모르게 매기를 닮았다고 생각하는 순간, 걱정이 날카로운 통증이 되어 에이바를 덮쳤다. 다이애나가 다가와 피멘토 치즈에 무엇을 넣었기에 저렇게 선명한 주황색이 됐는지 아느냐고 물었지만, 에이바는 의자에 주저앉아 마음을 다스려야 했다.

"괜찮아요?"

제니퍼가 물었다. 키키도 쳐다봤다. 에이바는 치아 교정기와 볼트, 벗겨진 매니큐어를 몸에 두르고 있는 그 아이를 안아 주고 싶다는 충동을 간신히 물리쳤다.

"마요네즈를 아주 많이 넣어서 그렇대요."

에이바가 웃으려고 애쓰면서 대답했다.

"마요네즈라고요?"

다이애나는 냅킨으로 크래커를 싸면서 말했다. 다행히도 케이트가 방 앞에 섰고, 사람들도 자리에 앉기 시작했다. 모든 소리가 사라지자 케이트가 입을 열었다.

"최근에 영국에서 진행한 설문 조사에서 여성 작가의 작품 가운데 독자의 삶에 가장 크게 영향을 미치고, 삶을 변화시킨 작품으로 『앵무새 죽이기』가 뽑혔어요."

웅성거리며 사람들이 감탄을 뱉어 냈다.

"저도 한마디 하고 싶어요."

제니퍼가 일어서면서 말했다.

"전 세계적으로 인권이 그 어느 때보다 심각한 공격을 받고 있는 이때, 이 책은 정말 시의적절하면서도 꼭 논의할 필요가 있는 작품이라고 생각해요. 읽으면서 결국에는 정의가 승리하리라는 희망도 얻었어요. 책을 선택해 준 오너에게 고마워요."

오너가 두 손을 모으더니 공손하게 인사했다. 에이바의 요가 강사가 수업이 끝났을 때 그러는 것처럼 말이다. 에이바는 오너가 "나마스테"라고 대답할 것만 같았다. 허리둘레에 화려한 색으로 직접 자수를 놓은 하얀 면직 페전트블라우스를 입은 제니퍼는 심란한 마음을 가라앉히려는 듯이 그대로 서 있었다.

"고마워요, 제니퍼. 아주 멋진 감상평이었어요."

케이트가 말했다.

"후속작인 『파수꾼』은 토론 대상이 아닌 거, 맞죠?"

루스가 물었다.

"그건 다음에 하는 게 좋을 것 같아요. 오너? 괜찮겠죠? 지금은 오너에게 가장 중요한 책을 읽고 토론하는 시간이니까요."

오너가 성큼성큼 방 앞으로 걸어갔다. 손목에 찬 여러 개의 팔찌가 부딪혀 요란한 소리를 냈고, 겹겹이 두른 스카프와 목걸이가 화려하게 흩날렸다.

오너는 한참 시간을 들여 앉아 있는 모든 사람과 시선을 맞췄다. 에이바는 몸이 뒤틀리는 것 같았다. 확실히 오너는 그 방의 분위기를 장악하고 있었다. 베이비시터를 할 때는 아이들을 정해진 시간에 재우는 것도 힘들어했다는 걸 생각해 보면 정말 놀라운 일이었다.

"사실, 제니퍼가 말한 내용이 바로 나에게 『앵무새 죽이기』가 가장 중요한 책인 이유랍니다."

오너는 헛기침을 하고서 어깨를 반듯하게 폈다.

"도덕적 불평등, 선과 악."

에이바는 아이들에게 마지못해 『물고기 한 마리, 물고기 두 마리, 빨간 물고기, 파란 물고기』를 읽어 주던 대학생 오너를 떠올렸다. 정말로 아이들의 마음을 사로잡지 못할 목소리였는데.

"상상해 보세요. 나는 루이지애나 뉴올리언스에서 어린 시절을 보냈어요. 하퍼 리가 날카롭게 묘사한 바로 그런 불평등이 존재하는 곳이었죠. 스카우트나 젬처럼 어렸을 때는 나도 순진하게 사람들이 모두 선하다고 생각해 버렸어요. 악을 본 적이 없었으니까요."

오너는 계속 말했다.

"하지만 그런 순진한 생각은 바뀔 수밖에 없었어요. 살면서 악을 만나게 되니까요. 안 그런가요? 그게 아이가 어른이 되는 과정이죠. 순진무구함이 경험으로 대치되는 거예요."

오너의 손가락이 허공에서 현란하게 춤을 췄다.

"맞아요. 미움과 편견 그리고 무지가 모든 곳에서 순진한 사람들을 위협하고 있어요."

제니퍼가 맞장구쳤다.

"하지만 알고 있듯이 『앵무새 죽이기』는 1961년에 퓰리처상을 받습니다. 그 상을 받았다는 건 미국 작가가 미국인의 삶을 정확하게 묘사했다는 뜻이에요. 그 시대, 미국의 역사를 살펴보면 어째서 하퍼 리가 퓰리처상을 받을 수밖에 없었는지 알 수 있죠."

오너가 말했다.

"악이 톰 로빈슨과 부 래들리를 파멸시킨 거, 맞죠?"

루스가 물었다. 오너는 고개를 끄덕이고 계속 말했다.

"사실 젬도 악 때문에 거의 파괴된 거나 마찬가지예요. 인종주의라는 악 때문에요."

"하지만 스카우트는 아니에요."

에이바가 지적했다.

"맞아요. 하지만 그건 애티커스 핀치가 도덕의 나침판 역할을 해주었기 때문이에요. 그에 관해 논문을 쓴 적이 있어요."

"너무 멋지세요."

키키가 환호했다.

"맞는 말이에요. 애티커스는 결코 인류에 대한 믿음을 잃지 않았죠. 사람은 철저하게 선하지도, 철저하게 나쁘지도 않다는 사실을 이해했어요."

루크가 말했다.

"나는 잘 모르겠습니다. 애티커스는 지나치게 좋은 사람 같습니다. 아마도, 저는 아이가 없어서 조금 경솔하게 말하는 건 아닌가 싶기는 합니다. 그래서 전문가에게 물어보고 싶습니다. 당신은 어떻게 생각합니까, 루스?"

존의 말에 루스가 큰 소리로 웃었다.

"음, 도덕 교육은 중요하다고 생각해요. 애티커스도 그래서 스카우트에게 도덕을 가르치려고 노력한 걸 테고요."

"내가 제일 좋았던 건, 사실, 소설이 전개되면서 스카우트라는 인물도 함께 성장했다는 점이에요."

"젬도요. 나는 젬에게 깊이 공감해요."

루크가 다이애나의 말을 거들었다.

"앵무새가 상징하는 건 뭡니까? 전 제목을 도통 이해 못 하겠더군요."

존이 물었다.

"모디 아줌마가 스카우트에게 말하잖아요. '앵무새가 하는 일은 오직 하나, 우리를 위해 가슴이 터지도록 큰 소리로 노래하는 것뿐이란다.'"

모니크가 대답했다.

"순수를 죽이는 건 죄랍니다. 앵무새는 순수를 상징하고 있어요."

오너가 말했다.

에이바는 그 여름날 그 나무와 나뭇가지에 올라가 있던 동생의 모습이 눈앞에 선했다. 에이바는 페니를 보려고 몸을 돌렸다. 차분하면서도 확신에 찬 그녀의 눈길이 좋았다. 하지만 오늘 페니는 오지 않았다. 휴대용 산소 탱크를 달고 고무관을 꽂고 있던 모습이 떠올랐다. 대수롭지 않다는 듯이 "폐기종 증상이 있대요."라고 말했는데. 별일이 아니었으면 좋겠다고 생각했다.

독서토론이 끝나고 에이바는 집에 가고 싶은 마음을 꾹 누르고 오너가 만들어 온 레몬 체스 파이를 한 조각 먹었다. 고맙게도 존이 다가와 옆에 섰다. 그는 파이를 한 입 베어 먹으며 고개를 저었다.

"여기서는 정말 많은 걸 배웁니다. 중학교 때 『앵무새 죽이기』를 읽기는 했지만 무슨 뜻인지 몰랐거든요. 이제는 도덕 교육에 대해 다시 생각하게 되는군요."

에이바는 흰 머리의 단발인 여자가 문을 열고 들어와 방을 쭉 둘러보는 모습을 지켜봤다. 검은색 드레스와 카디건을 입었고, 검은색 가방을 가슴에 꼭 끌어안고 있었다.

"에이바를 위해서 적어 온 게 있습니다."

존은 주머니에 손을 넣어 종이를 한 장 꺼냈다.

"『앵무새 죽이기』에 나온 글이에요."

케이트가 단발머리 여자에게 다가갔고, 여자는 울면서 말하기 시작했다.

"고마워요."

에이바가 말했다.

"어서 읽어 보세요."

존이 재촉했다.

"그 남자가 있는 삶은 일상이었다. 그 남자가 없는 삶은 참을 수가 없었다."

에이바가 큰 소리로 읽었다.

"저에게는 정말 맞는 말입니다. '그 남자가' 아니라 '그 여자로' 바꿔야겠지만요."

존이 말했다.

"물론이에요."

에이바가 존의 팔에 살며시 손을 댔다가 떼었다.

검은 옷을 입은 여자가 울기 시작했고, 얼굴에서는 마스카라가 녹아 두 뺨을 타고 흘러내렸다.

"이런."

아주 작은 소리로 말하고 존은 문을 흘끔 쳐다봤다.

"이분은 헬렌 프로스트예요. 페니의 따님이에요."

케이트가 여자의 어깨에 팔을 두르면서 말했다. 사실 케이트는 아무 말도 할 필요가 없었다. 모두 알았으니까. 하지만 어쨌거나 말했다.

"페니가 어제 세상을 떠나셨어요."

"저는 저 말이 싫습니다. 떠나다니. 꼭 잠시 어딘가로 간 것 같잖습니까? 꼭 돌아올 것만 같잖아요."

존이 말했다.

"맞아요."

에이바가 다시 존의 팔에 살며시 손을 대며 말했다. 헬렌이 케이트에게 조용히 속삭였다.

"헬렌이 장례 일정을 보내 주신대요. 받으면 제가 이메일로 알려 드릴게요."

케이트가 말했다. 헬렌이 또다시 케이트에게 속삭였다.

"에이바 말이에요?"

케이트가 영문을 알 수 없다는 듯이 말했고, 헬렌 프로스트는 고개를 끄덕였다.

"페니가 에이바에게 남긴 게 있다네요. 헬렌은 에이바가 편할 때 집에 와서 그걸 가져가면 좋겠대요."

케이트가 말했다.

"뭔가 착오가 있는 게 분명해요."

에이바가 대답했다. 하지만 아니었다. 헬렌은 에이바에게 명함을 내밀었다. 전화번호에 동그라미를 치더니 오기 전에 전화하라고 했다.

"솔직히 말하면, 전 원하는 게 없어요."

에이바가 사과하듯이 말했다.

"두 사람이 그렇게 친한지 몰랐습니다. 좋은 친구를 잃어서 상심이 크겠어요."

존이 에이바에게 말했다.

"친하지 않았어요."

에이바가 대답했다. 가방에서 휴대폰 진동음이 울렸다. 이 방에서 나갈 구실이 생기다니, 그녀는 기쁘게 전화기를 꺼냈다. '매기'였다.

"딸이 전화했네요."

에이바는 말하면서 매기의 전화에 안심했다. 이 방에서 나갈 수 있다는 것에도. 전화기를 귀에 대고 문으로 걸어갔다.

"안녕, 우리 딸. 엄마야."

"터커 부인?"

묵직한 프랑스어로 말하는 남자였다.

"누구세요?"

어두운 밤 속으로 나가면서 에이바가 물었다. 그는 알아듣기 힘들 정도로 빠르게 프랑스어를 내뱉었다. 하지만 매기라는 소리는 들은 것 같았다.

"매기라고요? 매기가 어디 있는데요?"

에이바가 물었다. 남자가 다시 프랑스어로 대답했다.

"못 알아듣겠어요."

시큼한 레몬 맛과 함께 공포가 목구멍 위로 솟구쳐 올랐다.

"제발 천천히 말해 줘요."

"라 죈 피유(젊은 여자)."

남자가 천천히 말했다.

"젊은 여자라고요? 매기 말하는 거예요?"

에이바가 되물었다.

"위(네). 실종됐습니다."

남자가 대답했다.

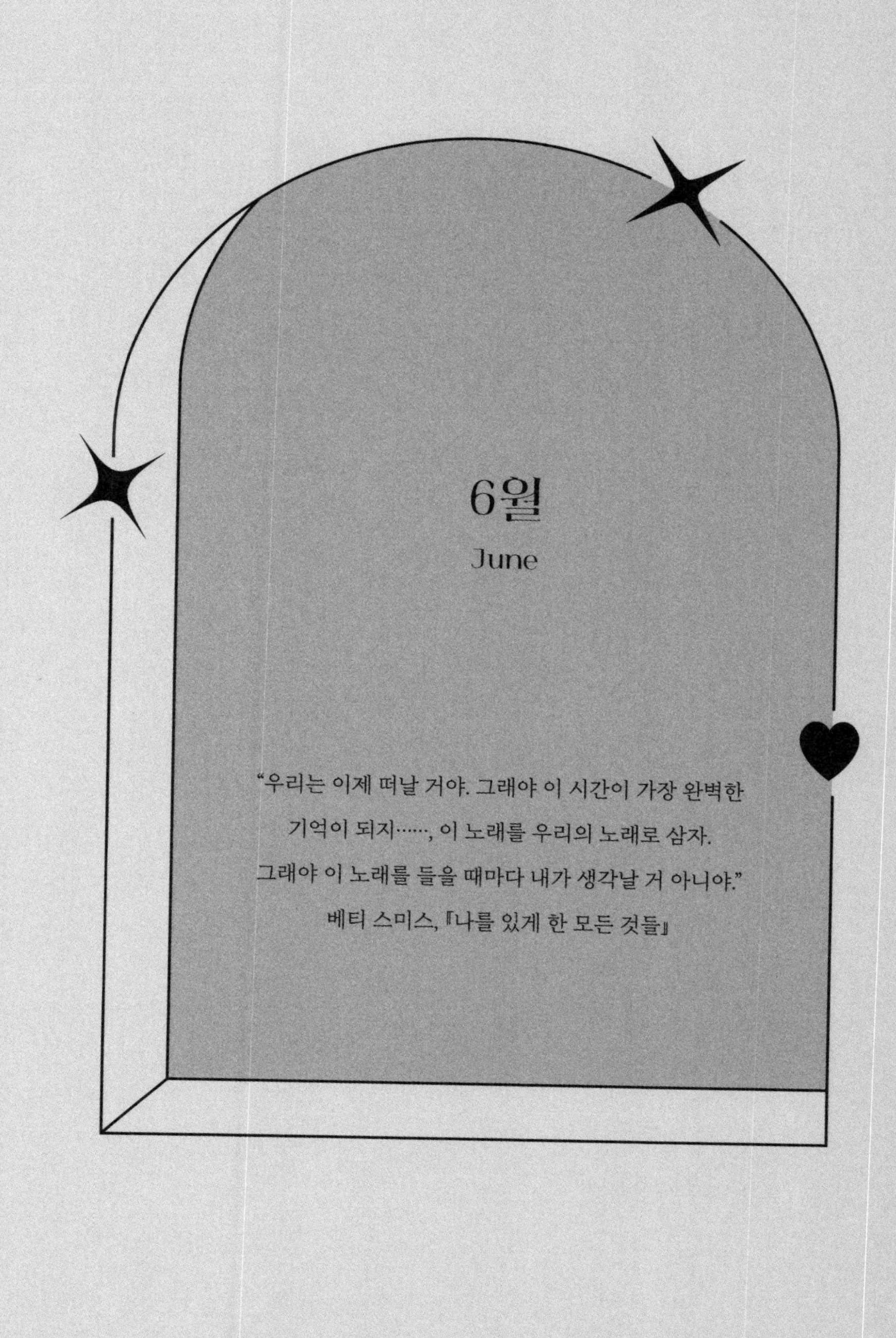

6월

June

"우리는 이제 떠날 거야. 그래야 이 시간이 가장 완벽한
기억이 되지……, 이 노래를 우리의 노래로 삼자.
그래야 이 노래를 들을 때마다 내가 생각날 거 아니야."
베티 스미스, 『나를 있게 한 모든 것들』

매기

매기는 다시 돌아온 호스텔의 침대 위에서 옆에 누운 아름다운 남자아이를 봤다. 정확히는 기억나지 않지만, 스웨덴인가 덴마크인가 노르웨이에서 온 소년이었다. 어쨌거나 키가 크고 금발 머리에 고드름처럼 투명한 파란 눈의 아이였다. 매기는 웃으면서 일어나 앉았고, 자주색 그물 가방에서 공책을 꺼내 적었다. "그의 눈은 고드름처럼 파랗다."

"뭘 쓰는 거야?"

굵고 달콤한 목소리로 남자아이가 물었다.

"난 작가야."

매기는 다시 누우며 대답했다. 일어나 앉으면 바람이 너무 심하게 온몸을 관통하며 지나가는 것만 같았고, 심장이 미친 듯이 뛰었기 때문에 누울 수밖에 없었다. 가슴에 손을 대고 심장이 요동치는 부분을 꾹 눌렀다.

"생각나는 게 있으면 잊지 않도록 곧바로 써 두는 거야."

"나는 소설을 쓰고 있어."

아름다운 소년이 말했다.

"정말? 굉장하다."

"위대한 노르웨이 소설을 쓰고 있지."

남자아이가 말했다.

"맞아. 노르웨이였어."

매기가 말했다.

"혹시 위대한 노르웨이 작품, 아는 거 있어?"

남자아이가 물었다.

"음, 입센 작품?"

"입센 건 희곡이지."

남자아이가 두 손으로 고드름처럼 파란 두 눈을 덮었다.

"우와, 나 진짜 엉망이다."

하지만 그렇게 우울한 것 같지는 않은 목소리였다.

"나도 그래."

매기가 대답했다. 손바닥 밑에서 심장이 도망쳐 나올 것처럼 격렬하게 뛰고 있었다. 남자아이가 자기가 쓰고 있는 소설 내용을 말해 주기 시작했지만, 집중할 수가 없었다. 남자들이 배를 타고 가는데, 폭풍우를 만난다. 그 배에는 개인지 무엇인지가 함께 타고 있다. 그런 이야기였다. 매기는 눈을 감고 온몸을 타고 흐르는 윙윙거리는 소리에 빠져들어 갔다. 그녀의 뇌는 어느 하나에 완전히 집중하지 못했다. 그저 한 생각에서 다른 생각으로 계속해서 마구 돌아다녔다. 그러니까 이 남자아이는 카페에서 만났고, 와인을 왕창 사 주었다. 그다음에는 뭘 했더라? 그다음에는? 지난 여섯 시간에서 여덟 시간 동안에 한 일을 떠올려 보려고 애썼지만 윙윙거리는 소리 때문에 제대로 생각할 수가 없었다. 파티가 있었다. 그건 확실했다. 두 사람은 화장실에서 코카인을 조금 흡입했다.

"바로 그때 우리는 지구가 어떻게 파괴됐는지를 분명하게 깨닫는 거야. 어때? 그러니까 폭발과 죽음과 파괴로 점철된 장대한 절정에

이르는 거지."

남자아이가 계속 말했다. 매기가 다시 일어나 앉았다. 그제야 아직도 펜을 쥐고 있다는 사실을 깨달았다.

"멋진 것 같아."

매기는 대답과 동시에 몸을 숙여 남자아이의 털 하나 없는 하얀 가슴에 "아주 먼 옛날에"라고 썼다.

"좋았어. 서로의 몸에 이야기를 한 편씩 쓰는 거야. 정말 탁월한 생각이지?"

남자아이가 말했다. 매기는 계속 썼다. 길을 잃은 여자아이가 있었는데, 그 애 엄마가 딸을 보러 피렌체로 오겠다고 했다. 길을 잃은 여자아이는 엄마에게 이메일을 보냈다. 아니, 안 돼! 지금 나 농장에 머물고 있어. 농촌 체험 관광도 하고 슬로푸드도 먹을 거야. 그러니까 9월에 와!

"나도 펜이 있어."

남자아이는 침대 옆에 있는, 당장이라도 부서질 것 같은 협탁 서랍을 뒤졌다. 매기는 누워서 기다렸다. 그가 찾아낸 펜이 매기의 벌거벗은 가슴 위를 맴돌았다.

"옛날 아주 먼 옛날, 한 소녀와 한 소년이 위대한 미국 소설과 위대한 노르웨이 소설을 보이지 않는 잉크로 썼다."

날카롭기도 하고 부드럽기도 한 펜이 피부 위에서 움직이는 느낌이 좋았다.

"무슨 요일인지 모르겠다."

매기가 썼다.

"나는 사랑에 빠졌어."

남자아이가 썼다.

결국 두 사람의 가슴과 배, 팔과 다리, 발과 손은 단어로 뒤덮였다. 남자아이는 그녀의 허벅지에 문장을 적어 넣었다. 두 사람이 사랑을 나누자, 단어 몇 개는 번져 버렸다. 남자아이가 말했다.

"이제 조금 취해 볼까?"

매기는 그가 가지고 있는 약이 뭔지 몰랐다. 하지만 주사기에 무슨 약을 넣든 인생 최고로 기분 좋은 상태에 도달할 수 있을 것 같았다.

"자, 들어간다."

그가 말했고, 매기는 고드름 같은 파란 눈을 올려다보았다. 남자아이가 바늘을 몸에 찔러 넣자 매기의 몸은 펄쩍 뛰어올랐고, 뇌는 폭발해 버렸다. 잠시 심장이 멈춰 버린 것만 같았다. 공기와 시간 속에 떠 있는 것만 같았다. 고향에서 들었던 조개껍데기 소리가 귓가에 들려왔다.

누군가 세게 매기의 얼굴을 때렸다.

"이봐요, 아가씨!"

매기는 눈을 떴다. 모르는 남자가 내려다보고 있었다.

"이제 괜찮을 거예요."

그가 말했다. 고개를 옆으로 돌리려고 했지만 그럴 수 없었다. 말도 나오지 않고 입에서는 꾸르륵거리는 소리만 나왔다.

"스피드볼이야."

그 남자가 다른 사람에게 말했다. 매기에게는 보이지 않는 사람에게.

"이제 들어 옮길 겁니다. 셋 세면요."

남자가 다시 매기에게 말했다.

"욍, 되, 트루아(하나, 둘, 셋)!"

누군가 수를 셌다. 매기는 지금 생탕투안 거리의 아파트 계단을 오르는 거라고 생각했다. 하지만 높이 들어 올려진 그녀는 문을 지나 밖으로 나왔다. 계단을 내려가고 또 내려가더니 다시 문을 지났다. 문밖은 밤이었고, 따뜻했다. 주변의 모든 것이 아름다운 라벤더색 빛으로 물들어 있었다.

"나, 죽은 거예요?"

매기가 간신히 목소리를 냈다.

"거의 그럴 뻔했죠. 다행히 누군가 도와 달라고 전화했어요. 괜찮을 겁니다."

진한 장미와 풀 냄새가 났다.

"병원으로 가서 수분을 공급하고 해독할 거예요. 알겠죠?"

매기는 고개를 끄덕였다.

"그런 다음에 집에 보내 줄 겁니다. 괜찮죠?"

다시 고개를 끄덕였다.

집이라니. 문을 구슬로 장식한 침실이 생각나 울음이 났다.

"운이 좋았어요. 누군가 도움을 요청해 줬으니까요."

남자가 또다시 말했다.

병원 의료진은 매기의 몸에 적힌 단어들을 지우고 정맥 주사로 포도당과 전해질을 넣어 주었다. 진지하고 근엄한 얼굴의 의사가 들어오더니 매기를 내려다보았다.

"앞으로 일주일은 정말 지옥 같을 거예요. 금단 현상은 최악의 고통이니까."

매기는 반박하고 싶었다. 자신은 금단 현상을 겪을 이유가 전혀 없다고 말하고 싶었다. 하지만 입 안 가득 모래가 들어 있는 것 같아서 아무 말도 하지 못하고 그를 물끄러미 올려다보았다.

그리고 옳았다. 그 의사의 말이. 그다음 한 주 동안 매기는 단 한 번도 겪어 보지 못한 고통을 느껴야 했다. 처음에는 머릿속이 유리처럼 깨져 버린 것 같았고, 다음에는 위장이 뒤틀렸다. 계속 토했고, 몸을 떨었다. 매기는 애원했다. "제발요." 병실에 들어오는 모든 사람을 붙잡고 사정했다. "제발, 아주 조금만 주세요. 뭐든지요." 매기는 은행 카드 비밀번호까지 알려 주었다. "거기 있는 돈은 다 가져요. 그냥 헤로인을, 아주, 아주 조금만 가져다주세요." 이가 너무 심하게 부딪혀 자꾸 혀를 너무 세게 깨물자 누군가가 들어와 매기를 침대에 묶었다. "굳이 이럴 필요는 없잖아요." 차분하게 말하려고 애썼지만, 그 남자는 입에 천을 밀어 넣었다. "자해하지 못하게 하는 거예요."

그리고 기적이 일어났다. 어느 날 오후에 눈을 뜬 매기는 깨달았다. 온몸의 세포가 아프고, 전신이 꺼진 것 같았다. 하지만 떨거나 토하지 않았다. 애원하고 싶지도 않았다. 간호사가 옷이 든 가방을 가져오더니 입으라고 했다. 가방에 있는 옷은 번쩍이는 폴리에스터 천으로 만든 연보라색 운동복이었다. 옷을 입느라 한참을 애써야 했다. 다 입고 나자 간호사가 매기를 도와 복도 끝에 있는 방까지 걷게 했다. 다리가 젤리로 만들어진 것처럼 후들거려서 완두콩 같은 녹색 점무늬가 있는 리놀륨 복도 위에서 여러 번 미끄러지고 엎어질 뻔했다.

"선생님이 곧 오실 거예요."

파란색 플라스틱 의자에 매기를 앉히면서 간호사가 다정하게 말했다. 팔에는 아직도 정맥 주사기가 꽂혀 있었다. 옆에는 비쩍 마르고 병약한 남자가 앉아 있었다. 그는 매기에게 신청만 하면 병원에서 공짜로 약을 받을 수 있다고 했다.

"효과가 약해. 하지만 약은 약이지."

남자는 이가 거의 남아 있지 않았다.

"그냥 재미로 해 본 거예요."

이 말은 클립보드를 든 의사들이 심각한 얼굴로 병실에 들어올 때마다 했던 말이다.

"누구나 그냥 재미로 하는 거지."

남자가 큰 소리로 웃었다. 그는 매기가 마약 중독자 병동에 와 있다고 했다.

"네? 말도 안 돼요."

그녀의 대답에 남자는 턱을 움직여 매기를 가리켰다.

"팔에 있는 자국을 쭉 나열하면 마르세유까지 가겠구먼, 뭔 헛소리야."

매기는 고개를 돌리고 노르웨이 소년을 떠올렸다. 그 아이가 도움을 요청한 걸까? 그럼, 그 애는 어디로 간 거지? 이 사람들은 나를 어떻게 할까? 경찰에 전화할까? 아니면 미국 대사관? 엄마, 아빠한테 알리는 건 아니겠지?

흰 가운을 입고 청진기를 목에 두른 의사가 들어왔다. 그녀는 매기가 앉은 의자에 걸터앉았다. 아주 진한 향수 냄새를 맡을 수 있을 정도로 가까이에.

"좋아요, 매기. 미국인이고, 약물 중독으로 거의 죽을 뻔했네요. 알로르. 당신을 어떻게 해야 할까요?"

클립보드에 꽂힌 서류를 보면서 의사가 말했다.

"미국 학생이에요. 파리에서 공부하고 있는. 난 마약 중독자 아니에요. 그냥 파티에 갔던 것뿐이에요. 물론 이제부터는 정말로 잘할 거예요. 항상 나쁜 남자한테 빠져서 나쁜 짓을 했어요."

의사는 전혀 믿지 않는다는 표정으로 매기를 봤다.

"음, 아가씨. 이렇게 계속 약을 하다가는 죽을 거예요. 이제 해 줄 수 있는 치료는 다 했어요."

의사가 벌떡 일어났다.

"다시 기숙사로 돌아가서 스테이크랑 샐러드로 된 좋은 식사를 하고, 물을 많이 마시고 푹 쉬어요. 약은 절대로 하지 말고요. 위(알았죠)?"

"위(알았어요)!"

매기가 열정적으로 대답했다. 왜냐하면 이곳에서 나가게 되었으니까. 대사관에 연락도 안 했고, 엄마와 아빠에게도 알리지 않았으니까. 더구나 감옥에도 가지 않았고. 의사는 매기의 팔에서 거칠게 정맥 주사기를 뺐고, 혀를 차면서 조용히 말했다.

"다시는 여기서 아가씨를 보지 않았으면 좋겠어요."

그러고는 걸어가 버렸다. 매기는 의자에서 일어났다. 다리가 후들거려서 천천히 밖으로 나왔다. 이른 아침이었고, 하늘에는 분홍색과 붉은색 줄이 쳐진 것 같았다. 더운 날일 거야. 지금 있는 곳이 어디인지 파악하려고 주위를 둘러봤다. 주변에 있는 건물들을, 도로 표지판을 살펴봤다. 하지만 모두 낯선 풍경뿐이었다. 길모퉁이로 걸어가 주변을 다시 둘러봤다. 하지만 위치를 알려 주는 건 아무것도 없었다. 계속 걸었다. 마침내 저 멀리 녹색 파이프와 파란색 도관이 있는 퐁피두 센터가 보였다. 이제는 안심해도 됐다. 퐁피두 센터로 걸었다. 그곳에는 노아를 만났던 카페가 있고, 빈백이 있는 서점이 있다. 카페에 가서 카페오레를 큰 잔으로 마시고, 오믈렛과 빵을 먹을 것이다. 그런 다음에는 서점에 가서 빈백에 파묻혀 책을 읽어야지.

에이바

에이바는 곧바로 그 남자에게 다시 전화를 걸었지만, 전화는 음성 사서함으로 넘어갔다. 기계음이 이름과 연락처를 남기라고 했다. 남자가 전화를 받지 않을 거라는 사실을 깨달을 때까지, 전화를 걸고 또 걸었다. 어째서 남자가 있는 곳을 물어보지 않았을까? 딸은 어디 있는 거지? '실종'이라는 단어가 에이바의 머리에서 맴돌았다. 그래서 그녀는 짐에게 전화를 걸었다. "안녕하세요, 짐 터커입니다. 2주 동안 비밀 임무 때문에 떠나 있을 테지만, 돌아오자마자 전화를 드리겠습니다." 분명히 어딘가에서 뜨개 폭탄이나 터트리고 있겠지. 짐이 아니라면 누구에게 전화해야 할까? 당연히 학교였다. 에이바는 재빨리 시간을 계산했다. 이탈리아는 이곳보다 여섯 시간 빨랐다. 그렇다면 지금은 새벽 4시. 그 시간에 학교에서 전화를 받을 사람이 있을까? 분명히 비상 연락망을 받은 게 있을 거야. 현관문을 열고 들어가면서 생각했다. 집 안은 후끈하고 더웠다. 책상 옆에 있는 창문을 열었다. 매기의 학교 프로그램 관련 서류는 그 책상에 모두 정리해 두었다.

이탈리아 체류 서류는 금방 찾을 수 있었다. 정리의 귀재, 짐 덕분이었다. 서류철에는 짐이 직접 쓴 "매기, 이탈리아"라는 글이 적혀 있었다. 무척 익숙한 필체였다. 완벽한 팔머체로 살짝 기울어지게 쓴 대문자 M과 우아한 I를 보니 심장이 요동쳤다. 하지만 짐은 떠나 버렸지. 다른 여자와 함께. 에이바는 마음을 다독였다. 서류철을 열어 1년 전에 그토록 열정적으로 살펴봤던 서류를 뒤적였다. 르네상스 시대 건물과 분수대 앞에서 행복하게 서 있는 학생들을 찍은 광고지가 보였다. 매기가 가져가야 할 물건들도 짐이 꼼꼼하게 기록해 두었다. 입학 허가서와 학생들 명단도 있었다. 이 모든 서류를 준비하면서 마음을 놓았었는데. 매기를 이 프로그램에 참여하게 했다는 것 자체가 마침내, —정말로 마침내!— 아이가 안정을 찾았다는 뜻이었으니까. 드디어 딸이 마약과 술을, 섹스와 무절제한 행동을 그만두고 새롭게 시작한다는 뜻이었으니까.

문제는 그 믿음은 사실이 아니었다는 거다. 아이는 사라져 버렸고, 에이바는 매기라면 무슨 일이든 할 수 있다는 것을 알고 있었다. 어째서 아이가 정말로 괜찮다고 순진하게 믿어 버렸을까?

천천히 비상 연락망 전화번호를 눌렀다. 곧바로 발신음이 들렸다. 책상 의자에 몸을 파묻고 기다렸다. 왠지 영원을 지나는 것 같았지만, 결국에는 몹시 지친 듯한 여자가 전화를 받았다.

"베티 루이스입니다."

"새벽에 죄송해요. 하지만 방금 어떤 남자가 끔찍한 전화를 했어요. 제 딸이 실종됐다고 했어요. 제 딸은 매기예요. 매기 터커."

"어떤 남자였는데요?"

베티 루이스가 물었다.

"잘, 잘 모르겠어요. 프랑스어를 쓰는 남자였어요."

"프랑스어를 쓰는 남자가 전화를 했다고요?"

"매기 전화기로요. 그가 딸의 전화기를 가지고 있었어요."

갑자기 머리를 맞은 듯했다. 어째서 프랑스 남자가 딸의 전화기를 가지고 있는 거지? 어째서 그는 매기가 실종된 걸 아는 거지? 어째서 그는 자기 이름을 밝히지 않은 거지?

"프랑스 남자가 따님 전화기로 전화를 걸었다고요?"

베티 루이스가 되물었다.

"네!"

"따님 이름이?"

이 여자는 에이바의 말을 전혀 듣지 않은 걸까?

"매기예요. 매기 터커!"

에이바가 소리쳤다.

"매기 터커. 매기 터커라."

베티 루이스는 웅얼거렸다. 아마도 서류를 뒤지고 있는 거겠지.

"미술사 공부를 하러 갔어요."

혹시라도 도움이 될까 싶어서 설명했다.

"터커 부인? 따님은 1월에 그만두고 떠났어요."

베티 루이스가 말했다.

"설마요."

물론 마음속 깊은 곳에서는 딸이 그럴 수 있다는 것을 잘 알았지만, 에이바는 그렇게 대답했다.

"흔한 성이잖아요. 터커는. 제 딸은 매기 터커예요."

"네, 맞아요. 매기 터커. 어머니 이름이, 에이바 맞죠? 지금 전화하신 분이 에이바 맞으시죠?"

베티 루이스는 대답을 기다리지 않았다.

"1월에 학교를 그만두고 기숙사에서도 나갔어요. 그리고 제가 아는 한 그때부터 이곳에서 따님 소식을 들은 사람은 아무도 없어요."

몸속 깊숙한 곳에서부터 찬기가 불어 나오기 시작했다. "그때부터 이곳에서 따님 소식을 들은 사람은 아무도 없어요." 먼 곳에서 흐릿하게 찍은 사진들이 마음속에서 슬라이드 쇼처럼 흘러가기 시작했다. 베키오 다리에서 찍은 사진에서도, 우피치 미술관 앞에서 찍은 사진에서도 사람들 얼굴은 알아보기 힘들었다. 그러니까 그것들은 매기가 인터넷에서 찾아 직접 찍은 것처럼 올린 것이다.

베티 루이스가 미국 대사관에 전화해 보라고 했다.

"전화번호, 알려 드릴까요?"

하지만 서류 위에 대사관 전화번호가 적혀 있었다. 에이바는 한숨을 쉬었다.

"아니에요. 알고 있어요."

"날이 밝으면 따님이랑 방을 함께 썼던 학생에게 따님이 떠나기 전에 무슨 말을 했는지 물어볼게요."

베티 루이스가 말했다.

"그 학생 이름을 알 수 있을까요?"

에이바는 그 학생에게 직접 전화를 걸어야겠다고 생각했다. 지금 당장.

"죄송하지만, 그건 안 됩니다. 전 우리 학생을 지켜야 하니까요."

"그런데 왜 우리 딸은 지키지 않은 거죠? 왜 혼자 방황하게 두었냐고요?"

에이바의 말에 여인은 잠시 머뭇거렸다.

"하지만 자퇴서에 어머니가 서명을 하셨어요. 지금 그것을 보고 있는걸요."

그렇겠지. 매기는 아주 오래전에 엄마의 서명을 익혔으니까.

"제가 그 학생이랑 대화해 볼게요."

베티 루이스가 말했다.

"그래요. 그렇게 해 주세요. 고마워요."

베티 루이스에게 전화번호를 말해 주고 전화를 끊었다. 에이바는 광고지 위에서 환하게 웃는 학생들 사진을 물끄러미 응시했다. '이제 뭘 해야 해?' 미국 대사관으로 전화를 하고 윌에게 메일을 썼다.

안녕, 아들? 혹시 최근에 동생한테 무슨 소식 들은 거 있어? 좀 중요한 일이 생겨서…….

짐에게도 메일을 보냈다.

친애하는 짐에게. 지금 당장 전화해. 매기가 1월에 학교를 나왔다는데, 지금 어디에 있는지 아무도 몰라.

매기에게도 메일을 보냈다.

매기야. 누가 네 전화기를 가지고 네가 실종됐다고 나한테 전화했어. 지금 걱정으로 제정신이 아니야. 전화해. 제발!

그러고는 휴대폰을 노려봤다. 그렇게 보고 있으면 자신의 간절한 의지와 절망이 전해져서 셋 중 누구라도 답을 보낼 것만 같았다. 매기가 어디로 가 버린 건지, 어떤 일이 생긴 건지, 생각하지 않으려고 애썼다. 아이가 14살 때, 유타주에서 하는 자연 치유 프로그램에 참가하고 돌아온 직후에 사라진 적이 있었다. 에이바와 짐은 차를 타고 프로비던스를 구석구석 돌면서 아이들이 약을 살 수 있는 장소를 찾아다녔다. 세이어 거리의 문 앞에서 약에 취한 아이들이 보이면 매기의 사진을 보여 주었다. 이틀 뒤에 딸은 돌아왔고, "남자아이를 만났어."라고 말했다. 그것이 사라질 충분한 이유라는 듯이.

문득 깨달았다. 딸은 피렌체에서 남자를 만났고, 함께 떠난 거다. 하지만 어디로?

침대에 누웠다. 잠이 올 리가 없었다. 여전히 짐의 것이라고 생각하는 베개 위에 휴대폰을 놓았다. 이번 달에 읽어야 하는 책이 협탁 위에서 보였다. 『나를 있게 한 모든 것들』. 예스러운 옷을 입은 여자아이가 담 위에 앉아 있고, 그 뒤로 벌거벗은 나무가 한 그루 보이는 표지는 꼭 동화 같았다. 책을 펴고 읽기 시작했다. "뉴욕의 브루클린은 고요함이라는 단어로 묘사할 수 있다. 특히 1912년의 여름은……"

휴대폰에서 메일 도착 알림음이 났을 때, 에이바는 1912년 여름으로 들어가 프랜시 놀런이라는 아이에게 푹 빠져 있었다. 깜짝 놀라 책을 떨어뜨리고 허겁지겁 휴대폰을 잡았다. 윌이었다.

한동안 연락이 없었어. 나쁜 관계를 맺고 있었는데, 지금은 끝났다는 말

은 들었어. 나도 걱정하고 있었는데. 엄마는 아는 거 있어?

에이바는 아들에게 사실을 말해 줄까 고민했다. 그 먼 우간다에서 윌이 할 수 있는 일이 있을까? 하지만 아들은 이미 성인이었다. 어렸을 때도 분별이 있는 아이였고, 온갖 상식으로 가득 차 있는 아이였다. 『나를 있게 한 모든 것들』의 첫 문장이 떠올랐다. 윌은 고요한 아이야.

"어떤 프랑스 남자가 매기의 휴대폰으로 전화를 했어."

글을 입력하자마자 깨달았다. 딸은 그저 학교에서 나간 것이 아니었다. 이탈리아를 떠난 거였다. 프랑스로 가 버린 거였다.

"이런, 윌. 그 애는 프랑스에 있는 게 분명해."

이메일을 보내자마자 답장이 왔다.

"?????"

"1월에 학교에서 나왔대."

에이바가 또다시 이메일을 보냈다. 전화벨이 울렸다. 모르는 번호였다. 전화를 받자 놀랍게도 베티 루이스의 목소리가 흘러나왔다. 너무 늦게 전화해서 미안하다는 사과와 함께.

"따님의 룸메이트 말이, 남자 친구와 함께 파리로 간다고 했대요. 물론……,"

지극히 사무적인 말투로 말했다.

"따님의 결정에 대해 우리는 어떠한 책임도 없습니다."

남자와 함께, 파리에 갔다고?

"알겠어요."

에이바가 대답했다.

"좀 더 분명한 정보를 줄 수 있다면 좋을 텐데, 유감이에요."

베티 루이스가 전화를 끊기 전에 말했다.

가야겠어. 파리로. 하지만 그렇게 큰 도시에서 어떻게 사라져 버린 여자아이를 찾지? 아래층으로 내려가서 커피를 끓이고 할 일 목록을 적은 메모 패드를 집어 들었다. "로절린드 아든 찾기." 메모지에는 그렇게 적혀 있었다. "도서관에 가야 할까, 중고 서점에 가야 할까? 출판사를 찾으면 될까?"라고도 썼다. 어제 이 문장들을 적을 때만 해도 사라져 버린 누군가를 찾는다는 건 절대로 할 수 없는 일이라고 생각했다. 하지만 어떻게든 매기는 찾아내야 했다.

종이를 넘겨 새 메모지 위에 딸의 이름을 적었다. 어렸을 때 매기는 소문자 I를 쓸 때 i 위에 점 대신 데이지를 그렸다. 색연필로 데이지 꽃잎을 노랗게 칠하고, 가운데를 파랗게 칠할 때도 있었다. 에이바는 매기의 i 위에 데이지를 그렸다. 전화벨이 울렸다. 짐이었다.

"대사관에는 모두 전화했어. 이탈리아랑 프랑스. 이제는 뭘 해야 할지 모르겠어."

생각난 모든 것을 설명했다.

"계속, 연락하고 지낸 거 아니었어? 피렌체에 있는 게 아니라는 걸 눈치챌 만한 단서는 없었어?"

짐의 목소리에서 절망이 느껴졌다. 멀리서 찍어 흐릿하기만 했던, 아무런 특징이 없던 인스타그램의 사진들이 떠올랐다. 피렌체로 간다고 했을 때 자신을 말리던 매기의 이메일을 생각했다. 농촌 체험 관광과 슬로푸드라니. 그때 당연히 이상하다고 생각해야 했는데.

"파리로 가야겠어. 그 애를 찾아야 해."

"내가, 지금 헬싱키에 있어. 내가 비행기로 파리에 갈게. 매기 사진을 가지고. 경찰서도 가고 대사관도 갈 거야. 그러니까 당신은 집에 있어. 혹시라도 집으로 전화할지도 모르잖아. 아무튼, 당신이 집에 있어야 해."

"하지만 매기에게 내가 필요할지도 모르잖아. 내가 가야지만……."

"자기야. 우리 중 누구든 한 명은 전화기 옆에 붙어 있어야 해."

짐이 말했다.

"난 프랑스어를 할 줄 알아."

에이바가 말했다.

"나도 할 줄 알아."

짐이 에이바에게 일깨워 주었다.

"애가 정말로 집에 돌아올 거 같아?"

"항상 바닥을 치면 돌아왔잖아."

짐이 대답했다.

"세상에, 얘는 대체 어디에 있는 거야?"

"파리에 가면 전화할게."

짐이 말했다.

"고마워. 간다고 해 줘서."

"에이바?"

그가 부드럽게 말했고, 에이바는 짐의 말을 기다렸다.

"다 괜찮을 거야."

어린 매기와 윌은 해가 뜰 무렵이면 부부가 자고 있는 침대로 올라왔다. 두 아이에게는 아이들답게 달콤한 파우더 냄새가 났다. 지금, 그 냄새가 선명하게 떠올랐다. 에이바의 다리를 감싸던 작은 다리들도 생각났다. 가을이 오고 있다는 건 늘 알 수 있었다. 침실 창문으로 보이는 나무는 하룻밤 사이에 잎이 바뀌어 버리는 것 같았으니까. 딸아이가 다섯 살 때인가 여섯 살 때, 깜짝 놀라 두 눈을 크게 뜨고는 나무를 가리키면서 말했었다. "엄마! 누가 나뭇잎에 염색을 했어."

어렸던 딸을 생각하니 눈시울이 붉어졌다. 어쩌다가 그 예뻤던 아이가 이렇게 무절제한 여자로 자라 버린 걸까?

동생이 생각났다. 릴리도 참 예쁜 아이였고, 화사한 아이였다. 연한 금발 머리에 빛나는 파란 눈을 가진 아이였다. 그 오랜 시간이 지난 지금도 검은색 레오타드에 분홍색 발레 타이츠를 입고 완벽하게 아라베스크를 해내던 릴리의 모습을 분명하게 떠올릴 수 있었다. 에이바와 릴리는 발레를 같이 배웠지만, 에이바가 마룻바닥 위를 서투르게 움직일 때 릴리는 요정처럼 가볍게 빙글빙글 돌았다. 그해 가을, 동생은 푸앵트를 익혀 에이바를 훨씬 앞설 참이었다. 물론 그해 가을까지 살아 있지 못했지만. 에이바가 똑바로 몸을 세우고 앉았다.

행크 빙엄. 은퇴한 경찰.

경찰로 오랫동안 근무했기 때문에 여전히 존경받는 사람이었다. 에이바 가족과 상관없이 행크 빙엄은 유능한 경찰이었다.

에이바는 침대에서 나와 서랍장 위에 아무렇게나 쌓여 있는 자잘

한 물건들을 뒤졌다. 짐이 떠난 뒤로는 정돈하고 치우고 분류하는 일을 멈춰 버렸다. 그 덕분에 서랍장 위에는 얇게 내려앉은 먼지와 우표, 포스트잇, 영수증, 무언가를 적어 놓은 쪽지, 사야 할 식료품을 적은 종이 등이 잔뜩 쌓여 있었다. 너저분한 물건들을 계속 뒤졌고, 마침내 부엌에 행크 빙엄이 놓고 간 명함을 찾아냈다.

에이바는 자동차를 타고 행크 빙엄의 집으로 달려갔다. 1950년대에 개발된 거리에 있는, 비슷하게 생긴 집들에 둘러싸인 작고 하얀 집이었다. 집 앞에는 파란 수국이 쭉 늘어서서 자라고 있었고, 진입로에는 별다른 특징이 없는 회색 승용차가 서 있었다. 그리고 행크 빙엄이 마당에서 꽃에 물을 주고 있었다. 눈앞에 펼쳐진 가정적인 분위기에 깜짝 놀라, 에이바는 그 자리에 멈춰 섰다.

잠시 두 사람은 서로를 물끄러미 쳐다보기만 했다. 그는 앞에 얼룩이 묻은 반소매 격자무늬 셔츠를 입고 낡은 테니스화를 신고 있었다. 면도는 하지 않았다.

"할 말이 있어서 온 건가?"

행크가 물었다. 에이바가 머뭇거리자 그는 계속 말했다.

"그날에 대해?"

에이바는 고개를 저었다.

"그래서 온 거 아니에요. 누구한테 도와 달라고 해야 할지 몰라서 왔어요. 왜인지는 모르지만, 형사님밖에는 생각나는 사람이 없었어요."

행크는 찡그린 표정을 풀지 않았다. 호스를 내려놓고 가까이 오라고 손짓했다.

"일단 안으로 들어가지."

니들포인트로 만든 쿠션들, 꽃무늬가 있는 소파, 꽃병에 꽂힌 말린 꽃들. 안으로 들어가자 여자의 손길이 느껴졌다. 에이바와 부엌으로 들어간 행크는 커피를 좋아하냐고 물었다.

"그럼요."

에이바가 대답했다. 행크는 인스턴트커피 통을 꺼내 들더니 사과했다.

"내가 이런 걸 대접했다는 걸 알면 아내가 날 죽이려고 할 거야."

아. 에이바는 커피는 신경 쓰지 말라고 말하려고 했지만, 이미 그는 찻주전자를 불에 올리고 커피 가루를 머그잔에 담았다.

"설탕은 없어."

머그잔을 내려놓으면서 말했다.

"괜찮아요."

에이바가 대답했다.

"딸 때문에 왔어요. 딸이 사라졌어요."

행크는 경찰수첩처럼 보이는 공책을 꺼냈고, 가끔씩 고개를 끄덕이면서 말을 전부 받아 적었다.

"음, 건초 더미에서 바늘 찾기 같은 거지."

단호하게 수첩을 덮는 그의 태도가 마음에 들지 않았다.

"그 애는 어디에든 있을 수 있어. 이 세상 어디에든 말이야."

"죽었을 수도 있어요."

마음속에서만 맴돌던 최악의 상황을 소리 내어 말한 것은 이번이 처음이었다.

"그 뒤로, 그 남자는 제 전화를 받지도 않아요. 1시간마다 전화했는데도 말이에요."

"그 남자도 매기를 찾고 있는 게 틀림없는 것 같군."

"그렇다면 왜 그 남자가 매기의 전화기를 가지고 있는 거죠?"

에이바의 말에 행크는 또다시 고개를 저었다.

"아직도 경찰로 근무하고 있고, 이 사건을 맡았다고 생각해 보세요. 사건을 해결하려면 뭘 하실 거예요?"

"당연히 마지막으로 함께 있었던 사람들을 조사해야지. 가족들도."

"학교 행정관이 그 애 룸메이트한테 물어봤어요. 매기가 자기 룸메이트 이름을 가르쳐 준 적이 없어서, 전 그 애랑 직접 말도 해 볼 수가 없어요."

"내 생각은 이래. 젊은 여자아이가, 조금은 제멋대로인 아이가 이탈리아에서 남자아이를 만났고, 그 애를 쫓아서 파리로 간 거지. 하지만 두 사람은 잘 지낼 수가 없었어. 여자아이는 이미 학교를 그만두고 피렌체를 떠났어. 그러니까 이미 모든 게 엉망이 된 거지. 부모님에게 말할 수도 없으니 집으로 돌아갈 수도 없어. 그래서 파리에 머물다가 다른 남자를 만난 거야. 아마도 술집에서 만났을 거고, 취해서 전화기를 잃어버린 거지."

"그럼 왜 그 남자가 저한테 전화한 거죠?"

좌절한 에이바가 물었다.

"그 녀석도 여자아이를 찾고 있는 거지. 자기가 전화한 사람이 여자애 어머니였는지는 몰랐을 수도 있고."

"그럼 왜 전화를 안 받아요?"

"바빠서?"

행크가 어깨를 으쓱했다.

"밤낮으로요?"

"지금 다시 전화해 봐."

행크의 말에 에이바는 가방에서 전화기를 꺼내 연락처에서 매기를 찾아 꾹 눌렀다. 전화기 화면에는 48통째 발신임을 알리는 숫자가 떠 있었다. 무뚝뚝한 남자가 전화를 받았다. 에이바는 헛기침을 했다.

"에이바 터커예요."

행크의 의기양양한 표정이 보였다.

"우리 딸, 매기 때문에 전화했어요."

"말했잖아요. 사라졌다고."

행크가 수첩을 펴고 무언가를 적더니 내밀었다.

"언제 그 애를 마지막으로 봤는지 말해 줄 수 있나요?"

행크가 적은 문장을 읽었다.

"이틀 전이요."

남자가 대답했다.

"이틀 전이라고요."

에이바가 안심하며 말했다.

"나도 어딨는지 몰라요. 신경 쓰지도 않을 거고."

남자는 전화를 끊어 버렸다.

“끊었어요. 이제 어떻게 해야 해요?”

통화 버튼을 다시 누르면서 행크에게 물었다. 남자는 받지 않았다.

“남자 친구랑 싸운 거야. 그래서 다른 친구 집에 있겠지. 하루 이틀 뒤에는 돌아갈 테고. 내 말이 맞을 거야.”

물론 행크의 결론은 이성적인 추론이었지만 에이바는 상황이 그렇게 단순하지 않을 거라는 느낌을 떨쳐 버릴 수가 없었다. 전화를 받은 남자는 나이가 많은 것 같았고, 매기를 걱정하기보다는 화가 난 것 같았다.

“가끔은 증거들이 쭉 쌓이는데도 결코 믿을 수 없을 때가 있는 법이야.”

행크는 강렬한 눈길로 에이바를 똑바로 쳐다보면서 말했다. 그녀도 행크의 눈을 똑바로 바라봤다. 그는 이미 매기 이야기를 하고 있지 않았다. 에이바는 알았다. 동생이 죽었던 날을 이야기하고 있는 거였다.

“도와주셔서 감사해요.”

에이바가 말했다.

“딸한테 전화가 오면 나한테도 말해 줘.”

행크가 말했다. 그는 에이바를 문까지 배웅하지 않았다. 행크의 아내가 떠나 버린 것도 당연하다고 에이바는 생각했다. 하지만 기분은 한결 나아졌다. 그의 말은 이치에 맞았다. 이제 곧 언제라도 매기에게 전화가 올 것이다.

서점 주인

매일 아침, 미국인 여자아이가 서점에 와서 하루 종일 머물렀다. 삐쩍 마르고 창백한 피부에 헝클어진 머리카락, 운동복. 이제 막 정신병원에서 퇴원한 사람처럼 보였다. 그 아이는 표범 무늬 빈백에 앉아서 책을 무릎에 올려놓고 정신없이 잠을 잘 때도 있었다. 고개를 단 한 번도 들지 않고 처음부터 끝까지 책을 읽을 때도 있었다. 우리 안을 서성이는 동물처럼 책장 사이를 돌아다니면서 책을 들었다가 내려놓으며 제목들을 탐색하기도 했다.

"헤이, 죈 피유(아가씨)!"

서점 주인이 빈백에서 반쯤 졸고 있는 여자아이를 불렀다. 아이가 고개를 들었다.

"매일 여기 와서 앉아 있을 생각이면, 조금 더 괜찮은 일을 해 보는 게 어때요?"

"정말요? 전 정말로 일이 필요하거든요. 여기 일이요."

여자아이의 목소리에 희망이 담겼다.

"이 책들 보이죠? 이 책들을 선반에 다시 가져다 둬요."

"음. 어느 선반에요?"

여자아이는 더듬거리며 말했다.

"사장님이 이 책들을 알파벳순으로 정리하시는지, 다른 정리 방법이 있는지 몰라서요."

"세 타 투아(마음대로 해)."

서점 주인은 어깨를 으쓱해 보이며 말했다.

"알, 겠, 습니다."

여자아이가 천천히 대답했다. 서점 주인이 자기 책이라고 생각하는 책들은 일반적인 방법으로 정리되어 있지 않았다. 길을 잃은 아이들이 이곳에서 머물 때면 서점 주인은 언제나 같은 일을 시켰다. 원하는 대로 책을 정리해 보렴. 네가 하고 싶은 대로. 주인은 여자아이에게 인덱스 카드와 색 마커를 여러 개 건네줬다.

"세 타 투아."

다시 말하고 모든 것을 여자아이에게 맡긴 채 나가 버렸다.

에이바

페니의 장례식은 회중교회(조합교회라고도 하는 개신교의 한 분파-옮긴이)에서 열렸다. 에이바는 독서모임 회원들과 나란히 앉았다. 페니의 딸 헬렌과 아들 제임스는 두 사람의 어머니가 가장 좋아했던 시를 낭독했다. 성가대는 '어메이징 그레이스'와 놀랍게도 '네가 스윙을 하지 않는다면 아무 의미 없어It Don't Mean A Thing If You Ain't Got That Swing'를 불렀다. 페니의 애창곡임이 분명했다. 장례식은 금방 끝났고, 정신을 차려 보니 에이바는 루스의 거대한 SUV 뒷좌석에 타고 있었다. 호프 클럽에 마련된 장례식 연회에 참석하려고 다이애나와 함께 루스의 차에 탄 것이다.

"요즘에는 장례식에 가면 마음이 참 묘해져요. 왜 그런지는 아시죠?"

다이애나가 말했다.

"이런, 다이애나. 괜찮을 거예요."

루스가 다이애나의 손을 다독이며 말했다.

"아니, 그렇게 우울한 표정은 짓지 말아요."

백미러로 에이바와 눈이 마주친 다이애나가 말했다.

"내 유방암은 치료가 아주 잘되는 종류래요. 물론, 치료 과정은 끔찍하지만요."

"이제 두 번만 더 참으면 돼요."

루스의 말에 다이애나가 한숨을 쉬었다.

"그 두 번이 지옥 같다니까요."

"페니는 에이바에게 뭘 남겼을까요?"

루스가 물었고, 에이바는 어깨를 으쓱했다.

"모르는 집에 불쑥 찾아가서 뭔가를 달라고 말해야 한다는 게 너무 이상해요. 게다가 독서모임 외에 페니하고 따로 만난 적도 없는 걸요. 도대체 저에게 뭘 남겼다는 건지, 도통 모르겠어요."

"음, 에이바가 독서모임에 와 줘서 기뻐요."

루스가 도로를 물끄러미 바라보면서 말했다.

"나도 그래요. 이제 곧 있으면 나를 병원에 데려다줄 정도로 오래 참석한 고참 회원이 될 거예요."

다이애나도 말했다. 에이바는 밝게 웃었다. 세 사람은 갈색 돌바닥과 가스등이 있는 베네피트 거리에 들어섰고, 도서관을 지나고 모퉁이를 돌아 호프 클럽의 주차장에 차를 세웠다. 그곳에는 이미 차가 가득 들어차 있었다. 그곳에서 매기와 비슷한 나이에 똑같은 밤색 머리카락의 여자아이를 보고 깜짝 놀랐다. 물론 딸은 아니었다. 아이는 사라져 버렸으니까. 에이바는 지금 당장 SUV 밖으로 뛰어나가서 공항으로 달려가 파리로 떠나고 싶었다. 짐이 거기에 있어. 마음을 다독였다. 지금 짐이 파리에 있었다.

"페니가 돌아가셨다니, 믿어지지 않아요. 처음 페니를 만났을 때를 기억해요. 독서모임 초기에 모니크의 집에 갔을 때였어요. 그때 난 '크리스마스 캐럴'에서 스크루지 역을 맡았었죠. 그래서 이런저런 말들이 많이 나왔을 때였어요. 로지는 고작 여섯 달밖에 안 됐고요. 그때는 누구나 하던 아기 띠로 로지를 매고 갔어요. 그날 페니는 나에게 다가오더니 정말로 힘차게 악수를 해 줬어요. 맨해튼도 한 잔 주고요. 그 순간, 그분을 사랑하게 됐죠."

다이애나가 말했다.

"『인도로 가는 길』을 읽을 때, 기억하죠? 페니가 케밥 앤 커리에서 12코스 요리를 사 줬잖아요."

루스가 눈물을 훔치며 말했다.

현관에는 케이트와 모니크가 서 있었다. 오너와 키키, 루크도 있었다. 주차 요원이 문을 열어 줬고, SUV에서 내린 에이바는 돌계단을 오르는 루스와 다이애나를 따라갔다. 세 사람을 보자 케이트의 표정이 밝아졌다.

"좋아요. 모두 왔네요."

에이바는 걸음을 멈추고 밤색 머리 여자아이를 뚫어지게 쳐다봤다. 슬픔이 가득하지만 밝은 눈을 한 아이는 머리를 숙여 에이바에게 인사하더니 자기 어머니의 손을 잡고 안으로 들어갔다.

에이바는 베이컨으로 감싼 마름이 담긴 쟁반을 들고 도서관으로 걸어갔다. 케이트가 들어 달라고 부탁한 쟁반이었다. 베이컨 냄새가 솔솔 풍겨 왔다.

"괜찮은 거지?"

케이트가 물었다. 에이바는 고개를 저었다.

"매기한테 문제가 생겼어. 학교에서 나와 파리로 갔다는데, 도통 소식을 들을 수가 없어."

에이바는 자신이 매기를 집에서 멀리 보내는 게 좋은 생각이라고 믿었던 이유를 기억하려고 애썼다. 그것도 딸이 집을 떠나 버린 아빠에게 엄청 화가 나 있던 때에 말이다.

"정말로, 매기가 어디 있는지를 아는 사람이 없단 말이야? 누구랑 있는지도 모르고?"

케이트가 물었다. 에이바는 고개를 저었다.

"어떤 형사랑 얘기해 봤어. 그 사람은 매기가 남자 친구랑 싸운 뒤에 잠적했지만, 곧 돌아올 거래."

물론 행크를 만난 건 벌써 일주일도 전의 일이었다. 행크 빙엄은 매기가 하루나 이틀 정도 지나면 연락할 것이라고 했다. 하지만 아니었다. 지금은 공포가 에이바를 단단히 거머쥐고 있었다. 이제는 아침에 눈을 뜨자마자 대사관에 전화를 했다. 그리고 매일 같은 소리를 들었다. "누 나봉 파 장코르 드 누벨(새로운 소식은 없어요)." 매기의 전화를 가지고 있는 남자는 더는 전화를 받지 않았다.

"남자아이랑 얽혀 있다고?"

케이트가 물었다.

"지금 누구 이야기를 하는 거 같아? 매기야. 그 애라면 가능하지 않을까?"

전화기 너머에서 들려오던 목소리가 생각났다. 소년의 목소리가 아니었다. 그건 남자의 목소리였다.

"매기가 어떤지 잘 알잖아. 분명히 정신없이 노느라고 엄마 생각은 못 하고 있을 거야. 걱정하고 있다는 건 꿈에도 모를 거야."

케이트가 친구를 안심시키려고 했다. 에이바는 약에 취한 딸을 여러 번 봤다. 응급실로 데려가야 했던 것도 한두 번이 아니었다. 매기가 정신을 못 차리고 빠져든 남자아이들도 봤다. 정말로 에이바는 딸이 어떤지를 잘 알았고, 그래서 더욱 걱정됐다. 매일 아침 전화를 받는 그 여자는 새로운 소식이 없다고 했다. 짐도 문자로 그 점을 분명하게 알려 주고 있었다.

여름날, 이른 저녁 빛을 받아 회색으로 빛나는 도서관이 보였다. 놀랍게도 도서관에 들어가자마자 루크가 에이바를 기다리고 있었다는 듯이 나타났다. 변함없이 포크파이 모자를 쓰고.

"내가 들어 줄게요. 그리웠어요. 냉소적이고 비꼬길 잘하지만, 멋진 당신이요."

루크가 에이바의 손에 있는 쟁반을 가져가면서 말했다. 그는 기다리고 있는 것 같았다. "나도 당신이 그리웠어요."라고 말하기를. 정말로 그런 기대를 하고 있는 걸까? 에이바가 그리운 건 짐이었다. 에이바의 아이들이었다. 옛 인생이, 진짜 인생이 그리웠다. 루크는 그립지 않았다. 루크는 탁자 위에 쟁반을 내려놓더니 팔꿈치로 에이바를 살짝 찌르면서 말했다.

"그러지 말고요. 당신도 나를 그리워했다는 거 알아요."

방 앞에 선 케이트가 헛기침을 하면서 이제 시작하려 한다는 신호를 보냈다. 에이바는 존 옆에 앉았다.

"책은 마음에 들었습니까?"

존이 무릎에 놓인 책을 툭툭 치면서 물었다.

"네, 마음에 들었어요."

"저는, 아닌 거 같습니다."

존이 말했다.

“『나를 있게 한 모든 것들』은 글쓰기를 위한 완벽한 조언 같은 책이었어요. '네가 알고 있는 것을 써라.'라는 조언 말이에요.”

케이트의 말에 모두 크게 웃었다. 존만 빼고. 케이트의 말에 얼굴을 찌푸린 존은 공책에 작고 반듯한 글씨로 “네가 알고 있는 것을 써라?????”라고 적었다.

“베티 스미스가 이 책을 썼고, 1943년에 출간했죠. 하지만 이 소설이 작가의 이야기를 많이 담고 있다는 건 몰랐을 거예요. 베티 스미스는 프랜시 놀런처럼 브루클린 윌리엄스버그에서 몹시 가난하게 자랐어요. 20세기 초반에요.”

케이트가 계속 말했다.

“스미스가 프랜시보다 5년 먼저 태어났지만, 생일이 같아요. 프랜시처럼 스미스도 고등학교 졸업장 없이 대학에 진학했고요.”

케이트의 말에 존이 고개를 저었다.

“도대체 왜 책 제목을 『프랜시 놀런 이야기』라고 짓지 않은 걸까요? 제목 때문에 책 내용을 이해하기가 힘들군요. 제 말씀은, 프랜시가 주인공이고, 브루클린에서 자란 것도 프랜시인데 말이죠(한국에서 출간된 『나를 있게 한 모든 것들』의 영어 원제목은 『브루클린에서 자라는 나무A Tree Grows in Brooklyn』다-옮긴이).”

“내가 대답해도 될까요?”

모니크가 일어서면서 말했다. 케이트는 의자에 앉았고, 모니크가 방 앞으로 나갔다.

“베티 스미스에게는 브루클린이라는 장소가 무척 중요했어요. 내가 이 소설에 매혹된 것도 그 때문이고요. 베티 스미스는 시간과 공간을 가장 중요하게 고민했고, 배경이 설정된 뒤에야 그에 맞는 인물들을 창조해 냈다고 생각해요."

모니크가 말했다.

"그렇군요."

여전히 이해는 되지 않는다는 표정으로 존이 대답했다.

"인물을 창조하면 줄거리는 저절로 따라온다는 플래너리 오코너의 강령과는 정반대 상황인 거죠. 베티 스미스는 먼저 장소를 설정하면 인물이 그리고 자연스럽게 줄거리가 따라온다고 말하는 거 같아요."

오너가 설명을 덧붙였다.

"저는 뉴욕 공립 도서관에서 왜 이 책을 20세기 최고의 책 가운데 한 권으로 뽑았는지 모르겠습니다."

존이 고개를 절레절레 저으며 말했다.

"오, 조사를 하셨나 봐요."

루스의 말에 존의 얼굴이 빨개졌다.

"강인한 가치는 우리가 역경을 극복할 수 있게 돕는다는 걸 베티 스미스의 소설이 보여 줬기 때문이죠."

오너가 말했다.

에이바는 오늘도 100번은 넘게 휴대폰을 들여다보고 있었다. 매기가 보낸 문자가 마법처럼 휴대폰 화면에 나타날지도 몰랐으니까.

모든 사람이 한꺼번에 말하기 시작했다. 이 소설을 관통하고 있는 주제인 계층과 가난, 성과 섹스, 인내와 고난에 대해 저마다 의견을 늘어놓았다. 존은 다른 사람들은 모두 알고 있는 그 무언가를 자신도 꼭 찾아내겠다는 듯이 잔뜩 얼굴을 찡그린 채 계속 책을 뒤적였다. 에이바는 집중하려고 애썼다. 루크는 혼잣말을 하듯이 중얼거렸다.

"주석 저금통."

"주석 저금통이 어떻다는 거죠, 루크?"

케이트가 물었다.

"프랜시와 닐리는 땅을 사고 싶으면 주석 저금통에 돈을 모으라는 말을 듣잖아요. 그게 생각났어요. 두 사람은 14년 동안이나 그 저금통에 돈을 넣어요. 고물 장수한테 고철을 팔거나 해서 모은 돈을 모두 저금통에 넣잖아요."

루크가 말했다.

"하지만 돈을 꺼낼 때도 있었어요. 아이스크림을 산다거나, 이사할 돈이 필요할 때면요."

제니퍼가 정정해 주었다.

"물론, 그렇죠. 그리고 늘 총액수가 얼마인지도 알려 줘요. 아이스크림을 사려고 1달러를 쓰고, 이사를 하려고 2달러를 쓰잖아요. 독자는 그 저금통에 얼마가 들어 있는지를 늘 알아요. 그게 놀라웠어요. 조니가 죽었을 때, 저금통에는 18달러 62센트가 들어 있었는데, 장례 비용도 되지 못하는 돈이었어요. 그래서 케이티가 돈을 빌려서 조니를 매장하잖아요."

루크가 말했다.

"그다음에는 그 저금통을 버려 버리고요."

모니크가 덧붙였다.

"바로 그거예요."

루크가 눈을 빛내며 말했다.

"이제 두 사람은 땅을 소유하게 됐으니까, 저금통은 필요가 없어진 거예요. 하지만 두 사람이 갖게 된 땅은 더 좋은 집이 아니라 묘지였던 거죠."

"그렇게 말씀하시니, 슬프군요."

존이 대답했고, 모두 입을 다물었다.

"사실, 저는 상징에 관해 말해 보고 싶어요."

에이바의 말에 모니크가 고개를 끄덕였다.

"특히, 나무에 관해서요. 저는, 루크, 그 나무 덕분에 이 책이 결국에는 희망을 품게 된다고 생각해요. 나무는 장작으로 베어지고 불타 버리지만, 프랜시는 나무가 죽지 않는다는 걸 알아요."

에이바가 말했다.

"새로운 가지가 있으니까요."

존이 거들었다.

"나무는 살아남아요. 놀런 가족처럼요."

에이바의 목소리에는 울림이 있었다. 루크가 에이바를 보고 웃었다. 사실, 모두가 그녀를 보고 웃었다.

"정말로 사랑스러운 마무리네요. 고마워요, 에이바."

케이트가 말했다. 에이바는 다른 사람들과 함께 간식 탁자로 이동했다. 에마가 작은 와인 잔을 채우고, 칵테일 냅킨을 부채 모양으로 접고 있었다. 오늘 에마는 아일랜드 민화에 나오는 남자 요정, 레프러콘처럼 머리카락을 녹색으로 물들이고, 왼쪽 가슴 바로 위에는 아직도 빨갛게 살짝 부어 있는 작은 분홍색 피그렛 문신을 새겼다.

"정말 좋았습니다. 나무에 관한 이야기요. 그 말씀을 듣다 보니, 이 책의 진가를 조금은 알겠더군요."

존이 말했다.

"좋은 칭찬이네요."

에이바가 대답했다.

"책에 나오는 할머니 말도 좋았습니다."

존은 주머니에서 접혀 있는 종이를 한 장 꺼내더니, 적어 온 내용을 읽었다.

"무엇을 보든지, 생전 처음 보는 것처럼, 아니면 이제 더는 보지 못할 것처럼 봐야 해. 그래야 이 세상에서의 너의 삶을 영광으로 가득 채울 수 있단다."

종이에서 고개를 든 존의 뺨은 눈물에 젖어 있었다.

"이런, 존."

에이바가 존의 팔에 손을 얹었다.

"아내분에게는 어떤 일이 있었던 건가요?"

"뇌동맥류였습니다. 손쓸 새도 없었습니다."

존이 손가락을 교차해 딱, 소리를 냈다.

'손쓸 새도 없었다니.'

그 순간, 에이바는 나무를 봤다. 다른 나무였다. 어렸을 때 살았던 집 뒷마당에서 자라던 커다란 참나무였다. 에이바와 릴리가 올라가던 나무. 요새까지 만들어 두었던 나무. 그날, 동생이 떨어진 나무.

"너무 갑작스럽게 당한 일이라 더 견디기 힘든 것 같습니다."

존이 계속 말하고 있었다.

"맞아요."

에이바도 대답했다.

"책에서, 붙잡고 있을 때 더욱 세게 붙잡고 있지 않았기 때문에 더 슬퍼지는 거라는 구절이 있었죠. 그 구절이 마음에 남습니다."

그렇게 말하고 존은 종이를 접어 에이바에게 내밀었다.

"사실, 아까 이 대목을 읽으려고 했습니다."

"그랬으면 좋았을 텐데요."

나뭇잎 사이로 밝은 햇살이 내리쬐던 또 다른 나무가 마음을 온통 붙잡고 있었지만, 에이바는 간신히 대답할 수 있었다. 그때 케이트가 어디선가 본 듯한 여자와 함께 에이바 앞에 섰고, 존은 데빌드 에그를 가지러 자리를 떠났다.

"안 오시더군요."

그 여자가 에이바에게 말했다.

"페니의 따님인 헬렌인데, 기억하지?"

케이트가 말했다.

"정말 죄송해요. 가려고 했는데, 제 딸이……."

에이바는 황급히 입을 다물었다.

"어머니가 꼭 전해 달라고 하셨어요."

페니의 딸이 부드러운 녹색 티슈페이퍼로 싼 꾸러미를 내밀면서 말했다.

"솔직히 말씀드리면 페니가 저에게 무얼 남겼다는 게 이해가 되지 않아요. 하지만 가져다주셔서 감사해요."

에이바가 대답하고, 꾸러미를 가방에 넣었다.

그 꾸러미가 생각난 것은 그날 밤 아주 늦게였다. 이미 침대로 들어가서 다시 매기의 전화번호를 누르고, 혹시나 딸이 보낸 메일이 있을지도 몰라 메일함을 한참 노려보고 있을 때였다. 에이바는 침대에서 나와 가방에서 꾸러미를 꺼내 다시 침대로 돌아왔다. 그제야 꾸러미에 끼어 있는 작은 카드 봉투를 발견했다. 보통은 꽃다발에 끼워 보내는 봉투였다. 카드에는 "에이바의 어머니를 알고 있어요. 페니가."라는 글이 적혀 있었다. 너무 놀라 재빨리 꾸러미의 포장지를 벗겼다. 안에는 책이 들어 있었다. 책 표지를 보자마자 단숨에 알아봤지만, 어쨌거나 책 제목을 큰 소리로 읽었다.

"클레어에서 여기까지."

목소리가 텅 빈 침실로 퍼져 나갔다. 그 말이 마법을 외는 주문이라도 되는 것처럼, 메일함에 윌의 메일이 도착했다.

좋은 소식이 있어. 매기가 이메일을 보냈어. 폐렴 때문에 병원에 입원해 있었는데 이제는 괜찮대. 당연히 엄마한테는 말하지 말라고 했어. 아무튼, 걘 잘 있어, 엄마.

안도감이 온몸을 덮쳤다. 에이바는 어렸을 때 그랬던 것처럼 그 책을 가슴에 꼭 끌어안았다. 하지만 이번에는 모두 살아 있었다. 모두 무사했다.

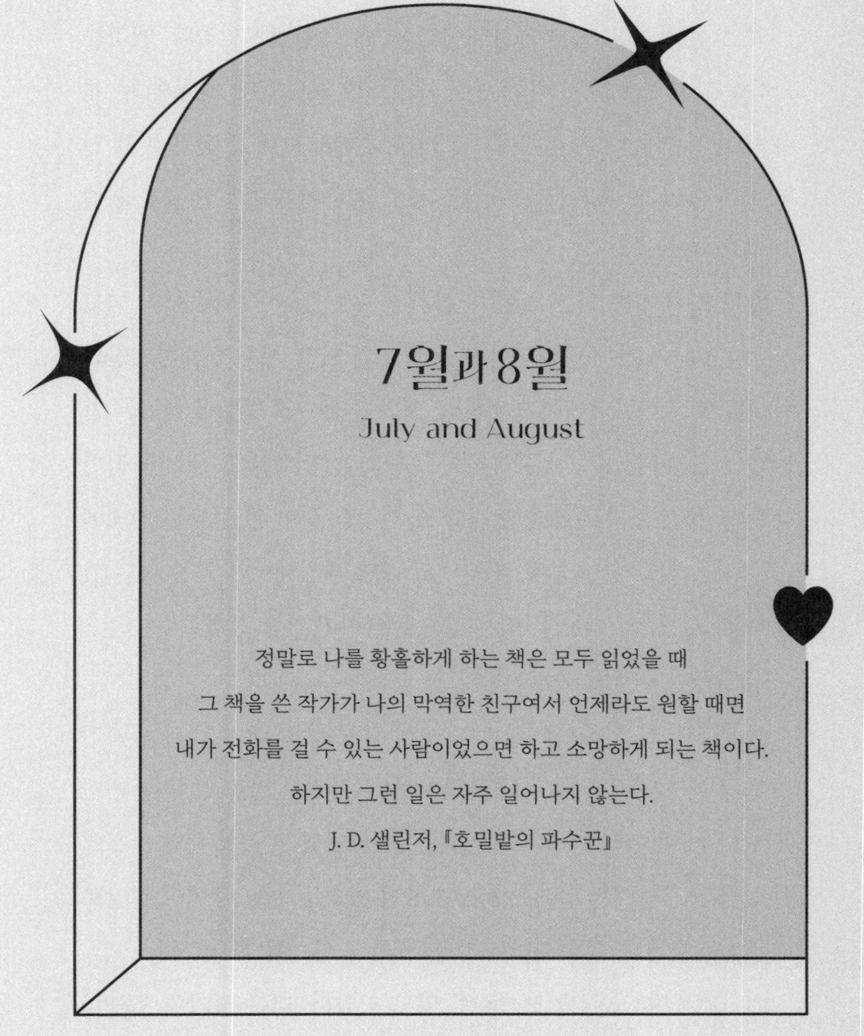

7월과 8월

July and August

정말로 나를 황홀하게 하는 책은 모두 읽었을 때
그 책을 쓴 작가가 나의 막역한 친구여서 언제라도 원할 때면
내가 전화를 걸 수 있는 사람이었으면 하고 소망하게 되는 책이다.
하지만 그런 일은 자주 일어나지 않는다.
J. D. 샐린저, 『호밀밭의 파수꾼』

매기

먹고 싶은 것은 신문 가판대에서 사 온 초콜릿뿐이었다. 매기는 커다랗고 값싼 초콜릿 바를 사서 게걸스럽게 먹었다. 하루에 두 개나 세 개쯤 먹었다. 피렌체에서 쓰라며 아빠가 보내 준 돈은 이제 얼마 남지 않았다. 너무 많은 마약을 샀고, 지나치게 잘못된 결정을 했기 때문이었다.

밤이 되면 집에 가고 싶었다. 돌아갈 곳이 있는 여자아이가 되고 싶었다. 9월이면 다시 다녀야 하는 학교가 있고, 어딘가에 자기만의 침대가 있는 여자아이이길 바랐다. 하지만 돌아갈 방법을 찾을 수가 없었다. 그래서 그저 작은 공책에 문장과 상황 그리고 생각을 적어 나갔다. 서점에 가서 책을 정리했고, 정리할 책이 없을 때는 빈백에 앉아 책을 읽었다. 초콜릿 바를 먹고 나면 헤밍웨이가 가곤 하던 카페에 갔고, 호스텔에 있는 작은 방으로 돌아가 잠을 잤다.

"초콜릿을 정말 좋아하는구나."

서점에서 한 여자아이가 매기에게 말했다. 또래인 그녀는 매기가 신문 가판대에서 사 온 초콜릿 바를 허겁지겁 먹고 있을 때 매기를 봤다. 이미 여러 번 본 적이 있는 여자아이였다. 서점 주인이 유일하게 금전 출납기를 맡기는 사람이라서 매기는 '서점 주인이 정말로 믿는 사람은 저 여자아이밖에 없구나' 하고 생각했다.

매기는 연한 노란색 드레스를 입고 있었다. 더운 열기에 초콜릿이 녹아서 드레스 앞쪽에 점점이 묻어 있었다. 매기는 머리카락을 모두 뒤로 넘기고 위로 높이 올려 묶었다.

"오늘은 널 데리고 파트리크 로제에 갈 거야. 오후에 생제르맹 데프레까지 걸어가서 실컷 먹고 오자."

키가 크고 날씬한 여자아이는 이까지 드러내며 웃었다. 넓은 검은색 머리띠로 금발 머리카락을 얼굴에서 위로 들어 올렸고, 허리는 조이지만 엉덩이부터 무릎까지는 활짝 펴진 찻주전자 무늬를 수놓은 플레어스커트를 입고 있었다.

"봉(좋지)."

여자아이는 자기 자신에게 말하듯이 툭 내뱉고, 걸어가 버렸다. 하지만 곧 다시 돌아왔다.

"즈 마펠 즈느비에브(내 이름은 즈느비에브야)."

손을 내밀면서 여자아이가 말했다. 매기는 어떻게 해야 할지 잠깐 고민했고, 곧 즈느비에브의 손을 잡고 흔들었다. 그녀의 시원하고 단단한 손을 잡고 있으니, 매기의 손이 뜨겁고 흐느적거리는 것처럼 느껴졌다.

즈느비에브가 클로그 슈즈를 쿵쾅거리며 떠나가자마자 매기는 눈을 감고 선택지들을 검토했다. 호스텔의 작은 방에는 다시 벽에 엽서들을 붙여 놓았다. 한량 같은 헤밍웨이와 아름다운 스콧 피츠제럴드를 찍은 사진이었다. 두 사람 모두 젊고 희망에 차 보였다. 한창 건설 중인 에펠탑을 찍은 사진엽서도 새로 사 와서 붙였다. 어쩌면 파리를 떠나야 할지도 모른다는 생각이 들었다. 작은 공책을 펼쳐 자신이 택할 수 있는 다른 미래들을 적어 나갔다. "암스테르담- 운하, 튤립, 풍차. 베를린- 장벽 잔해, 제2차 세계 대전의 흔적들. 너무 우울한가? 프라하- 프라하에는 정확히 뭐가 있지? 카프카가 프라하 출신이던가?"

"이 책들은 무슨 기준으로 한데 모은 거니?"

서점 주인이 매기에게 물었다. 고개를 들어 보니 인덱스 카드를 가리키면서 자신을 뚫어지게 쳐다보는 주인이 보였다.

"우리 엄마 책이에요. 엄마가 독서 클럽에서 읽는 책이요."

주인은 매기에게서 눈을 떼지 않았다.

"엄마가 그리워요."

그렇게 말하고, 매기는 스스로도 깜짝 놀랐다.

매기는 책장 모퉁이가 잔뜩 접혀 있는 문고판 『안나 카레니나』를 '내 어머니의 책들'이라고 라벨을 붙인 책들이 있는 선반에 꽂았다. 『위대한 개츠비』와 『오만과 편견』 여러 권이 서로 기대고 있는 사이에 『안나 카레니나』를 끼워 넣었다. 엄마가 독서모임에서 읽는 책을 더 기억해 보려고 했지만, 이메일로 목록까지 받았는데도 다른 책은 생각나지 않았다.

"얘."

서점 주인이 금전 출납기 뒤에 있는 높은 의자에서 날카롭게 말했다.

"거기 그냥 그렇게 서 있지 마."

매기는 엄마의 손을 만지듯이, 선반 위에 꽂힌 얼마 안 되는 책을 손가락으로 쭉 훑었다.

"수프 있어. 뒷방에."

주인이 말했다. 매기는 돌아봤다. 서점 주인은 독서용 안경을 코에 걸치고 영수증 내역을 원장에 적고 있었다.

"별거 아니야. 그냥 수프야."

주인은 고개도 들지 않고 말했다.

"메르시(고마워요)."

갑자기 미친 듯이 배가 고파졌다. 뒤쪽 방으로 가 보니 낡은 핫플레이트 위에 수프 냄비가 있었다. 편두와 당근, 셀러리, 부추를 넣고 끓인 걸쭉한 수프였다. 핫플레이트 옆에는 이 나간 그릇이 여러 개 아무렇게나 위태롭게 쌓여 있었다. 그릇을 보니 엄마가 가스레인지 앞에서 저녁을 만들 동안 식탁에서 오빠와 함께 젠가를 했던 기억이 떠올랐다. '그릇이 젠가 블록처럼 쌓여 있어.'

하지만 너무 배가 고파서 굳이 공책을 가져와서 적어야겠다는 생각은 들지 않았다. 그냥 그릇 더미에서 가장 위에 있는 밝은 주황색 그릇을 꺼내 꽉 찰 정도로 수프를 담았다. 가게에서 사 온 바게트도 동그랗게 잘려 있었다. 옆에 있는 접시에는 프렌치 버터도 몇 조각 있었다. 매기는 바게트를 세 조각 집어 들고 앉지도 않고 수프에 찍어 입으로 밀어 넣었다. 뜨거워서 혀와 입천장이 데었다. 하지만 재빨리 한 그릇을 비우고, 또다시 수프가 넘칠 정도로 그릇에 가득 담고 더 많은 바게트를 가지고 소파로 갔다.

낡은 소파는 스프링이 튀어나와 있었다. 퀼트 커버로 덮은 쿠션도 오래되어 좀약 냄새와 책 냄새가 배어 있었다. 덩어리진 곳과 스프링이 튀어나온 곳을 피해 자리를 잡고 가져온 음식을, 이번에는 좀 더 천천히 먹었다. 자세히 보니 오래된 퀼트 커버는 새와 꽃을 수

놓은 비단으로 만들어져 있었고, 평평한 작은 거울 조각으로 장식되어 있었다. 매기가 앉은 곳에서는 정말로 오랜 시간을 들여 청소해야 할 것 같은 창문이 보였다. "신문에 화이트 식초를 묻혀서 닦으면 돼." 엄마 목소리가 들리는 것만 같았다. 창문 너머로는 작은 뜰과 온통 갈색으로 변한 채 시들어 버린 식물들이 보였다. 그래도 새들은 잎 하나 없는 나뭇가지에 걸어 놓은 새 모이통으로 부지런히 날아들었다. 빨간색 새가 보였고, 금색 새가 보였다. 새들은 날개를 파닥거렸고, 건물 안까지도 새 우는 소리가 희미하게 들렸다. 책상 위에서 번쩍이고 있는 낡은 컴퓨터도 보였다. 저 컴퓨터로 엄마한테 이메일을 보내야지. 매기는 결심했다. 이제 파리에 있다는 걸 알리는 거다.

투박한 마우스를 움직여 컴퓨터를 사용해 보려고 애쓰고 있을 때 즈느비에브가 뒷방 안으로 고개를 쭉 내밀더니 말했다.

"오! 편두 수프!"

큰 소리로 하는 혼잣말이었다. 방에 있는 매기를 발견하고 그녀는 말처럼 커다란 이를 드러내 보이며 웃었다.

"여기 있었구나!"

즈느비에브는 핫플레이트로 걸어가 국자로 수프를 떠서 청록색 그릇에 담으며 말했다.

"누가 널 찾아왔어."

"나를? 확실해?"

매기가 물었다. 즈느비에브는 고개를 끄덕였다.

"어떤 남자가 매기를 찾는다고 했어. 매기, 라 프티트 피유 메그르

(작고 마른 여자아이)라고 했어."

수프가 식도를 타고 올라왔고, 매기는 토하지 않으려고 억지로 수프를 다시 삼켰다.

"그 남자가 자기 이름을 말했어? 줄리앙이래?"

간신히 물었다. 즈느비에브는 어깨를 으쓱하더니 옆에 앉다가 튀어나온 스프링에 허벅지를 찔려 비명을 질렀다. 매기는 부르르 떨었다. 음흉한 눈길로 매기를 보고, 매기를 아프게 하던 줄리앙이 머릿속을 가득 채웠다. 그의 모습을 지우려고 두 눈을 질끈 감았다.

"끝내주는 수프랑 지랄 같은 소파야."

즈느비에브가 키득거리며 말했다.

줄리앙은 매기를 때렸다. 은밀한 말을 속삭였고, 나의 봉제 인형, 나의 아티초크, 나의 자두라고 불렀다. 더욱 힘껏 눈을 감았다. 줄리앙이 작은 스웨이드 가방을 열고 자신의 팔에 주사를 놓았을 때의 느낌과 하늘 위로 둥실둥실 떠오르다가 갑자기 사라져 버리는 느낌을 기억해 내지 않으려고 애썼다. 심장이 거칠게 뛰었다. 매기는 벌떡 일어섰다.

"가 봐야 해. 약속이 있어."

"망트농(지금)?"

깜짝 놀란 즈느비에브가 물었다. 매기는 대답하지 않고 재빨리 문 쪽으로 걸었다.

"그럼 파트리크 로제에는 다음에 가는 거야?"

"맞아."

매기는 멈추지도 않고 대답했다. 주인에게도 아무 말도 하지 않고 서점에 모여 있는 사람들을 재빨리 지나쳐 문을 열고 가혹한 7월의 열기 속으로 걸어 나갔다.

3일 동안 매기는 서점에 나가지 않았다. 줄리앙이 다시 찾아왔다면, 서점 사람들은 매기가 어디에 있는지 모른다고 말할 것이다. 며칠째 보지 못했다고 말할 것이다. 그러면 나를 내버려 두겠지. 작은 호스텔 방에 머물면서 그동안 써 놓았던 쪽지들과 공책에 적어 둔 묘사문과 관찰문을 정리하면서 시간을 보냈다. 하지만 집중할 수가 없었다. 파리를 떠나 옮길 곳을 고민했다. 시드니- 캥거루, 오페라하우스(?), 남반구. 상트페테르부르크- 겨울 궁전, 나보코프, 위대한 예술. 팔에 바늘을 찔러 넣어 피난처를 만들어 볼까도 생각했다. 그러면 적어도 차분해지고, 두려움이 사라지고, 둥둥 떠오를 수 있을 텐데. 하지만 그런 생각은 하지 않으려고 노력했다. 매기는 썼다. "소녀는 다른 도시들을 상상했다. 빙산이 있는 도시들. 피오르드가 있는 도시들. 성과 다리가 있는 도시들. 아름다운 전등과 번쩍이는 강과 인도 옆에 카페가 늘어선 도시들을." 자신이 쓴 글을 다시 읽었고, 활짝 웃었다. 그게 바로 여기잖아. 그게 바로 파리라고, 매기는 생각했다.

"어디에 갔었던 거야?"

며칠 뒤에 매기가 서점에 들어서자마자 즈느비에브가 물었다.

"글을 썼어. 소설을 쓰고 있거든."

매기가 대답했다. 그녀는 선반에 꽂아야 하는 책을 몇 권 집어 들고 사람들을 지나 멀리 구석에 있는 책장까지 걸어갔다.

"자, 이제. 파트리크 로제에 갈 시간이 됐어."

몇 시간 뒤에 즈느비에브가 말했다. 찻주전자 무늬가 있던 것과 똑같은 모양의 드레스를 입고 있었다. 무늬가 닭이라는 점만 달랐다.

"파트리크 로제?"

매기가 물었다.

"초콜릿 가게야. 내 임무는 너에게서 그 끔찍한 초콜릿 바를 뺏는 거야. 네가 종일 먹는 거 말이야. 사실, 거기에 진짜 초콜릿이 들어있는지도 의심스러워."

매기는 즈느비에브가 팔짱을 끼고 자신을 데리고 가게에서 나가는 것도 거부하지 않았다. 여름에는 다른 계절에 비해 서점을 찾아오는 사람이 더 많았는데, 날이 갈수록 그 수가 늘어났다. 오늘은 재미있는 도서 목록들에 감탄하면서 여기저기 둘러보는 관광객들 때문에 벽에 바짝 붙어 있어야 할 정도였다.

즈느비에브는 매기의 손을 잡고 엥파스 베르토 거리를 따라 걸어갔다. 인형 박물관에 전시된 인형들이 창문으로 두 사람을 뚫어지게 쳐다봤다. 더운 날이었는데도 매기는 몸이 떨렸다. 또 줄리앙 생각이 났다. 그는 매기를 나의 푸페 드 시퐁(시폰 인형)이라고 불렀다. 즈느비에브가 멈춰 서며 물었다.

"사 바(괜찮아)?"

"푸페(인형 때문에)."

매기가 어깨를 으쓱하며 말했다. 달리 설명할 방법이 없었다. 즈느비에브가 씩 웃었다.

"맞아. 진짜 으스스해."

인형 병원 건너편에 있는 카페를 지나갈 때, 혹시라도 오르세 미술관에서 만난 노아가 노상 탁자에 앉아 있는 건 아닌지 살폈다. 하지만 커다란 맥주잔과 와인병을 앞에 놓고 앉아 있는 관광객 중에 노아는 없었다.

"맥주 마시자."

매기가 말했다. 하지만 즈느비에브는 고개를 젓더니 곧바로 조르주 퐁피두 광장으로 걸어갔다.

"초콜릿 먹어야지."

즈느비에브의 엄지손가락과 집게손가락에는 굳은살이 박여 있었다. 어쩌다 이런 곳에 굳은살이 박인 걸까? 정원을 가꾸는 걸까? 아니면 기타 연주? 꼭 기억했다가 나중에 물어봐야겠다고 생각했다.

"도대체 왜 여름에 파리에 오는 걸까? 정말 숨도 쉬기 힘들 정도로 붐비는데."

센강을 지나면서 즈느비에브가 말했다.

"미국인이기 때문이지."

매기가 대답했다.

"너도 미국인이잖아."

즈느비에브가 사실을 일깨워 주었다.

"난 그런 거 같지 않아."

"아! 하지만 넌 위대한 미국 소설을 쓰고 있잖아. 안 그래? 모든 미국인이 그렇듯이, 너도 미국인이니까, 위대한 미국 소설을 쓰려면 파리에 와야 했을 거야."

즈느비에브의 말에 매기는 웃었다. 마침내 두 사람은 생제르맹 데 프레에 도착했고, 생제르맹 거리를 따라 걸었다.

"브왈라(여기야)!"

한 가게 앞에서 멈춰 서더니 즈느비에브가 소리쳤다. 매기는 바로 앞에 있는 창문을 들여다보았다. 완벽하고 작은 초콜릿들이 기하학적인 형태로 정갈하게 진열되어 있었다. 가운데에 완벽한 피스타치오를 품고 있는 초콜릿, 설탕을 입힌 오렌지를 품고 있는 초콜릿도 있었다. 유인원 조각상은 가게에 있는 모든 초콜릿을 지키는 경비원처럼 창문에 떡하니 버티고 있었다.

"정말 작다."

매기는 늘 먹는 커다란 초콜릿 바를 생각하며 말했다.

"그리고 완벽하지."

매기를 잡아당겨 가게로 들어가면서 즈느비에브가 말했다. 밖이 너무 더워서 가게 안은 한기가 느껴질 정도였다. 매기의 팔에 소름이 돋았다.

"옹 푀 구테(맛 좀 볼 수 있어요)?"

즈느비에브가 긴 유리 판매대 가운데 한 곳에 서 있는 젊은 여자에게 물었다. 머리카락을 위로 올려 동그랗게 하나로 묶은 그 여자는 파란색 사각형 안경을 쓰고 있었고, 굽이 아주 높은 하이힐을 신고 있었다. 그녀는 고개를 끄덕이더니 작은 은쟁반 위에 맛볼 수 있는 초콜릿들을 올려놓기 시작했다. 매기와 즈느비에브가 한 개씩 맛볼 때마다 여자 직원이 멋진 목소리로 설명해 줬다.

프랄린 피이테, 페퍼민트 가나슈, 시트로넬라, 아몬드 페이스트 초콜릿 월넛, 오트밀 가나슈, 쓰촨 페퍼콘 가나슈. 한 입 베어 먹을 때마다 매기의 입 안에서 초콜릿이 터졌다. 바닐라 빈, 레몬, 밤, 꿀 초콜릿을 먹었다. 태어나서 지금까지 한 번도 먹어 보지 못했던 초콜릿을 맛봤다. 즈느비에브는 매기를 보면서 웃더니 고개를 끄덕였다.

"봤지? 카카오가 최소한 50%는 든 초콜릿들이야."

"무슨 말인지 알겠어."

매기는 마지막 초콜릿을 혀로 녹이며 대답했다.

"아홉 조각이 든 거로 살게요."

즈느비에브가 여자 직원에게 말했다. 가게를 나서면서 즈느비에브는 머리로 창문 앞에 있는 유인원 조각상을 가리켰다.

"저걸 집에 가져가지 못하는 게 아쉬워, 네스 파(그렇지)?"

매기는 깜짝 놀라서 창문을 쳐다봤다. 저 거대한 유인원이 전부 초콜릿이라는 거야?

"파트리크 로제는 예술가라니까. 안 그래?"

매기의 손을 다시 잡으며 즈느비에브가 말했다.

즈느비에브는 파트리크 로제에서 멀지 않은, 걸어서 올라가야 하는 5층 건물 아파트에 살고 있었다. 아파트 가운데 있는 탁자 위에는 재봉틀이 있었고, 그 옆에는 온갖 색의 천과 실이 쌓여 있었다.

"손에 있는 굳은살, 이거 때문에 생긴 거구나."

매기가 닭 무늬가 인쇄된 천 조각을 보면서 말했다.

"맞아. 내 옷은 직접 만들어."

부엌에서 차가운 닭고기와 포도, 래디시를 커다란 접시에 담으면서 즈느비에브가 대답했다.

"너도 만들어 줄게. 천을 골라 봐."

매기는 탁자에 있는 천을 뒤적거렸다. 모두 닭이나 찻주전자처럼 웃긴 무늬를 프린트한 천이었다. 웃고 있는 토스터 무늬가 있는 천을 골랐다.

"이런 건 다 어디서 구하는 거야?"

매기가 물었다.

"이런 걸 영어로는 뭐라고 해? 레프트오버?"

즈느비에브가 물었다.

"렘넌트(자투리 천), 베스티지(조각 천)."

즈느비에브는 정신없이 놓여 있는 물건을 살짝 옆으로 치워서 접시 놓을 자리를 마련하더니, 매기가 앉을 의자를 가져왔다.

"넌 어떻게 마담을 알게 된 거야?"

"좀 힘들 때가 있었는데, 갈 데도 없었어. 어느 날 그냥 서점으로 걸어 들어갔는데, 정신을 차려 보니까 내가 그곳에서 소소한 일도 하고 따뜻한 수프도 먹고 있었어."

매기는 무슨 일로 힘들었는지 궁금했지만, 물어보지는 않았다. 그랬다가는 자신의 이야기도 털어놓아야 할 수도 있으니까. 그 일은 그 누구에게도 말하고 싶지 않았다.

"사람들 말이 마담이 사람을 죽였대."

즈느비에브가 말했다.

"그랬을 수도 있을 것 같아."

즈느비에브는 닭을 한 조각 더 주었다.

"누굴 죽였는데?"

매기의 질문에 즈느비에브는 어깨를 으쓱했다.

"마담은 소문이 많아. 위층에 사람을 숨겼다는 말도 있어. 아마, 애인일 거야."

즈느비에브는 버터와 소금에 차례대로 래디시를 굴리고 매기에게 내밀었다. 매기는 한숨을 쉬면서 받아 들었다.

"그릴 빵(토스트) 좋아해?"

"웃게 되네."

매기는 밝은 파란색 천 위에서 해맑게 웃고 있는 녹색과 주황색 토스터를 내려다보면서 대답했다.

"그래, 그릴 빵으로 하자."

즈느비에브가 말했다.

저녁을 먹고 두 사람은 작은 발코니로 나가 담배를 피웠고, 브랜디를 마시면서 거리를 오가는 사람들을 구경했다. 하늘이 연보라색으로 변했다가 자주색으로 바뀌었다. 즈느비에브가 초콜릿 상자를 열었고, 두 사람은 아홉 개 초콜릿을 모두 절반씩 나눠 먹었다.

"넌 어디에서 지내?"

즈느비에브가 물었다.

"파리에서 굶주리는 모든 미국 작가들처럼 가축우리 같은 곳에서 살고 있어. 바닥에 짚을 깔고."

"예술을 위해서 일부러 고생해야 할 필요가 있는 게 아니라면, 여기서 지내도 돼. 침실은 같이 써야 하지만, 침대는 두 개야."

"잘 모르겠어. 예산이 많지 않거든. 마담이 월급을 많이 주는 것도 아니고."

"그냥 지금 숙소에 주는 정도로만 줘. 같이 살 친구가 있으면 좋잖아."

밖에 앉아 즈느비에브가 내뿜는 담배 연기가 동그랗게 곡선을 그리며 하늘로 올라가는 모습을 지켜보고 있자니 매기는 왠지 모든 것을 바꿀 수 있을 것만 같았다. 이렇게 앉아 있으니 기억나지 않을 정도로 너무나 오랜만에 자신이 거의 정상인 것처럼 느껴졌다.

"맞아. 친구가 있는 건 좋은 거야."

매기가 조용히 대답했다. 즈느비에브가 굳은살이 박인 손을 뻗어 매기의 손을 잡았다. 밤이 파리 위로 내려앉는 동안 두 사람은 아무 말도 없이 그렇게 앉아 있었다.

에이바

매기가 무사하다는 소식을 알게 된 뒤로 에이바는 로절린드 아든을 찾는 데 시간을 보낼 수 있었다. 딸에게 매일 전화도 하고 이메일도 보냈지만 그 어떤 소식도 없었다. 하지만 윌이 —아리송하기는 했지만— 매기의 소식을 받고 있었고, 동생이 소식을 보낼 때마다 그 내용을 에이바에게 전해 줬다. 오늘 아침 매기가 보낸 글은 이랬다. "마드레가 내가 학교를 그만둔 걸 알면 날 죽일 거야. 그러니까 절대, 쉬! 알았지 오빠!"

『클레어에서 여기까지』를 출간한 화이트 스완 출판사는 오래전에 폐업했거나 다른 큰 출판사에 흡수된 것 같았다. 인터넷으로 화이트 스완 출판사를 찾아보려고 애썼지만, 작가처럼 출판사도 흔적을 전혀 남기지 않았다. 이미 여름도 절반이 지나 버렸다. 이제 넉 달 안에 로절린드 아든을 만들어 내기라도 해야 했다. 하지만 이 세상에 존재한 적조차 없는 것 같은 사람을 무슨 방법으로 만든단 말인가?

책을 집어 들었다. 꼼꼼하게 살펴보면 로절린드 아든의 행방을 알 수 있다는 듯이 책을 펼쳤다. 지금까지 에이바는 서지 정보 외에는 읽지 않으려고 애썼다. 첫 부분을 읽자마자 이 책을 처음 읽었던 여름으로 돌아가게 될 것 같아서 두려웠기 때문이다. 어머니의 죽음을 처음 알게 된 뒤 살아야 했던 몇 주 동안의 기억을 다시 품을 여력이 없었다. 어쨌거나 이 책은 그 모든 것과 맞물려 있었다. 책을 다 읽었을 때 에이바는 또다시 첫 장으로 돌아가 멈추지 않고 또 읽었었다. 그해 여름에 이 책을 읽고 또 읽었고, 가을이 되어 다시 학교에 가야 했을 때 책을 치워 버렸다. 그리고 그 뒤로 다시는 책을 읽으며 예전과 같은 행복과 위로를 얻지 못했다.

에이바는 머뭇거리며 서지 정보가 있는 장을 넘겼다. 헌사가 있었다.

T와 A와 H에게

바친다.

에이바는 에어컨 진열대 앞에서 제품별 BTU 지수와 에너지 효율 등급을 비교하고 있었다.

"네 생각이 계속 났어."

남자 목소리가 들렸다. 고개를 돌려 옆에 선 그를 봤다. 「컨슈머 리포터」를 말아 쥐고 있는 행크 빙엄이었다. 짐도 에어컨을 사러 오기 전에 「컨슈머 리포터」를 살펴봤겠지? 나도 미리 보고 왔으면 좋았을 텐데.

"딸에게 소식은 있고?"

행크가 물었다.

"그런 셈이에요. 지금은 다른 사람을 찾고 있어요."

에이바가 대답했다. 행크의 눈이 다시 에이바를 봤다.

"딸 말고 다른 사람을 찾는다고? 너한테서는 사람들이 자꾸 숨어 버리나 보군."

"그러게요. 작가를 찾아야 해요. 하지만 완전히 사라진 거 같아요. 아니면, 원래부터 존재한 적이 없거나요."

"나 같으면 출판사에 전화해 보겠다."

"출판사도 사라졌어요."

에이바는 행크가 아주 큰 카트에 에어컨을 밀어 담는 모습을 지켜봤다. 나이가 많은 노인인데도 그는 그 무거운 상자를 가볍게 들어 올렸다. 짧은 소매 밑으로 불끈 솟아오른 근육을 자랑하면서.

"우리 집에 있는 녀석이 드디어 죽어 버렸거든. 20년을 썼는데 말이야. 말썽 한번 없이."

행크는 에어컨을 사는 까닭을 알고 싶어서 에이바가 자신을 보고 있다는 듯이 설명했다. 물론 에이바는 그의 에어컨에 아무 관심이 없었다. 행크를 보고 공손하게 웃고는 다시 에어컨 발열량과 에너지 효율을 비교해 나갔다.

"여기, 이름을 적어 주면 내가 한번 알아보지. 작가 이름 말이야. 이름은 네가 적어 줘야 해. 내가 철자에는 아주 약해서, 나보고 쓰라면 밤새 여기에 서 있어야 할 수도 있어."

행크가 펜과 수첩을 내밀었다. 수첩을 펼치자 글이 보였다. "자퇴함. 남자를 따라감. 이탈리아/파리." 에이바가 행크의 집에 갔을 때 적은 것이다. 에이바는 수첩을 한 장 넘겨 로절린드 아든이라고 쓰고 수첩과 펜을 다시 내밀었다. 그는 이름을 보지도 않고 수첩을 곧바로 주머니에 넣었다.

"연락하마."

가볍게 경례를 하면서, 행크가 말했다.

문제는 어떻게 해야 에어컨을 차에서 빼내 집으로 가져간 뒤에 200년 하고도 30년이나 지난 가파른 계단을 걸어 올라가 침실에 집어넣는가였다. 밤이 낮보다 훨씬 더운 여름날이었다. 뉴잉글랜드의 7월 밤에만 경험할 수 있는 습하고 푹푹 찌는 무더운 날씨였다. 에이바는 자동차에 기대 땀을 흘리면서 침실 창문을 물끄러미 올려다보았다.

오래전, 그러니까 짐을 만나기 전에는 직접 산 VCR을 들고 블리커 거리를 걸어서 집에 왔고, 설치도 직접 했다. 14번가 어디쯤에 있는 크레이지 에디로 택시를 타고 가서 거대한 데스크톱 컴퓨터를 사 들고 와서는 그 많은 계단을 직접 걸어 올라간 적도 있다. 거의 2주가 걸렸지만, 결국 그 컴퓨터가 작동하게도 했다. 도대체 25년이라는 결혼 생활은 나를 어떻게 만들어 버린 걸까? 어째서 나는 이렇게……. 에이바는 적당한 단어를 쉽게 떠올릴 수가 없었다. 무능하다고 해야 할까, 아니면 게으르다고 해야 할까? 무기력하다가 맞는 표현일까?

젠장, 에이바는 나지막하게 내뱉었다. 차 문을 거칠게 열고 거대한 상자를 끌어 내렸다. 담을 따라 상자를 질질 끌면서 이동했고, 간신히 인도 위로 올렸다. 입술 위로 짭짜름한 땀이 계속 떨어져 내렸다. 현관 앞 층계 위에 멈춰 서 눈 위로 흘러내리는 땀을 닦았다.

"망할 짐."

에이바는 짐과 델리아 린드스트롬이 시원한 헬싱키에서 백야를 즐기며 차가운 보드카를 마시는 모습을 상상했다. 델리아 린드스트롬을 연상하든 하지 않든 간에 짐의 생각으로 시간을 낭비하는 건 에어컨 이동에 아무 도움이 되지 않는다. 일단 에어컨 상자를 세 계단 위로 들어 올린 다음에 반쯤은 팔로 밀고 반쯤은 발로 차면서 간신히 현관으로 들어왔다. 이제는 가파른 계단이 남아 있었다. 숨을 깊이 들이마시고 계속 앞으로 나갔다.

마침내 시원한 침실의 침대에 누웠지만, 에이바는 소설에 집중할 수가 없었다. 결국 매기에게 또다시 이메일을 보내기로 했다. 그런데 메일함을 열었을 때, 마침내 답장이 와 있었다.

엄마, 그거 알아? 나 지금 파리에 있어. 화내면 안 돼. 알았지~~~!!

엄마의 사랑스러운 딸

매기

에이바가 도서관에 들어가자마자 존이 다가왔다. 손에는 맥주병을 들고 있었고, 코끝이 햇볕에 타 있었다.

"이번 책은 정말로 마음에 들지 않았습니다."

에이바는 공감한다는 표정을 지으려고 애썼다. 존을 달래는 것처럼 웅얼거리면서 에마가 준비한 간식 탁자로 걸어갔다. 가루 얼음에 맥주병을 꽂아 놓은 직사각형 은색 통이 있었다. 살사소스와 칩, 어니언 딥 소스와 칩, 팝콘도 있었다.

"와인은 없어요?"

에이바가 물었다. 에마는 고개를 저었다. 솜사탕 색으로 물들인 머리카락이 함께 흔들렸다.

"아시겠지만, 십 대 아이들은 이렇게 먹어요."

에마는 예의 그 무덤덤한 말투로 대답했다. 에이바는 한숨을 쉬고 맥주를 집었다. 몸을 돌리자 바로 뒤에 서 있던 존의 뚱한 얼굴이 보였다.

"이 책은, 너무 냉소적입니다."

존이 『호밀밭의 파수꾼』의 빨간색 표지를 툭툭 치면서 말했다.

"음, 십 대 중에는 냉소적인 아이가 많죠."

에이바의 마음속에서 잔뜩 골이 나 있던 딸의 얼굴이 떠올랐다.

"그렇겠죠. 하지만 전 아니었습니다. 전 이글 스카우트였고, 눈이 오면 이웃집 진입로를 쓸어 드렸단 말입니다."

"그랬을 것 같아요."

"이 꼬마가 마음에 들지 않는군요. 홀든 콜필드 말입니다. 홀든은 자신이 아닌 무언가를 자기 자신이라고 생각하는 사람과 자기 자신의 약점을 인정하지 않는 사람은 사기꾼이라고 했습니다. 하지만 거짓말도 사실 사기 아닙니까?"

"그렇죠. 그렇다고 생각해요."

에이바가 대답했다.

"그렇다면, 홀든도 사기꾼 아닐까요? 자신의 단점을 인정한 적이 없고, 자기 행동이 주변 사람들에게 어떤 영향을 미칠지를 전혀 생각하지 않잖아요. 그러니까 홀든은 거짓말쟁이입니다. 사기꾼이라는 측면에서 볼 때, 홀든도 다른 사람만큼이나 죄가 있는 겁니다."

"존, 매우 중요한 말씀을 하셨어요. 그걸 독서모임 회원들에게 들려주셔야 해요."

에이바가 말했다.

"정말 그렇게 생각하십니까?"

존은 깜짝 놀랐다.

"그럼요. 완전히요."

에이바가 대답했다. 케이트가 모두 자리에 앉으라고 말했다.

"고맙습니다."

존이 말했다. 그 말투에는 매우 강한 진심이 담겨 있어서 매기는 우는 아이를 달랠 때처럼 손을 뻗어 존의 팔을 토닥여 주었다. 에이바와 존이 의자에 앉을 때쯤에는 키키가 벌써 케이트 옆에 서 있었다. 잔뜩 긴장한 키키는 학교에서 숙제를 낼 때 사용하는 클리어 파일을 들고 있었다.

"『호밀밭의 파수꾼』은 정말 오랜만에 다시 읽었어요. 1951년에 출간됐을 때는 성인용 소설이었는데, 그 뒤로 청소년 필독서가 됐고, 지금까지도 해마다 25만 부가 팔리는 베스트셀러예요. 어떤 작가는 『호밀밭의 파수꾼』이 『허클베리 핀』, 『위대한 개츠비』와 함께 가장 완벽한 미국의 3대 소설이라고 했어요. 영국 작가 핀로 로러는 출간된 지 60년도 넘은 『호밀밭의 파수꾼』이 여전히 십 대를 가장 잘 규정한 작품이라고 최근에 말했고요."

"당연히 모두가 읽어야 해요. 청소년뿐만이 아니라요."

루스가 거들었다.

"키키? 독서토론을 시작하기 전에, 하고 싶은 말이 있는 거죠?"

케이트가 키키에게 물었다.

"맞아요."

키키가 대답했다. 그녀는 헛기침을 하고 클리어 파일을 만지작거렸지만, 펼쳐 보지는 않았다. 저 애는 무슨 일을 한다고 했더라? 에이바는 생각해 내려고 했지만 기억나지 않았다. 앞에 나가 서 있는 아이는 무척 미숙하고 어려 보여서 무언가를 책임지는 일은 할 수 없을 것만 같았다. 왠지 계산대를 사이에 두고 만나게 되는 아이들 같은 느낌이었다. 키키는 커피 익스체인지에서 카푸치노를 만들거나 공정 무역 커피콩을 분쇄하는 일을 할 수도 있었다. 호프 거리에 있는 맛있는 빵집, 세븐 스타스에서 일할 수도 있었고. 그래, 그럴 거야. 키키가 빵을 썰고 스콘을 쟁반에 담아 옮기는 모습은 쉽게 상상할 수 있었다.

"제가 얘기해 보고 싶은 건 이거예요."

키키가 입을 열었고, 다른 사람들은 입을 다물었다.

"자기 자신에게 가장 중요한 책이라는 거요. 왜냐하면, 저는 그런 책은 고를 수가 없다고 생각하기 때문이에요. 책을 언제 읽느냐, 그때 내가 어떤 사람이었느냐가 그 책을 중요하게 만들 수도 있고 아닐 수도 있으니까요. 만약에 불행할 때, 음, 뭐랄까, 『길 위에서』나 『삼총사』 같은 책을 읽었는데, 그 책을 읽는 동안 감정이나 생각이 바뀌면 그 책이 가장 중요한 책이 되는 거잖아요. 그때는 말이에요."

"정말 좋은 지적이에요. 키키."

케이트가 '이제는 토론을 시작합시다' 하는 목소리로 대답했다.

"십 대 때 부모님이 이혼하셨어요. 그때 전 정말 엉망이었고요."

키키가 계속 말했다. 에이바는 자세를 고치고 똑바로 앉았다. 딸 생각이 났다. "절대로 이혼할 수 없어. 절대로!" 부모에게 매기는 소리쳤다.

"그때 전 '우리가 가장 행복한 가족은 아니지. 하지만 일반적인 가정이기는 해. 평범한 가족이야' 하고 생각했었어요. 그런데 아니었어요. 쾅, 폭발해 버린 거예요. 어느 날, 저녁을 먹고 나서 우리 형제들을 모두 불러 모아 앉히더니 선언했어요. 뻔한 말을 늘어놓으면서요. 우리는 너희를 사랑해. 이혼과 너희는 아무 상관이 없어, 같은 말들요."

에이바는 목구멍이 조여 오는 것만 같았다. 그게 우리 부부가 한 행동 아니었나? 뻔한 이야기들을 늘어놓은 거? 우리는 너희를 무척 사랑한단다. 그 말은 분명히 했다. 짐이 했던 말이 떠오르자 저절로 얼굴이 찡그려졌다. "너희 엄마와 나는 서로를 사랑해. 열정적으로 사랑하지는 않을 뿐이야." 짐의 말을 듣고 에이바는 정말 놀랐다. 그런 거야? 우리의 사랑은 더는 열정적이지 않은 거야? 정말이다. 짐은 그랬다. 그 사실을 분명하게 보여 줬다. 하지만 20년 넘게 함께 산 중년 부부가 '열정적으로' 사랑한다는 게 가능하기는 할까? 그게 어떤 의미이건? 에이바는 키키의 말에 집중하려고 애썼다.

"그래서 홀든 콜필드가 사람은 모두 사기꾼이라고 할 때 '맞아, 옳은 말이야!' 하고 생각했어요. 그때 제가 알고 있는 어른들은 모두 사기꾼이고 거짓말쟁이였으니까요. 홀든 콜필드가 제 느낌을 정확하게 묘사해 주었기 때문에 제가 그 시기를 견딜 수 있었다고 생각해요."

"고마워요, 키키."

케이트가 단호하게 말했다.

"키키가 어째서 이 책이 십 대 시절을 가장 명확하게 규정한 책이라고 하는지를 완벽하게 설명해 준 거 같아요. 이 책은 청소년이 겪는 삶의 불안과 소외감 그리고 반항심을 그리고 있어요."

물론 케이트의 말은 옳았다. 하지만 에이바는 스펜서 씨에게 한 홀든의 말이 머릿속에서 사라지지 않았다. "삶의 다른 쪽에 갇혀 있다." 자신이 속해 있지 않다고 느껴지는 세상에서 자신의 길을 찾기 위해 애쓰던 홀든을 떨쳐 버릴 수가 없었다. 그래서 자연사 박물관 장면이 매우 중요했다. 홀든은 변화를 두려워하는데, 박물관에서는 모든 것이 영원히 그대로니까. 안 그런가? 그곳에서는 에스키모와 아메리카 원주민들이 고정된 시간과 장소에 영원히 붙박인 동상으로 존재한다. 딸의 문제도 그거 아니었을까? 홀든 콜필드처럼 매기도 자신에게 생기는 변화를 이해하고 싶지 않았던 건 아닐까? 그래. 그러니까 조금도 고민하지 않고 계속해서 여러 남자아이를 만난 거야. 자신을 감정적으로 고립시키고, 그냥 나쁜 행동을 택한 거지. 파리로 도망쳐 버리는 것 같은 행동을 한 거야.

"맞는 말씀이에요. 하지만 제가 말씀드리고 싶은 건, 음, 제가 전하고 싶은 메시지는, 저는 『반지의 제왕』을 가장 중요한 책으로 고를 수도 있었다는 거예요. 그 책은 제가 대학교 때 사랑했던 남자애가 선물로 줬을 뿐 아니라 매일 밤 한 장씩 읽어 주기도 했으니까요."

"『금색 공책』. 난 그걸 택했을 수도 있어요."

모니크가 거들었다.

"무슨 말인지 알겠어요. 나는 『광막한 사르가소 바다』를 읽고 나서 완전히 바뀌었거든요. 그때 그 시절에는 나에게 가장 중요한 책이었어요. 그러니까 어떻게 생각하면 나에게 가장 중요한 책은 한 권만이 아닌 거네요. 몇 권, 어쩌면 열 권도 넘을 수 있을 것 같아요."

오너가 불쑥 말했다. 루스는 자리에서 일어서기까지 했다.

"『홈시크 레스토랑』을 읽을 때 느꼈던 감정을 지금도 기억해요."

"그거 아세요? 여러분 덕분에 또 목록을 만들고 있어요. 지금 말씀해 주신 책과 또 생각나는 책을 말씀해 주시면 모두 취합해서 올해 말에 메일로 알려 드릴게요."

모두 케이트의 의견이 마음에 드는 게 분명했다. 더 많은 제목이 나왔다. 『레오파드』, 『닥터 지바고』, 『환락의 집』.

"토끼(존 업다이크의 '토끼' 시리즈에 등장하는 주인공-옮긴이)도 잊으면 안 되죠."

루크가 말했다.

"어떻게 잊겠어요? 자, 이제 다시 홀든과 피비와 스트라들레이터 그리고 다른 사람들에게 돌아갑시다."

케이트가 말했다. 머뭇거리던 존이 일어섰다.

"읽다가 불편한 부분이 있었는데, 그걸 말씀드리려고 합니다."

존이 의견을 말하기 시작했다. 모두 그의 말을 들었고, 그 뒤로 홀든은 사기꾼인가라는 논제로 열띤 토론을 벌였다. 에이바는 클리어 파일을 무릎에 놓고 앉아 있는 키키를 봤다. 홀든의 이야기를 읽으며 키키가 경험했던 일을 듣는 동안 에이바에게는 새로운 시각이 생긴 것 같았다. 매기가 그토록 오래 말썽을 피운 이유는 이 세상이 피상적이라고 느꼈거나 사기로 가득 차 있다고 느꼈기 때문인지도 몰랐다. 아빠가 떠나 버린 것이 딸에게는 어른들의 세상에 품고 있는 의혹을 확정 짓는 결정타가 되었을 수도 있었다.

"홀든이라는 이름도 잊으면 안 되겠죠. 콜이란 출생 직후에 태아 머리를 덮고 있는 대망막을 뜻한다는 거, 아시죠? 그러니까 홀든 콜필드의 콜은 무지, 보지 못함, 어린 시절의 순수를 상징하고 있는지도 몰라요."

"세상에."

오너의 말에 존이 탄식했다.

"콜 필드를 홀드 온 해라. 즉, 너의 순수를 붙잡아라. 이런 뜻일 수 있는 거죠."

오너가 마무리를 했다. 순수라고? 무지가 더 나은 단어였다. 그게 지금 매기의 상황이 아닐까? 에이바와 짐의 결혼 생활을 제대로 보지 못하는 무지, 자신의 어린 시절을 제대로 보지 못하는 무지가? 그때 또 다른 생각이 에이바의 마음을 사로잡았다. 자신도 결혼 생활에 눈을 감고 있었다는 생각이 든 것이다. 『호밀밭의 파수꾼』이 지금도 이렇게 많이 판매되는 데는 다 이유가 있는 거였다. 어른들도 당연히 이 책에서 배우는 게 있었다. 매기를 생각했다. 파리 어딘가에 있는, 번쩍이는 에펠탑 앞에서 사진을 찍고 있는 딸을. 아이는 안전할까? 아마도, 조금쯤은 행복하겠지?

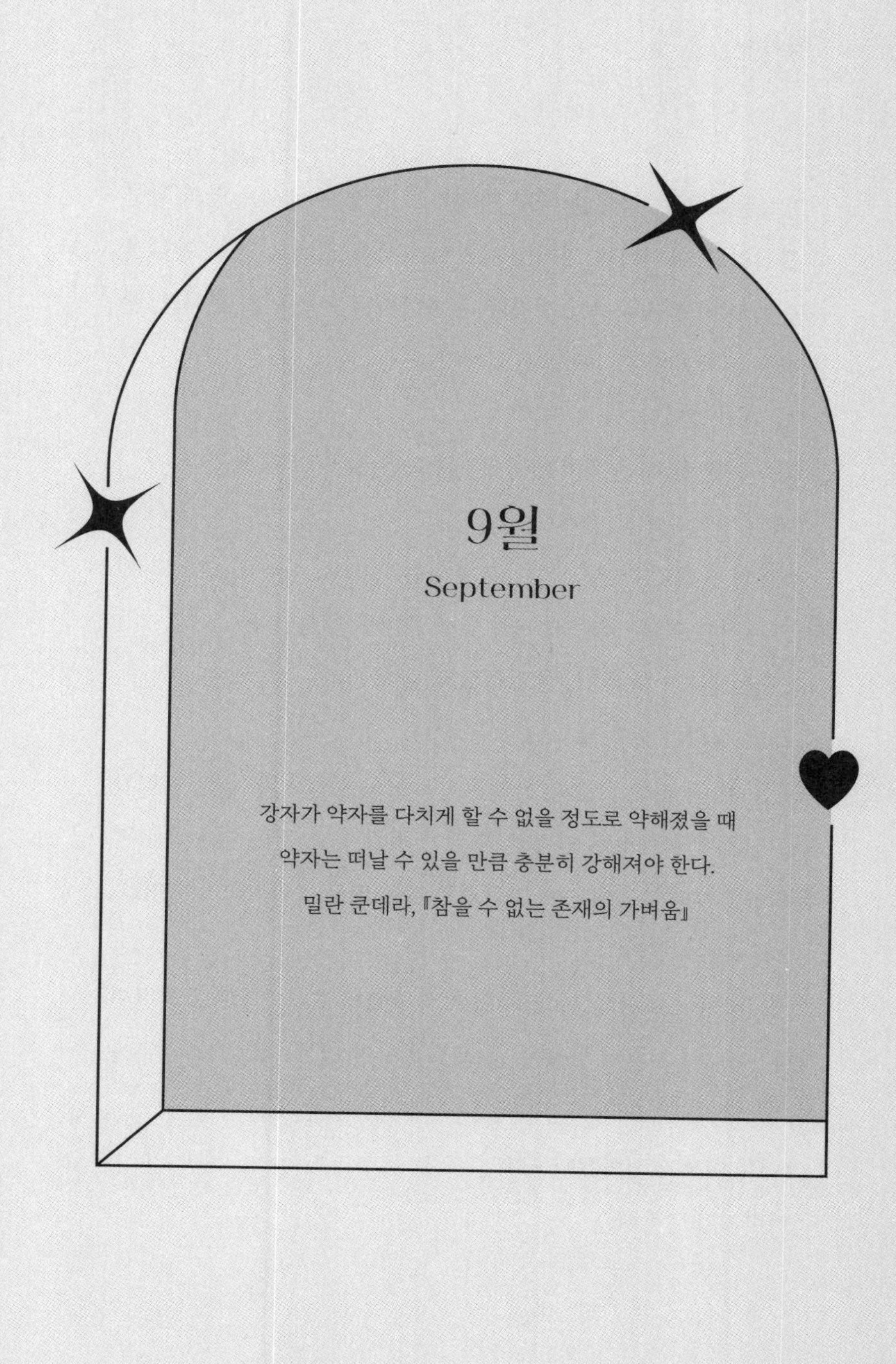

9월

September

강자가 약자를 다치게 할 수 없을 정도로 약해졌을 때
약자는 떠날 수 있을 만큼 충분히 강해져야 한다.
밀란 쿤데라, 『참을 수 없는 존재의 가벼움』

에이바

가족실로 가는 복도를 따라 걸어가는 동안 아버지는 딸의 팔을 꼭 붙잡았다. 에이바는 이제는 아버지가 몸도 제대로 가눌 수 없을 만큼 늙어 버렸구나 하고 생각했다. 아버지는 문득 멈춰 섰지만, 팔을 잡은 손아귀에는 더욱 힘이 들어갔다.

"난 거기 없었다. 넌, 알지?"

움푹 꺼진 뺨 때문에 아버지의 파란 눈은 훨씬 더 커 보였다.

"거기가 어디예요, 아빠?"

에이바는 물었고 '지금은 어디에 있는 거예요, 아빠' 하고 생각했다. 아버지는 이글거리는 눈으로 딸을 똑바로 응시했다.

"그날, 릴리가 죽은 날, 난 일하고 있었다."

'그날, 릴리가 죽은 날.'

구름 한 점 없던 화창한 하늘은 푸르고도 푸르렀다. 금발 머리카락을 잔뜩 헝클어트린 엄마와 꼭 닮은 파란 눈을 가진 여동생은 자주색 반바지와 분홍색 셔츠 차림으로 나무 위로 올라가고 있었다.

"너무 높아, 릴리!"

에이바가 소리쳤다. 아니, 정말로 동생에게 조심하라고 소리쳤던 걸까? 아니면 시간이 만들어 낸 거짓 기억인 걸까? 정말로 "너무 높아, 릴리!"라고 소리쳤다면 조금은 죄책감을 덜 수 있으니까?

"너희 이모가 전화했더구나."

아버지가 말했다.

"끔찍한 일이 생겼다고, 곧바로 병원으로 오라고 말이야. 그래서 내가 샬럿은 괜찮냐고 물었다. 난 늘, 네 엄마가 걱정이었다. 너희 엄마는 너무 감정적이었고, 너무 우울했거든. 이모는 그냥 병원에서 우리랑 만나자고만 하더니 전화를 끊더구나. 그때부터 계속 우리라는 게 누구를 말하는 건지만 생각했다. 그런데 너무나도 이상하게, 나는 병원이 아니라 집으로 곧장 갔다. 거리에 들어서니까 구급차가 보이더구나. 사이렌도 울리지 않고 경광등도 켜지 않고 그냥 달려가는 구급차가 말이야. 그때 알았다. 누가 죽었다는 걸."

그날 식탁에 앉은 행크 빙엄은 에이바에게 종이 한 장과 연필을 내밀었다. "여기에 있었던 일을 그려 주렴." 에이바는 자신이 미술에 소질이 없다고 말하고 싶었다. 잘하는 건 따로 있었다. 수학, 독서, 지리. 미국의 50개 주를 알파벳순으로 외울 수 있었고, 플로리다주의 탤러해시, 뉴욕주의 올버니처럼 주도도 다 외울 수 있었다. 예술에 소질이 있는 건 동생이었다. 릴리는 종이로 학을 접거나 배도 만들 수 있었다. 가을에 낙엽이나 팬지를 가져와 왁스 페이퍼 사이에 넣어 놓으면 멋지게 잘 말랐다.

"그림은 릴리가 그릴 수 있어요."

연필을 세게 쥐고 있었지만 종이에 선 하나 긋지 못하고 한참을 그냥 앉아 있던 에이바가 마침내 고백했다. 행크 빙엄이 에이바의 눈을 똑바로 바라봤다.

"아니야, 아이야. 릴리는 이제 그릴 수 없어."

"나는 거기 없었다. 일하고 있었어."

아버지가 다시 말했다.

"알아요."

자기 팔을 잡고 있는 아버지의 손가락을 하나하나 잡아 펴면서 대답했다. 팔이 자유로워지자 에이바는 아버지의 손을 잡았다. 양피지처럼 바짝 말랐고, 관절염 때문에 구부러진, 죽은 사람의 손처럼 차가운 손이었다. 두 사람 앞에 가족실이 있었다. 모든 전구가 환하게 켜져 있고, 주황색 플라스틱 가구가 놓여 있는 곳이었다. 가족실이었지만 가족은 없었다. 그저 환자들만이 어딘지도 모를 곳을 멍하니 쳐다보고 있었다. 한 환자가 허리를 숙여 털실을 가지고 노는 고양이가 그려진 직소 퍼즐을 내려다보면서 퍼즐 조각을 비어 있는 아무 곳에나 끼워 넣으려고 애쓰고 있었다.

"어젯밤에 너희 엄마한테 말했다. 처제가 집이 아니라 곧바로 병원으로 오라 그랬다고 말이야."

"네, 알았어요."

에이바가 대답했다.

"그래서 구급차를 봤다고, 구급차는 서두르는 기색이 전혀 없었다고도 말했다."

아버지의 눈에 눈물이 고였다. 에이바는 갑자기 몹시 피곤해졌다. 주황색 의자에 주저앉아 눈을 감았다.

"그 말을 했더니 너희 엄마가 '나도 알아, 테드. 내가 왜 떠났을 거라고 생각해?'라고 하더구나."

에이바는 고개를 끄덕였지만 눈을 뜨지는 않았다. 가족실에서는 시판 맥 앤 치즈 냄새와 알코올 냄새, 노인들 냄새가 났다.

"너희 엄마 말이 페니 프로스트가 너한테 자기가 남긴 쪽지를 줬냐고 하던데?”

“페니 프로스트요?”

에이바의 눈이 번쩍 떠졌다. 아버지는 혼란에 빠져 버린 표정을 지었다. 그런 얼굴을 볼 때마다 에이바의 심장은 무너졌다.

“페니 프로스트에 대해, 네가 뭘 안다는 거니?”

아버지가 물었다.

“엄마가 페니 프로스트에게 쪽지를 줬어요?”

아버지는 이제 찾을 수 없는 곳으로 들어가 버렸음을 알고 있었지만, 에이바는 어쩔 수 없이 그렇게 물었다.

“네가 뭘 알고 있다는 거냐?”

아버지가 대답을 재촉했다. 하지만 곧 에이바를 사라지게 만들 수 있다는 듯이 허공에 대고 손을 흔들어 댔다.

“넌 아무것도 모른다.”

아버지가 중얼거렸다. 당연히 아빠 말이 맞아요, 에이바는 생각했다. 그녀는 녹색 잎이 무성했던 커다란 나무를 봤다. 파란 하늘과 섬광처럼 번쩍이던 자주색과 분홍색도 봤다. 맥없이 소리치던 자신의 목소리도 들렸다. “너무 높아, 릴리!”

“아빠.”

아버지를 불렀다. 하지만 아버지는 에이바가 보지 못하는 무언가를, 너무나도 멀리 있는 무언가를 물끄러미 응시하고 있었다.

에이바는 침실에 있었다. 에어컨 바람이 너무 추워서 스웨터를 입어야 했다. 그때 누군가 집요하게 현관문을 두드렸다. 무릎에는 복사 용지 한 장과 색연필 상자가 놓여 있었다. 그날 그리지 못했던 그림을 지금 그릴 수 있을까? 이렇게 오랜 시간이 지났는데? 현관문 앞에 있는 사람은 무시하고 녹색 색연필을 상자에서 꺼냈다.

나뭇잎을 한 장씩 정성껏 그렸다. 처음에는 진한 연두색으로 칠했고, 그다음에는 진한 녹색으로 칠했다. 문을 두드리는 소리는 더 이상 들리지 않았다. 하지만 이제는 계단을 올라오는 발소리가 들리는 것 같았다. 진한 녹색 색연필을 손에 들고서 가만히 귀를 기울였다. 침실 문이 열리더니 짐이 들어왔다. 표정이 좋지 않았다.

"아직도 열쇠를 가지고 있었어?"

깜짝 놀란 에이바가 물었다.

"여긴 알래스카 같아."

짐은 에어컨으로 걸어가더니 허리를 굽혀 온도 조절기를 들여다보았다.

"에어컨 달았네."

짐이 말했다.

"추운 게 좋아."

에이바가 대답했다.

"당신이 분홍색을 좋아하는지 몰랐어."

예쁜 시트를 손바닥으로 쓸면서 그가 말했다.

"이제는 이렇게 막 들어오면 안 된다는 거, 알잖아."

"그림도 그려? 나무야?"

에이바는 짐이 그림을 보지 못하도록 종이를 엎었다.

"전화를 받았어. 좀 심각한 내용이라서."

짐은 에이바를 보지 않고 말했다. 그저 시트를 손바닥으로 문지르고 있었다.

"좋아, 말해 봐."

"경찰이었어. 파리 경찰."

에어컨 온도를 높였는데도 에이바는 한기를 느꼈다. 스웨터를 좀 더 세게 여몄다.

"세상에."

에이바는 "죽은, 거야?"라고 물었다. 정말로 그랬다면 짐이 에어컨 온도 따위를 신경 쓸 리가 없다는 걸 알면서도. 마침내 그가 고개를 들어 에이바를 봤다.

"헤로인 과다 복용으로 병원에 간 거였어. 폐렴이 아니라."

"헤로인?"

목이 너무 말라서 에이바는 침을 삼킬 수가 없었다.

"다행히 누가 지나치지 않고 구급차를 불러 줬나 봐. 프랑스 사람들이 매기를 치료하고 경고 몇 마디 한 다음에 내보냈대."

"지금, 매기가 파리를 어슬렁거리고 있다는 거야? 약을 하면서?"

에이바는 무너지지 않으려고 애쓰면서 물었다.

"그건 몰라, 에이바."

"헤로인이라잖아. 세상에."

"그냥 한번 해 본 걸 수도 있지."

짐이 대답했다. 물론 그럴 가능성은 없다는 걸 둘은 잘 알았다. 하지만 어쨌거나 에이바는 고개를 끄덕이면서 "그럴 수도 있어."라고 대답했다. 딸이 이메일을 보냈잖아. 그러니까 당연히 무사해야지!

"파리 경찰이 매기의 사진을 가지고 있어. 마약이 거래되는 곳에 가면 애가 있는지 찾아봐 준댔어."

에이바는 1980년대에 알파벳 시티에서 혼자 살았던 맨해튼 철도 아파트가 떠올랐다. 부엌에 욕조가 있고 살충제 냄새가 나는 곳이었다. 길모퉁이에 있는 식품 잡화점 위에 마약 주사를 맞는 곳이 있었는데, 그곳에는 밤낮없이 많은 사람이 들락거렸다. 정장을 입은 남자들, 삐쩍 마른 십 대들, 마약 중독자들, 주부들, 매기 같은 여자아이들. 집안도 좋고 학교도 좋은 사람들. 매기는 그런 곳에 가는 걸까? 마약 주사를 맞는 곳에?

"울지 마."

짐이 말했고, 그제야 에이바는 자기가 울고 있음을 알았다. 그가 다가와 끌어안았다. 그녀는 짐의 가슴에 얼굴을 묻었다. 부드러운 면 티셔츠가 느껴졌다. 빨간색 티셔츠에는 알지 못하는 외국어가 적혀 있었다. 깊이 숨을 들이마셨다. 민트 향 비누 냄새, 친환경 세제 냄새가 났다. 그냥 짐의 냄새가 났다.

"우리가 매기를 찾아서 데려오자."

그가 말했다. 에이바는 이제 더 이상 우리는 없다고 말해 주고 싶었지만, 그러지 않았다. 그저 피곤한 몸을 짐에게 기대고 가만히 있었다.

에이바

"아직 로절린드 아든 못 찾은 거, 맞지?"

케이트가 에이바에게 물었다. 두 사람은 케이트 부부가 해마다 여는 노동절 주말 기념 바비큐 파티를 준비하려고 케이트의 집 뒷마당에 있었다. 에이바는 감자 샐러드, 케일 샐러드, 파스타 샐러드가 담긴 그릇을 차례대로 열었고, 데빌드 에그를 싸고 있는 랩도 벗겼다. 그리고 친구의 질문도 무시했다.

"11월이면 와야 하잖아. 이제 두 달밖에 안 남았어."

에이바는 케이트가 얼음이 담긴 커다란 은색 통에 맥주와 와인병을 꽂는 모습을 지켜봤다. 케이트 뒤에서는 그레이가 바비큐 그릴 앞에 서서 화로에 신문을 욱여넣고 있었다. 그레이는 가스 그릴을 강하게 거부했다. '맛이 달라진다'는 것이 그 이유였다.

"죽었어? 그래서 그런 거야? 사람들한테 말하는 게 두려워서?"

케이트가 물었다. 에이바는 빨간색과 검은색 개미가 그려진 종이 냅킨과 식기를 담은 빨간색 바구니에서 빨간색 플라스틱 포크를 하나 꺼내 코르크스크루 파스타에 푹 찔러 넣었다. 파스타 샐러드에는 자연에서 직접 말린 토마토와 블랙 올리브, 페타 치즈가 들어 있었다.

"맞아."

포크로 올리브를 찍어 올리면서 에이바가 시인했다.

"찾을 수가 없었어. 사라져 버린 것 같아. 심지어 출판사도 더는 존재하지 않는걸."

"출판사가 어딘데?"

"화이트 스완."

"보스턴에 있던 출판사 말이구나. 비컨 가에 있었고, 출간작도 얼마 없었어. 대부분 뉴잉글랜드 출신 작가의 책이었고. 얇은 시집이나, 39년도 허리케인 이야기 같은 걸 냈지."

에이바가 놀라서 쳐다보자 케이트가 웃었다.

"뭐야, 나 사서야. 그 정도는 알아."

"그러니까, 존재하던 출판사이기는 하구나."

"거기서 일했던 편집자를 알아. 포피 몽고메리라고. 아주 옛날 분이지."

"숯이 하얗게 됐어!"

그레이가 케이트에게 소리쳤다.

"어째서 다른 사람들처럼 가스 그릴을 쓰지 않는 거야?"

에이바가 말했다.

"왜냐하면 그레이는……."

"나도 알아."

제일 먼저 도착한 사람들의 목소리가 가까이에서 들려왔고, 이내 한 무리가 진입로에 들어서는 모습이 보였다. 모두 공물처럼 와인병을 한 개씩 들고 있었다. 사람들 뒤로 익숙한 얼굴이 나타났다.

"짐을 초대했어?"

에이바가 믿을 수 없다는 듯이 말했다.

"뜨개 폭탄가랑?"

"그레이가 그랬을 거야. 난 아니야."

케이트가 대답했다. 하지만 곧 알 수 있었다. 짐은 델리아와 함께 오지 않았다. 그는 결의에 찬 모습으로 걸어오고 있었다. 혼자서. 하지만 가까이 다가온 짐의 얼굴에서는 결의는 사라지고 어색한 표정이 역력했다. 케이트는 곧바로 파티를 연 안주인의 태도로 에이바가 허용할 수 있는 것보다 훨씬 더 열렬하게 짐을 맞이했다.

"에이바, 안녕."

짐이 말했다.

"그래, 안녕."

갑자기 에이바의 입이 말라붙었다. 며칠 전에 매기 때문에 그가 집에 들어온 뒤로 처음 대화하는 거였다. 시간의 흐름대로 상황을 정리해 봤다. 딸은 병원에 있었고, 윌에게 메일을 보냈고, 에이바에게 메일을 보냈다. 매기는 어떻게 아무 일도 없다는 듯이 메일을 보낼 수 있었을까? 어떻게 그렇게 아무렇지 않은 것처럼 쓸 수가 있었을까?

"나 좀 도와줘요."

케이트가 짐을 잡아끌면서 말했다. 짐은 어깨너머로 에이바를 보면서 그녀가 도저히 이해할 수 없는 표정을 지었다. 아주 오래전에 에이바의 작은 이스트 빌리지 아파트에서 두 사람이 긴 밤을 보내고 헤어질 때 짓곤 하던 표정이었다. 둘 중 한 명이 아주 멀리 가기 때문에 하룻밤 이상을 떨어져 있어야 할 때, 그 부재가 너무 크고 믿을 수 없게 느껴져서 지었던 표정이었다. 더 뒤에는 아기들을 두고 일하러 가야 해서 아이들이 자라는 모습을 놓칠 수밖에 없다는 사실을 받아들여야만 했을 때 짓던 표정이었다. 지금 저런 표정을 짓는 까닭은 분명히 그런 이유 때문은 아닐 것이다. 저 표정은 짐이 델리아 린드스트롬을 만나기 전에도, 아니지, 에이바는 다시 생각했다. 다시 만나기 전에도 이미 자신을 보면서는 짓지 않았던 표정이었다. 그런데도 왜인지 짐이 돌아보던 그 표정이 잊히지 않아서 에이바는 케이트 집에서 나와 길을 건넜고, 안전한 자기 집으로 피해 버렸다.

예고도 없이 먹구름이 하늘 가득 끼더니, 곧 비가 내릴 것만 같았다. 햇빛이 사라지자 불어온 차가운 바람에 얇은 시프트 원피스 차림으로 뒷마당에 나와 있던 에이바는 부르르, 몸을 떨었다. 무릎에는 『참을 수 없는 존재의 가벼움』이 놓여 있었다. 가벼움과 무거움, 예술과 키치, 사랑과 결혼과 간음이 만들어 내는 다양한 얽힘을 탐구하는 책에 에이바는 완전히 빠져 버렸다. 공기를 타고 넘어오는 길 건너편의 파티 소리가 거의 들리지 않았다.

주황색 형광펜 뚜껑을 열고 책에 줄을 쳤다. "오랜 방황 끝의 귀환." 프란츠의 아내가 남편의 묘비에 새겨 달라고 주문한 글귀였다. '오랜 방황 끝의 귀환이라니.' 지금 파리 거리를 방황하고 다닐 매기를 생각나게 하는 글이었다. 우간다에서 홀로 연구하고 있는 윌도.

"여기 있었네."

짐의 목소리가 에이바의 의식을 뚫고 들어왔다. 그녀는 몸을 데우려고 두 손으로 두 팔을 문질렀지만 소용이 없었다. 그는 두 사람의 작은 뒷마당이었던 곳을 가로질러 에이바 옆에 있는 의자에 앉았다. 짐이 팔꿈치를 무릎에 대고 몸을 에이바 쪽으로 기울였다. 그는 밝게 웃었다.

"그냥 가 버렸더라."

"파티를 즐길 기분이 아니어서. 매기 때문에."

에이바가 대답하자, 짐은 고개를 끄덕였다. 그가 케이트의 집 쪽으로 고갯짓을 했다.

"이제 춤추는 시간인가 봐."

브루스 스프링스틴이 '로살리타'를 목청껏 부르고 있었고, 다른 사람들도 함께 노래했다. 노동절 주말 파티에서 으레 볼 수 있는 그 집의 모습이었다. 중년 부부들이 발을 구르고 빙글빙글 돌면서 춤을 추는 모습이 에이바의 눈에 선했다.

"당신, 소름 돋았어."

짐이 말했다. 그러곤 집게손가락으로 에이바의 팔을 문질렀다. 그녀는 얼굴을 찡그리며 팔을 뒤로 뺐다.

"이거 읽어야 해."

에이바는 무릎에 있는 책을 집어 들었다.

"밀란 쿤데라. 사람의 얼굴을 한 사회주의의 약속이지."

에이바가 아무 대답도 하지 않자 짐은 다시 말했다.

"스웨터를 입어야 할 거 같아."

그가 고개를 들어 구름을 봤다.

"한랭전선이 올 것 같은데."

"이제 들어가야지."

일어나서 집으로 들어가려는 에이바를 짐이 붙잡았다.

"혹시, 우리가 다시 행복해질 가능성이 있을까?"

그의 목소리는 부드러웠다.

"음, 아마도 1년쯤 전이라면 아니라고 했을 것 같아. 하지만 이제는 우리가 각자 행복해질 수 있을 것 같아."

짐은 이해할 수 없다는 표정으로 그녀를 봤다.

"내 말은, 우리가 얼마나 다른지를 이제는 깨달아 가고 있다는 거야. 내가."

"반대 극은 끌리는 거래."

짐의 목소리에는 아쉬움이 묻어 있었다. 이제는 에이바가 이해할 수 없었다.

"무슨 말을 하는 거야, 짐?"

"내 말은, '우리가' 행복할 수 있을까 하는 거야. 둘이 함께. 다시."

"델리아는 어떻게 하고?"

"이건 델리아하고는 관계 없는 일이야. 당신과 나의 일이지. 난 당신이 그리워, 에이바. 이 집 앞을 지날 때면 가끔 멈춰 서서 함께였던 때를 생각해. 우리 모두가 함께였을 때, 온 가족이 함께였을 때, 내가 당신과 함께였을 때를 말이야."

그의 얼굴을 물끄러미 바라봤다. 짐이 떠난 뒤 몇 달 동안은 이런 순간을 자주 상상했다. 결국에는 남편이 정신을 차릴 거라고 말이다. 결국 그는 돌아올 수밖에 없을 거라고 말이다.

"생각해 봐 줄 거야?"

짐이 물었다. 에이바는 그의 손을 잡았다. 부드럽고 긴 손가락. 너무나도 익숙한 느낌이었다.

"생각할 필요도 없어. 난 우리가 다시 합치는 걸 원하지 않아."

그 말에 짐은 천천히 고개를 끄덕였다. 아주 오랫동안 짐은 그녀의 손을 꼭 잡고 있었다. 그러고는 손에 부드럽게 입을 맞추고 의자에서 일어섰다. 그가 멀어져 가는 모습을 지켜보는 동안 에이바의 마음속에 다시 그 구절이 생각났다.

'오랜 방황 끝의 귀환.'

하지만 짐은 돌아오지 않을 거야. 모퉁이를 돌아 사라지는 익숙한 넓은 등과 헝클어진 머리카락을 보면서 에이바는 생각했다.

독서모임 회원들이 다시 만나는 날에는 여름의 열기가 한풀 꺾여 있었다. 그날 아침, 차를 타고 대학교로 달리던 에이바는 이미 녹색 잎들 사이로 점점이 숨어 있는 빨간 단풍잎을 봤다. 가을 학기 첫날이었으니, 날짜에 맞춰 날씨가 가을로 바뀌는 건 참으로 적절하다고 생각했다.

에이바는 아이들을 생각했다. 두 아이가 오래전에 맞이했던 새 학기의 첫날을 떠올렸다. 매기의 머리는 단정하게 땋아져 있었고, 윌의 하얀 운동화는 정말 깨끗하게 빨려 있었다. 곧 스웨터는 아무데나 내던져지고, 스타킹은 찢어지고, 지퍼는 고장이 나겠지만 새 학기의 첫날만은 모든 것이 반짝였고 완벽해 보였다. 지금 짐은 두 사람의 딸을 찾으려고 파리에서 활동하는 사립 탐정을 고용했다. 여전히 태연하게 #빠아리, #크레페천국!!! 같은 인사로 끝을 맺는 메일을 보내오는 딸을 말이다.

주차할 곳은 쉽게 찾을 수 있었다. 그건 또 하나의 놀라운 일이었다. 가을을 느낄 수 있는 청명한 날에 이토록 쉽게 주차할 수 있다니. 올 한 해 플루프와 잘 지낼 수 있다는 계시일지도 몰랐다. 평온한 한 해를 보낼 수 있다는 계시일 수도 있었다. 사립 탐정이 딸을 곧 찾아내리라는 계시일 수도 있었다. 부디 그렇기를! 이 세상 모든 선생님처럼 에이바에게 새 학기 첫날은 새롭게 한 해가 시작되는 날이었다. 에이바는 중년 여성이었으니 이제부터는 거기에 맞게 행동해야 했다. 그냥 중년 여성이 아니라, 이제 곧 공식적으로 이혼한 여자이기도 하지. 현대 언어학 건물인 배그의 커다란 이중 유리문을 열면서 그녀는 생각했다.

오늘 아침에도 매기는 아리송한 메일을 보내왔다. "파리는 언제나 좋은 생각이야." 이번에는 에이바도 답장을 보냈다. "오드리 헵번을 인용하는 건 그만둬. 아빠랑 엄마는 걱정돼서 미칠 것 같아. 도대체 너 어디에 있는 거니?" 물론 그 뒤로 어떤 소식도 듣지 못했다.

에이바는 엘리베이터까지 걸어가 버튼을 눌렀지만, 곧바로 계단으로 올라가기로 마음을 고쳐먹었다. 오늘이 새해 첫날이라면 계단을 오르고, 탄수화물을 끊고, 물을 더 많이 와인을 적게 마시는 게 옳았다. 걸음 수와 열량을 측정해 주는 스마트 워치를 사야 할지도 모르겠다. 이제 할 일은 그 모든 결심을 철저하게 지키는 것뿐이었다.

하지만 계단 꼭대기에서 팔짱을 끼고 내려다보고 있는 플루프를 보는 순간 에이바의 기분은 순식간에 바뀌었다. 플루프의 머리는 그 어느 때보다도 더 아인슈타인처럼 보였다. 헉헉대면서 계단을 오르는 모습을 보이고 싶지 않았다. 그나저나 계단은 얼마나 남은 거지?

"늦었군요."

에이바가 한참 밑에 있는 계단을 지나고 있을 때 플루프가 말했다. 계단을 올라갔고, 잠시 멈춰 섰다. 꼭대기까지는 네 계단이 남았다. 에이바는 플루프를 올려다보았다. 그곳에서 보니 학과장의 머리는 더욱더 아인슈타인을 닮아 보였다.

"늦었다뇨? 제 첫 수업은 11시에요. 지금은 10시 20분밖에 되지 않았고요."

"10시에 있는 교수 회의는 생각 안 합니까?"

에이바는 얼굴을 찡그렸다. 교수 회의라니, 무슨 교수 회의?

"도대체 공지 메일을 읽기는 하는 겁니까? 9월 1일부터 학교 공지 사항은 모두 이메일로만 전달한다는 공지 봤어요, 안 봤어요? dot.edu로만 보낸다고 했잖아요."

에이바는 한쪽 어깨에 메고 있던 무거운 토트백을 다른 쪽 어깨에 옮겨 멨다. 이메일로 공지를 한다는 건 고사하고 대학 계정도, 비밀번호도 몰랐다. 그러니 어떻게 공지 사항을 읽을 수 있겠어?

"교수와 학생이 주고받는 대화도 모두 블랙보드 앱으로만 해야 한다는 공지도 못 받았겠죠, 당연히?"

플루프는 에이바의 대답은 기다리지도 않고 몸을 홱 돌려 회의실로 걸어가 버렸다.

"블랙보드 앱이라뇨?"

멀어져 가는 플루프에게 물었다. 재빨리 플루프를 뒤따라갔다. 좀 더 교수답게 보이려고 새로 산 실크 블라우스가 땀에 흠뻑 젖었다. 숨을 헐떡이며 허겁지겁 회의실로 들어갔을 때는 이미 플루프가 회의를 시작한 뒤였다. 맨 앞줄의 비어 있는 자리에 앉았다. 회의 탁자

한가운데에는 크루아상이 담긴 접시가 있었다. 그녀는 아몬드 크루아상을 집어 한 입 베어 물었다. 플루프가 프랑스어 학과의 업무에 관해 끝없이 떠들어 대는 동안 에이바는 생각했다. 탄수화물을 안 먹겠다는 각오는 물 건너갔네.

그날 밤 케이트는 독서모임에서 먹을 간식을 준비하려고 최선을 다했다. 이번에는 자동차 미등처럼 빨간색으로 머리를 물들인 에마가 마요네즈를 바르고 햄과 얇게 썬 삶은 달걀을 올린 빵, 자신의 머리색과 똑같은 비트 칩, 겨자소스와 케첩을 얹은 소시지, 집처럼 생긴 쿠키, 양귀비 씨앗 케이크를 탁자에 놓았다.

"에마가 아는 체코 분이 우리를 위해서 이 모든 음식을 준비해 주셨어요."

케이트의 말에 존이 얼굴을 찡그렸다.

"전 비트는 그다지 좋아하지 않습니다."

존은 종이 접시 위에 소시지를 세 개 올렸다.

"마코벡, 페르니크, 브람보라키."

에마가 말했다.

"꼭 시 같아요."

제니퍼가 에마에게 말했다.

"그게 뭡니까?"

존이 물었다. 에이바는 그의 턱에 묻은 케첩을 닦아 주고 싶다는 마음을 꾹 눌러 참았다.

"체코어예요. 책 때문이겠죠?"

케이트가 말했다. 존의 뺨이 빨개졌고, 케이트는 괜찮다는 듯이 존의 팔을 토닥였다. 존과 눈이 마주친 에이바는 손으로 자기 턱을 톡톡 쳤다. 그는 이해하지 못했다.

"존, 여기에……."

"아!"

존의 얼굴이 더욱 빨개졌다. 그는 냅킨을 한 장 집어 턱을 세게 문지르더니 에이바를 봤다.

"닦였어요."

에이바가 말했다. 에마는 행복한 표정으로 체코 맥주 필스너를 한 병씩 나눠 주었다.

"와인이 없다고요? 또요?"

에이바가 물었다. 에마는 그런 질문은 분명히 모욕이라는 표정을 짓더니 고개를 저었다.

"쿤데라잖아요."

"그렇다면, 당연히 필스너여야죠."

에이바는 짐짓 흥겨운 듯이 대답했다.

교수 회의가 끝난 뒤에도 오후 시간은 끔찍했다. 그러니 밤만은 좋은 시간으로 만들겠다고 다짐한 에이바였다. 에이바는 맥주를 한 모금 듬뿍 마셨다. 썼다.

"으음."

에이바는 에마를 보며 입을 열었지만, 그녀는 이미 에이바에게 관심을 끊고 제니퍼와 체코어 단어를 논하고 있었다. 모니크가 조심스럽게 에이바 옆으로 다가왔다.

"블랙보드 정말 싫어요. 우리를 감시하는 방법을 하나 더 늘린 거잖아요."

모니크가 단도직입적으로 말했다.

"그거 때문에 머리가 아파요. 왜 그냥 하던 대로 하면 안 되는 걸까요. 그냥 등사기로 인쇄물을 찍고, 일과 시간에 직접 만나면 되잖아요."

에이바도 그 의견에 동의했다. 케이트가 모두 자리에 앉으라고 했다. 에이바는 루크와 키키가 나란히 앉아 있는 모습을 봤다. 두 사람은 이마가 닿을 정도로 가까이 머리를 맞대고 있었다. 잘됐네. 제니퍼가 케이트 옆에 섰다. 제니퍼는 직접 손으로 뜬 풍성한 판초에 파라슈트 팬츠를 입고 있었다.

"제니퍼가 체코의 역사와 정치를, 그 둘이 쿤데라에게 미친 영향을 설명해 주실 거예요."

케이트가 말했다.

"너무 좋아요."

이미 몰스킨 공책에 받아 적을 준비를 마친 루스가 고개를 끄덕이면서 말했다.

"사람의 얼굴을 한 사회주의를 약속하다."

제니퍼가 나지막하게 읊조렸다. 에이바는 몸을 똑바로 세우고 앉았다. 짐도 그날 뒷마당에서 저 말을 했었는데.

"1968년, 단명해 버린 프라하의 봄에 참여했던 젊은이들은 이 약속을 지키고 싶었죠."

제니퍼가 계속 말했다. 지금, 울 것만 같은데?

"1968년은,"

제니퍼는 다시 말을 했고, 정말로 울기 시작했다.

"제가 태어나기 15년 전이에요. 하지만 저에게 깊은 영향을 미쳤어요."

제니퍼는 진정하려는 듯이 크게 숨을 들이마셨다.

"아시다시피 프라하의 봄은 인권과 자유를 위해 민초가 나선 풀뿌리 운동이었어요. 오늘날 북한과 볼리비아, 미얀마에서 일어나고 있는 바로 그 운동들과 다르지 않아요."

각 나라 이름을 정확하게 발음하는 제니퍼는 왠지 유엔에서 일하는 사람처럼 보였다.

"맞는 말이에요!"

키키가 말했고, 루크가 고개를 끄덕였다.

"밀란 쿤데라도 그 운동에 참여한 젊은이였어요. 정치적 탄압을 금지했고, 기본 인권을 위해 싸운 알렉산데르 둡체크 덕분에 체코에서는 예술이 번창했어요."

"고마워요, 제니퍼."

케이트가 마무리를 지었고, 모두 박수를 쳤다.

"나도 고맙다고 말하고 싶어요. 소비에트 탱크가 프라하로 들어가는 모습을 난 텔레비전으로 봤어요. 할머니랑요. 할머니는 그 모습을 보면서 울기 시작했어요. '더는 전쟁은 안 돼.'라고 하시면서요. 할머니는 또다시 세계 대전이 일어날까 봐 두려워하셨어요."

루스가 말했다.

"저는 이 소설이 표현하고 있는 가벼움과 무거움이라는 이분법에 관해 이야기해 보고 싶어요."

에이바의 말에 존이 안심했다는 표정을 지었다.

"그 모순은 결국 해결하지 못한 거죠? 어쨌거나, 소설 속 네 인물이 모두 그걸 해결하지는 못했잖아요."

루크가 말했다.

"사비나는요?"

그렇게 묻는 존은 자신도 놀란 것 같았다.

"결국 사비나만 살아남지만, 사비나도 정확히 행복하다고는 할 수 없을 것 같아요."

키키가 말했다.

"맞아요. 하지만 사비나는 자신의 원칙대로 살아간 유일한 사람이었어요."

에이바가 대답했다.

"맞는 말이에요. 사비나는 아주 일찍부터 키치를 구별할 수 있었어요. 감성적이면서도 의도적으로 명랑함을 꾸미는 예술은 정치 선전이라는 걸 깨닫고, 충실하게 자기 예술을 고수했어요."

모니크가 에이바의 말을 거들었다.

"등장인물 가운데 가장 마음에 드는 사람이었습니다. 결혼하고 싶어 하는 토마스의 마음을 사비나가 이해하지 못하는 이유를 정확히는 모르겠지만요."

"결혼하면 자유를 포기해야 하니까요."

존의 의문에 키키가 답했다.

"잊지 말아야 할 건, 사비나는 자유를 갈망했기에 사랑하는 프란츠를 떠났다는 거겠죠."

케이트가 '이제 다시 제자리로 돌아가야죠' 하는 목소리로 끼어들었다.

"프란츠만이 아니에요. 과거에 맺은 모든 인연, 모든 것과 관계를 끊어 버린 거, 맞죠?"

루스가 덧붙였다.

"그래도 사비나가 가장 가벼운 인물이기는 합니다. 그러니까, 에이바가 묘사한 대로라면요."

존이 생각에 잠긴 듯이 말했다.

사람들이 가벼움과 무거움에 관해 토론하는 동안 에이바는 잠자코 듣고 있었다. 물론 정답은 없었다. 가만히 앉아 쓴 맥주를 마시는 동안 에이바의 마음은 『참을 수 없는 존재의 가벼움』을 떠나 그 여름으로, 『클레어에서 여기까지』로 흘러갔다.

책의 마지막 부분에서 어머니는 산 자들의 세상이 아니라 죽은 아이와 남는 선택을 한다. 그 부분을 읽은 뒤에 잠들지 못했던 밤을 에이바는 기억했다. 어머니라는 존재가 어떻게 어머니를 절실하게 필요로 하는 살아 있는 아이 곁을 떠날 수 있는 걸까? 에이바와 아버지를 버리고 다리에서 떨어졌을 때, 어머니는 클레어의 어머니와 같은 선택을 한 거란 걸, 어린 에이바는 알았을까? 어느 정도는 알았겠지만, 지금 이곳에서 선택에 관해 생각하고, 무거움과 가벼움이라는 이분법에 관해 고민하는 동안에야 처음으로 그 사실을 이해한 것 같은 기분이 들었다.

마침내 토론이 끝났을 때, 에이바는 코트를 입고 아무도 모르게 방에서 빠져나가려고 했다. 심란했다. 그저 빨리 집으로 가서 아무 것도 생각하지 않고 침대에 누워 있고만 싶었다. 하지만 케이트는 에이바를 붙잡을 기회만 노리고 있었던 것 같았다.

"밤새 너한테 연락하려고 얼마나 애쓴 줄 알아? 포피에 관해 말해 주려고."

케이트는 방에서 빠져나가려는 에이바를 가로막으며 말했다.

"포피?"

"몽고메리 말이야. 『클레어에서 여기까지』의 편집자. 내가 탐정 일을 좀 했는데, 정말 믿을 수 없는 사실을 찾아냈다니까. 문자를 다섯 통이나 보냈는데, 왜 전화하지 않은 거야?"

"매기 때문에."

"오, 이런. 매기는 괜찮은 거 아니었어?"

"잘 모르겠어. 이메일을 보면 괜찮은 거 같지만……."

에이바는 입을 다물었다. 케이트에게 더는 말할 수 없었다.

"계속 대사관에 전화하고 있어. 대사관에서 그 애를 좀 찾아 줬으면 좋겠어."

"그럴 거야. 아니면 늘 그랬듯이 어느 날 불쑥 돌아오겠지."

"포피 몽고메리에 관해서는 뭘 찾아냈다는 거야?"

"포피 몽고메리가 페니의 어머니였어. 그게 내가 찾은 사실이야. 포피는 1997년에 죽었는데, 딸이 둘 있었어. 페니와 헬레나. 두 딸 모두 죽었고."

"그래서 페니가 그 책을 가지고 있었던 거구나."

에이바가 말했다. 케이트에게 하는 말이라기보다는 혼잣말에 가까웠다.

"그래, 고맙다는 말은 잊어도 돼."

말은 그렇게 했지만, 케이트는 웃고 있었다.

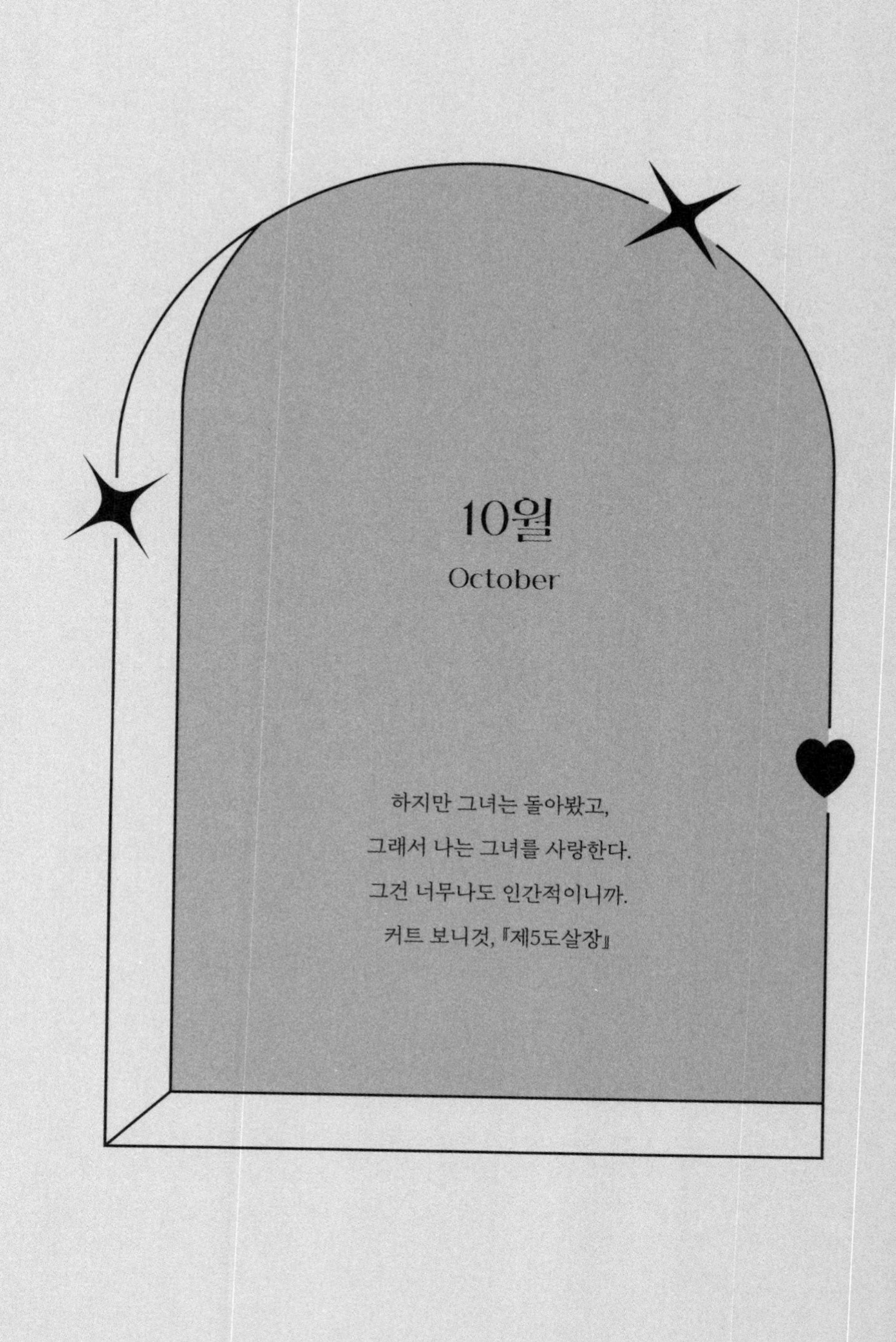

10월

October

하지만 그녀는 돌아봤고,

그래서 나는 그녀를 사랑한다.

그건 너무나도 인간적이니까.

커트 보니것, 『제5도살장』

서점 주인

여자아이는 표범 무늬 빈백에 완전히 파묻혀 있었다. 저 푹 꺼진 의자는 손을 좀 봐야겠어. 속을 채워야지. 서점 주인은 생각했다. 하지만 속에 무엇이 들어 있는지도 모르겠고 안다고 해도 그 재료를 구할 수 있을지 확신할 수 없다. 여자아이는 살짝 미소를 띠고 『보물섬』을 읽고 있었다.

잠시 아이를 쳐다보던 주인은 천천히 뒷방으로 갔다. 핫플레이트 위에 올려 둔 편두 수프 냄새가 났다. 흰 곰팡이 냄새랑. 한쪽 벽에는 책을 꽂은 선반이 있었다. 서점 주인은 가장 위쪽 선반에 꽂은 책 쪽으로 손을 뻗었다. 손에 들고는 생전 처음 보는 것처럼 그 책을 뚫어지게 응시했다. 선반에는 100권도 넘는 그 책이 먼지를 뒤집어쓰고 있었다. 이런. 하지만 가끔은 이 책을 읽어야 하는 사람을 만나게 된다는 생각이 들었다. 아니, 생각이 아니었다. 만나게 된다는 걸 알고 있었다. 이 책을 읽고 이해할 수 있는 사람을 만나게 되는 것이다. 책 표지를 문질러 펴고 손가락으로 책등을 어루만졌다.

"안녕, 작은 책."

부드럽게 불러 봤다. 하지만 지나치게 감상적인 자신의 반응에 이내 콧방귀를 뀌었다. 뒷방에서 나갔을 때도 여자아이는 여전히 빈백에 앉아 『보물섬』을 읽고 있었다.

"스티븐슨. 그 작가는 아버지와 할아버지가 등대를 만드는 사람이었대. 그건 알지?"

주인의 말에 여자아이가 천천히 고개를 들었다.

"자."

여자아이에게 뒷방에서 들고 온 책을 내밀었다.

"읽어 봐."

잠깐 망설이던 아이는 책을 받아 들었다. 서점 주인은 좀 더 할 말이 있는 것처럼 보였지만, 아무 말도 하지 않았다. 그냥 걸어갔다.

에이바

프로스트 저택은 프로스펙트 거리 위에 당당하게 솟아 있었다. 저택 앞에는 키가 큰 회양목이 늘어서 있었기 때문에 거리에서는 그 벽돌 건물이 전혀 보이지 않았다. 에이바는 산울타리 벽 사이에 난 정문으로 차를 몰고 들어가 구불구불한 진입로를 달려갔다. 오른쪽에는 가장자리만 흰색인 분홍색, 자주색, 노란색, 적갈색 달리아들과 에이바가 알지 못하는 여러 종류의 꽃이 눈부실 정도로 아름답게 피어 있었다. 영국식 정원이었다. 정원 한가운데에 어마어마하게 커다란 밀짚모자를 쓰고 크롭트 팬츠와 헐렁한 사모아 셔츠를 입고 밝은 노란빛이 도는 녹색 크록스 신발을 신은 헬렌이 서 있었다. 에이바를 보자 그녀는 커다란 선글라스를 쓴 얼굴을 찌푸렸다.

자동차를 세우고 에이바는 밖으로 나갔다. 과장되게 웃으면서 손을 내밀며 다가오는 에이바의 모습에 헬렌의 표정이 더욱 심각해졌다. 헬렌은 두 손을 올려 손에 묻은 흙을 보여 주더니 어깨를 으쓱했다.

“정말 멋진 정원이에요. 가을꽃은 천수국이랑 국화밖에 없는 줄 알았어요.”

“‘서리가 내릴 때까지는 꽃이 필 거다.’ 어머니는 늘 그렇게 말씀하셨죠.”

헬렌이 대답했다. 에이바는 자주색과 빨간색 푸크시아와 상상할 수 있는 모든 주황색은 다 모아 놓은 것 같은 칸나를 바라봤다.

"저 큰 건 뭐예요?"

에이바는 다른 꽃들보다 1m는 더 높이 올라와 있는 자주색 꽃을 가리키며 물었다.

"샐비어예요. 이 계절에 너무 열대 정원처럼 보이는 게 걱정이었던 어머니가 심었죠."

헬렌은 무덤덤하게 대답했다.

"아, 그렇군요."

에이바도 대답했다. 사실, 에이바는 정원 일은 지루했다. 식물을 심고, 창문에 팬지 화분을 놓고, 뒤쪽 담장에 나팔꽃을 기른 사람은 짐이었다. 에이바를 위해 튤립을 가꾼 사람도 당연히 짐이었다.

"정원 일을 배워 볼까 봐요."

"시간 낭비라고 생각하는 사람도 있죠."

에이바의 말에 헬렌이 대답했다. 그녀는 다음 말을 기다리지 않고 몸을 돌려 현관으로 걷기 시작했다. 에이바도 쫓아갔다.

현관 계단에 발을 대자마자 문이 급하게 열리더니 집사가 나타났다. 나이가 많은 남자였다. 페니보다도 더 나이가 많아 보였다. 하지만 집사복을 입은 몸을 꼿꼿하게 세우고 은쟁반에 물컵을 한 잔 들고 있는 진짜 집사였다. 헬렌은 물을 단숨에 들이켰다.

에이바는 헬렌을 따라 집 안으로 들어갔다. 현관홀을 지나자 입이 떡 벌어질 만큼 웅장한 주 의회 의사당 건물의 둥근 대리석 지붕이 눈에 들어왔다. 헬렌은 걸음을 멈추고 에이바가 다가올 때까지 기다렸고, 손을 들어 창문 너머로 보이는 의사당을 가리켰다.

"저 돔은 세상에서 네 번째로 큰 받침대가 없는 돔이죠. 그거 알고 있었어요?"

헬렌이 말했다. 에이바도 알고 있었다. 하지만 헬렌이 곧바로 말을 하는 것을 보니 그건 질문은 아니었다.

"로마 성 베드로 대성당, 미네소타주 의사당, 타지마할 그리고 우리 의사당이죠."

"놀라워요."

에이바는 헬렌이 정원에서부터 끌고 온 긴 흙 자국을 보면서 말했다.

"스티븐? 차 좀 부탁해요."

헬렌은 소리치더니 에이바에게 말했다.

"앉아요."

에이바는 앉았다.

달리아와 집사, 멋진 풍경이 보이는 창문이 있지만, 에이바는 이 저택이 상당히 낡았다고 생각했다. 천장에는 금이 가 있었고, 창문이 있는 벽에서는 외풍이 들어오고 있었다. 가구를 덮고 있는 천도 색이 바랬다. 에이바의 마음을 들여다보기라도 한 것처럼 헬렌은 앉아 있는 의자의 낡은 천을 손가락으로 문질렀다.

"그 책 때문에 오신 거겠죠."

헬렌이 말했다.

"할머님께서 그 책을 출간하셨다는 걸 알아서요."

사담을 나눌 필요가 없다는 생각에 안도하며 에이바가 대답했다.

"포피 몽고메리. 멋진 뉴잉글랜드 작가들의 편집자셨죠."

"열한 살 여름에, 그 책은 저에게 정말로 중요했어요. 그래서 독서모임에서 나에게 가장 중요한 책을 한 권씩 추천하라고 했을 때, 주저 없이 『클레어에서 여기까지』를 골랐어요."

헬렌의 반응을 기다렸지만, 아무런 말이 없었다.

"어머님께서는 『오만과 편견』을 선택하셨죠."

그 말에도 그저 조금 고개를 끄덕였을 뿐이다. 스티븐이 항공사 승무원처럼 요란하게 카트를 밀면서 다가왔다. 그들에게 —너무나도 심하게 손을 떨어 찻잔에 따른 양만큼 바닥에도 차를 쏟으면서— 차를 따라 준 스티븐은 다시 카트를 끌고 가 버렸다. 에이바는 계속 말했다.

"문제는 『클레어에서 여기까지』를 몇 권 더 구할 방법이 없다는 거예요. 출판사가 폐업했다는 건 알고 있지만……."

"다른 책은 더 없어요."

헬렌이 말했다.

"그래도 어딘가에 있기는 할 텐데요."

"아주 빨리 절판했어요. 작가는 홍보할 생각이 없었고, 할머니는 책이 계속 독자의 관심을 받으려면 홍보는 필수라고 믿으셨으니까요. 「글로브」하고 「저널」 말고는 서평도 실리지 않았어요. 보통 책이 절판되면 작가가 남은 부수를 모두 구입해요. 아마 그 책도 그랬을 거예요."

"헬렌의 어머니가 저에게 주신 쪽지 말이에요. 그게 무슨 뜻일까요?"

에이바가 물었다.

"어머니가 당신 어머니를 아신다고 했어요."

“제 어머니는 서점을 하셨어요.”

“당신이 처음 독서모임에 왔던 날, 어머니는 당신 어머니가 전해달라고 부탁한 선물을 당신에게 가져다준 적이 있다고 했어요. 아주 오래전에, 당신이 어렸을 때요.”

“우리 어머니는 내가 아주 어렸을 때 돌아가셨어요. 그런 선물을 받은 기억은 없어요.”

에이바의 말에 헬렌은 어깨를 으쓱했다.

“가 봐야겠어요.”

에이바의 말에 헬렌이 일어섰다. 왠지 자신의 결정을 상당히 반기는 태도라고 느꼈다.

“우리 집에 있는 기록을 당신이 보고 싶어 할 거라는 생각이 들었어요. 그래서 복사해 둔 게 있어요.”

헬렌은 화이트 스완 출판사라는 로고가 찍힌 빨간색 서류철을 내밀었다. 에이바는 고맙다고 말하고 거실과 현관문을 지나 밖으로 나왔다.

‘서리가 내리기 전까지는 꽃이 핀다는 거지?’ 정원을 지나면서 에이바는 생각했다. 걸음을 멈추고 달리아를 구경했다. 어떤 꽃은 자신의 얼굴만큼이나 컸다. 자동차로 돌아온 에이바는 서류철을 무릎에 놓았다. 긴 진입로에 접어들기 전에 당장 서류철을 펴서 살펴보고 싶었지만 꾹 참았다. 시동을 걸고 진입로를 넓게 돌았다. 물은 나오지 않지만 고풍스러운 동상들이 있는 부서진 대리석 분수를 지나고, 키 큰 회양목 산울타리를 지나 프로스펙트 거리로 나왔다.

에이바는 얼마를 달린 뒤에야 차를 세웠다. 빨간색 서류철을 펼쳤다. 페이퍼 클립으로 깔끔하게 정리한 두툼한 서류가 보였다. 맨 위에는 '『클레어에서 여기까지』 시놉시스'가 있었다. 그 밑에는 계약서가 있었다. 계약서를 끝까지 훑어보던 에이바는 한 곳에서 시선을 멈췄다. 숨을 쉴 수가 없었다. 작가 서명란에 있는 이름은 로절린드 아든이 아니었다. '샬럿 노스'였다. 그 이름을 읽고 또 읽었다.

샬럿 노스라고? 샬럿 노스?

서류철을 닫고 앞을 봤다. 군데군데 햇빛에 물든 노랗고 빨간 단풍잎이 보였다. 다시 서류철을 열었다. 이름을 잘못 봤을 수도 있으니까. 하지만 분명히 '샬럿 노스'라고 적혀 있었다. 그러니까 『클레어에서 여기까지』의 작가는 어머니였던 거다.

매기

금전 출납기 앞에 있는 스툴에 앉아서 매기는 오르세 미술관에서 만난 관광 가이드가 지나가는 모습을 봤다. 아침에 매기가 서점에 들어오자마자 주인은 계산대를 맡으라고 했다. 전혀 생각지도 못한 일이었다. 별다른 설명도 없이 주인은 "이 자판을 두드리고 잔돈을 주는 것쯤은 할 수 있지?"라고 말하더니 대답은 기다리지도 않고 서점에서 나가 버렸다. 그리고 이제 두 번째로 놀랄 일이 벌어졌다. 노아를 본 것이다. 매기는 스툴에서 뛰어내려 벌컥 문을 열고 소리쳤다.

"저기요!"

노아가 멈추더니 몸을 돌렸다. 매기를 알아본 그의 표정이 밝아졌다.

"괜찮은 걸 보니 기뻐요."

노아가 말했다. 매기는 아랫입술을 잘근잘근 씹었다. 카페에서 노아를 봤고, 무언가를 얻어먹었고, 노아가 자신을 보살펴 줬다는 기억은 어렴풋이 났다. 하지만 정확히 자신이 무엇을 했고, 무슨 말을 했는지는 생각나지 않았다. 그때 매기는 어떻게 보였을까?

"쫓아갔는데, 운이 없었어요."

노아가 매기에게 걸어오면서 말했다.

"고맙다고 말하고 싶었어요. 그날 좀 많이 아팠거든요."

"아니. 완전히 약에 절어 있었던 거죠."

매기는 아니라고 말하고 싶었지만, 그만두었다.

"맞아요. 그랬죠."

"노아예요. 혹시 잊었을까 봐."

"매기예요."

놀랍게도 그녀는 노아를 끌어안았다. 그도 매기를 안아 주었다. 두 팔로 매기를 감싸더니 꼭 끌어안았다. 매기는 단단한 것들을 생각했다. 돌기둥이나 경질 점토 같은 거. 사람들을 제자리에 머물 수 있게 해 주는 것들을.

"안는 게 정말 능숙해요."

노아가 놓아주자 매기가 말했다. 그는 활짝 웃었다.

"기쁘게 해 주고 싶었어요."

잠시 어색한 표정으로 서 있던 두 사람의 분위기는 노아가 턱으로 서점을 가리키면서 깨졌다.

"여기서 일해요?"

매기가 고개를 끄덕였다.

"하루 종일 일해요?"

"정해진 건 없어요."

"끝나고 만날 수 있을까요? 간단한 거, 뭐라도 먹게? 나는 4시에 끝나요."

매기는 망설였다.

"음, 좋아요. 그냥 만난 것만으로도 기뻐요."

노아가 한 손을 번쩍 들면서 말했다. 그는 배낭을 고쳐 멨다. 이제 가 보겠다는 신호였다.

"잠깐만요."

노아에게 한발 다가섰다. 다정해 보이는 눈은 바다가 특별한 빛을 받을 때 나타나는 감색이었고, 숱이 많은 부스스한 머리카락에 덮여 있었다. 그의 얼굴에서 거짓이 있는지 찾아보려고 했지만, 숨김없는 얼굴은 진실해 보였다. 노아는 다시 그녀를 두 팔로 꼭 끌어안아 놀라게 했다.

"다섯 시쯤에 올게요."

입술을 매기의 머리카락에 대고 노아가 말했다. 안긴 채 매기는 고개를 끄덕였다.

"팔라펠, 괜찮아요?"

노아가 물었다.

"팔라펠, 괜찮아요."

매기가 대답했다.

"라에 갈까요? 가 본 적 있어요?"

매기는 대답하지 않았다.

"로지에르 거리에 있어요. 정말 바삭한데, 후무스도 나와요. 적채피클이랑 오이절임, 가지튀김, 하리사도 있어요. 피타는 정말 커서, 손에 들고 있기도 힘들어요."

그가 떠난 뒤에 매기는 웃음을 멈출 수가 없었다. 뒷방으로 가서 마우스와 한참 씨름하고 오빠에게 메일을 썼다.

오빠!!! 신에게 맹세하는데, 나 일을 하고 있어. 좋은 남자애도 만났고. 친구도 있어. 정말로 정상적으로 살고 있어!

휘둥그레 눈을 뜬 얼굴, 춤추는 소녀, 프랑스 국기, 십여 개 책과 열몇 개 하트. 매기는 메일 끝에 이름을 쓰지 않고 다양한 이모티콘을 붙였다. 메일을 보내자마자 오빠가 답장을 보내왔다.

매것. 장난은 그만하고 엄마한테 전화해.

매기는 망설이지 않았다. 곧바로 전화기를 들고 엄마 번호를 눌렀다. 수화기에서 엄마의 목소리가 흘러나왔다. “안녕하세요, 에이바입니다. 지금은 전화를 받을 수가 없어서…….” 당혹스럽게도 매기는 울음을 터트렸다. 삐, 소리가 들리자 매기는 깊이 숨을 들이마셨다.

“사랑해.”

그리고 전화를 끊었다.

행크

행크 빙엄은 작은 스프링 수첩에 적을 때 생각을 가장 잘할 수 있었다. 사건 관련 사실들, 사람과 장소에 관한 묘사, 사람들의 증언, 자신만의 의문점 들을 적어야만 무언가를 알아내고 있다는 기분을 느꼈다. 무언가를 알아내고 있다는 건 해결 방법을 찾아냈다는 뜻이었다.

하지만 그런 행크를 나딘은 못 견뎌 했다. "제발 볼펜은 내려놓고 그냥 대화를 해, 행크." 아내는 그냥 대화를 하라고 말할 때 한 음절, 한 음절, 모두 끊어서 발음했다. 그러지 않으면 남편이 이해하지 못할 거라는 듯이. 행크는 적어야지만 자신이 제대로 생각할 수 있다는 것을 정확하게 설명해 주려고 했지만 나딘은 받아들이지 않았다. "당신이 하는 행동을 접근-회피 반응이라고 하는 거야, 행크." 아내는 그렇게 말했지만 메리암-웹스터 사전을 찾아보고 나딘이 틀렸다는 걸 확인했다. 접근-회피는 바라는 경우와 바라지 않는 경우 모두를 회피하는 걸 뜻했다. 아내와의 대화는 절대로 행크가 바라는 상황이 아니었다. 그러니 행크가 하는 것은 접근-회피 반응이 아니라 그냥 회피 반응이었다.

미스 키티가 수첩을 깔고 앉아 있었기 때문에 잡아 빼야 했다. 감정이 상한 미스 키티는 캬악, 하더니 식탁 밑으로 뛰어 내려갔다. 고양이가 자기 식탁에 앉은 걸 안다면 아내가 행크를 가만두지 않을 텐데.

그는 식탁에 앉아 주머니에서 펜을 꺼냈다. 문제를, 그러니까 사건을 풀어야 한다는 생각을 하면 짜릿했다. 여자에게 키스하기 직전이나 여자의 브래지어 안으로 손을 넣어 따뜻한 가슴을 만지기 직전에 느끼는 짜릿함과 같았다. 행크는 무엇이든지 '직전'을 좋아했다. 무슨 일을 하기 직전에는 그 무엇도 실망스럽지 않으니까. 지금 이 식탁, 아내와 마주 보고 앉아 모닝커피를 마셨고, 가끔은 서로 눈길을 피하고, 가끔은 신문 기사 이야기를 하면서 앉아 있던 이 식탁에서 그는 바로 그 '직전'의 짜릿함을 느꼈다. 그토록 오랜 시간이 흐른 뒤, 이제야 릴리 노스 사건을 해결할 수 있게 되었다.

식탁에는 수첩과 고양이 말고도 『클레어에서 여기까지』가 있었다. 첫 장을 펼쳤다. 그리고 큰 소리로 제명을 읽었다.

이제 우리는 기꺼이 떠난다
자유를 향해서, 이것은 유배가 아니다

셰익스피어의 희곡 「뜻대로 하세요」에 나오는 대사였다. 행크는 그 사실을 알았고, 이런 글을 제명이라고 부른다는 것도 알았다. 왜냐하면 아주 오래전에 우편함에서 이 책을 발견했을 때, 샬럿이 떠나 버렸다는 사실에 미칠 듯이 슬퍼하고 있을 때, 이 책 어딘가에 단서가 있을 거라고 생각했을 때 알게 됐으니까.

"이게 뭐야?"

행크는 남편이 우울한 이유를 의심하느라 병까지 날 지경이었던 나딘에게 물어봤다.

"제명이라고 해. 책 앞쪽에 집어넣는 시나 인용구를 제명이라고 불러."

눈을 가늘게 뜬 아내는 제명이 아니라 행크를 뚫어지게 쳐다보면서 대답했다. 마치 X선 촬영 장치가 되어 무엇이 잘못됐는지를 찾아내겠다는 듯이 남편의 온몸을 주의 깊게 봤다.

"이런 걸 왜 넣는 거야? 내 말은, 작가는 자기가 이 책을 쓴 거잖아. 그런데 왜 굳이 남의 시나 글을 가져다가 쓰는 거야?"

"책의 주제를 알려 주려고 그러는 거야."

"책을 읽으면 아는 거 아니야?"

나딘은 책을 덮더니 행크에게 내밀었다.

"일단 「뜻대로 하세요」를 읽어 봐. 그러면 왜 작가가 이 제명을 썼는지 알 수 있을 테니까. 알았지?"

그래서 행크는 아내가 말한 책을 보려고 도서관에 갔고, 그곳에서 「뜻대로 하세요」가 연극 대본임을 알았다. 자신은 도저히 알 수 없는 언어로 쓰인 희곡을 읽는 건 결국 포기했다. 오늘까지는 말이다.

행크는 스프링 수첩을 들고 빈 종이가 나올 때까지 계속 넘겼다. 펜 끝을 빨다 얼굴을 찡그렸다. 빈 종이의 가장 윗부분에는 여자 글씨로 무언가 적혀 있었다. 그는 주머니를 더듬어 돋보기를 찾아서 꺼내 쓰고 그 낯선 글씨를 가느다랗게 뜬 눈으로 쏘아봤다.

"로절린드 아든."

행크는 그렇게 하면 종이에 적힌 이름이 바뀌기라도 할 것처럼 수첩을 얼굴에 가까이 가져갔다.

"로절린드 아든." 그대로였다.

"이게 무슨 일이야?"

아무도 없는 부엌에서 행크는 크게 소리쳤다. 낮잠을 방해한 그에게 여전히 화가 나 있던 미스 키티가 노려봤다.

그때 기억이 났다. 여름에 가전제품 판매대. 그곳에서 행크는 에어컨을 사러 온 에이바 노스를 만났고, 그녀는 어떤 작가를 찾고 있는데 도와줬으면 한다고 했다. 그는 작가 이름을 수첩에 적으라고 말은 했지만, 그 순간 절대로 도와주지 않겠다고 결심했었다. 에이바가 싫었으니까.

그때 쓴 게 이거였다. 에이바가 쓴 것이 이 이름이었다. 이 작가가 그녀가 찾아다니는 사람이었다. 로절린드 아든이 누구인지 알아냈을까?

행크는 벽에 걸린 겨자색 전화기를 들고 '로절린드 아든' 밑에 아주 작은 글씨로 적힌 에이바의 전화번호를 눌렀다. 가운데에 줄을 긋는 방식으로 숫자 7을 적어 놓았다. 정말 기이한 일이군. 발신음을 들으면서 행크는 생각했다.

에이바가 전화를 받았을 때, 그는 자신을 밝히지도 인사도 하지 않았다.

"작가를 찾았어."

그렇게만 말했다. 에이바는 잠시 비웃듯이 웃었다.

"그럴 것 같지 않아요."

"왜?"

행크가 물었다.

"죽은 사람이니까요, 행크."

에이바가 대답했다.

"그럴 수도 있지. 그래, 정말 그럴지도 몰라. 하지만 난 그 사람이 파리에 있다고 믿어."

"파리요?"

에이바는 또다시 웃었다.

"집인가?"

행크가 물었다.

"왜요?"

"맙소사."

행크가 중얼거렸다.

"집이에요."

마지못해 인정하는 것처럼 말했다.

"지금 가지. 모든 걸 설명해 줄게."

행크는 대답을 기다리지 않았다. 곧바로 전화를 끊고 수첩과 『클레어에서 여기까지』, 자동차 키를 들고 나가, 에이바의 집으로 달려갔다.

그날 아침
1970년
베아트리스

나중에, 베아트리스는 궁금해졌다. 그 생각은 그날 아침에, 릴리의 몸을 싣고 달려가는 구급차를 바라보면서 홀로 길가에 서 있었던 그 시간에 뿌리내린 것일까? 그렇게 엄청난 슬픔에 휩싸여 있으면서도 살아갈 궁리를 한다는 게 가능할까? 가능하다면 베아트리스의 살 궁리는 몸속 아주 깊은 곳에서 솟아난 것일 수도 있었다. 달아나야 한다는 깨달음으로.

샬럿과 베아트리스는 책과 함께 자랐다. 의문이 생길 때마다 책이 해답을 줬다. 자매가 따분해하면 남편의 불륜 행각이 주는 고통을 향수와 아편 팅크로 달래던 파리 출신의 우울한 어머니는 딸들에게 책을 내밀었다. "책을 읽는 사람은 심심할 시간이 없어." 분홍색 실크 가운을 입고 침대에 기대앉아 있던 어머니는 그렇게 말했다. 아름다웠던 어머니는 창백했고, 광대뼈가 툭 튀어나와 있었다. 눈 밑에는 멍이 든 것처럼 진한 다크서클이 보였다. "달링, 엄마 팅크 좀 줄래?" 어머니는 그렇게 말하고는 했다. 팅크는 코르크 마개가 있는 작은 유리병에 들어 있었다. 유리병 목에는 빨간 해골과 교차한 뼈가 인쇄된 라벨이 붙어 있었고 병 앞쪽에는 크레스트 브랜드라고 적혀 있었다. 그러니까 독약이었다. 어머니의 무릎에는 언제나 책이 펼쳐져 있었다. 어머니는 빅토리아 시대 작가들을 좋아했다. 특히 브론테 자매를.

샬럿과 베아트리스의 아버지는 무심하고 매력적인 악당이었는데, 체호프와 셰익스피어, 디킨스를 인용하는 걸 좋아했다. 딸들이 싸울 때면 "최고의 시간이었고, 최악의 시간이었다, 내 사랑들아."라고 말했다. 아이들이 당혹스러워할 때면 자기 머리를 감싸고 "어떻게, 어떻게, 어떻게?"라며 울부짖었다. 셰익스피어도 자주 호출됐다. 매일 밤 아이들을 재울 때면 마르쿠스 안토니우스가 낭독한 카이사르 송덕문과 '사느냐 죽느냐'가 문제인 햄릿의 독백, "잘 자요, 잘 자요! 이별은 너무나도 달콤한 슬픔이니 내일까지 잘 자라고 말할게요."라는 로미오의 작별 인사를 읊어 주었다.

그날 아침, 그 거리에서, 베아트리스가 혼자 서 있을 때 갑자기 그 대사가 생각난 건 다 아버지 때문인지도 몰랐다. "그때는 내가 너무 어려서 언니의 가치를 알지 못했어요. 하지만 이제는 알아요. 언니가 반역자라면, 그래요, 저도 반역자예요."

「뜻대로 하세요」. 아버지가 좋아하던 희곡이다. 집에서 기르는 고양이 이름은 늘 아든이었다. 한 아든이 죽으면 다른 아든이 왔다. 아든은 로절린드와 실리아가 추방된 곳이었다.

베아트리스는 형부가 도착하면 함께 경찰서로 가서 리 형사를 만나라는 지시를 받았다. 리 형사는 "그저 몇 가지 질문에 대답해 주시면 됩니다."라고 했다.

형부를 기다리는 동안 —사실 오래 기다리지는 않았다. 형부도 구급차가 떠나는 걸 봤으니까— 오늘 있었던 일을 자세히 떠올려 봤다.

하지만 기억을 가로막고 싶어 눈을 질끈 감았다. 베아트리스는 늦게 왔다. 약속을 잊어버리고 창가에 『갈매기의 꿈』을 진열하려고 서점으로 갔기 때문이다. 하얀 갈매기가 가득 차도록 높게 쌓아 올린 뒤에야 언니와 한 약속이 생각났다. 일단 창가 진열대를 꾸미는 일은 엉망으로 내버려 두고, 서점 일은 —머리카락을 길게 땋고 집시풍 치마를 입고 브래지어는 하지 않고 발목에 방울을 단 채 마리화나 냄새를 풍기던— 히피 대학생에게 맡기고 부리나케 나왔다. 언니 집에 도착했을 때는 릴리가 나무 위에 올라가 있는 모습을 봤다. 내려오게 해야 하는 거 아닌가 하는 생각을 잠시 했다. 하지만 아이들의 점심을 만들어 줘야 하지 않나? 아침을 먹고 치우지 않았을 게 뻔한 부엌을 치워야 하는 게 아닐까? 베아트리스는 망설였다. 정말로 망설였다. 하지만 그대로 집 안으로 들어가 냉장고를 열어 봤다. 달걀 샐러드, 멜론 볼, 토마토가 있었다. 설거짓거리가 쌓인 곳으로 가서 반죽이 말라붙은 프라이팬과 씨름했다. 어째서 이 집 사람들은 프라이팬을 물에 담가 두지 않는 거지? 나무에서 무언가 떨어지는 모습을 곁눈으로 흘긋 보게 됐을 때, 그런 생각을 하고 있었다.

"우리 애들을 보기로 했잖아."

베아트리스의 옆으로 왔을 때, 형부는 눈을 동그랗게 뜨고 말했다. 아니, 그녀는 아이들을 보고 있지 않았다. 프라이팬을 닦고 있었다.

베아트리스는 한잔하고 싶었다. 아니, 한 잔 마셔야 했다. 집으로 들어가 조니워커 병을 찾아냈다. 아침을 먹고 치우지 않은 식탁에 있던 주스 컵에 손가락 길이만큼 위스키를 따랐다. 집 안은 모든 것이 평범해 보였다. 그저 한 가족이 보낸 아침의 흔적이 남아 있을 뿐이었다. 차갑게 식어 버린 블랙커피를 반쯤 담고 있는 컵. 의자에 걸쳐 있는 어린아이의 자주색 스웨터. 바닥에서 엉켜 있는 줄넘기. 펼친 채로 식탁 위에 엎어 놓은 책. 제목은 『스위스 로빈슨 가족의 모험』이었다.

그녀는 식탁에 앉아 위스키를 마셨다. 알코올이 위로 내려가 위벽을 치자 조금은 차분해지는 것 같았다. 베아트리스는 생각했다. 내 잘못이야. 위스키를 한 모금 더 크게 삼키고 또 생각했다. 우리에게는 계획이 필요해.

어렸을 때, 베아트리스와 샬럿은 너무나도 가까워서 쌍둥이라는 오해를 받을 때도 있었다. 하지만 그때도 자매에게는 각자의 역할이 있었고, 두 사람은 성격도 아주 달랐다. 샬럿은 예민했고 아름다웠고 베아트리스는 반항적이었고 활동적이었다. 그것은 시간이 흐르면서 베아트리스는 말썽을 부리게 됐다는 뜻이었다. 고작 열여섯 살 때, 파리에 사는 어머니의 친구 아들이 잠시 와 있던 여름에 임신을 했다. 베아트리스에게는 그런 문제가 충분히 일어날 수 있다며 일찌감치 포기하고 있던 어머니가 낙태 수술을 예약해 주었다. 그에 반해 샬럿은 뉴욕대학교에서 문학을 전공했고, 결혼도 잘했고, 신나게 보헤미안적인 삶을 살았다. 에이바를 임신하고 프로비던스에서 고풍스러운 집을 사들여 개조해서 살기 전까지는 말이다.

그때 베아트리스는 이미 이혼을 한 번 했고, 연극과에 진학했지만 대학교 장학금을 놓쳤고, 한 번 더 낙태를 한 뒤였다. 그런 동생에게 언니는 프로비던스로 와서 같이 서점을 하자고 했다. 베아트리스는 좋았다. 자매가 책에 둘러싸여 사는 게 좋았다. 언니의 완벽한 삶에 금이 가기 시작했을 때도 베아트리스는 샬럿의 옆을 지켜 줬다.

물론 언니는 전혀 다르게 말할 것이다. 다르게 말했을 것이다. 샬럿은 동생에게 두 번째 결혼은 하지 말라고 경고했던 걸, 술을 그렇게 많이 마시지 말라고 걱정했던 걸 지적할 것이다. 샬럿은 자신이 베아트리스를 지켜 줬다고 말할 것이다. 그리고 그건 맞는 말이었다. 그건 정말이었다.

하지만 샬럿은 점점 더 불행해졌다. 서서히 어머니와 거의 다르지 않게 됐다. 두 사람에게 다른 점이라면 어머니에게는 불행해야 할 이유가 있었다는 것이다. 아버지가 바람을 피웠으니까. 어머니는 다른 어머니들과는 어울리지 못했으니까. 하지만 언니에게는 불행해야 할 이유가 없었다. 샬럿을 사랑하는 남편과 사랑스러운 아이들이 있었고, 수익을 내는 사업도 있다. 역사 유적지라는 푯말을 붙여도 어색하지 않을 멋진 집도 있었다. 그런데도 언니에게는 며칠씩 침대에서 나오지 못하는 날들이 생겼다. 그럴 때면 베아트리스가 모든 일을 해야 했다. 서점 운영과 장부 관리를 했다. 손님과 영업 사원도 상대했고, 서점 앞에 쌓인 눈도 치웠다. 세금도 내고, 전화도 받았다. 하지만 아내가 다른 남자를 만난다는 것도 눈치채지 못한 바보 형부는 베아트리스가 너무 날카롭다느니 술을 너무 많이 마신다느니, 자기 아이들에게 나쁜 영향만 미친다느니 같은 불평만 늘어놓았다. 언젠가 언니의 상태를 살피러 그 집에 갔을 때, 샬럿은 그 화창하고도 아름다운 봄날에 커튼을 치고 침대에 누워 있었다. 진정제를 잔뜩 먹은 채. 베아트리스가 보지 않았다면 언니는 죽었을 것이다. 나중에 샬럿은 사고였다고 주장했다. 잠이 오지 않아서 그런 것뿐이라고, 얼마나 먹어야 하는지를 생각하지 않고 먹었기 때문이라고 말했다. 하지만 베아트리스는 언니의 말을 믿지 않았다.

그러다가 한 남자가 샬럿의 인생에 들어왔다. 언니는 베아트리스에게 자신이 불행한 이유는 어쩌면 형부를 사랑하지 않아서, 충분히는 사랑하지 않아서일지도 모른다고 했다. "테드에게는 애정을 느껴." 샬럿은 그렇게 말했다. 하지만 이번에는, 이 남자는 정말로 사랑을 느낀다고 단언했다. 두 사람은 정말로 서로를 사랑하는 것 같았다. 새로운 사랑을 하면서 언니는 점점 더 젊고 예뻐졌다. 그러니까 이번에는 '진짜' 사랑을 하는 거였다. 하지만 그런 생각을 하면 베아트리스는 화가 났다. 어째서 그런 사랑을 하는 거지? 이미 가족이 있고, 남편이 있고, 아이들이 있는데? 집도 있잖아. 자신에게는 길게 늘어놓을 수 있는 실수만이 있을 뿐인데.

아마도 그래서였을 것이다. 릴리가 죽은 뒤에, 베아트리스가 두 사람의 인생을 바로잡을 필요가 있음을 깨닫게 된 것은.

아이가 죽고 몇 주 동안, 몇 달 동안, 샬럿은 야생 동물 같았다. 눈은 비통함으로 번들거렸다. 점점 더 야위었고, 점점 더 예측하기 힘들어졌다. 느닷없이 웃음을 터트렸고, 아무 때나 하루 이틀 사라져 버렸다. 형부는 이번에야말로 언니가 자살했을 거라고, 인생을 끝냈을 거라고 걱정했다. 하지만 베아트리스는 그럴 리가 없다고 생각했다. 자매에게는 계획이 있었으니까.

언니의 사랑은 계속됐다. 심지어 훨씬 격렬해졌다. 그건 샬럿이 자신은 떠난다는 사실을 알고 있었기 때문일 거다. 그때까지 샬럿은 언제나 시를, 옛 형식의 시를, 소네트와 전원시를 썼다. 단편소설도 썼다. 하지만 그때부터는 소설을 쓰기로 했다. 자신이 왜 모두를 남겨 두고 가야 하는지를 설명하는 소설을 쓰기로 했다. 베아트리스는 아무것도 묻지 않았다. 자신에게도 해야 할 일이 너무 많았으니까.

가을에 베아트리스는 파리로 갔다. 아파트와 작은 가게를 구하려고. 두 사람은 그곳에서 가장 잘 아는 유일한 일을 할 것이다. 책 속에 파묻혀 세상을 잊어버릴 것이다. 릴리를 잃은 슬픔이 너무나도 컸기 때문에 사람들은 베아트리스가 사라져도 눈치채지 못할 것이 뻔했다. 더구나 자신을 비난하는 사람들도 있었다. 적어도 형부는 그랬다. 그는 처제가 사라지면 기뻐할 것이다. 베아트리스는 1층은 서점, 2층은 주거지로 쓸 수 있는 아파트를 구했고, 그때부터 책을 모으기 시작했다. 배낭여행자들에게 몇 프랑씩을 주고 페이퍼백을 샀다. 호스텔과 비앤비 주인들에게는 손님이 남기고 간 책이 있으면 달라고 부탁했다. 그리고 곧 알았다. 사람들은 어디에서나 책을 두고 간다는 걸. 그래서 기차역과 지하철에 버리고 간 책도 모으러 다녔다. 역사 로맨스물, 고전, 대학교 영문과 필독 소설, 베스트셀러, 표지가 뜯어져 버린 페이버백들, 여행안내서와 아동서, 얇은 시집. 베아트리스는 세이어 거리에 있는 자매의 서점에서도 여행 가방 두 개 가득 책을 담아 왔다. 파리에서 찾은 책과 합쳐 작은 서점의 선반을 채워 나가기 시작했다.

하지만 뒤죽박죽이었다. 책을 분류하려고 애썼지만, 평범하게 소설, 비소설, 베스트셀러로 나눌 수 있는 조합이 아니었다. 결국 베아트리스는 자주색 매직 마커로 직접 분류 기준을 적어 나갔다. '우리 어머니가 사랑한 책(『앵디아나』, 『악마의 늪』, 『제인 에어』, 『폭풍의 언덕』)', '우리 아버지가 사랑한 책(『체호프 단편집- 개를 데리고 다니는 여인 외』, 『위대한 유산』, 『셰익스피어의 희곡 열두 편』)', '내가 좋아하는 책(『싯다르타』, 『페인트로 얼룩진 새』, 『길 위에서』)', '사람들이 좋아하는 이유를 알 수 없는 책(『페이튼 플레이스』, 『러브 스토리』, 『하와이』)'.

파리에서 할 일을 끝내는 데는 꼬박 1년이 걸렸다. 그 사이에 언니는 집에서 슬퍼했고, 사랑했고, 소설을 썼다. 화이트 스완이라는 작은 출판사에 소설을 팔고, 가명으로 책을 냈다. 샬럿이 파리에 오기로 한 전날 밤에 베아트리스는 모퉁이에 있는 작은 카페로 갔다. 스테이크 프리트로 유명한 멋진 곳이었다. 그녀의 머리카락은 길게 자라 있었고, 훨씬 자유분방하게 뻗어 있었다. 햇볕에 그을린 팔은 책과 가구를 옮기고 책장을 만드느라 근육이 붙어 있었다. 그 밤에 베아트리스는 누군가의 쓰레기통에서 구조한 판자에 언니가 가장 좋아하는 자주색으로 서점 이름을 썼다. 가니메데 서점. 베아트리스의 소소한 장난이었다. 누구라도 자매 가운데 한 사람을 찾아온다면 알아볼 것이다. 그녀는 자신이 만든 간판을 한 걸음 뒤로 물러나 감상했고, 활짝 웃었다. 하지만 언니가 자기 역할을 제대로 해낸다면, 과연 자매를 찾겠다고 나설 사람이 있기는 할까?

에이바

"「뜻대로 하세요」를 읽어 본 적 있니?"

행크 빙엄이 에이바에게 물었다. 그는 쉽게 떠날 생각이 없어 보였다. 셔츠 소매를 말아 올린 행크는 두 사람이 마주 보고 앉아 있는 탁자 위에 수첩과 『클레어에서 여기까지』를 올려놓았다. 길게 뻗은 긴 다리는 발목을 겹치고 있었는데, 한쪽 발에는 감색 양말을, 다른 쪽 발에는 검은색 양말을 신고 있었다. 인스턴트커피에 짝짝이 양말이라니. 행크가 거의 안쓰럽게 느껴질 지경이었다. 거의 말이다.

"나한테 찾아 달라고 했던 작가 말이다."

행크는 수첩에서 에이바가 이름을 적은 곳을 펼쳤다.

"그건 가명이에요."

에이바가 조용히 말했다. 깜짝 놀란 그가 고개를 들었다.

"누군지 아는구나? 로절린드 아든이라는 작가가?"

그녀는 아무 말도 하지 않고 헬렌 프로스트에게서 받은 서류철을 가져왔다. 서류철을 펼쳐 행크 앞에 놓았다.

"우리 어머니였어요."

입 밖으로 나오는 단어가 너무 낯설어서 에이바는 지워 버리고만 싶었다.

"와인 드실래요, 행크?"

서류철을 뚫어지게 보고 있는 행크에게 물었다.

"더 센 거면 좋겠구나. 위스키 있을까?"

"베일리스 아이리시 크림 있어요."

행크는 얼굴을 찡그렸다.

"와인이 낫겠다."

에이바는 부엌으로 가서 와인 랙을 봤다. 13달러짜리 레드 와인을 집어 들려던 그녀는 마음을 고쳐먹었다. 어머니가 다리에서 뛰어내렸다는 걸 알면서도 행크는 왜 어머니가 파리에 있다고 하는 걸까?

"에이, 젠장."

에이바는 특별한 날에 마시려고 아껴 둔 값비싼 진판델을 꺼내면서 투덜거렸다. 진판델과 와인 잔을 가지고 부엌으로 돌아가자 의자를 뒤로 힘껏 젖히고 있는 그가 보였다. 우쭐하는 것 같은데? 에이바는 생각했다.

"그러지 마세요. 그 의자, 골동품이라서 쉽게 깨질 거예요."

"아, 그래."

그가 의자를 내렸다. 그녀는 행크에게 와인을 건네고 소파로 걸어가 털썩 주저앉았다. 다리를 위로 올려 웅크리고 앉아 와인을 듬뿍 마셨다.

"저건 다 살펴봤니?"

행크가 턱으로 탁자 위에 놓인 서류철을 가리키면서 물었다.

"계약서는 봤어요. 그래서 그 책을 쓴 사람이 누구인지 알았고요."

그는 서류철을 넘겨 종이 한 장을 빼더니 내밀었다.

"이모는 어떻게 됐니? 베아트리스 말이야."

"떠났어요. 릴리가 죽은 뒤에."

"떠났다라."

행크는 와인 잔을 물끄러미 쳐다봤다.

"어디로?"

"몰라요."

행크가 고개를 들었다.

"난 알아. 파리로 갔어."

"어, 어. 그러니까, 우리 어머니랑요?"

"바로 그거야."

행크는 내밀고 있던 종이를 탁자 위에 놓았다.

"너희 이모가 절판된 엄마 책을 모두 사들였어. 왜 그랬을 것 같니?"

에이바는 얼굴을 찡그렸다. 행크가 내려놓은 종이를 집어 들고 읽었다. 이모가 판매되지 않고 남은 『클레어에서 여기까지』를 모두 사들였다.

"모르겠어요."

와인을 쭉 들이켠 행크는 에이바 앞에 또 한 장 종이를 내려놓았다.

"그 책들은 모두 파리로 갔어. 이 주소로."

행크는 손가락으로 종이를 툭툭 쳤다. 주문서 내용을 이해해 보려고 에이바는 읽고 또 읽었다. 하지만 이해가 되지 않았다. 이모가 파리에 갔다고? 남은 『클레어에서 여기까지』는 모두 이모에게 보내지고? 무엇 때문에?

"내 가설은 이래. 자매는 여기서 서점을 했잖아. 그러니까 거기서도 서점을 연 거야."

"자매라고요? 우리 어머니는 돌아가셨어요. 다리에서 뛰어내렸잖아요."

에이바의 목소리가 떨렸다. 행크는 머리를 긁었다.

"그럴지도. 하지만 경찰이 찾아낸 건 자동차뿐이었어."

"아버지한테 경찰이, 못 찾을 수도 있다고 했어요……, 어머니는요."

'시신'이라는 단어는 언제나 에이바를 불편하게 했다. 행크는 고개를 끄덕였다.

"그건 그렇지. 하지만 너희 어머니가 뛰어내린 게 아니라면, 그때도 시신은 절대 못 찾을 거야, 안 그래? 그 경우, 비행기를 타고 파리에 가서 동생을 만나 늘 하던 일을 하기는 더 쉬워질 거야. 책을 파는 일 말이야."

"터무니없는 가설이에요."

에이바가 대답했다.

"그래, 좋아."

"그러니까 형사님은 이모가 파리에서 팔겠다고 그 책을 2,000권이나 사 갔다는 말씀이세요?"

에이바의 말에 행크는 크게 웃었다.

"그 생각은 못 했는데!"

이제 그는 싱긋이 웃으면서 와인 잔에 와인을 더 따랐다.

"이제 우리는 기꺼이 떠난다. 자유를 향해서, 이것은 유배가 아니다. 「뜻대로 하세요」에 나오는 대사지."

그는 『클레어에서 여기까지』를 펴고 손으로 짚었다.

"이걸 제명이라고 해."

행크가 말했다.

"저도 뭐라고 하는지 알아요."

"이제 우리는 기꺼이 떠난다. 자유를 향해서, 이것은 유배가 아니다."

에이바가 속으로 제명을 읽는 동안 행크가 다시 큰 소리로 말했다. 당연히 그녀도 이 제명을 읽은 적이 있었다. 이 책을 로절린드 아든이라는 낯선 사람이 썼다고 생각했을 때는 크게 의미를 두지 않았다. 하지만 이제 어머니가 이것을 선택해 인용했다는 걸 알았으니, 왜 이런 글을 골랐는지 알아내야만 했다.

"어머니는 죽음을 자유라고 생각했던 것 같아요."

몇 분 뒤에, 에이바가 말했다.

"그래, 그럴 수 있어. 하지만 '우리'라고 했잖아."

"그거야, 「뜻대로 하세요」에 나오는 대사를 인용한 거니까 그런 거겠죠."

"그리고 너희 어머니 서점 말이다. 이모와 함께 운영했던 곳. 그곳 이름이 뭐였지?"

"올란도였어요."

"그래, 그 희곡에 나오는 것처럼 말이지!"

행크는 짐짓 놀란 척했다.

"좋아요, 행크. 제가 졌어요. 번뜩이는 아이디어를 들어 볼게요."

그가 에이바 쪽으로 몸을 바짝 기울였다. 올드스파이스 애프터셰이브 로션 냄새가 났다.

"너희 어머니는 우리에게 단서를 남겨 준 거야. 어머니와 이모는 죄의식에서 벗어나려고 떠나 버린 거야. 자유를 위해 자기들 스스로 유배를 간 거지."

"아니에요. 터무니없는 생각이에요. 그 어떤 엄마도 자기 딸을 그렇게 버리고 갈 수는 없어요."

'나를 그렇게 버리고 갈 수는 없는 거예요.' 에이바는 덧붙여 생각했다. 행크의 표정이 부드러워졌다.

"하지만, 에이바. 『클레어에서 여기까지』는 바로 그런 이야기를 담고 있잖아. 소설 속 어머니는 자신을 벌주려고 살아 있는 딸과의 삶을 포기하고 죽은 아이와 함께 남잖니."

"그럴 리 없어요."

그 말이 일리가 있다고 생각했지만, 에이바는 또다시 부인했다. 행크는 자기 가방에서 책을 한 권 더 꺼냈다. 파리 여행안내서였다. 진한 분홍색 형광펜으로 칠한 곳을 펼치더니, 읽었다.

"마레 지구에서 가장 힙한 곳에 있는 진기하고 어수선한 가니메데 서점을 놓치지 말자. 그저 마담이라고만 불리는 미국인이 운영하는 이 서점은 변덕스러운 용 같은 사장 마음대로 문을 열었다가 닫는다. 사장에게 질문을 하면 도와줄 때도 있지만 무안을 주기도 한다. 사장의 이런 반응이 즐거움을 주는 요소이기도 하다. 절충주의적인 책 분류 방식은 충분히 둘러볼 가치가 있다."

행크는 펼친 부분에 손가락을 끼고 책을 덮었다.

"가니메데. 이것도 「뜻대로 하세요」에 나오는 이름이야."

"로절린드가 숲으로 도망칠 때, 가니메데라는 젊은 남자로 위장해요."

에이바가 대답했다.

"흥미롭지 않니? 게다가 미국인 사장이야."

에이바는 고개를 저었다.

"이 마담이라는 사장이 이모라고 해도, 행크, 어머니는 다리에서 뛰어내렸어요."

행크는 다시 머리를 긁었다. 그때 에이바는 깨달았다. 사람들은 보통 난감할 때 머리를 긁지만 그는 자신이 무언가를 찾았다는 걸 알리고 싶을 때 머리를 긁는다는 걸.

"너희 이모가 그 책을 모두 사들인 건 팔려는 게 아니라 누구도 그 사실을 알아채지 못하게 하려던 게 아닐까?"

"미친 생각이에요."

행크는 에이바의 말에 대답하지 않았다. 그저 그 파란 눈으로 그녀의 눈을 똑바로 바라보기만 했다.

"확인할 방법은 하나뿐이야."

마침내 행크가 말했다.

매기가 그곳에 있지 않았다면 에이바는 동의하지 않았을 것이다. 딸은 "사랑해."라고 했다. 컴퓨터를 켜고 파리행 비행기표를 두 장 예매하고 있을 때, 행크가 했던 말이 떠올랐다. 너희 어머니가 '우리에게' 단서를 남긴 거야. 어째서 어머니가 행크 빙엄에게 단서를 남겼다는 거지? 모든 사람이 어머니가 죽었다고 믿고 있는데도, 어째서 행크는 어머니를 찾으러 다니는 걸까?

헬렌 프로스트가 불안한 얼굴로 에이바의 현관 앞에 서 있었다.

"들어가도 될까요?"

그녀는 물었고, 에이바가 "물론이죠."라고 대답하며 문을 조금 더 열었다. 그러자 헬렌은 안심하는 표정이었다.

좁은 현관 앞에서 두 사람이 제대로 몸을 움직이지 못하고 있으니 너무 어색했다. 에이바는 이미 코트를 입고 있었고 『제5도살장』을 들고 있었지만, 헬렌에게 소파가 있는 거실로 들어가자는 손짓을 했다. 아침에 행크 빙엄의 가설을 들었을 때처럼, 이번에도 헬렌의 맞은편에 앉았다.

"아, 어디 가시는 길이었나 봐요."

그제야 에이바의 코트에 눈길을 준 헬렌이 물었다.

"독서모임에요."

그 말을 하니 갑자기 페니가 너무나도 그리웠다. 계속해서 들려주던 인용문과 그 고풍스러운 분위기가.

"헬렌의 어머니가 정말 그리워요."

"어머니 물건도, 아버지 물건도 정리하는 건 정말 힘든 일이에요. 하지만 그 때문에 여기에도 오게 됐네요."

헬렌은 검은색 퀼트 샤넬 가방에서 일전에 준 것과 비슷하게 생긴 서류철을 꺼냈다.

"에이바의 어머니가 올란도 서점을 운영하셨죠."

헬렌이 말했다.

"오래전에요."

에이바가 대답했다.

헬렌은 에이바의 무릎에 흑백사진 한 장을 놓았다.

"보세요."

에이바는 사진을 내려다보았다. 아름답고 우아한 어머니가 에이바를 올려다보고 있었다. 브리지트 바르도를 떠오르게 하는 금발 머리에 커다란 청록색 눈을 한 어머니였다. 사진 속 어머니는 무릎을 꿇고 앉아서 한쪽 팔로는 에이바를, 다른 팔로는 릴리를 감싸 안고 있었다. 에이바는 얼굴을 찡그린 채 카메라를 보고 있었고, 관자놀이 부근에 꽂혀 있어야 할 머리핀이 뺨까지 흘러내려 와 있었다. 하지만 릴리는 활짝 웃고 있었다. 어머니처럼 릴리의 웃음도 사진을 환하게 밝히고 있었다. 사진 밑에는 촬영 날짜가 있었다. 릴리가 죽기 3일 전이었다.

"말씀드린 것처럼, 에이바의 어머니는 언제나 우리 할머니의 작가들을 위해 파티를 열어 주셨어요. 무명 시인들. 뉴잉글랜드의 역사. 로저 윌리엄스만 해도 할머니는 10여 권이나 책을 내 주셨죠. 데뷔작들도 있었고요. 올란도는 언제나 파티를 주최해 주겠다고 했어요. 어머니도, 이모님도 파티를 제대로 준비해 내는 분들이셨죠."

배경은 흐릿했지만 한때는 익숙했던 장소를 볼 수 있었다. 친숙한 책장들, 금전 출납기 뒤에 있던 연단, 화려하고 고풍스러운 금전 출납기. 어머니와 이모는 한사코 현대적인 걸 거부했다. 원래 있던 금전 출납기가 모양도 좋고 소리도 좋다고 했다. 파티에 온 사람들은 움직이고 있어서 회색으로 번져 있었다.

"당연히 간직하셔도 돼요."

헬렌이 일어서면서 말했다.

"고마워요."

에이바도 일어났다. 아주 천천히.

"이런 사진이 저에게는 없어요."

아버지는 아내가 다리에서 뛰어내렸다는 전화를 받자마자 사진을 모두 버려 버렸다. 아내와 함께 가족의 역사도 모두 없애야 한다는 듯이.

현관문을 두드리는 소리가 났다. 케이트였다. 케이트와 헬렌은 현관에 서서 인사를 나누고 요란스럽게 사교적인 말을 주고받으며 헤어졌다. 인도에는 에이바와 케이트만 남았다. 두 사람은 도서관이 있는 베네피트 거리로 갔다.

"괜찮은 거야? 꼭 유령을 본 사람 같아."

케이트가 말했다.

"미친 소린데, 들어 볼래?"

베네피트 거리를 걸으며 에이바가 말했다. 오른쪽으로 조지왕 시대의 양식으로 웅장하게 지은 존 브라운 하우스가 어렴풋이 보였다. 가짜 가스등과 식민지 시대 저택이 있는 베네피트 거리는 언제나 사랑스러웠다. 하지만 오래된 나뭇잎이 모두 노란색과 빨간색, 주황색으로 물드는 가을에 특히 더 사랑스럽다고 에이바는 생각했다. 몇몇 집 앞에는 벌써 통통한 호박이 놓여 있었다.

"그래."

케이트가 대답했다. 그녀의 창의력도 『제5도살장』 앞에서는 힘을 쓰지 못하는 것이 분명했다. 케이트는 통이 넓은 검은색 면바지에 검은색 터틀넥 셔츠, 빨간색 오스트레일리아산 워킹화라는 평소 옷차림을 하고 있었다.

"내일 밤에 파리에 갈 거야."

에이바의 말에 케이트가 우뚝 멈춰 섰다.

"매기 때문에?"

"찾을 수 있으면 좋겠어. 하지만 그것 말고도……."

케이트는 다음 말을 기다렸다.

"로절린드 아든 때문에."

에이바가 말했다.

"찾았어?"

케이트가 깜짝 놀라 말했다.

"사실, 난 죽었을 거라고 생각해. 그렇지만 파리에서 살아 있을 가능성도 아예 없다고는 할 수 없어서."

케이트가 친구의 팔을 잡았다.

"그렇다고 굳이 파리에 가야 하는 건 아니야. 알지?"

에이바는 다시 걷기 시작했다. 얼굴이 빨개졌다.

"아니. 중요한 일이야."

고맙게도 케이트는 아무 말도 하지 않았다.

어쩌면 케이트는 거의 1년을 지나오는 동안 기진맥진해진 것인지도 몰랐다. 어울리지 않는 검은색 머리를 하고 있는 에마와 평범한 치즈—하바티 치즈가 돌아왔다!—와 크래커, 포도, 식사용 레드 와인이 차려진 탁자를 봤을 때, 에이바는 그런 생각을 했다.

존은 파란색 블레이저 상의에 카키색 바지를 입고 있었다. 얇아지고 있는 머리카락은 햇빛에 바래 있었고, 코끝은 햇볕에 타서 벗겨져 있었는데, 좀 더 젊어 보였고, 덜 시무룩해 보였다.

"굉장한 밤이 되겠어요."

에이바의 말에 존이 와인 잔을 들어 보이며 말했다.

"용기를 위하여!"

그러면서 존은 활짝 웃었다. 에이바는 생각했다. 저 사람, 원래 보조개가 있었나? 아니면, 그다지 웃은 적이 없었던 걸까?

"아는 음식들이 보여서 정말 기쁩니다. 『참을 수 없는 존재의 가벼움』 때는 정말 힘들었거든요."

"말해 봐요."

루스가 에이바 옆으로 다가오면서 말했다.

"로절린드 아든은 어떤 사람이에요. 만난 적이 있는 거죠?"

"네. 만난 적이 있어요."

에이바는 말했고, 곧바로 덧붙였다.

"사랑스러운 분이에요."

"아이들이 학교에 다녔을 때가 생각나요."

루스는 말했다. 그러곤 에이바를 조금 더 자세히 살펴봐야 한다는 듯이 고개를 갸웃했다.

"에이바는 우리랑은 달랐어요."

"그게 무슨 뜻이에요?"

에이바는 자기 차례가 되면 피자도 돌렸고, 음도 맞추지 못하는 연주회에도 참가했고, 어색한 연극 공연도 했다. 아이들이 이집트에 대해 배울 때는 교실에 가서 피라미드 모형을 만드는 일까지 거들었다. 그런데 뭐가 달랐다는 거지?

"음, 에이바는 일을 했잖아요? 그것도 다른 점이었죠. 우리랑 모여서 이런저런 소문을 퍼트리지도 않았잖아요. 채점해야 할 시험지로 가득한 가방을 들고 다녔던 기억이 나요. 무척 부러웠어요."

"정말요?"

에이바는 깜짝 놀랐다. 루스야말로 늘 만족스러워 보였고, 체계적이었고 확신에 차 있는 것 같았으니까.

"지금 에이바에게는 직장도 있고 자기 인생도 있잖아요. 나는 이렇게 오래 살았는데도 또 내 길을 찾아야 해요. 내 말은, 우리 여덟 살짜리가 고등학교에 가면, 그때는 핼러윈 의상을 준비해 줘야 할 사람도, 식민지 시대 건축물 모형을 함께 만들어 줘야 하는 사람도 없어진다는 거예요. 그럼 나는 뭘 해야 할까요."

"오, 루스."

에이바는 루스의 팔을 살며시 잡았다.

"루스 덕분에 학급이 원활하게 굴러갈 수 있었는걸요. 정말로, 전 감사하고 있어요."

"에이바가 이 독서모임에 적극적으로 참여해 주고, 작가까지 섭외해 준 거, 정말로 멋지다고 생각해요."

"고마워요, 루스."

"이제 앉을까요?"

케이트가 방 앞에서 말했다. 에이바는 비어 있는 존 옆의 의자에 앉았다. 놀랍게도 루크가 늘 케이트가 서는 자리에 가서 섰다.

"음, 말씀드리고 싶은 게 있어서 나왔어요."

모두 조용해지자 루크가 말했다. 왠지 나를 똑바로 바라보고 있는 거 같은데? 에이바는 생각했다. 루크는 왼손을 들어 올렸다.

"지난 주말에 결혼했어요!"

루크는 활짝 웃었다.

"뭐라고요?"

에이바의 입에서는 다른 사람들의 탄성을 압도하는 소리가 튀어나왔다. 그것도 루크를 보고 있던 사람들이 모두 에이바를 돌아볼 정도로 크게.

"여자 친구가 낚시를 들어 올리든지 미끼를 잘라 버리라고 협박할 때는 결혼을 해야 하는 법이니까요."

루크의 말에 살짝 웃는 사람들도 있었다. 하지만 키키는 벌떡 일어나서 씩씩거렸다.

"록시랑 결혼했단 말이에요?"

"멋진 일이에요. 우리 모임에서 처음으로 결혼하신 분이 나왔네요. 축하해요, 루크."

케이트는 자신이 이 모임을 구하겠다는 비장한 목소리로 말했다.

"어째서 루크가 에이바를 뚫어지게 쳐다보는 걸까요?"

존이 에이바에게 속삭였다.

"모르겠어요."

에이바가 대답했다. 케이트는 커트 보니것에 관해 말하기 시작했고, 에이바는 존의 질문을 무시한 채 작가의 인생에 귀를 기울이는 시늉을 했다.

"많은 분이 알고 계시듯이 『제5도살장』은 2차 세계 대전 때 작가가 실제로 경험한 사실을 바탕으로 쓴 작품이에요."

모니크는 몰스킨 공책에 적기 시작했다.

"소설 속 빌리 필그림처럼 보니것도 연합군의 드레스덴 공습 때 살아남았죠. 도살장에 있는 고기 저장고에 숨어 있다가 공습 다음 날 나왔어요. 포로로 잡힌 보니것은 시체를 찾아서 묻거나 화장하는 일을 했다고 해요."

케이트의 말에 존이 낮게 휘파람을 불었다.

"세상에. 빌리 필그림이 겪은 일이 보니것의 경험담인 걸 몰랐습니다."

"첫 장에서 보니것은 이렇게 썼잖아요. 아주 짧고 엉망진창 뒤죽박죽인 작품이다. 대학살에 관해서는 지적으로 쓸 방법이 없기 때문이다."

오너가 몰스킨 공책을 펴고 말했다.

"멋져요, 보니것 씨! 이 책은 베트남 전쟁이 한창이던 1969년에 출간됐어요. 하지만 대학살은 캄보디아와 르완다, 보스니아에서도 일어났죠. 지금도 계속 일어나고 있어요."

제니퍼가 말했다.

"역사라는 건 그 자체로 반복되는 거예요."

다이애나가 일어서더니 무대에 선 배우처럼 사람들을 쳐다봤다.

"그게 지금 나에게 일어난 일이에요. 우리 어머니도, 할머니도 모두 유방암에 걸렸죠. 실제로도 유방암으로 돌아가셨고요."

"우리가 아주 오래 이 모임에서 만났는데도 그건 몰랐어요."

루스가 말했다.

"위대한 버나드 쇼가 말했잖아요. 우리는 역사를 통해 사람은 역사를 통해서는 아무것도 배우지 못한다는 사실을 배운다."

다이애나가 유감이라는 듯이 말했다.

"다시 말해 주세요. 못 적었어요."

모니크가 몰스킨 공책 위에 쓰기를 멈추고 부탁했다. 다이애나가 다시 한번 쇼의 말을 읊어 주었다.

"쇼는 정말 위대한 작가죠. 두 시즌 전에 내가 공연한 '바바라 소령'을 보셨나요? 1905년 작품이에요. 세계 대전의 참화가 벌어지기 훨씬 전에 쓴 글이지만, 지금과도 상당히 관계가 있다는 느낌이에요. 안 그래요?"

"쇼는 하루를 온전히 들여서 토론해 볼 가치가 있는 작가죠. 하지만 오늘은 보니것의 날이에요. 그리고 존?"

케이트가 으레 '이제 다시 제자리로 돌아가야죠' 하는 목소리로 말했고, 자기 이름을 들은 존은 소스라치게 놀랐다.

"토론을 이끌고 싶으세요? 아니면, 일단 제가 책 소개를 조금 해도 될까요?"

"물론입니다."

존이 대답했다. 존의 대답이 '자신이 토론을 직접 이끌겠다는 뜻인지, 아니면 케이트에게 먼저 책 소개를 부탁한 것인지'를 분명히는 구별할 수가 없었기에 케이트가 계속 말했다.

에이바는 케이트에게 집중하려고 노력했다. 『제5도살장』을 마음속에서 제일 우선순위로 두려고 애썼다. 하지만 불가능하다는 사실만 깨달았다. 내일 떠나게 될 파리 여행. 그 오랜 세월 동안 어머니가 파리에서 살아 있을 거라고 믿는 행크 빙엄. 그 오래전, 그 나무에서 릴리가 떨어졌던 날의 기억. 릴리가 죽은 뒤에 찾아온 슬픈 1년. 매기를 찾을 수 있을지도 모른다는 희망. 이 모든 것이 시도 때도 없이 불쑥 마음속으로 침범해 들어와 에이바를 마구 흔들어 댔다.

"『제5도살장』의 가장 놀라운 장치 가운데 하나가 바로 빌리 필그림이 시간에 매여 있지 않다는 거예요."

케이트가 계속 말했다. 시간에 매여 있지 않다. 맞아. 에이바는 생각했다. 바로 지금, 자신이 경험하고 있는 것이 그거였다. 시간에 매여 있지 않은 거.

"필그림은 살아가면서 다른 시간, 다른 장소로 계속해서 이동하는데, 어디로 가게 될지를 통제할 수 있는 능력은 없어요. 드레스덴의 고기 저장고를 드나들면서 YMCA 수영장에서 수영 강습도 받고 라이온스 클럽에서 회의도 하고, 트랄파마도어 사람들에게 납치도 되죠. 그건 아마 상상이었겠지만요."

"그 부분이 정말 좋았어요."

루크가 끼어들었다.

"하지만 그건 환영이었어요. 환영은 필그림이 이해할 수 없는 세상에서 도망칠 수 있게 돕죠."

모니크가 말했다.

"전쟁 때문에 한 세상이 파괴됐어요. 『제5도살장』은 과학 소설이 아니에요. 도덕 선언문이죠. 빌리는 전쟁의 파괴성을 도저히 납득할 수가 없었어요. 그래서 자신이 세상을 구축할 수 있게 도와줄 걸 스스로 만든 거예요. 빌리 필그림은 전쟁의 참사를 무시하지 못했어요. 우리도 마찬가지고요."

제니퍼가 말했다. 루크는 트랄파마도어인과 그들의 4차원 지식으로 토론을 되돌렸다.

"모든 순간의 시간이 4차원에 존재하니까, 사건은 동시에 일어나고 또 일어나는 거잖아요."

그런 상상을 할 수 있다는 사실이 놀랍다는 듯 루크가 고개를 절레절레 저었다.

"동시에 일어나면서도 끝없이 일어나죠."

키키가 거들었다. 에이바는 말을 할 수 없었다. 시간에 매여 있지 않다는 생각 그리고 4차원. 그것이 바로 지금 경험하고 있는 일을, 느끼고 있는 감정을 정확하게 설명해 줄 개념인 것 같았다. 에이바는 자신이 어렸을 때 지냈던 침실로 돌아와 있음을 깨달았다. 침대 맞은편에 있는, 1년이나 사용하지 않은 릴리의 침대 위에는 동생이 이제 막 빠져나갔거나, 금방이라도 다시 돌아올 것처럼 시트와 여름 이불이 아무렇게나 뒤엉켜 있었다. 그리고 에이바가 있었다. 어린 에이바는 무릎 위에 『클레어에서 여기까지』를 펼쳐 놓고 읽으면서 이 책은 나를 위해 쓴 거라는 생각을 하고 있었다. 아니, 정말 그런 생각을 했던 걸까? 지금, 에이바는 어린 에이바의 생각이 궁금했다.

"이렇게 중요한 책을 선택해 준 존에게 정말로 고맙다는 말씀을 드리고 싶어요."

케이트가 말했다. 고개를 든 에이바의 눈에 토론을 마무리하고 있는 사람들이 보였다. 벌써 사람들은 공책을 덮었고, 코트와 가방을 집어 들고 있었다.

"음, 저는 한마디도 안 했군요."

존이 말했다.

"어머나, 이런."

당황한 케이트가 말했다. 존의 말을 들은 사람은 없었다. 사람들은 대화를 주고받으며 에마가 있는 곳으로, 에마가 준비한 와인과 치즈가 있는 곳으로 걸어가고 있었다.

"괜찮습니다. 모두 책을 좋아해서 다행입니다."

"아니, 아니에요. 제가 모두 돌아오시라고 할게요."

케이트가 말했다. 하지만 존은 이미 일어나서 밝은 노란빛이 도는 녹색 조끼를 입고 있었다.

"정말로, 괜찮습니다. 사람들 앞에서 말하는 건 좋아하지 않으니까요. 오히려 홀가분한걸요. 다른 분들 말씀을 들을 수 있어서 무척 좋았습니다."

"정말로요?"

케이트가 주저하며 물었고, 존은 활짝 웃었다. 치아를 모두 드러낸 웃음, 깊이 들어가는 보조개, 빨갛게 벗겨진 코. 1년 내내 이 방에 앉아 있던 슬픔에 잠긴 중년 남자는 사라지고 소년 같은 존이 있었다.

"인생이 다 그렇죠, 뭐."

존의 말에 케이트도 환하게 웃었다.

"좋아요. 그럼. 와인, 드실 거죠?"

존은 고개를 끄덕였지만, 케이트를 따라가지는 않았다. 에이바 옆에서, 에이바가 천천히 책을 가방에 넣고, 서늘한 가을바람에 목을 지켜 줄 물방울무늬 스카프를 두르는 동안 기다려 주었다.

"인생이 다 그렇죠."

존이 또다시 말했다.

"맞아요."

에이바가 대답했다.

"트랄파마도어인들은 하나의 순간에 누군가가 죽는다고 해도 다른 순간에는 살아 있는 일이 동시에 일어난다고 믿은 것 같아요. 우리는 그런 순간들을 거듭해서 찾아갈 수 있고요."

존이 말했다.

"저도 그렇게 생각해요."

에이바가 대답했다.

"왜 이 책을 골랐는지 아십니까?"

존이 『제5도살장』을 들어 보였다. 책은 낡았고, 쭈글쭈글한 종이는 여기저기 접혀 있었다.

"1978년에, 마이애미 대학에 다녔습니다. 영문학 개론을 들었고요. 제 전공은 마케팅이었는데, 사실 그게 뭔지도 몰랐습니다. 제가 그 학교에 다닌 건 조정 선수였기 때문이죠. 책을 읽거나 수업을 듣는 건 저랑은 상관없는 일이었습니다. 하지만 영문학과 교수가 『제5도살장』을 읽어야 한다고 하더군요. 고백하자면 무슨 소린지 하나도 이해가 되지 않았습니다. 시간이 바뀌고, 외계인이 나오고, 검안사 회의를 하고, 정신이 없더군요. 그런데 어느 날, 교수가 저에게 '트랄파마도어 행성은 정말로 존재하는가?'라는 질문을 하더군요.

당연히 대답을 못 했는데, 수업이 끝난 뒤에 그 강의실에서 가장 귀여운 여학생인 마저리 웰스가 저에게 오는 게 아니겠습니까. 마저리 웰스가 말입니다. 딸기 빛이 도는 금발 머리에 주근깨가 있는 마저리가 말입니다. 자기 눈 색과 똑같은 아이조드 셔츠를 입고 잘라 입은 청바지 밑으로 쉴 새 없이 움직이는 다리를 드러낸 마저리가 말입니다. 그녀가 신었던 플립플롭도 생생하게 기억합니다. 주황색 고무로 만든 거였죠. 마저리는 '존, 넌 과제 주제를 뭐로 할 거야?'라고 묻더군요. 그래서 제가 '트랄파마도어인에 관한 건 아니야.'라고 대답했습니다. 그녀가 저를 올려다보며 웃더군요. 마저리는 이만했어요."

존은 허리춤에 손을 갖다 대며 말했다.

"벌어진 앞니가 얼마나 귀여웠는지 모릅니다. 마저리는 계속 웃으면서 말했어요. '그래. 오늘밤에 내 방으로 와. 우린 트랄파마도어인에 관해 쓸 거야. 넌 A를 받을 거고. 왜냐하면 나는 늘 A를 받으니까.'"

존은 고개를 돌리고 어딘가 먼 곳을 쳐다봤다. 아마도 1978년의 마이애미 대학으로 돌아간 것만 같았다.

"그날 밤, 마저리의 방으로 갔습니다. 그녀는 저에게 『제5도살장』에 관해 설명해 줬고, 저는 A를 받았죠."

존의 목소리는 부드러웠다.

"그리고 결혼했고요?"

에이바가 물었다.

"졸업하고 3주 뒤에요. 1978년 그 밤에 함께한 뒤로 마저리가 죽을 때까지 우리는 떨어지지 않았습니다."

에이바는 존의 손을 꼭 잡았다. 그의 눈이 촉촉해졌다.

"아시겠지만, 책이 살아갈 수 있게 도와줄 거라는 생각은 한 번도 해 본 적이 없습니다. 하지만 솔직히 말해서 오늘 모임을 위해 이 책을 다시 읽으면서, 시간 여행을, 다시 반복되는 순간을 생각하면서 기분이 훨씬 나아졌습니다. 아마도, 이제야 이 책을 이해하게 된 거겠죠?"

에이바는 자신이 아직도 손을 잡고 있음을 깨달았다. 하지만 지금 손을 놓으면 이상해질 것 같아서 그대로 잡고 있었다. 모든 사람이 존의 말에 귀를 기울이고 있다는 걸 깨달은 건 그때였다.

"이 책이 도움이 되었으면 싶은데, 어떤가요? 여러분 모두에게 말입니다."

존이 물었다.

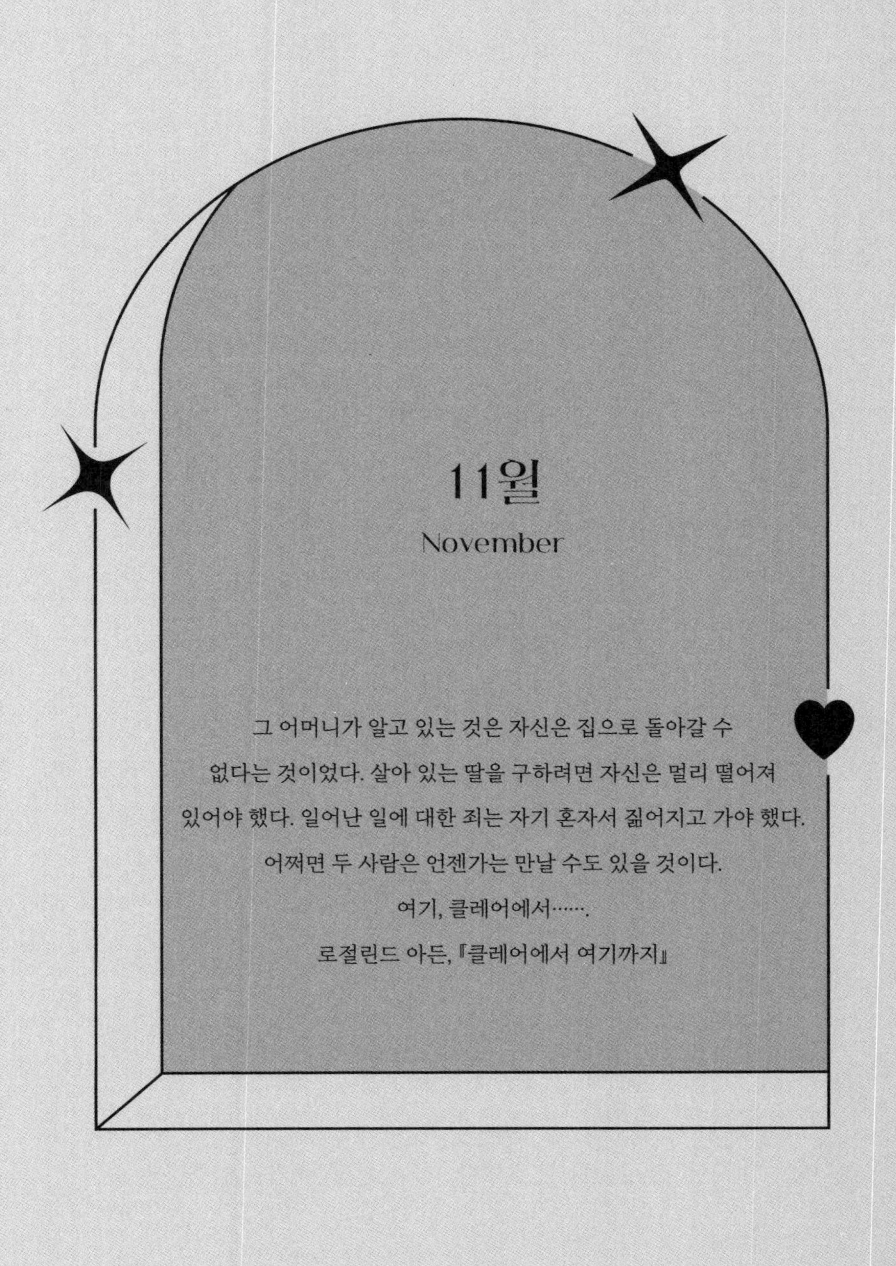

11월

November

그 어머니가 알고 있는 것은 자신은 집으로 돌아갈 수
없다는 것이었다. 살아 있는 딸을 구하려면 자신은 멀리 떨어져
있어야 했다. 일어난 일에 대한 죄는 자기 혼자서 짊어지고 가야 했다.
어쩌면 두 사람은 언젠가는 만날 수도 있을 것이다.
여기, 클레어에서…….

로절린드 아든, 『클레어에서 여기까지』

매기

"그러니까, 예술에 관해 아는 게 있는 거지?"

몽마르트르에 있는 식당, 르 르퓌즈 데 퐁뒤에서 퐁뒤를 앞에 두고 노아가 물었다.

"그냥, 전공이었어."

매기가 대답했다.

두 사람은 나무로 된 긴 공동 탁자에 앉아서 우스꽝스러운 젖병에 담긴 레드 와인을 마시고 있었다. 매기는 탁자에 앉을 때만 해도 '헤밍웨이라면 절대로 이런 곳에 오지 않을 거야' 하고 생각했지만, 곧 재미있는 곳이라는 생각을 하게 됐다. 연극배우 같은 종업원이 탁자 위에 퐁뒤를 거칠게 내려놓고, 관광객이 젖병을 물고 있는 지인들을 번갈아 가면서 찍어 대는 식당은 전체적으로 흥겨운 분위기였다.

"회화?"

"미술사."

노아의 질문에 대답하면서 매기는 잠시 머물렀던 피렌체를 생각했다. 그곳에서는 소속감을 느낄 수 없었다. 여자아이들은 세면도구가 든 작은 통을 들고 긴 복도를 지나 욕실까지 걸어갔다. 그 아이들은 서로에게 화장법을 알려 주었고, 고등학교에서 있었던 일을, 홀딱 빠져 버린 남자아이 이야기를 서로에게 들려주었다. 매기가 보기에는 그 모든 것이 틀린 일 같았다. 어느 날 밤, 매기는 엄청나게 술을 마셨고, 토했고, 온갖 바보 같은 말을 늘어놓았다. 그리고 그날 밤 만난 남자아이를 쫓아 프랑스로 와 버렸다.

"내 말 듣고 있지?"

노아가 묻고 있었다.

"미안. 못 들었어."

"내가 일하는 회사에서 직원을 구하고 있어. 넌 프랑스어를 엄청 잘하고, 영어는 어느 정도 하니까……."

"하하."

매기가 웃었고, 종업원이 탁자 위에 와인이 가득 담긴 젖병을 두 개, 꽝 하고 내려놓았다.

"그리고 당연히 예술에 대해서는 뭔가를 알지 않을까?"

"아마도."

매기가 대답했다. 노아는 빵을 퐁뒤에 푹 담아서 내밀었다. 매기는 잠시 주저했지만, 결국 빵을 조금 베어 먹었다. 노아가 웃었다.

"난 사람들이랑 어울리는 게 힘들어."

매기는 오르세 미술관에서 노아가 까다로운 아이를 능숙하게 다루던 모습을 떠올리면서 말했다.

"난 사람들을 밀어내."

"난 밀어내지 않았잖아."

매기는 얼굴을 찡그렸다. 지금 노아가 작업을 거는 건 아니겠지? 재미있고 똑똑한 친구가 있는 건 좋은 일이었다. 정상적이고, 매기에게 원하는 것이 아무것도 없는 친구. 그런데 정말로 그는 매기에게 바라는 게 아무것도 없는 걸까?

"한번 생각해 봐. 아주 쉬운 일이야. 팁도 꽤 많고."

나중에 지하철에서 나와 두 사람이 반대 방향으로 헤어질 때, 그는 매기의 얼굴에 달라붙은 머리카락을 떼어 주면서 말했다.

"널 좋아해."

매기가 "그러지 마."라고 말하기도 전에 노아는 몸을 돌렸고, 뒤를 돌아보지도 않고 손을 흔들면서 걸어가 버렸다.

즈느비에브의 아파트에서 매기는 바닥에 쌓아 놓은 옷더미를 뒤져 마담이 준 책을 찾았다. 『클레어에서 여기까지』. 책을 침대 위로 던지고 차를 한 잔 준비해 다시 침대로 돌아갔다. 책을 집어 들고 읽기 시작했다. 마지막 단어를 읽을 때까지 멈추지 않았다. 책을 덮고 매기는 베개를 베고 침대에 똑바로 누웠다.

책 속 어머니는 가족에게 돌아가지 않고 죽은 아이와 함께 남는 걸 택했다. 바위 아래는 어둡고 무서운 곳이었지만, 바위 위는 이미 비가 멈추고 환한 빛이 땅을 비추고 있었다. 그런데도 어머니는 돌아가지 않는 선택을 했다. 매기는 오랫동안 꼼짝도 하지 않고 누워 있었다. 책은 가슴에, 머리는 베개에 두고 멍하니 천장을 바라봤다.

즈느비에브가 돌아오는 소리가 들렸지만, 소리쳐 인사하지 않았고 마중을 나가지도 않았다. 아주 나중에, 즈느비에브가 침대로 올라가고 살며시 비가 내리기 시작했을 때에야 매기는 일어나서 컴퓨터 앞으로 갔다. 첫 메일은 노아에게 썼다.

그래, 좋아. 미국인 부자 가족을 데리고 루브르를 돌면서 내 방대한 미술사 지식을 자랑해 보도록 할게. #3학기동안익힌지식이야! 젖병 와인 마시면서 의논할래????

노아는 즉시 답장을 보냈다. 그는 "그 일은 네가 하게 될 거라고 생각해도 돼."라고 했다. 더 자세한 이야기는 퐁뒤를 먹으면서 들려주겠지. 환하게 웃으며 답장을 읽은 매기는 손뼉과 눈이 튀어나온 얼굴, 젖병 이모티콘을 보냈고, 눈이 하트로 된 얼굴도 추가로 보냈다.

두 번째 메일은 오빠에게 썼다. 그는 잔소리를 적은 메일을 한참이나 보내지 않더니 오스트레일리아에서 온 동물학자와 사랑에 빠졌다는 메일을 얼마 전에 줬다.

금욕주의자 윌이? 사랑에 빠졌다고? 내 심장이 멈춰 버렸어!(이거, 시야!)

요즘 오빠 동생의 인생에는 신나는 일이 아주 많아. 이제부터 그 소식을 들려줄게. 난 파리에 남아서 미국인들한테 왕창 바가지를 씌운 다음에 모나리자, 생각하는 사람, 인상주의파 화가들 작품을 보여 주러 다니는 여행사에서 박물관 가이드로 일할 거야. 내가 받은 위대한 교육을 써먹어야지. 늘 쓰고 싶다고 했던 소설을 쓰게 될지도 몰라. 어쨌거나 작가들이 파리에 오는 건 그것 때문이니까, 안 그래????

사랑에 빠졌다는 여인에 대해서 자세하게 적어 보내 줘. 그래야 내가 조사해 볼 거 아니야, 안 그래? 오빠는 여자를 전혀 모르잖아. 아, 잠깐만.

사실, 여자 친구도 한 명밖에 없었잖아!!! 게다가 그 여자 친구는……,

음…….

그런데, 사랑이라는 말이 나와서 하는 말인데, 사랑해! 매그스.

오빠에게 메일을 보내고 다시 차를 한 잔 가져왔다. 매기는 컴퓨터 앞에 앉아 가장 쓰기 힘든 세 번째 메일을 쓰기 시작했다.

사랑하는 엄마에게,

내가 피렌체에서 한 일을 이미 알고 있지? 나는 정말로 정말로 엄청난 실수들을 저질러 왔어. 너무 미안해. 엄마의 돈을 낭비하고, 엄마의 믿음을 망가뜨려 버린 거. 이렇게 나쁜 딸이 되어 버린 거, 모두 미안해.

지금은 무사히 잘 지내고 있어. 모든 걸 또 망쳐 버렸지만, 이제는 제대로 고칠 거라고 약속해. 파리에 있는 미국 회사에서 관광 가이드로 일할 거야. 착한 룸메이트랑 아파트에서 살고 있어.

이번에는 날 믿어 달라는 말은 못 하겠어. 하지만 정말로 제대로 고칠 거야. 나도, 내 상황도. 내가 어떤 책을 읽었는데, 그걸 보고 깨달았어. 우리는 선택을 해야 하는 거야. 어둠이냐 빛이냐, 살 것이냐 죽을 것이냐를 말이야. 나는 사는 걸 택했어. 진심이야. 엄마가 파리에 오면 근사할 거야. 내가 퐁뒤 잘하는 곳을 알아. 거기선 젖병에다 와인을 담아 줘.

엄마가 오면 그곳에 함께 가고 싶어.

사랑해 엄마. 매기.

행크

행크 빙엄은 그 즉시 파리를 좋아하지 않기로 마음먹었다. 무엇보다도 미국과는 모든 것이 다르게 생겼다는 점이 마음에 들지 않았다. 사람도, 표지판도, 건물도 달랐다. 심지어 '냄새까지' 달랐다. 아마도 사람들은 그 때문에 여행을 좋아하는 거겠지. 하지만 행크는 집에 있는 게 좋았다. 어디로 가는 것이 지름길인지, 어디로 가야 맛있는 생맥주를 마실 수 있는지를 훤히 꿰뚫고 있는 곳이 마음 편했다. 언제나 같은 상태인 것이 평온했다. 하지만 여기는 같은 것이 하나도 없었다. 그래서 마음이 심란했다. 언제라도 고꾸라질 것만 같았다. 물론 잠을 자지 못한 것도 도움이 되지 않았다. 행크는 여덟 시간을 꽉 채워서 자야 하는 남자였다! 에이바의 조급함도 그를 불편하게 했다. 서둘러요. 조심해요. 그냥 가요. 그녀의 말들은 행크를 더욱 혼란스럽게 할 뿐이었다.

공항에서 택시를 타고 에이바가 프랑스어로 택시 운전사에게 말을 거는 동안 피곤이 파도처럼 덮쳤다.

"호텔에 먼저 가는 게 좋겠어요."

에이바의 말을 듣고서야 행크는 조는 사람이 그러듯이 자신이 고개를 가누지 못하고 크게 휘둘렀다는 걸 알았다. 그는 고개를 저었다.

"그냥 커피를 마시는 게 좋겠어."

"서점 근처에 분명히 카페가 있을 거예요."

혼잡한 도로에서는 여기저기에서 경적이 울렸고, 택시 기사는 브레이크를 거칠게 밟았다가 다시 세게 가속페달을 밟았다.

"괜찮으세요? 너무 창백해요."

에이바가 물었다. 하지만 집에 가고 싶다고 말할 수는 없는 노릇이었다.

"괜찮다."

행크는 웅얼거렸고, 토하지 않으려고 최대한 집중하려 노력했다.

가다 서다를 반복하는 택시 안에서 제대로 자지 못한 피로가 겹쳐 너무나도 메슥거렸다. 하지만 실제로 파리에 와 있는 데다 에이바가 팔꿈치로 쿡 찌르며 "보세요! 에펠탑이에요."라고 말하는 소리를 들으니 비로소 깨달았다. 자신이 옳다면 —물론 행크는 자신이 옳다는 걸 알고 있었다. 뼛속 깊숙이 알고 있었다— 이제 곧 그 누구보다도 사랑했던 여인을 만나게 된다는 사실을. 자신과 살면서 함께 삶을 꾸렸던 아내보다도 더 사랑했던 여인을 말이다. 나딘보다, 죽을 때 행크가 손을 꼭 잡아 준 그 나딘보다 더 사랑했던 여자를 말이다. 자신이 옳다면 이제 곧 행크는 파리에 있는 서점에서 40년이라는 세월을 뛰어넘어 샬럿 노스를 다시 보게 될 것이다. 과연 무슨 말을 해야 할까?

"제 말이 맞죠? 저기 카페가 있잖아요. 저기, 서점도 있고."

택시에서 내릴 때 에이바가 말했다. 행크는 에이바가 가리키는 대로 먼저 카페를 봤고, 그다음에야 서점을 봤다. 자주색으로 쓰인 가니메데 서점이라는 간판이 보였다. 좁은 출입문은 연보라색으로 칠해져 있었다. 행크는 땀이 나기 시작했다.

가볍게 비가 떨어져 주위의 모든 것이 수채화 그림처럼 보였다. 그는 에이바가 끄는 대로 카페로 들어갔고, 종업원에게 자리를 달라고 요청하는 모습을 지켜봤다. 탁자에 머리를 대고 그대로 잠들고 싶었지만, 간신히 메뉴판을 쳐다봤다. 자신이 알 수 있는 메뉴는 하나도 없다는 걸 깨달은 뒤에는 에이바에게 주문을 부탁했다. 곧 두 사람 앞에 오믈렛이 두 개 나왔다. 미국에서처럼 포근하고 통통한 오믈렛이 아니라 납작하고 얇은 오믈렛이었다. 우유를 넣은 커피를 담은 커다란 컵도 나왔고, 따뜻한 빵과 버터를 넣은 바구니도 나왔다. 행크는 허겁지겁 음식을 입에 밀어 넣었고, 에이바의 예상대로 기력을 되찾았다.

길 건너편으로 자꾸 눈길을 주는 에이바는 음식을 깨작거릴 뿐이었다. 지금이 자신과 샬럿에 관해 말해 줘야 할 때일까? 굳이 말할 필요가 있을까? 행크는 헛기침을 했다.

"에이바. 너한테 할 말이 있어. 너희 어머니와……."

"하지 마세요. 지금 당장 제가 생각해야 하는 건 어머니가 죽었다는 사실이에요. 제 인생 대부분의 시간에 그랬던 것처럼요. 이곳에 온다는 결정 자체도 지금은 믿기지가……."

행크는 고개를 끄덕였고, 입을 다무는 게 낫겠다고 판단했다.

샬럿이 여기, 파리에 있다는 사실을 알게 된 뒤 처음으로 그는 주저하고 있었다. 행크와 에이바는 가니메데 서점의 연보라색 문 앞에서 있었다. 문의 양옆에 있는 창문으로 따뜻한 조명을 켠 서점 내부와 그곳에 모여 있는 사람들이 보였다.

"갈까요?"

에이바가 말했다.

"그래."

행크가 문을 잡아당겨 열었다.

딸랑, 벨 소리가 들렸다.

"행크?"

그는 문을 열었지만, 안으로 들어가지는 않았다.

"행크?"

에이바가 또 물었다. 앞으로 가라고 재촉하듯이 등을 미는 에이바의 손이 느껴졌다. 그는 서점으로 들어갔고, 옆에 선 에이바는 거칠게 숨을 들이마셨다.

"똑같이 생겼어요."

에이바가 조용히 말했다. 행크는 서점을 둘러봤다. 어떠한 기준도 없이 제멋대로 책을 분류해 둔 인덱스 카드가 책장마다 붙어 있었다. 서점 안의 사람들은 도서관에 와 있는 것처럼 작은 목소리로 속삭이고 있었다. 털이 많은 젊은 남자가 지루해 보이는 얼굴로 '안내'라고 적힌 표지판 밑에 앉아 있었다. 그의 왼쪽 옆 연단에는 직원이 앉아 있는 스툴이 있었다. 몰래 책을 가져가는 사람들을 잡기 위한 곳이었다. 올란도 서점에서 그랬던 것처럼 말이다.

"자, 저기 봐. 올란도 서점에 있던 것과 똑같은 금전 출납기가 있지?"

행크는 그 커다란 손으로 에이바의 머리를 금전 출납기 쪽으로 돌리면서 말했다.

"세상에."

"내가 말했잖아."

"오, 세상에."

그녀의 목소리가 더욱 커졌다.

"에이바?"

그녀는 행크의 말을 듣고 있지 않았다. 에이바는 사람들을 헤치며 미친 듯이 금전 출납기가 있는 쪽으로 걸어갔다. 잠시 그는 에이바를 놓쳤다. 다시 그녀를 찾았을 때, 에이바는 머리를 위로 젖히고 금전 출납기 앞에 서 있었다.

"매기!"

에이바가 말했다. 그리고 또 말했다.

"매기!"

이번에는 흐느낌이 에이바의 목소리를 삼켜 버렸다.

"세상에, 무사했어."

행크는 에이바의 말을 들을 수 있었다. 그러니까, 사라진 딸이 여기 있는 거였다. 자기 할머니 서점에. 매기가 기쁨과 안도의 비명을 질렀다.

"엄마! 왔구나. 내 메일을 받은 거지? 엄마가 왔어!"

행크도 인파를 헤치고 두 사람이 있는 곳으로 갔다.

"메일이라니? 못 봤어. 어제부터 이동하느라."

에이바는 딸을 꼭 끌어안으며 말했다. 이제는 매기도 울고 있었다.

"일단 어디 가서 이야기 좀 하자."

에이바가 딸을 잡고 서점 밖으로 나가면서 말했다.

그때 조용히 속삭이는 사람들을 뚫고서 한 목소리가 들려왔다.

"이게 다 무슨 소동이니?"

행크는 목소리가 들려오는 곳으로 고개를 돌렸다. 그리고 서점 뒷방 문 앞에 서 있는 샬럿의 동생, 베아트리스를 봤다.

베아트리스는 언니 같은 부드러운 아름다움은 없었지만, 관능적이고 강인했다. 그토록 오랜 시간이 지난 뒤에도 행크는 자신을 향해 걸어오는 나이 든 여인에게서 여전히 강한 아름다움을 느꼈다. 염색을 하지 않고 하얗게 세게 내버려 둔 머리카락은 길게 길러, 예전과 똑같은 웨이브를 유지하고 있었다. 회색 눈동자도 전혀 변하지 않았다. 여전히 눈을 마주친 사람을 긴장하게 만드는 강인함이 서려 있는 눈이었다. 행크가 아는 여인들은 대부분 나이가 들면서 몸집이 커졌다. 나딘도 나잇살이 생겼다고 투덜댔었다. 하지만 베아트리스는 젊었을 때보다 더 날씬했다. 광대뼈도 도드라졌고, 허리도 가늘었다.

"뭘 도와드려요?"

행크 앞에 선 베아트리스가 물었다.

"베아트리스. 빙엄 형사요. 분명히 날 기억할 거라고 생각하는데."

그녀의 눈에 변화가 일고 있음을, 행크는 봤다. 어떤 대답을 할까? 베아트리스는 한숨을 쉬었다. 인정하기로 한 것이다.

"행크. 뒤쪽 방으로 가죠."

대답을 기다리지 않고 베아트리스는 서점을 지나 뒷방으로 갔다. 손님들 몇 명이 그녀를 몰래 촬영하는 모습이 보였다.

"유명 인사가 되었군."

뒷방으로 들어가 베아트리스가 문을 닫을 때 말했다.

"어느 정도는요. 커피 드려요?"

베아트리스가 핫플레이트 위에 있는 낡은 커피포트를 가리키며 물었다. 이번에도 행크의 대답을 기다리지 않고 커피를 커피포트에 덜어 넣더니 물을 부었다. 커피가 내려지는 동안 두 사람은 아무 말도 하지 않았다. 그녀는 작은 냄비에 우유를 담아서 데우더니 조심스럽게 하얀 도자기 잔에 따라 카페오레를 만들었다.

"비 오는 날에는 카페오레가 좋아요."

베아트리스가 앉으면서 말했다. 그는 커피를 더는 마시고 싶지 않았다. 뜨거운 잔을 두 손으로 꼭 쥐고서 그녀 옆에 어색하게 섰다.

"제발, 행크. 앉아요."

베아트리스가 말했다. 그가 앉자 그녀는 눈을 가늘게 뜨고 행크를 자세히 살펴봤다.

"왜 온 거예요? 어쩌다 보니 파리에 온 건가요?"

베아트리스가 드디어 물었다.

"아, 당신을 찾아왔소."

행크가 대답했다.

"어째서요? 난 법을 위반한 게 없을 텐데요. 사는 곳을 옮겨서 새롭게 사업을 하고, 살아 나가는 게 죄는 아니잖아요. 안 그래요?"

"당연히 그렇지."

"그런데 왜?"

"사실, 당신을 찾아다녔소. 그 사람을 찾을 수 있을 테니까. 샬럿

말이오."

서점에서 본 무언가가 또다시 베아트리스의 눈을 스쳐 지나갔다.

"언니는 죽었어요, 행크."

"알고 있소. 다리에서 떨어졌지."

아무 대답도 듣지 못했지만 그는 베아트리스에게서 눈을 떼지 않았다.

"그날 아침에, 무슨 일이 있었던 거요?"

행크가 물었다.

"그래서 온 거예요? 그 모든 걸 다시 시작하려고?"

그는 대답하지 않았다. 그저 의자에 기대앉아 기다렸다. 오래전, 사람들을 조사할 때 배웠다. 사람들은 조용히 기다릴수록 더 많은 말을 한다는 걸. 사람들은 침묵을 견디지 못했다. 침묵을 채우고 싶어 했다.

"서점에 갔어요. 창문 진열대에 갈매기 책을 쌓아 놓으려고요."

베아트리스가 입을 열었다.

"한참 일하다가 아이들을 돌봐 주기로 했던 게 기억났죠. 그래서 급하게 나갔어요. 파촐리 냄새가 나는 여자아이에게 서점을 맡기고요. 언니 집에 가니까 에이바는 책을 읽고 있었고, 릴리는 나무에 올라가 있었어요. 정말 높은 곳까지 올라가 있었어요. 내려오라고 말해야 했는데, 안 했어요."

그녀는 입을 다물었다. 그리고 다시 말했다.

"안 했어요."

베아트리스가 깊이 숨을 들이마셨다.

“그냥 집으로 들어가서 설거지를 했어요.”

“그리고?”

“릴리가 떨어졌죠.”

“그러니까 그 누구의 잘못도 아닌 거군.”

놀랍게도 그의 말에 그녀가 크게 웃었다.

“바보군요. 모두의 잘못인 거예요. 당신과 함께 있었던 언니의 잘못, 릴리가 나무에 올라가게 내버려 둔 에이바의 잘못, 릴리에게 나무에서 내려오라고 말하지 않은 내 잘못인 거예요.”

“아니, 그건 사고였소.”

행크가 대답했다.

“그렇다고 해요. 그렇다면 어째서 죄책감이 모든 사람의 인생을 망친 거죠?”

베아트리스가 반론했다.

“샬럿이 죽었다면…….”

“행크. 나를 믿어요. 언니는 오래전에 죽었어요.”

그녀는 더는 대화하지 않겠다는 듯이 일어섰다. 행크도 일어섰다. 베아트리스의 뒤를 따라 뒷방 문 쪽으로 걸었다.

“그렇다면 왜 그 책을 다 사들인 거요?”

그녀가 행크를 보려고 몸을 돌렸다.

“『클레어에서 여기까지』 말이오. 그 사람이 썼다는 걸 알고 있소. 팔리지 않은 책을 당신이 모두 사들였다는 것도 알고 있고. 재고 말이오. 그게 정확한 명칭이지?”

“여기서 팔려고 산 거예요.”

"독특한 대답이군."

두 사람은 계속 문을 향해 걸었다. 베아트리스는 문을 열고 행크가 나갈 수 있도록 붙잡아 주었다.

"가니메데. 「뜻대로 하세요」에 나오는 이름이지. 안 그렇소?"

"놀랍네요, 행크. 당신이 셰익스피어를 사랑하는지는 몰랐어요."

"가니메데는 로절린드가 몸을 숨기려고 사용한 이름이지. 아니오?"

베아트리스는 행크의 얼굴을 잠시 뚫어지게 바라보다가 말했다.

"파리를 즐겨요."

뒷방에서 나간 두 사람은 뒷방으로 들어오려고 하던 매기와 에이바와 부딪힐 뻔했다. 에이바는 우뚝 멈춰 서서 베아트리스의 얼굴을 뚫어지게 바라봤다.

"이모?"

에이바의 입에서는 놀라움과 분노가 동시에 튀어나왔다. 베아트리스는 한숨을 내쉬며 말했다.

"모두 앉아서 이야기를 나눠야겠구나."

에이바

베아트리스 이모가 파리에 와서 서점을 열게 된 과정을 설명하는 동안에도 에이바는 계속 생각했다. 그 말을 계속해서 자신에게 들려주어야만 이해할 수 있다는 듯이. '나는 지금 파리에서 베아트리스 이모와 함께 있어. 나는 지금 파리에서 베아트리스 이모와 함께 있어.'

"그러니까, 내 조카 손녀가 바로 내 앞에 있었던 거구나. 어쩐지 마음에 쏙 들더라니."

이모가 말했다. 매기는 몸을 쭉 펴고 앉아 미간을 좁히고 있었다. 무언가를 곰곰이 생각할 때면 나오는 버릇이었다.

"왠지 이곳은 매우 익숙해 보였고, 안전해 보였어요. 지금 생각해보면, 아주 오래전에, 낡은 앨범에서 사진을 봤던 기억이 나요. 이곳은 아니었어요. 프로비던스에 있던 서점이었어요."

"올란도 서점이지."

이모의 목소리가 슬프게 들렸다.

"어머니가 『클레어에서 여기까지』를 썼다는 거, 이모는 알았어요?"

에이바가 간신히 말했다. 이모는 한숨을 쉬었다.

"릴리가 죽고 6개월 동안 언니는 글만 썼어. 그것만 할 수 있었어. 그 소설을 쓰는 거 말이야. 난 그게 언니를 살렸다고 생각했어. 그 이야기가 언니를 살렸다고 생각한 거야. 화이트 스완에서 그 소설을 계약했을 때, 마침내 언니가 행복해진 거라고 생각했어. 적어도 슬픔에서 벗어나 행복을 향해 나가는 거라고. 하지만 언니는 자기를 없애 버린다는 선택을 했어."

에이바는 눈물을 참으려고 애쓰지 않았다. 뜨거운 눈물이 주르륵 흘러내렸다.

"너희 엄마가 부탁했어. 그 책, 편집자, 포피 몽고메리의 딸에게 처음 인쇄한 책을 가져다주게 했잖아. 기억하니?"

에이바는 검은색 캐딜락을 기억했다. 그곳에서 꾸러미를 들고나왔던 여인도. '에이바의 어머니를 알고 있어요.' 페니는 카드에 그렇게 적었다.

"릴리가 죽고 거의 1년이 지난 뒤였어. 그 책이 나왔고, 너희 엄마는……."

이모는 말하지 않아도 모두 알고 있는 이야기는 하지 않았다.

"그 헌사 말이에요."

매기가 말했다.

"그건 엄마에게 주는 거예요. A는 엄마고, T는 할아버지 맞죠? 테디인 거예요. 그리고 H는……, H는 누구일까요?"

행크가 한숨을 쉬었다.

"나다. H는 나야."

영문을 알 수 없던 에이바가 행크를 쳐다봤다.

"어째서 어머니가 헌사에서 당신을 언급했다고 생각하시는 거예요? 그냥 담당 형사일 뿐이잖아요. 어머니는 당신을 잘 알지도 못했다고요."

행크는 앉아 있는 의자에서 몸을 뒤틀어 베아트리스를 봤다.

"내가 할 말은 아니에요."

베아트리스가 말했다.

"너희 어머니를 알았다. 네 동생이 죽기 전부터 알고 있었다."

"어떻게요?"

에이바는 여전히 이해할 수 없었다.

"사랑하는 사이였어."

행크의 목소리가 누그러졌다.

"그날 아침에, 우린 함께 있었다. 함께 미래를 설계했어. 그래서 이 사건을 놓을 수가 없었던 거야. 샬럿은 그날, 집에 있지 않았던 자신을 용서할 수 없었지. 나와 함께 있던 자신을 용서할 수가 없었던 거야. 그러니까 릴리가 죽은 건 내 잘못이기도 해."

오래전 그날 아침에 많은 사람의 인생이 망가졌다. 새로운 삶을 계획하던 두 연인의 삶이, 프라이팬에서 팬케이크 반죽을 떼어 내던 한 여인의 삶이, 나무 그늘에서 책을 읽던 어린 소녀의 삶이.

오랜 침묵을 깬 것은 매기였다.

"하지만 사고였잖아요."

너무나도 덤덤한 말투였기에 에이바도 주저하지 않고 대답할 수 있었다.

"그래, 맞아. 그건 끔찍한 사고였어."

에이바는 행크를 봤다. 그의 눈은 젖어 있었다.

"어머니가 돌아가시기 전에 그 사실을 깨달았다면 좋았을 텐데요."

에이바의 목소리는 부드러웠다.

"그래. 하지만 우리가 바꿀 수 없는 일도 있어."

이모가 퉁명스럽게 말했다. 에이바는 이모를 바라보는 행크를 봤다.

"그렇지. 하지만 우리가 바꿀 수 있는 일도 있소."

행크가 말했다.

"심오한 말이네요. 은퇴한 뒤에 철학자가 됐나 봐요."

이모가 대답했다.

"아니, 아니지. 난 여전히 형사요."

그가 말했다.

매기

침대 위에서 다리를 꼬고 앉아 매기는 엄마의 얼굴을 물끄러미 바라봤다. 갈색 머리카락에는 드문드문 흰머리가 나고 있었고, 깊게 파인 검은색 셔츠의 둥근 목둘레 위로는 잡티가 올라와 있었다. 처음으로 엄마의 손가락에서 반지가 사라졌음을 발견한 매기는 마음이 몹시 무거워졌다. 하지만 엄마의 손톱은 단정하게 정리되어 있었고, 엄마가 무엇이든 하면 늘 그랬듯이 —머리를 빗겨 주고, 방한복의 지퍼를 올려 주고, 이마의 열을 살필 때 그랬던 것처럼— 효율적이고도 빠르게 손을 놀리고 있었다. 엄마가 문득 동작을 멈추더니 매기를 보면서 고개를 갸웃했다.

"뭘 그렇게 보고 있니?"

"엄마. 우리 예쁜 엄마를 보고 있어."

매기의 목소리가 갈라졌다.

"이런, 우리 아기."

옆으로 걸어온 엄마는 매기가 어렸을 때, 위로가 필요할 때면, 나쁜 꿈을 꾸거나 외로워할 때면 그랬듯이 두 손으로 등을 쓰다듬어 줬다.

"널 데리고 집으로 가고 싶어."

엄마의 말에 매기는 고개를 저었다.

"나 혼자 해내야 해. 여기에서, 내 삶을 살아가야 해. 이번에는 엉망으로 만들지 않을 거야."

"엄마는 걱정할 거야. 매 순간."

"당연히 그럴 거야. 날 믿어야 할 이유는 없으니까. 하지만 엄마. 약속할게. 해낼 거야."

엄마는 한숨을 쉬더니 다시 잠옷을 개서 여행 가방에 넣었다.

"아빠한테는 뭐라고 할 거야?"

매기가 물었다.

"널 만났고, 잘 지내고 있는 것처럼 보였다고 할 거야. 행복해 보였다고."

매기가 웃었다.

"고마워."

"아빠한테 너무 화내지 마, 매기."

"아빠가 엄마 인생을 망쳤잖아."

"자기 인생을 망칠 수 있는 건 자기 자신뿐이라고 생각해. 그 누구도 타인의 인생에 그런 짓은 하지 못해."

엄마는 여행 가방을 잠그고 몸을 돌려 매기를 꼭 끌어안았다. 택시를 타고 떠나려고 할 때, 엄마는 창문으로 고개를 내밀고 출발하는 택시 안에서 소리쳤다.

"넌 잘 지낼 거야, 매기. 사랑해!"

엄마가 준 우산을 받쳐 들고 서 있던 매기는 택시가 차들 사이로 사라질 때까지 계속 손으로 키스를 보냈다. 그리고 크게 숨을 들이마시며 생각했다. 오늘 내 인생이 시작되는 거야.

행크

파르망티에 거리에 있는 인형 박물관 가까이에 서서 행크는 서점을 지켜봤다. 인형 박물관은 인형을 고치는 병원이어서 창문에는 인형의 머리와 팔다리가 수북이 쌓여 있었다. 물론 불안하기는 했다. 하지만 결국 샬럿이 나타나리라는 걸 알았기에 기다렸다. 경찰로 살면서 배운 모든 것이 베아트리스가 거짓말을 하고 있다고 말했다. 그래서 이곳에 남아 샬럿을 찾기로 했다. 아무리 오래 걸리더라도 말이다. 물론 에이바에게는 아무 말도 하지 않았다. 그저 에이바가 옳았음을 인정한다는 시늉을 했고, 그녀가 우쭐하면서 만족하게 내버려 두었다. 에이바에게는 어머니가 돌아가셨다는 사실이 더 안심될 수도 있다고, 행크는 생각했다. 살아온 모든 시간에 이미 세상을 떠났다고 생각하던 어머니와는 무슨 일을 해야 하는지 알 수 없을 테니까. 용서해야 할까? 미워해야 할까? 아니면 받아들여야 하는 걸까?

3일이 지났지만 샬럿은 나타나지 않았다. 무언가 놓치고 있는 게 분명했다. 행크는 아주 중요한 걸 놓치고 있었다.

다음 날, 호텔에서 —새벽 3시였다. 과연 다시 잠들 수 있을까?— 모든 것을 다시 점검했다. 서점에서 본 모든 것을, 베아트리스에 관한 모든 것을 다시 생각해 봤다. 눈을 감고 사람들이 북적이던 통로를 떠올렸고, 서점의 전체 모습을 떠올렸고, 뒷방을 떠올렸다. 그리고 위층 아파트를, 뒤쪽 계단으로 확인한 아파트를 생각했다.

그 방. 낡은 소파들. 어수선한 책상. 많은 책이 쌓여 있던 책장. 서류함. 창밖으로 보이던 뒤뜰.

행크는 번쩍 눈을 떴다. 그곳에는 뒤뜰이 있었다.

웃음이 났다. 그리고 마침내 잠이 들었다.

드게리 거리는 파르망티에 거리 뒤쪽에 있는 작은 길이었고, 서점 뒤쪽과 접해 있었다.

마침내 잠에서 깬 행크는 —오후 12시였다. 평생 그렇게까지 늦게 잔 적은 없었다!— 커피를 마시고 호텔을 나섰지만 늘 가던 인형박물관 쪽으로는 가지 않았다. 그 대신에 드게리 거리로 갔다. 서점의 뒤뜰을 감싸고 있는 담장이 있는 곳으로 갔다. 담장에는 드게리 거리로 나올 수 있는 문이 있었다. 행크는 샬럿이 그 문으로 나오리라는 것을 알고 있었다.

행크는 담장 건너편에 있는 작은 담에 기대섰고, 기다렸다. 고작 15분에서 20분쯤 지났을 때 거리를 따라 걸어오는 발소리가 들렸다. 소리가 나는 쪽으로 고개를 돌렸다.

나이 든 여인이 걸어오고 있었다. 하얗게 센 머리카락을 머릿수건으로 감싸고 있었다. 베이지색 레인코트를 입고 허리에는 벨트를 맸다. 자주색 스카프를 목에 두르고 있었고, 발목까지 오는 은색 부츠를 신고 있었다. 이곳 사람들이라면 누구나 들고 다니는 그물망 가방을 들고 있었는데, 그 위로 부추와 당근이 삐쭉 튀어나와 있었다. 메고 있는 낡은 가죽 가방에는 종이가 거의 쏟아질 것처럼 잔뜩 담겨 있었다. 종이 위에는 오래전, 행크가 『클레어에서 여기까지』의 헌사에서 본 것과 똑같은 손글씨가 한가득 쓰여 있었다. '그러니까 아직도 글을 쓰고 있는 거군.' 여인을 보면서 행크는 생각했다.

행크를 본 여인이 우뚝 멈춰 섰다. 두 사람은 아무 말도 없이 서로를 바라봤다. 한 사람의 인생만큼이나 긴 시간이 흐른 것 같았다. 그리고 여인이 세 마디를 말했다.

"드디어 왔군요, 행크."

에이바

“내가 말해 줄까?”

베네피트 거리에서 도서관으로 걸으며 케이트가 물었다.

“그래 줄 수 있음 좋겠어. 하지만 내가 직접 말해야지.”

에이바가 대답했다.

독서모임 회원들이 모인 방으로 들어가자 에마가 준비한 현수막이 보였다. “프로비던스에 오신 걸 환영해요. 로절린드 아든 작가님!!!” 현수막 한쪽 끝에는 『클레어에서 여기까지』 표지가 있었고, 다른 쪽 끝에는 깃털 펜이 있었다. 케이트가 나중에 사실을 말하는 게 나을지도 모르겠다는 생각이 들었다. 에이바가 살짝 빠져나간 뒤에 말이다. 에마가 샴페인에 초콜릿 그리고 적절하게 해동해 부드러운 브리 치즈까지 준비해 더욱더 곤란했다. 에이바가 방에 들어가자마자 존이 다가오더니 샴페인을 건넸다.

“작가님은 직접 오시는 겁니까?”

존이 물었다.

“그건 아니에요.”

에이바가 대답했다. 다행히 케이트가 사람들에게 자리에 앉으라고 말했다.

“믿어지시나요? 1년 동안 진행한 ‘나에게 가장 중요한 책’ 독서모임이 오늘 밤에 끝난답니다. 프라하에서 시작해 이스트 에그, 브루클린, 앨라배마주의 작은 마을, 러시아, 빅토리아 시대 영국, 뉴욕,

드레스덴, 남아메리카 대륙까지, 여러 곳을 다녔어요. 정말로 매우 멋진 책의 해였어요!"

케이트의 말에 모두 환호했다. 심지어 에이바마저도. 케이트가 옳았다. 독서모임 사람들은 정말 멀리까지 여행했다. 비록 출발은 삐걱거렸지만, 이 독서모임은, 독서모임에서 읽은 책들은 정말로 필요할 때 다가와 올 한 해 에이바의 삶을 크게 바꿔 주었다.

"내년도 주제를 말씀드리고 싶어요. 물론 지금 이 방에 계신 여러분이 모두 다시 돌아오실 거라는 약속도 함께 받고 싶고요. 매달 두 번째 월요일에 저를 만나 함께 책 이야기를 해 주실 것을요."

"죄송한데요, 오늘의 특별 손님은 어디 계세요?"

제니퍼가 물었다.

"내년도 독서 주제를 발표하고 나서 에이바가 직접 말해 줄 거예요."

케이트가 말했다.

"드럼 부탁해요!"

오너의 말에 루크가 손으로 의자를 두드리며 드럼 소리를 냈고, 모두 웃었다.

"1888년에 프랑스 신문에는 알프레드 노벨을 '죽음의 상인'이라고 쓴 기사가 실렸어요. 다이너마이트를 만들었으니까요. 노벨은 전쟁을 끝내려고 다이너마이트를 만들었지만 의도와 달리 끔찍한 살상 무기가 되어 버리고 말았죠. 노벨은 죽으면서 인류에 크게 공헌한 사람들에게 여섯 부문으로 나누어 상을 주기를 바라며 900만 달러를 남겼어요. 첫 번째 수상자들은 1901년에 상을 받았어요. 그러니까 여러분이 고를 작품은 아주 많을 것 같아요. 내년도 주제는 노벨문학상 수상 작품입니다."

모두 탄성을 내질렀다.

"난 이미 정했어요. 앨리스 먼로로 할 거예요."

다이애나가 선언했다.

"에마가 수상자 목록을 여러분에게 나눠 드릴 거예요. 다음 달, 우리가 만날 때 택하신 작품을 말씀해 주시면 돼요. 물론 다이애나는 말씀 안 하셔도 됩니다. 이미 앨리스 먼로라고 하셨으니까요."

모두 다시 웃었다.

"슬프게도 페넬로페 프로스트가 돌아가셔서 공석이 생겼다는 걸 모두 아시죠. 그러니까 새로운 분을 추천하는 메일을 보내 주셔도 좋겠어요. 꼭 해야 하는 질문을 해야겠네요. 내년에도 참여하실 분은 손을 들어 주세요."

모두 손을 들었다. 에이바만 빼고. 이제부터 해야 할 말을 들은 뒤에도 이 사람들이 에이바를 독서모임 회원으로 받아들여 줄까? 에이바는 일어나서 앞으로 나갔다.

"내가 같이 있어 줄까?"

케이트가 물었다.

"아니야. 이건 내가 해야 할 일이야."

에이바는 친구의 손을 힘껏 잡았다가 놓았다. 케이트가 자리에 앉자 에이바는 헛기침을 했다. 말을 시작하기 전에 앉아 있는 모든 사람과 눈을 맞췄다.

"로절린드 아든이 여기에 없는 건 모두 아실 거예요."

긴장한 탓에 헛웃음이 나왔다. 에이바는 깊이 숨을 들이마셨다.

"로절린드 아든은 1971년에 죽었어요. 제가 찾을 수 있을 거라고 생각했는데, 죽은 건 위장이라고, 아직 살아서 파리에서 지내고 있다는 생각이 든다는 분의 말을 믿고 파리까지 다녀왔어요. 하지만 로절린드 아든은 죽었어요."

"괜찮습니다. 몰랐잖아요. 노력했고요."

존이 말했다.

"하지만 1월에, 작가가 오겠다고 말했다고 하지 않았어요?"

제니퍼가 지적했다.

"맞아요. 그러지 말았어야 했는데. 그때는 너무 필사적이었어요. 여기 들어오려고요. 여기 어울리는 사람이 되려고요. 그 책을 다시 읽는 게 저에게는 너무나 중요한 일이었고요."

에이바에게는 이 방의 침묵이 소음보다도 훨씬 더 소란하게 느껴졌다.

"하지만 이 책은, 『클레어에서 여기까지』는 보물이에요. 에이바가 우리에게 준 선물 같아요."

모니크가 말했다.

"정말요?"

"그 지하 말이에요. 어머니가 죽은 딸을 찾은 그 지하는 우리 각자가 처한 독특한 상황을 대변한다고 생각해요. 우리는 어둠을 택할까요, 빛을 택할까요? 계속 가는 걸 택할까요, 그만 멈추는 걸 택할까요? 이 책은 정말 뭐라 형언할 수 없는 감동을 줘요."

다이애나가 말했다.

"삶과 죽음, 사랑과 희생, 슬픔과 희망이라는, 아주 거대한 주제를 거의 모두 다룬 작품이에요."

오너가 말했다.

"처음에는 어떻게 엄마가 그런 선택을 할 수 있는지 이해가 되지 않았어요. 아이를 남겨 두고 죽음을 택하다니. 하지만 결국 글에, 어머니라는 인물에 설득당하고 말았어요. 아이를 죽게 했다는 죄책감이 엄마로서, 아내로서 계속 살아갈 수 없게 한 거예요. 그러니까 이 엄마에게는 선택의 여지가 없었던 거, 맞죠?"

루스가 말했다.

"하지만 죄의식을 가져야 할 이유가 너무 부족하지 않나요?"

키키가 물었다.

"사랑하는 사람이 죽으면 모두 자신을 탓하게 됩니다. 탓할 이유가 없을 때도요. 어째서 난 집에 남아 그 사람 옆에 있지 않았던 거지? 911에 좀 더 빨리 신고했다면 살릴 수 있지 않았을까? 이랬다면, 저랬다면, 할 수 있었다면. 이런 생각에 미치는 겁니다."

존이 말했다.

"모두 책이 마음에 드셨다고요?"

에이바가 물었다.

"작가가 죽었다는 게 안타깝네요. 질문거리를 잔뜩 가져왔는데. 어떻게 하면 슬픔을 이렇게 잘 알 수 있을까요? 죄의식도요."

루크가 말했다.

"그건 제가 대답해 드릴 수 있어요. 로절린드 아든은 제 어머니의 필명이니까요. 샬럿 노스가 작가의 본명이에요. 1970년에 제 동생

릴리가 우리 집 마당에 있는 나무에서 떨어져 죽었어요. 그때 어머니는 집에 계시지 않았어요. 어머니 대신 이모가 우리를 봐 주기로 했죠. 이모가 집에서 설거지를 하고 있을 때, 릴리가 떨어진 거예요. 전 동생을 내려오게 하려고 했어요. 너무 높이 올라갔으니까요. 높은 곳이 무서워서 전 릴리를 따라 올라갈 수는 없었어요. 그러다 그런 거예요. 동생이 떨어져 버렸어요."

"어머니가 어디에 계셨다고 했죠?"

다이애나가 물었다. 에이바의 머릿속에서 제복 차림의 젊고 잘생긴 행크가 떠올랐다.

"일하고 계셨어요."

에이바는 조용히 대답했다.

"『클레어에서 여기까지』를 어머니가 쓰셨다고요? 정말 놀라워요."

모니크가 말했다.

"어머니가 『클레어에서 여기까지』를 쓴 이유는 어머니의 이야기이기 때문이에요."

에이바의 목소리에 점점 더 힘이 들어갔다.

"지금 생각해 보면 어머니가 이 책을 쓰신 건 어머니가 우리 곁을 떠나기로 결심한 이유를, 자신의 목숨을 끊기로 결심한 이유를 우리에게 설명해 주고 싶었기 때문인 것 같아요."

"이런, 에이바."

존이 말했다.

케이트가 다가와 에이바의 어깨를 감싸 안으며 말했다.

"이런 이야기를 우리에게 들려줘서 고마워요."

"정말로요. 고마워요."

루스도 거들었다. 다른 사람들은 박수를 쳤다. 모두. 심지어 모니크도. 존까지도.

"샴페인을 한 잔 마셔야겠어요."

에이바가 말했다.

"멋진 생각이에요."

다이애나가 대답했다. 에마가 사람 수에 맞춰 샴페인을 잔에 따랐고, 모두 탁자로 가자 다이애나가 자기 잔을 높이 들어 올렸다.

"로절린드 아든을 위하여!"

"위하여!"

여러 사람이 소리쳤다.

에이바는 사람들을 둘러봤다. 이 모임에 받아 주고, 에이바의 분투와 노력과 실패를 지켜봐 주고, 마침내 함께해도 된다는 확신을 갖게 해 준 사람들을. 심지어 희망을 품어도 된다는 걸 알려 준 사람들을. 에이바는 다가올 한 해를 상상해 봤다. 이 사람들과 함께 키키의 집으로 가서 영화를 볼 것이다. 언젠가는 간식도 준비할 테고, 수술을 받은 다이애나를 도와 방사선 치료실에도 갈 것이다. 책도 상상해 봤다. 책장에 쌓일 수십 권의 책을. 여기저기 접어 둔 낡은 책을 읽고 또 읽겠지. 형광펜으로 표시도 하고 적어 두기도 하겠지. 앞으로 읽어야 할 책들과 무슨 일이 생겨도 에이바가 헤쳐 나가게 도와줄 이 독서모임 사람들을 상상했다.

"에마. 저도 목록을 한 장 주세요. 노벨상 수상자 명단을요."

에이바가 말했고, 그 순간 케이트와 눈이 마주쳤다.

고마워. 에이바는 입으로만 말했고, 친구의 눈에 맺힌 눈물을 봤다. 하지만 케이트는 재빨리 고개를 돌렸다.

그때 갑자기 문이 열렸고, 깜짝 놀란 사람들이 일제히 고개를 돌렸다. 상당히 불편해 보이는 표정의 행크 빙엄이 방으로 들어왔다. 이제는 젊고 잘생긴 경찰은 아니었지만 당당한 자세와 빛나는 눈, 강인한 턱, 느긋한 그 미소를 보면서 에이바는 어째서 여인들이 그에게 끌렸는지를 알 수 있었다. 행크 뒤로 머리가 하얗게 센 여인이 들어왔다. 밝은 자주색 스카프를 목에 매고 발목까지 오는 은색 부츠를 신은 여인이었다.

"10학년 뒤로는 도서관에 와 본 적이 없는데 말입니다. 여기가, 에이바 노스가 나오는 독서모임 맞죠?"

행크가 말했다.

"행크? 여기엔 왜 오신 거예요."

영문을 알 수 없던 에이바가 물었다.

뒤에 있던 여인이 앞으로 나왔다. 사랑스럽고 부드러운 하얀 피부에 청록색 눈동자가 보였다. 그녀의 입에서는 놀랍도록 강인한 목소리가 흘러나왔다.

"로절린드 아든의 책을 토론하는 날이라고 들었는데요. 『클레어에서 여기까지』."

여인이 에이바를 봤다.

"맞아요."

에이바가 대답했다. 에이바의 마음속에서 무언가가 부풀어 올랐다. 살면서 한 번도 느껴 보지 못한 감정이었다. 그 감정은 그녀의 모든 마음을 사로잡아 버렸다. 에이바는 간신히 말을 이어 갔다.

"제가 에이바예요."

"나를 찾았다고 들었는데."

여인이 말했다.

기억들이 너무나도 강렬하고 빠르게 돌아와 에이바는 몸을 제대로 가누지 못하고 탁자를 붙잡았다. 어머니와 릴리와 어린 에이바가 요정처럼 꾸미고서 했던 파티들, 올란도 서점에서 읽었던 책들, 책을 읽어 주는 어머니 옆에 바싹 붙어서 누워 있던 침대. 슬픔도 함께 밀려들었다. 그 끔찍했던 한 해. 죽어 버린 어머니.

에이바는 생각했다. 정말로 많은 사람이 시간을 멈추고, 일어난 사건을 되돌리고, 사랑하는 사람을 되찾아 오기를 바랄 거야. 그게 『클레어에서 여기까지』가 다루는 주제잖아. 지금, 어머니가 그 흐름을 바꿨다는 것만이 다른 점이야. 어머니는 수십 년 동안 슬퍼하고, 숨어 있었던 거야. 어떻게 보면 릴리와 함께 있었던 거야. 하지만 지금은 —그래 지금은!— 어머니가 이곳에 있었다. 에이바의 앞에 서 있었다.

에이바는 어머니에게 한 발 다가갔다. 그리고 또 다가갔다. 그리고 또 한 발 더.

샬럿이 두 팔을 활짝 벌렸다.

"에이바. 엄마를 용서해 주렴."

두 여인이 얼싸안았다. 에이바는 다시는 맡을 수 없으리라고 생각했던 냄새를 흠뻑 들이마셨다. 책 냄새, 잉크 냄새, 바이올렛 워터 냄새. 어머니 냄새였다. 어깨너머로 웃고 있는 행크 빙엄이 보였다.

"너를 위해 쓴 거야. 독서모임 회원분들에게 해 줄 수 있는 말은 그게 전부란다. 그 책은 너를 위해 쓴 거라는 거."

샬럿이 속삭였다.

"알아요."

에이바가 대답했다. 하고 싶은 말도, 묻고 싶은 말도 너무 많았다. 하지만 지금은 어머니를 놓아줄 수가 없었다. 그저, 붙잡고 있어야 했다. 아주 세게.

감사의 글

이 책을 써야겠다고 마음먹은 뒤로 수년 동안 저는 제가 아는 모든 사람에게 물었습니다. 가장 중요한 책이 무엇이냐고요. 이 작품에서 소개한 책들은 모두 그분들이 소개해 주신 것입니다. 저의 질문에 성심성의껏 대답해 주신 친구들에게 감사의 마음을 전합니다.

넘치도록 많은 사랑을 주는 가족들에게도 고맙다고 말하고 싶습니다. 책의 줄거리에서 가장 중요한 부분을 구상할 수 있게 도와준 앤디 그린, 정말 영리한 독자인 샤론 잉겐달에게도 고맙습니다.

책을 쓸 수 있는 시간과 공간을 제공해 준 헤르미티지 예술 작가 휴양지, 고향에서도 마음껏 작업할 수 있게 작업실을 마련해 준 에리카 스클라에게도 정말로 감사하고 싶습니다. 브랜트와 호크먼과 W. W. 노턴의 모든 분들, 특히 제 글을 책으로 만드는 데 도움을 주신 게일 호크먼과 질 비알로스키에게 무한한 감사의 말을 전합니다.

앤 후드

옮긴이의 말

혼자 읽기, 그리고 함께 읽기

독서가에게 책은 삶의 기록과 같을지도 모르겠다. 언제나 책과 함께 살았기에, 살면서 경험한 사건들을 돌아볼 때면 자연스럽게 그때 읽었던 책을 떠올리는 것이다. 물론 한 책을 떠올리고, 그 책을 읽었을 때 인생을 스쳐 갔던 사건을 기억하게 될 수도 있지만 말이다.

태어나서 처음으로 나만의 책을 갖게 됐던 순간을 기억한다. 일곱 살이니 이제는 책을 읽을 수 있을 거라며 어머니의 친구분이 선물로 주신 책이었다. 사실 글자는 학교에 들어가서 배운다는 가풍에 따라 그때는 글을 읽지 못했지만 선물받은 책을 들여다보고 또 들여다보았던 기억이 난다. 다행히 글이 적은 그림책이었으니, 글에 압도되지 않고도 즐길 수 있었다.

태어나서 처음으로 돈을 내고 구입한 책도 기억한다. 5학년이던 나는 한 달 용돈 500원을 모두 들여 나의 첫 책, 『안네의 일기』를 샀다. 삼중당 문고 책이었다. 안네와 안네의 일기장은 너무나도 아름답고 신비로웠다. 이런 아름다운 아이는 당연히 전쟁에서 살아남았을 거라고 생각했던 내 마음이 안네의 죽음 앞에서 얼마나 아프고 힘들었는지도 분명히 기억한다. 그 뒤로 고등학교 졸업 때까지 나도 안네처럼 일기장 이름을 부르며 하루를 정리했다. 안네를 시작으로 삼중당 문고도 모았다. 어쩌면 내 인생에서 가장 중요한 책(들)은 삼중당에서 펴낸 여러 고전이었는지도 모르겠다.

평생을 아웃사이더로 사는 나는 책이 있어 마흔 살까지의 인생을 그럭저럭 살 수 있었다. 그저 내 마음을 알아주는 책 한 권을 손에 들고 지면 속으로 파고들어 가면 그곳에 나의 세상이 펼쳐져 있었다. 너무 거창한가? 하지만 책을 읽는 사람들의 마음은 거의 비슷할 것 같다. 직접 경험하지 못하는 낯선 세계로 마음껏 떠나는 여정. 그 신비로움에 매료되어 책을 읽는 것이 아닐까 싶다. 소설이든, 과학책이든, 철학책이든 간에 말이다.

하지만 어느 날, 문득 내가 읽는 책을 다른 이들은 어떤 마음으로 읽고 받아들이는지가 궁금해졌다. 이 궁금증을 풀고 싶은 마음이 들었을 때 인터넷으로 검색을 했고 가까운 도서관에 함께 모인 사람들을 찾아냈다. 그곳에서 나는 같은 책을 읽는데도 다양한 의견을 쏟아 내는 사람들을, 나와는 전혀 다른 방식으로 책을 읽는 사람들을, 전혀 다른 느낌을 받는 사람들을 만났고, 조금은 충격을 받았다.

무엇보다도 독서모임에서 가장 중요한 것은 잘 듣는 일임을 깨달았을 때 가장 큰 충격을 받았다. 그것은 태도의 문제라기보다는 온전히 집중해서 타인의 말을 들을 때 자기 생각을 더욱 잘 정립할 수 있다는 깨달음이었다. 그 깨달음과 함께 나는 독서모임에서의 시간도 사실은 다른 사람의 마음이라는 책을 읽는 시간임을 배웠다. 한 권의 책을 여러 사람과 같이 읽으면 한 권을 여러 번 읽는 것 같은 효과가 있음도 알았다. 급하게 책을 읽어 내지 않는 법을 익혔고, 완독에만 의의를 두고 내달리는 습관도 버릴 수 있었다.

아니, 내가 받은 가장 큰 충격은 다른 것일 수도 있다. 독서모임에서 만나는 한 사람 한 사람이 깊이를 가늠할 수 없는 지성적이고도 아름다운 책이라는 깨달음일 수도 있다. 홀로 읽으며 아집과 자만과 오해와 망상 속에서 즐겁게 살아왔던 나는 독서모임에서 타인의 지성을, 배려하는 마음을, 발전하려는 노력을 경험했다. 그 덕분에 조금쯤은 전체로서의 인류를 사랑하게 됐다(개별적으로는 "사람이 싫어."라고 외치는 디스토피아적인 사람이지만, 이런 나의 성향은 함께 독서모임을 하는 분들에게만 드러내 보이기로 하겠다).

이제는 홀로 책을 읽다가도 '이 책을 함께 읽으면 다른 분들은 뭐라고 말씀해 주실까 하는' 호기심과 기대에 앞뒤 재지 않고 독서모임을 만드는 일이 하나의 습관이 되었다. 내가 기획하는 모임이라면 되도록 함께해 주시는 학우도 몇 분 생겼다. 살면서 무언가를 성취해야 한다는 초조함은 사라지고 그저 책을 읽고 생각을 나누는 시간을 즐기며 살아도 좋겠다는 마음을 먹게 됐다.

이 모든 것이 2014년 3월에 처음 시작했고 이제는 10년 차가 되는 독서모임장으로 지내며 받은 위로들이었다. 독서모임 10주년이 거의 되어 가는 지금, 하나의책 대표님의 권유로 『인생 책 북클럽』을 번역하게 된 것은, 어쩌면 나에게는 꼭 필요한 우연이지 않았을까 싶다. 흔들리지 않고 살아가는 사람은 없다. 모두의 삶에는 여러 위기와 우울과 고독이 늘 존재할 수밖에 없다. 독서모임은 그런 위기를 극복할 수 있는 여러 방법 가운데 하나라고 굳게 믿는다.

당신들에게는 어떤 위기가 있었고, 어떤 도움을 받았느냐고 묻는다면? "독서모임에 참여해 보세요. 그럼 알게 될 거예요."라고 말씀드리고 싶다. 많은 일화를 풀어낼 수 있겠지만, 에이바의 이야기가, 매기의 이야기가, 존과 키키 들의 이야기가 바로 그 질문에 대한 답이 될 수 있을 거라고 말해 주고 싶다. 독서모임은 추상적인 위로만을 주지 않는다. 추상적인 깨달음만을 주지 않는다. 삶을 살아가는 지혜를 그리고 실질적인 위안을 준다.

여러 독서모임을 할 수 있게 도와주시는 원하나 대표님, 함께 여러 책을 읽어 주시는 우리 선생님들에게 너무나도 고맙다고 말씀드리고 싶다. '함께해 주셔서 감사해요. 선생님들 덕분에 제가 어려운 책을 완독할 수 있습니다!' 한 권 읽는 데 걸리는 시간이 1년이 넘는다는 건, 비밀로 하고 싶다. 그래야 아무것도 모르는 또 다른 분들이 우리 독서모임에 덜컥 들어와 주실 테니까!

김소정

앤 후드가 말하는 독서모임

Q **소설 속 독서모임 회원들은 한 명도 빠짐없이 자신의 인생에서 가장 중요한 책을 추천합니다. 당신에게 가장 중요한 책을 말해 주세요. 그 책이 가장 중요한 이유도 함께 알려 주세요.**

A 책 속 인물들처럼 한 권을 고르는 것은 너무 힘들었어요. 하지만 2학년 때 읽은 『작은 아씨들』은 나를 완전히 바꿔 놓았다고 말할 수 있어요. 인물과 줄거리, 그 이야기의 폭에 완전히 사로잡히고 말았어요. 손에서 놓을 수가 없었죠. 조 마치처럼 그때 이미 나는 작가가 되고 싶다는 소망을 품고 있었는데, 조 덕분에 그 꿈을 훨씬 구체적으로 그려 볼 수 있었어요. 『작은 아씨들』을 처음 읽고 몇 년 동안은 슬플 때마다 지하실로 내려가 베스가 죽는 장을 읽었어요. 그때마다 펑펑 울었답니다.

Q **지금도 독서모임을 하고 계신가요?**

A 지금은 아니에요. 하지만 거의 30년이 넘게 서너 곳에 나갔어요. 1989년쯤에는 브루클린의 파크 슬로프에서 살았는데,

ATM 창구에 독서모임을 만들고 싶다는 전단지가 붙어 있었어요. 그때까지 독서모임이 가능하다는 생각은 해 본 적이 없었어요! 너무 궁금해서 가입했고, 완전히 사랑하게 됐죠. 지금도 그중에 몇 명과는 연락하고 지내요. 그 모임이 해체된 건 사람들이 이사를 갔기 때문이에요. 우리 아이들이 어렸을 때는 프로비던스에서 독서모임을 했어요. 한 달에 한 번 모이는 모임도, 우리가 선택한 책들도 무척 좋았지만, 그 모임은 문학을 토론하는 자리라기보다는 한 달에 한 번 모여서 저녁을 먹고 수다를 떠는 자리였어요. 하지만 그런 모임도 좋아요!

Q **독서모임은 왜 존재한다고 생각하시나요? 홀로 읽을 때는 경험할 수 없고 반드시 독서모임에서 읽고 토론해야만 얻을 수 있는 게 있다면 무엇일까요?**

A 나는 정말 운이 좋아서, 내 책을 읽는 독서모임을 방문할 기회가 많았어요. 그때마다 함께하는 분들의 동지애와 오랫동안 지속될 진정한 우정이 발전하는 모습을 보고 감동을 받았답니다. 독서모임은 그저 책을 함께 나누는 모임이 아니라고 생각해요. 사람들과 연결되고 성장해 나가는 모임인 거죠. 개인적으로는 독서모임이 혼자서는 읽지 않을 것 같은 책을 읽게 하는 계기를 만들어 줬어요. 그런 작품 가운데 하나가 에밀 졸라의 작품이었어요. 그 책, 정말 좋았어요!

Q ...... **주인공인 에이바가 독서모임에 들어간 건 독서를 사랑하기 때문이기도 하지만 사람이 너무나도 그리워서였어요. 지금은 사람이 아니라 기술과 훨씬 더 자주, 강하게 관계를 맺는 시대가 되고 있어요. 앞으로는 독서모임이 더욱 중요해지리라고 생각하세요? 아니면 사라질 문화라고 생각하세요?**

A ...... 나는 독서모임이 훨씬 중요해질 거라고 생각해요. 사람들이 서로 함께하고 싶다는 소망은 스마트폰도 태블릿도 대체할 수 없어요. 기술은 현대인의 삶에 확실하게 자리매김했죠. 하지만 적은 인원이 함께 모여 와인 잔을 기울이면서 책에 관해 말하는 시간을 대체할 수 있는 건 없어요.

앤 후드가 제안하는 『인생 책 북클럽』 발제문

1. 독서모임의 어떤 점이 에이바를 치유해 준 것일까?

2. 에이바와 독서모임 회원들은 그들이 읽은 책에서 무엇을 배우고 깨달았을까?

3. 당신에게 가장 중요한 책은 무엇인가? 그리고 그 이유는?

4. 이 소설 속 등장인물들에게는 비밀이 있다. 무슨 비밀일까? 다른 사람에게 피해를 주는 비밀인가?

5. 어머니의 죽음이 에이바 개인에게 그리고 그녀의 양육 방식에 영향을 미쳤다고 생각하는가? 영향을 미쳤다면, 어떤 식으로 미쳤을까?

6. 혼자 읽기와 함께 읽기에는 어떤 차이가 있을까? 여러 사람과 함께 읽는 방식이 에이바에게 영향을 미쳤을까?

7. 매기는 어떤 식으로 자신이 이미 통제 불능 상태라는 걸 무시할 수 있었을까? 매기는 어떻게 할 생각이었고, 그 의도는 어떻게 엉망이 되었는가?

8. 매기는 자신을 본질적으로 나쁘고 파괴적인 인간이라고 묘사한다. 그 말에 동의하는가? 결국 매기를 변하게 한 것은 무엇이라고 생각하는가?

---

9. 소설은 매기와 에이바의 서사를 번갈아 가면서 펼친다. 두 서사에 닮은 점이 있을까? 두 사람의 여정은 어떤 점에서 닮았는가?

---

10. 에이바는 어른이 된 뒤에야 『클레어에서 여기까지』가 담고 있는 진정한 의미를 깨닫게 된다. 그 의미는 무엇이며, 에이바가 그 의미를 깨달을 때까지 그토록 오랜 시간이 필요했던 이유는 무엇이었을까?

---

11. 에이바와 독서모임 회원들이 읽은 문학에서 얻은 교훈은 무엇인가?

---

12. 베아트리스가 에이바와 행크에게 샬럿에 관해 거짓말한 이유는 무엇일까?

13. 소설 초반에 에이바는 자신이 많이 읽는 사람은 아니라고 했다. 소설이 진행되면서 그런 에이바가 어떻게 바뀌는가?